U0561593

作者简介

　　杨上青，曾任时尚、汽车、人文领域杂志编辑及主编多年；自 2010 年起，十数次赴青海玉树三江源地区考察，其间创办《源·三江源生态人文》杂志；近年专注于长江源区自然人文写作；现居北京。

生生之水

杨上青 著

GUANGXI NORMAL UNIVERSITY PRESS
广西师范大学出版社
·桂林·

青海人民出版社

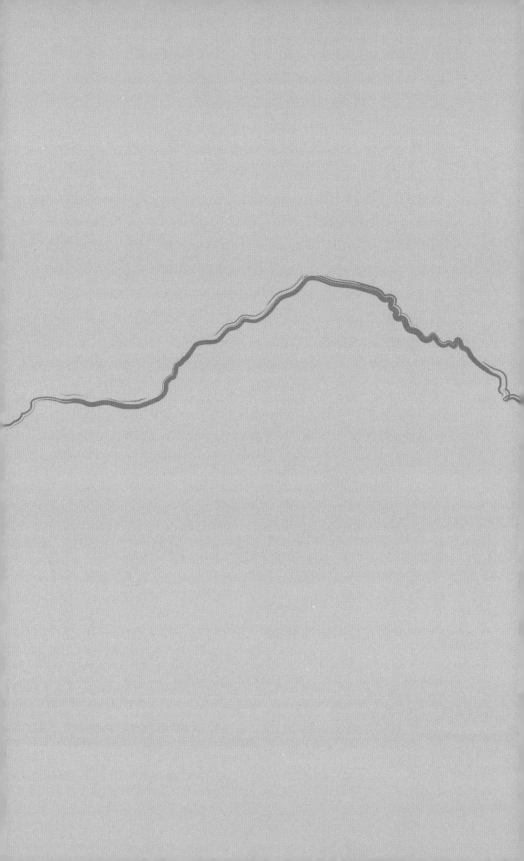

序

自然与生存本源的双重追溯

吉狄马加

很难将《生生之水》简单地归入散文随笔、游记或者其他体裁，即使再前置"文化"二字加以定义，也显得过于草率和偏颇。这些文字显然出自一个在场者的经历、观察、听闻与记录，同时生发于与其紧密相连的阅读、检索、思考以及驰骋的想象力；其文字纯净质朴，娓娓道来，却又如此富有诗意。它包含了一个人所能够驾驭的全部感受方式。在外部经历与内心省悟的不断往返中，作者完成了一个找到"我"，并最终消解了"我"的过程。

沉浸在《生生之水》的描述中，我几乎相信时空穿越的可能性，我的视觉和感觉因此不由得被带回到长江黄河源头，置身于自我经验中的夏天或清晨。那样的景与情，令人终生难忘，也让人无法缄默。所以我理解，《生生之水》的诞生拥有不得不表达的理由。

《生生之水》集中记录了作者 2019 年一次历时五十多天的江源实地考察，然而可以看到，作者对江河源地区早已情有所寄。从 2010 年玉树震后重建就已身临其境，此后又多次走访考察，而这些经历，自然都会沉淀到后来的思考与感受之中。因此，才成就了这本书的广博、深远、厚重，将自然之水延伸至众生之水，升华为生生之水。

长江、黄河作为中华民族的母亲河，多少儿女对其源头的秘密心驰神往。源头遥远而高寒，平均海拔 4 千米以上，一个人终生能有一次机缘入其秘境睹其尊容已属幸运，更不敢奢望多次往返、久久流连。即使现代，凭借越野汽车这样的交通工具，在长江源头地区穿行数万千米，也绝非易事。我想，在一片受限地域，一个人到底能走多远？探索长江源，翻越高山、穿越峡谷、涉过河流、跋涉荒野，经历不可预料的风雨变化，尤其对于一个都市知识女性来说，其险阻与考验必然更加非同一般，挑战岂止来自勇气和体质？更加艰难的历程和漫长的探索，是从自然层面进入人文层面，在有限环境中深入无限的历史文化，走进村寨与生活，尤其是在感受与理解中触及人们的情感和精神世界。既走进自然又走出自然，这种深度和广度，是无法用千米测量计算的。作者以对待自然人文的真诚景仰、丰厚的相关知识储备，以及女性的敏感细腻，竟成功地抵达了难以企及的境界。

这是一部文字表达精美准确，涉及内容丰富广博，具有强烈感染力的自然人文著作。其篇章布局也显示了作者独到的思考。《生生之水》从江源起步，将自然环境与风物、历史与宗教文化、民间习俗与传说故事、当代社会生活与人们的精神面貌等等，各有侧重地依次书写呈现，却又不让它们条块分明，而是相互穿插交织，循环推进。自然中有生活、生活中有历史、历史中有文化、文化中有自然，仿佛一部宏大交响乐，每一乐章的主题中都包含着其他乐章的主题元素，从而令这部作品呈现出多元而多彩的结构；或者说，这部作品雕塑了一个长江源头的立体形象——众生之象，生生之水。

作者将这种写作称为一个又一个的"闭环"，在我看来，其实另有深意。因为在每一个"闭环"中，作者都留有许多可见或不可见的出入口，如同长江干流在源头串起的曲溪湖泊。它们相互勾连、渗透、支撑，通过不断地吸纳融汇、内聚与外延，随时充实、丰富和提升着主题。这种让整体文本处于开放状态的写作和结构方式，为阅读者提供了更加丰富的信息、多元的视角，同时也成功激发读者自由的想象力。

我欣赏本书文字描述之美，亦感动于其情感表达之真，更与作者悲悯的人文关怀与诗意的哲学思考产生共鸣。故而，我为自己，也愿替所有热爱自然、敬畏生命、心系母亲河的人，对作者的心智付出与精神馈赠，表达衷心的敬意和感谢！

2023 年 9 月

目录

引 子

生生之水自鸿蒙而来，从虚空飘落红尘，自源头蜿蜒东去……穿越时空，辗转万里，千回百转，奔流不息……

2010年7月，在追根溯源的途中，与震后的三江源相遇。在地震所激活的能量场中，我亲身见证，那些在俗世间对立的"人、事、物"——生与死、空无与富足、物质与精神，在这个高原面的同心圆内，以不可思议的方式彼此触碰、联结、聚合。

2013年7月，在约古宗列的黄河源，伴着蜿蜒东去的源头活水，在清晨的云雾中，在沉默前行的脚步中，在耳边不断响起的诵经声中，身体和心灵逐渐规整。一路溯水追源的旅程，在那一刻心物俱满。

2017年6月，随"源文化考察团"赴长江当曲源、格拉丹冬冰川源及澜沧江文化源考察。在格拉丹冬的冰塔林下，我已隐约觉察，在这平均海拔5500米的高原面上，离创世之初如此近的元能量，自虚空中那个神秘的启生点，由一生二、由二生三，最终三位一体于三江之水的源点，再以源头活水的纯度及浓度，以同心圆的样式，由上及下，由内及外，一圈圈、一层层洒播下沉，然后，三生万物……

2019年6月至8月，再一次以"通天河文化考察"之名踏上溯水追源的旅程，历时50天，总行车6037千米，步行222千米。从江源牧人世代传颂的长江文化源头治姆纳孔，一路顺流而下……看它从源头的涓涓细流，渐渐发展成体格庞大的网状水系，再突然束卷如巨龙，以磅礴辗转之势纵贯入八百里的深山峡谷，听它一路激荡出的精神和信仰，神话与传奇……

多年的逆流而上之后，终究顺流而下！

序　部

一、有河通天

对于大多数中国人而言，知晓"通天河"这个名字，是通过《西游记》这部神话小说。尤其是央视 1986 年版电视剧的持续播出，更是将唐僧、孙悟空、猪八戒、沙和尚师徒四人历经磨难渡过通天河的故事带入寻常百姓家，陪伴着一代又一代人从孩童慢慢长大。

那么，小说中的通天河究竟是什么样子呢？且看原著第四十七回孙悟空眼中的通天河："洋洋光浸月，浩浩影浮天。灵派吞华岳，长流贯百川。千层汹浪滚，万叠峻波颠。岸口无渔火，沙头有鹭眠。茫然浑似海，一望更无边。"见一面石碑，碑上三个篆文大字，下边两行，有十个小字。三个大字乃"通天河"。十个小字乃"径过八百里，亘古少人行"。

《西游记》故事中，西天取经之路十万八千里，东土大唐到通天河正好五万四千里，因此，通天河是取经之路的"中"点，如果了解"中道""中观"在佛教系统中的深意，自然就懂得通天河这个象征意象的重要性。同时，通天河也是故事中唯一出现过两次的地方，是师徒四人"西游"和"东归"的交会地。它第一次出现在整个小说的中部，作者用四十七、四十八、四十九三个回目详述"路逢大水，身落天河，鱼篮现身"三难；第二次出现在整部作品即将结束的第九十九回，师徒四人取回真经再渡通天河时，因唐僧失信于老白鼋，遭遇"坠河湿经、阴魔侵扰、经文残损"的劫难，也为后世留下了一个大成若缺的启示。这一来一去，将通天河故事画了一个完整的圆，最终，"九九数完魔刬尽，三三行满道归根"。"无所从来，亦无所去"，动静等观。

"通天河"，从字面的意思上看，有"通天的河"，或通往"天河"的含义。《西游记》原著中多次提到"天河"，第四十九回结语"圣僧奉旨拜弥陀，水远山遥灾难多。意志心诚不惧死，白鼋驮渡过天河"，明确将

"通天河"称为"天河"；第九十九回记录师徒四人西天取经路上罹难的簿子上提到通天河这段，也用了"路逢大水，身落天河"的字句；再有，猪八戒被贬前就是统辖"天河"水府八万水兵的天蓬元帅；孙悟空手里的如意金箍棒，本是"天河定底的一块神珍铁……大禹治水之时，用来做了定江海浅深的一个定子"。

我们不妨沿着神话的逻辑往上追溯，"天河"神物是什么时候、以什么方式流落到人间的呢？在中华民族的上古神话《山海经·大荒西经》中，万山之宗昆仑山的西北有一座"有山而不合"的不周山，原本是根撑天巨柱，相传是人界唯一能够上达天界的通道。《淮南子》和《列子·汤问》里均有记载："昔者共工与颛顼争为帝，怒而触不周之山。天柱折，地维绝，天倾西北，故日月星辰移焉；地不满东南，故水潦尘埃归焉。"共工被认为是中国上古时代的水神，故事中的"颛顼"在有些古籍中也被替换成"火神祝融"，总之，水神发难"天柱折，地维绝"之后，其中一个后果就是"天河倾泻，洪水泛滥"，这才有了女娲炼五色石补天的后续故事。天被补好后，天河截流，其中已经流到人间的这一段也就是原始意义上的"通天河"。最初的"通天河"从天而降，漫灌下界，然后一路往下，汇集地上川流，裹挟泥沙污垢，向东南地陷之处奔流而去——也才有了持续二十二年的鲧禹治水，"天河"中那根"定海神珍铁"也随"天河断流"遗留在了人间，为天降其命的大禹治水所用。

对于宇宙的演变，如果神话是正向演绎，那么科学就是逆向推理。可巧，根据考古学家的研究，现今被称为"世界屋脊""亚洲水塔"的青藏高原，在两亿年前的三叠纪时代就是一片汪洋大海——古地中海特提斯海。经过三叠纪末期的印支造山运动、侏罗纪的燕山运动，直至三百万年前的喜马拉雅造山运动，才形成如今的青藏高原，而世界级的大江大河如长江、黄河、澜沧江（下游为湄公河）、怒江（下游称萨尔温江）、森格藏布（又称狮泉河，下游为印度河）、雅鲁藏布江（下游称布拉马普特拉河）以及塔里木河，都发源于这片高地上。那么，是否可以大胆推论，在上古时代，它们本就是多河共源，源于古地中海特提斯海，而特提斯正是源自"天河"之水，最初的落地点就是如今的青藏高原？

《西游记》本是一部用象征手法讲述佛教修行的巨著，有学者就认为《西游记》八十一难其实就是《华严经》的心法。在小说涉及通天河的两个回目中，也都暗藏了通天河与观音信仰的关系。观音菩萨全称是南无大慈大悲救苦救难灵感观世音菩萨。通天河畔那个既"施甘雨，落庆云"，又吃"童男童女"的金鱼精"灵感大王"，本是观世音菩萨养在南海莲花池里的一条金鱼，"每日浮头听经，修成手段"，因一日海潮泛涨，离开莲花池跑到通天河冒充神明，呼风唤雨。小说第四十九回中讲述：观音菩萨"鱼篮现身"后，陈家庄的村民目睹了"活观音"，其中"内中有善图画者，传下影神"。这就是观音菩萨三十三相之一"鱼篮观音相"的由来。

　　现实中的"通天河"，也是千年来高僧大德们隐秘修行的道场，更是佛法生生不息的传播通道。我们接下来的通天河故事，与《西游记》中的"通天河"相较，除了同样盛行观世音信仰这个巧合，更巧的是，那里也有一条不断出现的金鱼精，时隐时现在茫茫通天河谷中，或行慈布善或兴风作浪，或隐藏秘密或吐露天机……

　　在昆仑众神先后隐遁之后，再也没有谁知晓天河的秘密。多少世代过去了，在喜马拉雅山北麓的雅鲁藏布江大峡谷一带出现了一群藏族人，经过不知多少个年月，他们以逐水草而居的生命形态一路溯水追源，在内心神明的感召下，在不断开辟生存空间的跋涉中，一些先民来到曾经天河坠落之地，这些最早期的拓荒者、探索者和幸运儿，或许真的是眼睛看到了什么，意识感应到了什么，进而从心中流淌出瑰丽斑斓、启人深思的江源神话故事……

　　人类终将逆流而上，追溯通天河的来处，追溯"天河"的来处，追溯"水"的来处，回望我们的生命最初始的地方，与那些寻找灵魂出处的同伴一路……

二、行者之咒

飞机到达巴塘机场上空的瞬间，我的心突然有种落实的静谧之感。午后净蓝的天空下，拔地而起的群山犹如波涛起伏的海面般盘桓在深沟巨壑间，山顶经年不化的白雪和空中翻涌的白色云团连成一片。刚下飞机，一股暖流就扑面而来，这感觉十年来还是第一次。以往，即便是盛夏的七月，风中也总有凉意。此刻，高原纯净的阳光透过碎雪般的云层，洒落在机身背后如绿墨般起伏的山峦间，把巴塘机场映衬得愈发空灵。拿上行李刚一转身，就看到文扎老师双手捧着哈达笑容可掬地快步走来。两年未见，感觉他沧桑了不少，头发和颔下的大胡子比上次又花白了些，不过一讲起我们马上开始的通天河之行，他立刻激情四溢，两眼放光。

从机场往玉树首府结古镇的路上，文扎老师一边开车一边和我交流着沿途的观感……右首低洼处，汩汩奔流的巴曲含着粉紫色的小野花一路伴随着我们，不时看到成群的牦牛散落在碧莹莹的青山绿草间。文扎老师说今年雨水好，草长得茂盛，牛羊生长繁殖得也快。右前方山坡上是新建的禅古寺，这座金顶喇嘛红的寺院，地震重建时突兀地站在光秃秃的路边，当时在我的眼中毫无美感，也曾为它叹息，而今它所在的山坡上已是芳草茵茵，十年前种下的松柏已然浓荫如塔，清冽的扎曲从寺门前蹦蹦跳跳淌过，青山绿水间，眼前的禅古寺示现出了一种这十年间我从未感受过的妙相庄严。

自从 2010 年玉树地震以来，这是我第九次从巴塘机场穿越巴塘草原，十年间，行色匆匆，而此刻，我又一次找回初遇它时的恬静安然……这样的江源才配得上我多年魂牵梦绕，一次一次不畏险阻，溯水追源的苦行。

只有我自己最清楚，这个地方是如何淬炼我……

也只有我自己洞悉，我对江源虔诚情感的重要来源，正是文扎老师这位行走在江源大地上的文化行者的潜移默化——

和文扎老师的初见是在玉树"4·14"地震三个月后，我从满目疮痍

高原的天空下，雪白的峰顶蔓延开去，犹如波澜起伏的海面

的结古镇，来到绿野成茵、夏花如海的通天河畔，和从长江源头赶来的文扎老师会合，然后一起来到通天河畔最美丽的寺院夏日寺，拜访最智慧慈爱的第七世曲松悟赛老活佛……那是第一次听人称呼文扎老师为"治多的马克思"，除了有一副和马克思同款的大胡子，还因为他对藏族文化和汉族文化的深厚学养。从那时起，大胡子文扎和金光闪闪的通天河就和我结下了不解的缘分，随后的几年中，我们一起编撰《源·三江源生态人文》杂志，也伏藏了将来一起探索"源文化"的种子。

六年前在那篇《行者之咒》中，文扎老师写道："以畜牧业为生产方式的游牧文化是人类与生俱来的天性，它具有喜新厌旧、异想天开、开疆拓土、永不停步的天性，它永远在'逐水草而居'，永远在探寻新的境遇，不管是人类精神领域的开创，还是外在空间的拓展，从某种角度而言，都是人类千年游牧情结的萌发或者复活……"

五年前他跟我讲："释迦牟尼三十五岁觉悟开始讲经布道，孔子五十四岁开始周游列国，我今年五十岁，还有点时间，我想用双脚丈量江源大地，让土地发出自己的声音。"

落地玉树巴塘机场

今晚，在格萨尔广场的夜色中，文扎老师又一次提起："在藏族聚居区，大多数像我这样年纪的人（五十多岁），从工作中退了下来，认为今世的路走得也差不多了，就要开始修行，为来世做准备……"但他却觉得自己最有意义的人生才刚刚开始，憧憬着广阔的未来，"这次先走通天河，以后还要往下走金沙江，一直走到长江的入海口；再要往上走遍藏族聚居区的九大神山，走遍整个青藏高原……"

这个中了"行者之咒"的人……

三、预演·伏藏

新的一天由转新寨嘉那嘛尼石城开始……多年来我总能在这样的转经中找回心灵的安宁，然后，这趟行程才算真正开始……

上午的计划是去玉树州博物馆，走在结古大街上，迎面过来一位穿着橙色长外套的环卫工人，一边打扫便道，一边口中仿佛还念念有词，擦肩而过时，我听到她橙色制服的口袋里，传出平缓而有节奏的诵经声，这声音我竟莫名熟悉……搜索记忆之海，终于忆起那是母亲两年前病危时，文扎老师传给我的十九世秋吉活佛念诵《忏悔经》的声音……接下来的行程中，秋吉活佛将一次又一次出现在我们通天河的故事中，护佑我们的旅途，启迪我们的心性……

玉树州博物馆正在做一个"三江源自然生态展"的主题展览，一进门的主厅玻璃地板之下，别出心裁地做了个三江源头的实景沙盘。我小心翼翼地挪着步，低头看着长江、黄河、澜沧江犹如三条巨龙蜿蜒在青藏高原的表面，共同构架出古老华夏文明的庞大骨架，那么直观地标记着沧海桑田中的空间和岁月……脚下踩到长江上游通天河段时，我蹲下身仔细辨认，默默牢记沿途节点。这，就是接下来我们将要走的路……

从玉树州博物馆出来的西南向就是格萨尔王广场，远远望见格萨尔王策马扬鞭的铜像高高伫立在广场中央。眼前浮现出十年前在同样的地方，满目疮痍的地震废墟中，格萨尔王子然孤立在一片瓦砾堆中，与座

新的一天由转新寨嘉那嘛尼石城开始……

瘫在旧沙发上呼呼大睡的藏獒

格萨尔王又一次跨上战马准备出征了！

下的战马茫然望向远方的情形……那时候我还不知道格萨尔是谁，但那种英雄落难、无力挽狂澜于既倒的悲怆场面让人心痛。如今，万象又新，江源大地上千年的精神守护者格萨尔大王，又一次跨上战马雄姿英发准备出征了！

　　正午时分，文扎老师来接我去吃午餐。餐厅就在广场边上，我一边上楼一边观察，这是一家叫乔赛洋的西餐吧，店内明亮清新的绿色系主调加上简洁雅致的布局和餐具，如果不是吧台正中山墙上挂着一幅唐卡和门外的五彩经幡，我都怀疑是不是到了欧洲某个小镇上的咖啡馆。店主是个长得颇像台湾歌手张震岳的帅气男孩，热情之中有一丝不易察觉的羞涩，正在招呼我们落座时，两年前一起参加"源文化考察"的队友索南尼玛端着餐盘从厨房走出来，没想到在这里见到他！故人重逢分外开怀，索南尼玛指着店主说这是他弟弟，专门去意大利学了几年西餐，地震重建后在格萨尔广场开了这家藏意融合的茶餐吧。索南尼玛和家人本来都住在结古镇，20世纪90年代中，为保护可可西里藏羚羊牺牲的英雄索南达杰影响了整整一代玉树青年人，刚大学毕业的索南尼玛义无反顾地投奔到索南达杰的家乡治多，一边做着英语教师，一边和文扎老师在索南达杰的出生地索加乡做环保项目。索南尼玛也是我们这次"通天河文化考察小团队"的成员之一，他是位做菜好手，两年前在澜沧江源头露营时，他做的秘制炝黄瓜到现在我还记忆犹新。没想到这位弟弟更是厉害，为迎接我们的到来，他俩几天前就开始准备，今天特意做了烤牦牛排。大家一边叙旧一边准备开餐，突然！猝不及防地，我的头炸裂般痛起来，赶紧默默做深呼吸。正在这时，弟弟端着香喷喷的烤牦牛排走过来，一闻到肉香味，我的胃突然一阵痉挛，在大家殷切的劝说下，我小尝了一口，喝了一口奶茶，再拿起刀叉准备切第二块时，突然一阵剧烈的恶心，我疾速奔出去，这一番直吐得翻江倒海、天昏地暗、肝肠寸断！这一天半来的良好状态让我轻敌了，我以为这一次自己终于克服了高原反应，没想到终究还是没躲过！

　　在以后风餐露宿的日子，我不止一次暗暗回味那只尝了一小口的鲜香美味……

四、萨噶达瓦节

在结古镇适应了几天后，我已经不再高反了。昨天下午随文扎老师和索南尼玛上到海拔 4300 米的治多县城。这里是他们工作和生活的地方，也是我们"通天河文化考察小团队"的集结地。

今天是公历 2019 年 6 月 17 日，藏历的四月十五日，相传两千五百多年前的释迦牟尼佛祖于藏历木马年四月十五日觉悟成道，铁龙年四月十五日涅槃圆寂，因此这一日也被称为佛陀日、神圣月圆日。藏历四月是二十八星宿的萨嘎月，因此在藏族聚居区这一日也被称为萨噶达瓦节。这一天，藏族聚居区的男女老少都要穿上节日盛装，去寺院转经，去山上登高挂经幡、撒风马，据说当天念一遍经文，相当于平时念十万遍。

下午，文扎老师接上我来到贡萨寺，今天正好赶上十九世秋吉活佛的肉身法体灵塔开启，寺院里举行殊胜的法体涂金和信众瞻仰仪式。整个治多城的男女老少都穿着节日盛装，甚至从外地赶来的信徒也很多。我们先瞻仰了藏族聚居区最大的室内宗喀巴大师像，又去祭奠了第十九世秋吉活佛的肉身法体，在一圈又一圈的沉默转经途中，为众生离苦得乐，也为我们通天河之行的平安圆满祈福。

晚上在文扎老师家吃家宴，"通天河文化考察小团队"的另外两位成员欧萨和布多杰也赶来了。欧萨长了一张很有喜感的脸，微胖的脸庞虽有风霜但难掩孩童气，两年前第一眼相见，我就觉得他长得特别像 1983 年版《射雕英雄传》里的老顽童，浑身上下透着那么一股饱经风霜又天真幽默的劲儿；布多杰还是像两年前一样健壮沉默，只有眼光中不时流露出见到老朋友的欣喜和即将踏上旅途的兴奋。这两位都是两年前澜沧江源头和格拉丹冬冰川的老相识。至此，我们的五人"通天河文化考察小团队"正式集结。

外面下着雨，屋子里炉火正旺，隔壁间的佛堂里传来若隐若现的诵经声……

整个晚上，也不知道欧萨和大家用藏语说些什么，只要他一张口，满屋子的人就哄堂大笑，只见垂到他胸前的络腮胡子和蓬乱的长发搅在一起，在笑声的震颤中抖个不停。之后江源大地上每一个宿营的夜晚，大家围着火炉吃饭饮茶喝酒讲故事时，总能因为欧萨突然的一句话，笑得喘不过气来。经常是夜深了，我已经回到自己的小帐篷，大帐篷里还不时传出压低嗓门的哄笑声……

　　明天，明天我们就要踏上溯源通天河的征程了！

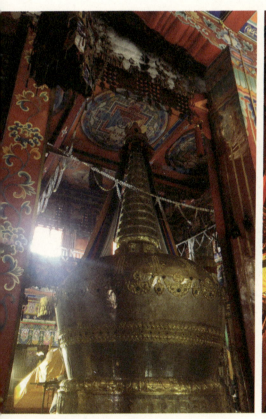

十九世秋吉活佛肉身舍利塔

藏族聚居区最大的室内宗喀巴大师像

第一部
源头十记

罗伯特·布莱在他的《心的旧货店》中写道:"狂野的标志是一种对大自然的爱,对沉默的喜悦,对自然事物的自由表达,面对未知产生的鲜活好奇心……野性如雾和雪那般狂野……"

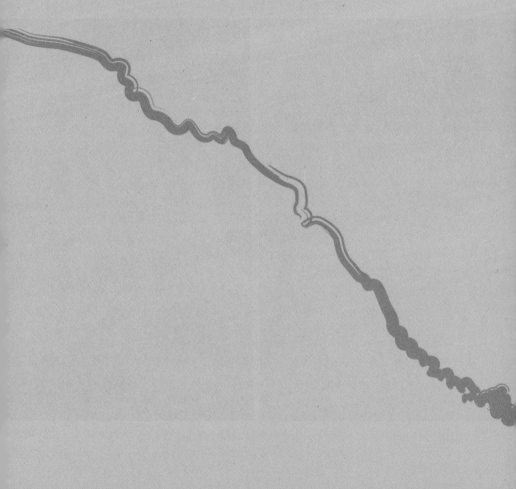

一、万物众生交响诗

早起拉开酒店的窗帘，窗外，大雪漫天！这雪不知下了多少时候，对面清晰的当江日纠山此刻已了无踪迹。出门时，一只瘸腿的棕黑色母藏獒，正领着三只幼崽围着路旁的垃圾桶觅食，远处传来若隐若现的诵经声……

不知什么时候，欧萨的皮卡副驾驶位置坐上了一位新成员，此人一身传统康巴藏族人打扮，白衣红袍，偏袒右肩，长长的发辫盘在头顶，上面缠满丝质的红璎珞，脖子上戴着由玛瑙、天珠、绿松石串成的项链，项链底下挂着嘎乌盒（一般藏族人胸口戴的小佛龛），腰间挂着镶嵌着宝石的康巴藏刀和火镰。文扎老师介绍说这是嘎嘉洛草原远近闻名的格萨尔说唱艺人——拉布东周。

文扎老师依然开着他那辆专为"源文化考察"置办的丰田越野车，我们"通天河文化考察小团队"和拉布东周六人双车，从治多县城加吉博洛格出发，一路向西，掠过格萨尔王妃珠牡的故乡嘎嘉洛草原，跨过有"十全福地"美誉的聂恰曲流域，奔驰进大雪纷飞的荒原……

不多时，已然是四顾茫茫皆不见……

梭罗在《瓦尔登湖》里写道："当达摩达拉（印度诸神之首，世界之主，毗湿奴的第八个化身，佛教中的黑天，幼时随父母被放逐曾经做过牧人）的牛羊群需要更大的新牧场时，他说过：'再没有比自由地欣赏广阔的地平线的人更快活的人了！'"

此刻，我们就是那群最快活的人！

大雪纷飞的荒原

初唱拉伊

前面的皮卡上，对讲机里欧萨和拉布用藏语轮番唱着拉伊，文扎老师给我同声翻译。欧萨的拉伊缠绵婉转：

绿颜色的布谷鸟啊 / 你远离自己的家乡 / 来到远方 / 你在寻找那棵美丽的树吗 / 如果找到它 / 请每年飞回来一次吧 / 我在远方默默地等你

拉布的拉伊嘹亮多情：

高高的山垭口 / 无论从哪个方向都能看见 / 虽然没有向它祈过愿 / 也许有给它煨桑的缘分 / 巴彦山脉的白额青马 / 无论从哪个方向都能看见 / 虽然没有给它搭过马鞍 / 也许有骑上它的缘分 / 镇上的美丽少女 / 无论从哪个方向都能看见 / 虽然没有和她说过话 / 也许有和她相爱的缘分

　　一般认为，古老的拉伊是藏族聚居区青年男女彼此倾吐爱慕时的诗歌体情歌，如《诗经》中的"风"，拉伊也运用赋比兴的手法，内容以即兴抒情为主。文扎老师说，完整的拉伊分为十二个部分，包括祭歌、颂歌、引歌、竞歌、迷歌等，涉及从男女相识到产生感情，再到求婚的全过程。虽然情歌只是其中的一部分，但流传最广，牧区长大的孩子从小都会唱："我是十三岁上的学，之前就是听年龄大一些的男孩、女孩唱拉伊，他们唱一首，我就能记住一首，一个夜里人家唱一百首的话，我一百首全部能记住，上了学以后就再不行，记忆力退化了……"

　　在《格萨尔》史诗《汉地拉伊宗》里，口才绝佳的拉伊大师梅琼和汉地的七位姑娘比赛对唱，如果梅琼赢了，内地的茶就可以进到藏族聚居区，如果输了，就开不了市。双方对唱了差不多一个月，内容犹如智力竞赛，最后梅琼胜出，这才有了后来通商几百年的茶马古道。

　　车窗外的雪越下越大，两个小时过去了，四野里没有见到一辆车、一个人、一只活物。我正在心里感慨这雪不知要下到何时何地，刚翻过一座山，它竟然毫无征兆地停了！白茫茫的天地间，一摊开阔的静水就

邦巴塘曲卡

这样猝不及防地出现在我们的右前方——两只野鸭在水面上空啾啾盘旋，一只母鸭领着七八只小鸭排成一列，在清澈见底的水面上凫水，身后留下一道粼粼的水线。大家都兴奋地下了车，轻手轻脚地走上前，文扎老师在我耳边轻声道："这里是邦巴塘曲卡，这种野鸭学名叫赤麻鸭，它们在藏历四月产卵，整个孵育过程就寄住在旱獭洞里。今天是萨嘎月的十六日，佛成道的第二天。每年的这一天，母鸭都会带着小鸭们从旱獭洞里钻出来，第一次下水。上千年来都是如此……"

我不禁暗叹：佛法慈悲，众生有信！在这空气稀薄人迹罕至的高寒雪域，万物众生也许已经与信仰的火种共振交感……

有龙则灵

到了南卡贡改山口，车停下来，索南尼玛和布多杰从后备厢拿出几沓厚厚的五色纸风马，在海拔4700米的凛冽罡风中，文扎老师带领大家一边撒风马，一边大声喊着"sousousou 拉—加—路"，祈请山神保佑我们此行平安。欧萨说这个山上以前有"龙"，很多人都看到过，他大哥小时候放牧就见过……我听着新鲜，怂恿欧萨仔细讲讲。他仰着头认真地回忆："我大哥那天在山里放牧，先是下了一场大雨，然后山上出现了像雾一样的云，一开始山和云是连着的，后来云往上飘和山分开，中间空的地方就出现了'龙'，'龙'的后半身在云和山中间，全是黑的……"

我怀疑欧萨口中的"龙"和我们汉族文化里的"龙"不是一回事，就从手机中找出"龙"的照片跟欧萨确认，他看着图片很肯定地说："就是这样的，是一样的！"正狐疑间，文扎老师缓缓转过身道："藏族有句谚语'山不在高，有龙则灵'。"我诧异地接口道："我们也有句名言，'水不在深，有龙则灵'。"文扎老师望着远方，声音在风中有些飘："藏族传说中的'龙'是一种海陆空通行无碍的动物，它夏季飞翔在空中，偶入大海掀浪，冬天冬眠在千年冰窟，舔石为生。"我想起《说文解字》中"龙"的条目："鳞虫之长，能幽能明，能细能巨，能短能长。春分而登天，秋分而潜渊。"看来虽然藏汉两地"龙"生活的环境不一样，但它们的基本特征还是相当一致的……

弯弯细细的崩曲一直伴随在我们左侧，文扎老师指给我看右后方的山包，说那是查崩山："崩曲就是从那里发源的，它在前方汇入口前曲，口前曲再汇入通天河……从查崩山开始，往西一直到通天河源头，所有的河流都往西流！"我侧目细看，果然，旁边的崩曲宛如一部交响乐的慢板自东向西悠悠淌过……

车头转而向南，一座戴着皑皑雪冠的山峰愈来愈近，那就是阿尼客嘉嘎瓦神山。传说阿尼客嘉嘎瓦是冈仁波齐赐予康区的一座神山，是西藏桑旦公松雪山之子，也是嘎嘉洛草原西面的守护神山。据说藏传佛教开宗祖师莲花生大师从龙宫请来的财宝，就伏藏在这座山的东面，后来格萨尔在嘎嘉洛草原赛马称王，王妃珠牡的哥哥、嘎嘉洛氏族的长子丹巴坚赞就从这座神山上掘藏出来自龙宫的宝藏，奉献给了格萨尔王。从此，格萨尔王和他的岭国开启了波澜壮阔的降妖除魔、开疆扩土、兴文演武、教化四方的辉煌事业。

生生之水

南卡贡改山口撒风马

阿尼客嘉嘎瓦神山（文扎供）

邦曲河畔的午餐

海拔越来越高，地平线越来越远，山也越来越矮……

正午时分，到达邦曲河畔。邦曲在这里的水道深而且宽，高原雪亮的阳光下，跳跃的浪花在水流上方追逐着天上的云，对岸柔缓的山坡上，几十头牛羊正悠悠啃着青草，一只全身黝黑、体形硕大的公牦牛在水岸边停停走走，似是若有所思……正当我看得出神时，同伴们已经卸下了锅灶食材，绿毯般的草地上立即摆满了新鲜的酸奶、青稞饼、骨肉相连、没放盐的水煮牛排，还有为我特意准备的蔬菜、水果，以及各种零食。欧萨早已架起了汽炉烧奶茶，此时壶嘴正突突往外冒着热气，几位康巴汉子早已手法娴熟地用随身的藏刀切下一块块牛肉，蘸上酸奶放进口中大快朵颐了。当一口热奶茶暖融融地入喉后，康巴汉子们脸上都显出美滋滋的神情……欧萨把切好的几小块牛肉放在我的小托盘里，我把肉放在奶茶里泡了一会儿，也一小口一小口地慢慢咀嚼起来……

邦曲河畔的午餐

格萨尔说唱艺人拉布东周

茶足肉饱后，欧萨躺在草地上又唱起了拉伊，文扎老师静静地对着邦曲的水面出神，索南尼玛和布多杰默默地打扫"战场"，我接过索南尼玛递过来的一个又大又圆的红苹果拿在手里把玩着，拉布站起身走到稍远处，采了一朵粉紫色的矮种牵牛花衔在口中，吹出嘟嘟嘟的调子……

欧萨指着左前方的不远处，说那是布多杰出生的地方——桑江萨昂玛（雪豹山）。1985年出生的布多杰藏语全名是岭仓·布多杰，"岭"是姓，"仓"是氏，这是个古老的姓氏，格萨尔赛马称王后做了岭国的王，因此"岭"也是国名，大家开玩笑说布多杰是岭国的后裔……"布"是男孩的意思，"多杰"是金刚，有坚固不坏之意。布多杰大学竟然学的是中文，毕业后就一直跟随文扎老师和索南尼玛在治多县民族语言文字工作办公室，平时除了做翻译，更多时候是随文扎老师和索南尼玛一起在野外考察做项目。用欧萨的话说，布多杰壮得像一头野牦牛。他平时脸上表情很少，也很少说话，更少谈及自己，可一旦他愿意和你交谈，眼神就会特别专注，脸上也会流露出真挚的神情。我问他小时候看到过雪豹没有，他只是茫然地摇了摇头……

索南达杰的精神遗产

文扎老师面向清阔的邦曲对我说:"邦曲发源于通天河源头最大的草场邦涌湿地(藏语名勒日措加),从这里往南过去一点就是。本地有句谚语:'勒池、勒玛(今曲麻莱县措池地区)是藏羚羊的王国,曲果阿玛(莫曲源头)是藏野驴的家园,烟瘴挂是雪豹的乐园,邦涌是鸟类的法会地……'所以那里的鸟类很多。2006 年,我们 UYO(环长江源生态经济促进会)和'世界自然保护联盟'(IUCN)合作了一个湿地保护项目,当时'世界自然保护联盟'要修一座瞭望塔。我们觉得在这么好的一个草场修一座铁塔好像不太符合当地的环境,正好当时索加乡的群众想给 2005 年圆寂的十九世秋吉活佛修建一座佛塔,所以我们和'自然联盟'提议把项目本土化,在邦涌湿地中心的勒日康祖山上修一座白色的石质佛塔,塔的顶部可以兼具瞭望塔的功能,'自然联盟'采纳了我们的意见。当地牧民听说后,自发地从山下背沙石料到山顶,参与建造佛塔,佛塔竣工开光那天,天上下起了八瓣雪花(一般雪花都是六瓣,藏传佛教认为八瓣雪花非常殊胜),而且中间是空的,特别殊胜。我们做项目就是这样,借鉴西方的方式,然后通过自己的文化去体现,到现在项目结束十几年了,佛塔在当地牧民心中形成了崇高的地位,这个佛塔后来由贡萨寺接管,他们每年专门派僧人驻守,僧人们既为信众讲经说法,同时也为湿地保护做义务监护。"

20 世纪 90 年代末,中国环保领域的先驱英雄杰桑·索南达杰在可可西里牺牲后不久,藏族聚居区第一家民间环保组织"环长江源生态经济促进会",由扎多(曾任索南达杰秘书、"青海省三江源生态环境保护协会"创立者)和文扎在索南达杰的家乡治多县组织成立。巧的是索南达杰、文扎和扎多这三人都曾先后做过治多县索加乡的党委书记。早期扎多在可可西里追随索南达杰,后来走出玉树,走出青海,在中国环保领域大放异彩。文扎一直坚持在长江源的土地上,从最初单一注重环境保护,继而转向兼顾对游牧文化的研究,到现在专注对"源文化"的探究。同索南达杰一样,他们都想探索出一条既能保护生态环境,又能保持本土文化，还能让家乡人民过上幸福生活的道路。UYO 已经走过了二十几年，第一任正副会长分别是扎多和文扎。我身边的索南尼玛是第二任会长，布多杰是第三任会长，索南尼玛做过文扎的学生，布多杰又做过索南尼玛的学生，欧萨在索南达杰进入可可西里前一直是他的司机。

英雄虽逝，薪火相传，索南达杰以生命践行的精神血脉始终生生不息……

我们此行，一定有杰桑·索南达杰的护佑和加持，怀着他的信念，带着他未完成的梦想，踏上他用生命开创的英雄之旅……

母山羊修行洞

邦曲河畔的午间小憩后，沿正西方向行驶一个多小时，就来到了牙曲河畔的雅格然玛仓孔——母山羊修行洞。同是通天河的支流，牙曲流域的山明显高、险且多起来，四周几座巨大的岩石山把眼前的这片草滩结成一个能量密集的天然道场。翻滚的水汽云团下，我们面前这座灰白的岩石山，犹如一具在远古大战中为挽救苍生力竭倒下的巨人身躯，微微侧起的胸口和地面之间，露出一个有三米来长、不足半米高的缺口，似是秘藏着巨人英雄用生命守护着的神秘圣物。文扎老师带领大家小心地从洞口俯身而入，一进洞立刻感觉一股寒气袭来，远处不知什么地方似是在滴着水，发出嗒嗒嗒空灵的回声，踩着脚下凹凸嶙峋的石块，借

探秘母山羊修行洞

母山羊修行洞中的图案　　　　　　　　母山羊图案

着手机电筒的亮光上下打量，这原来是个上下窄中间宽的灯笼形岩洞，大概有三四十平方米。布多杰和索南尼玛举着电筒照亮洞壁，文扎老师、拉布东周和欧萨上前仔细辨认，我也紧随其后。洞壁上有多处显现出赭红色的藏文最后一个字母"ས"（读"啊"音）的图案，一块前伸的岩石上有一个大大的左旋"卍"字，旁边石壁上有阴刻的"ཨོཾ་མ་ཎི་པདྨེ་ཧཱུྃ"（观世音六字心咒）。突然前方同时发出惊呼："噢！看这儿！"随声过去，只见一个非常清晰的山羊头四分之三侧面轮廓出现在追光里，两只短短的角长在额前，只露出右侧的一只耳朵，黑眼珠中间还有白眼仁，竟然能看出似有似无的长睫毛，鼻子巧妙地借助了一小块岩石的凸起，小巧精致的红嘴巴，由于赭红色勾边，显得山羊脸白白的特别突出。文扎老师已经双手合十，投影在石壁上放大了数倍的大胡子根根毕现。过了好一会儿，文扎老师才低声对我说："这个洞以前是一个修行洞，我很早以前就听说过，但不知道为什么叫母山羊修行洞，今天看到这个岩石上正好有显现的母山羊头图案，而且岩石上还有这些红色的'ས'，还有左旋的'卍'字，说明这个山洞很古老，应该从很早的苯教时期就有人在此闭关修行了……"

这是我们通天河考察路上遇到的第一个修行洞，以后顺流而下的漫长行程中，我们将不断地与深藏在江源千山万壑中的古老修行洞穴相遇，一步一步见证——人类精神领域直下信入的决心和逆流而上的勇气！

　　　　　　　　　　　　　　　　　　　　　　　　　生生之水

从雅格然玛仓孔出来，山中一片寂静，一股柔暖的风吹过来，小鸟在半空中鸣叫。天还是那么蓝，云还是那么轻，但仿佛已不再是从前那个世界了……

夜宿烟瘴挂，"熊出没！"

再上路直奔今晚的宿营地烟瘴挂下沟口。

左前方，一只发现了猎物的草原金雕正鼓胀着巨大的翅膀向下俯冲，在苍穹中画出一道优美的弧线；右前方，六只藏野驴脚步齐整地在我们车头几十米外列队前行，车子加速，它们也跟着加速，车子减速，它们也跟着慢下来。文扎老师说这个物种很偏，不服输，只要有什么跑在它们前面就一定要超越——原来这就是传说中的"驴脾气"！

与我们若即若离的藏野驴

与牙曲汇合后的通天河

顺着牙曲一路向西北行进，沿途有好几条细流汇入，牙曲也越来越宽阔丰沛。不知过了多久，只见左前方乍现一条深奶茶色朝东北奔涌的大河，它刚刚从神秘凶险的烟瘴挂大峡谷携着秘闻破谷而出！我脚下的牙曲此时仿佛突发神力，不由分说向前疾奔，一头扎进这条大河宽厚的怀抱，二水交汇处，激起雪亮的浪花！接纳了新血液的大河也稍稍放慢了脚步，在突然拓宽的河滩上，伸展出十几条犹如扇面的岔道——这就是传说中的通天大河！

不远处，一个天然的渡口就此形成，这就是通天河从源头下来的第七个渡口——秀勒然卡。欧萨告诉我说，这个交汇处的上面，还有一个渡口叫荣由然卡，这两个渡口对两岸的牧人和野生动物来说特别重要！

这时车头往南一折，离开通天河转入了两山间的峡谷，掠过漫坡遍野的牛羊，来到当晚的露营地，海拔 4376 米的烟瘴挂大峡谷东出口的缓坡上。雪好像追着我们，刚卸下装备准备搭帐篷，雨、雪、冰雹就三管齐下，几位康巴汉子有条不紊地搭起帐篷，架起铁炉，风雪中好像不见了文扎老师的身影……我一个人往山坡的草甸走去，雪越下越大，天逐渐灰白，站在高高的山坡往下看，整个世界正在隐去，天地间只剩下一座孤零零的白帐篷……

继续往高处攀爬，只见更高处文扎老师站在雪里，正端着一只碗口中念念有词，后来我才知道那是在念护法经。往后几十天的行程中，每到一个新的宿营地，搭好帐篷、烧开水后，文扎老师都要先舀起第一碗水，如此这般先念护法经和神灵祈请文，然后大家才坐下来喝茶吃饭……

回到帐篷，正好布多杰要去附近牧民家里讨新鲜牛奶，我和拉布东周一起跟了出去。到了帐篷口，布多杰示意我和拉布东周坐在车里等，他一个人走了进去。等待的时间里，雷声突然轰隆，后来文扎老师说那是烟瘴挂欢迎我们的"礼炮"。感觉过了好久，当布多杰手提装着新鲜牦牛奶的袋子走出帐篷时，只见一个穿红色藏服的小女孩从年轻的父亲身后探出头来，亮晶晶的大眼睛里忽闪着顽皮的星光……

晚上的主食是煮面片，索南尼玛是主厨，欧萨和布多杰帮工，三个人默契地往锅里丢着面片，索南尼玛又为我做了他独门手法的炝拌黄瓜。

生生之水

露营时，文扎总是把第一碗茶敬献给此处的神山圣水

欧萨和布多杰默契地往锅里丢着面片

饭后，其他几位男士都出去捡牛粪了，欧萨留下来用新鲜的牦牛奶给大家熬奶茶。我问欧萨他们为什么要去捡牛粪，欧萨说这边昼夜温差大，夜里要到零下十几摄氏度，所以要在帐篷里架火炉烧牛粪取暖。奶茶刚刚煮好，捡牛粪的队伍就回来了，大家围着火炉喝着热茶，拉布东周的说唱也开场了——暗黄的灯影下，只见他盘腿坐在帐篷深处，双手放在膝盖上轻轻地拍打，喉咙中突然发出一声深长的低啸，接着突然以极快的语速抑扬铿锵地一路说唱了下去……今晚拉布说唱的内容是《格萨尔》史诗中的《狩猎肉食宗》，讲的是当年在阿卿羌塘，也就是现在的可可西里一带出现了大批滥杀野生动物的狩猎人，女将阿达拉姆把这个情况汇报给了格萨尔王，格萨尔王就从黄河流域阿尼玛卿那边带领军队过来收服了阿卿羌塘，教化和安置了猎人们，从此整个阿卿羌塘变成野生动物的乐土……

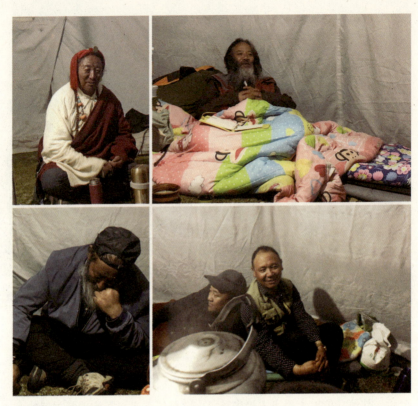

听拉布说唱《格萨尔》

　　拉布嘹亮苍茫的声音犹如精灵般弥散在帐篷中，既而穿透黑暗，穿越时空，身边的康巴汉子们似是着了魔法，身体前倾，左右摇晃，半张着嘴，似有跃跃欲试之态。

　　余音缭绕中，文扎老师低声告诉我，史诗中，阿达拉姆向格萨尔王汇报时，提到了阿卿羌塘这一带的山水环境，其中就讲到烟瘴挂十八大城堡，每一座城堡都是一座直耸入云的巨石山，这些城堡大多以动物命名。相传在格萨尔建立岭国之前，包括格萨尔的总管戎查察根在内的十八位英雄都曾是这些城堡的主人，其中狮子天堡森格南宗最有名，为岭国三帅之一的"人中之狼"森岱阿当所属，英雄杰桑·索南达杰就曾经生活在狮子天堡脚下。

拉布从小也在烟瘴挂长大，传闻他二十一岁时到拉萨朝圣，回来的路上在荒野的酣梦中得到天启，后又经过多位大师点化，被赐名"拉布东周"，"拉布"是天神之子，"东周"有圆满事业之意。从此嘎嘉洛草原上诞生了一位远近闻名的格萨尔神授艺人——巴仲。据拉布讲，史诗中狮子天堡森格南宗在末法时代将化成一座天然的佛塔，拉布坚信未来这里一定会成为人们朝圣的一方净土。

　　…………

　　夜深了，我回到自己的小帐篷，无星无月的夜里，只有雨滴和雪粒混合成的嗒嗒声落在帐篷顶，夹杂着大帐篷里如变奏曲般此起彼伏的呼噜声……突然感觉外面有动静，有什么东西磨蹭着我的小帐篷，持续发出嗷嗷的叫声。然后它又转到大帐篷那边，喉咙不间断地发出闷吼，过了一会儿又转回到我的小帐篷，好像用嘴在拱帐篷门……难道真的是棕熊吗？！先前在大帐篷里烤火时，欧萨对我说夜里会有棕熊，那时我理所当然地以为他在吓唬我，这时心里不免有些狐疑，战战兢兢起身检查了一下帐篷的拉链，还好已经拉严。过了好久，那个东西低吼着走远了，可是没一会儿，那个声音又出现在帐篷周围，等它又一次贴近小帐篷门时，我的心跳怦怦怦突然加速，感觉心脏马上要从胸口跳出来了！据说野生动物能感应到人体因恐惧分泌出的激素而发起攻击，我赶紧调整呼吸，心中默念观世音菩萨的六字心咒……心渐渐平静下来……过了很久，嗷嗷的叫声由近及远，逐渐淹没在夜的深海里……

　　后来就再也睡不着了……

　　这漫长的第一天。

二、在信仰的高原上

艰难的一夜之后，第二天一早迎接我的，是雪后灿烂的朝阳。提起昨夜的"熊"，同伴们都面面相觑，异口同声说"没听见！"

再次登上昨天的小山坡，万道霞光中，看着我的小绿帐篷依偎在大白帐篷身边，感觉亲密了许多……

初识白莫荣

早餐后，收拾好行装又出发，今天我坐上了欧萨的副驾驶座位。车窗外，高耸着的灰白色岩石山层层叠叠一眼望不到边，这里就是方圆千里的烟瘴挂山系。由于通天河流经的烟瘴挂大峡谷不能通车，我们只得从它东南侧的白莫荣峡谷绕行，一路西南前往烟瘴挂的上沟口，也就是通天河大峡谷的入口。

车刚驶进白莫荣峡谷天就开始飘雪，进谷越深，雪花亦密。欧萨说白莫荣是母沙狐的意思，我因此渴望与一群小沙狐在谷中相遇，然而并没有……感觉过了许久，车子忽然往右一转，又行驶了差不多 20 分钟，风雪弥漫中感觉置身于一个宽且深的圆形山谷，欧萨指着右前方朦朦胧胧的一处所在，说那就是昨晚拉布故事中的狮子天堡。风雪迷离中，我仿佛看见它的主人，"人中之狼"森岱阿当头戴胜幢头盔，手持宝剑，纵马扬鞭从千年史诗的迷雾中疾驰而来……刚刚还若隐若现的那些白石山，此时似是亦随英雄的显身瞬间隐遁……

耳边响起欧萨的喃喃自语："我就生在烟瘴挂呗，那个里面特别难走，熊也多，骑马也好好骑不上，特别窄……两边都是石头的那样一个沟呗。那个里面故事多，有很多洞，四五个差不多修仙洞那样的……有

初识烟瘴挂

个女神仙住过的洞叫觉母道拉……以前帐篷没有……野人打猎的时候住过的有两个洞，野人吃生肉，喝冷水，不会生火这样的故事也有呗！冬天通天河结冰了开车可以进去，熊也钻洞了，比较安全……"

"多杰·文扎"的秘密

在风雪弥漫的沙石路间奔行了近两个小时，终于驶出烟瘴挂山系。转过一个弯，迎面刚下过雪的青绿山坡上，几十只健美挺拔的藏野驴，姿态优美地在草滩上静静站立着，似是在倾听，更似在祈祷，我们的到来亦没有惹它们多看一眼……一条静静的河流自东北方缓缓地流过来，无声无息地从它们身边流过……这就是君曲——"藏野驴河"，江源果然诚不我欺！不远处，君曲与自南向北从我们身边流过的莫曲相遇相聚，

藏野驴河边的藏野驴

桀骜的多杰·文扎山

继而往北，携手奔赴彼此的终极宿命——通天河。

在丰饶的莫涌草原上往南行驶了约莫一小时，远远地望见一座桀骜突兀的山峰，文扎老师说那是整个莫涌草原最著名的一座神山——多杰·文扎山。传说这座山的山神曾经赠送给雅拉部落首领一颗九眼天珠，因此被雅拉部落奉为神山。传说山上还有一只神秘的红色猎犬，一旦有人靠近它就会追着吠咬，若是有人胆敢冒犯，此人就会突然生出怪病甚至不治而亡……因此人们从不敢在这山上打猎，也不敢在它跟前大声呼叫……

这时文扎老师向我透露了一个小秘密，原来本名"旭日·文扎"的他还有另外一个名字，就叫"多杰·文扎"——他难掩激动地告诉我："90年代末我在索加当书记的时候，有一天晚上梦见自己给十九世秋吉活佛写了一封信，信的主要内容就是让秋吉活佛给我起个名字。梦里边回信很快来了，是一张卷着的纸，展开一看，上面就写着'多杰·文扎'。'多杰'就是坚固不坏的金刚，'文'是佛法中'息、增、怀、诛'四事业中的'怀业'，'扎'是'诛业'，但这个'多杰·文扎'我平时不用，一般人也不知道，秋吉活佛在梦中给我起的名字，我很珍惜！这座神山的名字和我梦里得到的名字完全是一模一样的……"

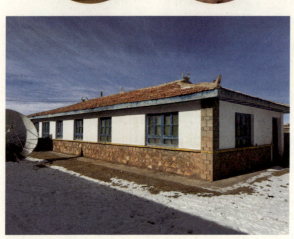

索南达杰亲建的牛头屋（欧萨供）

"牛头屋"和"安康医家"

寂静的荒原午后，一阵困意倏然来袭，恍恍惚惚睡去……再睁开眼，竟然看到了街道和房舍，该不是做梦吧？我使劲儿揉了揉眼睛，这时已停下车的欧萨指着街对面的院子说："那里就是以前的索加乡政府，里面的'牛头屋'就是索书记的办公室。"文扎老师像是在等什么人，趁这个时间，我走进院子。一进门，就看到左首那座红瓦白墙蓝色房檐和窗户的砖柱土木结构的瓦房，转过去朝南的门两侧墙上开了六扇天蓝色的窗，屋顶的正中竖着一个大大的镂空"A"字，两侧用水泥浇筑着两只栩栩如生的牦牛角。据说这座由索南达杰亲自设计的"牛头屋"是索加乡第一座坐北朝南的建筑（以前牧民的房子都是按搭帐篷的传统坐西向东）。据欧萨讲，当时的建筑材料都是索南达杰带着他们从五百里外的格尔木一点点拉上来的。据文扎老师回忆，20世纪90年代末他做索加乡书记的时候，就是在这间"牛头屋"办公，晚上也睡在里面……"前些年索加乡政府搬进新房子后，这里一直空着……"

在风雨的清洗下，在时间的打磨中，这座"牛头屋"似是已经与头顶的蓝天和脚下的土地融为一体，愈发显得坚固硬朗、器宇轩昂起来……

一年后，我得到消息："三江源国家公园长江源区管理处"计划将"牛头屋"保护起来，作为"索南达杰的纪念馆"。我心下安慰——它终于等到了自己最好的归宿。

刚从院子里出来，一位身穿深咖色西服外套，头戴黑色牛仔帽的清秀男子从街的另一头走来，和文扎老师、欧萨握手问好行过贴面礼后，这位男士带我们穿过一条巷子，来到一排相当气派的现代藏式房屋前，正中的牌子上挂着"索加藏药制剂室"七个绛红大字。他把大家领进里间的"贵重藏药库"，一进门就见到最上层最显眼位置摆放着绛红底金字包装的"安康仁青四大强身大宝丸"。两边直通到屋顶的药架上摆满了设计风格统一，蓝、红、赭不同色系包装的各类盒药。我匆匆扫了一眼，从名称上看就有久西丸、加日西同、安康布南藏红、安康闹布堂南、安康米曲西明、七十味珍珠丸等不下十个品种。此时太阳光从西南侧窗口照进来，正好照在那位男士礼帽下深棕色的脸上，我蓦地认出来！他就是两年前带领我们进入格拉丹冬冰川的索南更青医生！也是因为当时他的三颗药丸，我瞬间止住腹痛，在冰天雪地里顺利走下来，完成了深藏的夙愿……

十三代传人索南更青向我们介绍安康医家的自制药品

"安康医家"是古老的藏医世家，其特色是就地取材，随疾配药，在治疗肝病方面远近闻名，据说在补肾壮阳类药品上也有秘方。索南更青是"安康医家"的第十三代传人，听说因为前些年治愈过玉树州上的一位官员，因此声名鹊起。近年来在地方政府扶持和他本人的励精图治下，安康藏医藏药在传承和创新方面都取得了不错的进展。20世纪60年代，"安康医家"搬迁到了位于青海省西南部最偏远的牧业乡——索加乡，因索加与西藏自治区安多县相邻，索南更青谨记祖辈遗训，除了本乡的患者，还定期为西藏安多等地就医困难的牧民义诊送药，数十年来从未间断。因此，牧民对他都非常信任和敬爱……

莫曲和君曲的交汇处，远方的雪顶就是嘎瓦拉泽神山

五世达赖与"吉祥泉"

本以为莫曲在我睡着那会儿已经偷偷远去，没想到就在我们从索加乡政府往西一拐准备径直北上时，它早已等候在那里。再上路它像是与我有了默契，一路相伴相依，无声解语……再一次经过莫曲和君曲的交汇处，不过这回我们已经绕到了它的对岸，驻足近观，两股水流在彼此身不由己的冲撞激荡中，共同拉开一张宽且浅的巨大水网。夕阳余晖中，广阔的水天之间，纵横的滩渚之上，几只不知名的灰褐色水鸟，踏着细长的脚正凝神远眺，水网尽处，那座犹如圣城护城墙的带状山脉的中心，就是我们今天行程的终点——嘎瓦拉泽神山（白色的尖顶神山）。

刚刚壮大成熟的莫曲贴着嘎瓦拉泽东侧将我们引入山谷，在神山的怀抱中搭好帐篷后，我和布多杰随着文扎老师去探访五世达赖亲自加持过的吉祥泉。一路往上，一丛丛热烈的红景天，在我们脚下争先恐后捧出火红的伞状果实，接引我们走到半山处的泉眼旁——这里是一片开阔的沼泽地，分布在高山草甸间的泉眼和长江南源当曲源的形貌有些相近，清凉的泉水一股股从湿茵茵的沼泽地下涌出来，汇聚在深深浅浅的草间泥洼里。

　　据《五世达赖喇嘛自传》中记载：公元 1652 年，也就是藏历火龙年三月十五日，五世达赖喇嘛阿旺罗桑嘉措由三千余人随同，从哲蚌寺出发，前往北京觐见清朝的顺治皇帝，当途经康区的莫曲流域时，曾在莫曲河畔的嘎瓦拉泽神山脚下宿营一晚。那一夜，在大师的深定中，整个康多地区的山神都赶来朝拜供奉，大师清早出定后，独自一人走上嘎瓦拉泽的半山腰，在一片喷涌而出的右旋泉水旁停下了脚步，面对初生的旭日诵经祈祷，当场写下了涌动着充沛诗意和无限喜乐的《扎西其哇煨桑颂》。这就是曲果扎西其哇——吉祥右旋泉名字的由来。

清凉的泉水一股股从湿茵茵的沼泽地下涌出来

生生之水

我们从西往东一面走一面数泉眼，走过一片铺满碎石子的河床时，文扎老师说当年五世达赖加持过的泉眼可能就在这里，可是眼前的河床早已干涸，看不出一丝泉流涌动的痕迹……三百年间，已足够一场沧海桑田……

正当文扎老师说着"有八个泉眼，吉祥八宝"的时候，刚刚还阳光明媚的嘎瓦拉泽山顶，突然就阴云疾聚，碎钻般的大雨点毫无征兆地噼里啪啦砸下来，大风和冰雹也劈头盖脸后发先至，我们的全身上下立即就被打湿了！返程的风雨中，文扎老师一路念着护法经……快接近帐篷时，我想回头用镜头记录下眼前的景象，刚一转头，风、雨、雹瞬时猛骤，暴击我的脸，布多杰用手帮我护着头，但雨点冰雹还是从他手指缝间击打过来，我忍着激痛透过雨雾记录下了这一刻的风云突变……

刚到帐篷门，雨、风、雹不可思议地突然消散，阳光乍开，露出刚刚洗过的笑脸。帐篷内，索南尼玛和欧萨正在准备晚餐，火正旺，茶正香，青菜牛肉刚下锅，靠在欧萨和索南尼玛给我铺的又软又干净的厚垫子上，身心无限满足。正捧着水杯喝热茶，突然外面一声大喊："快来看彩虹！"帐篷里的人飞奔而出，只见东面的半空中，一道巨大完整的七彩光拱架在莫曲的两岸，映照得整个山谷一片辉煌。彩虹桥右上方，一团闪着白光的巨大云朵从灰蓝色的天空背景中凸显而出，仿佛就是昨天我们在母山羊修行洞中见到的那只山羊头，只是更大！更逼真！此时，从

一道巨大的七彩光拱架在莫曲两岸

我的角度观看，它似已不只是在空间的远处，更是在时间的外面……

几位康巴汉子早已经面对彩虹膜拜祈祷了……

回到帐篷时，文扎老师告诉我，藏族人一般把彩虹当作吉兆。在诸多佛教大师的自传和《格萨尔》史诗里，神灵们常常以示现彩虹作为对出现在地上的吉事、圣事的一种赞许以及悦喜……

当晚的梦里，在一片炫目的彩虹中，我瞥见一位身穿绛红袈裟的侧影伫立在吉祥泉边虔诚地祈祷……

第二天一早，当我再一次攀着陡坡来到传说中的吉祥泉眼处时，文扎老师早已面朝新日打坐多时了，金灿灿的日光洒在他飘洒的大胡子上，散发出一种神圣的光泽。对面的加琼塞姆卡（灰白公主殿）山顶，经过昨夜的雪，此刻像戴了一顶雪斗笠，有轻盈的白雾自山顶往上升腾，漫天朝霞映着细小的水珠，似是神鸟张开晶莹剔透的七彩羽翼……一朵突然绽放的巨大的光的烟花，自太阳中心弥散，流瀑般洒向山谷中，投入清晨的莫曲内，燃起一团金灿灿的水的焰火……脚下的泉水也倏地流光溢彩起来，掬一口清泉入口，清洗昨夜的梦，它便更清晰地显相出来……

嘎瓦拉泽神山上，面朝新日打坐的文扎老师

三、因献祭而永生

拜别嘎瓦拉泽神山和吉祥泉，沿莫曲北上，来到山谷的出口，在这里，莫曲终于投入朝思暮想的通天河东去的洪流，而通天河，也将告别"终日闲闲"的漫游，把从源头过来数千米宽的辫状水道疾收为一束，整饬行装，进入绵延十余千米的万里长江第一个大峡谷——烟瘴挂大峡谷。

前往烟瘴挂上沟口途中

生生之水

烟瘴挂大峡谷

关于烟瘴挂大峡谷的形成，欧萨给我讲了一个古老的故事："传说通天河从源头一口气流到第五个渡口嘎哇才塘然卡，在那里休息了三个晚上……那时候烟瘴挂附近的山神们都来了呗，雅拉达泽呀，嘎哇达泽呀，还有昆仑山，都聚集在一座最高的山峰上开会……山神们商量着要是通天河直接流过去，很快就流干了，大家决定把自己地盘上的水都贡献给通天河，这样通天河就会一直有水，沿途的生灵就都能得到帮助……本来通天河接下来是要向西北面的可可西里流过去的，当时可可西里的山神已经过来迎接了，但是这边的山神们想着最好把它留在自己的地盘上……经过三天争吵，谁也说服不了谁，尤其是可可西里山神和雅拉达泽山神，一个想把通天河拉向北面，一个要拉向东面，最后的结果就是通天河必须从烟瘴挂东北面流过去，尽量往北流远一些，这样可可西里山神和雅拉达泽山神都没意见，又能尽量为通天河争取更多的水，造福更多的生灵……那时候烟瘴挂东北边全是山，没有路，山神们正着急着，从黄河源头过来的雅拉达泽山神拿起一块大石头，放在指甲上就这么轻轻一弹（此时欧萨的右手做了个弹指的动作），就把山给劈开了呗，通天河就顺着劈开的豁口流过去，就是这个通天河大峡谷……那块大石头现在还在那里呗……"

欧萨的故事里，雅拉达泽山神后来娶了当地的女子为妻，繁衍生息，就是"玉树四族"之一的雅拉部落，这一带也就成了雅拉部落的驻牧地……

当代第一个用汉语"烟瘴挂"称呼长江第一大峡谷的人，是一位来自四川乐山的漂流探险家尧茂书。1985 年，一个叫肯·沃伦的美国河流探险家放出消息，要在第二年"首漂"长江，这个消息刺激了当时许多热血的中国青年，其中之一就是在西南交大电教室工作的青年教师尧茂书。生长在长江边的自觉和多年自发的漂流训练，以及数年间对长江源头资料的收集整理学习，让尧茂书决心抢在美国人之前捍卫中国人的长江首漂权。经过短暂的准备，尧茂书和他的三哥尧茂江带着一只叫"龙的

长漂路上的尧茂书
（绿色江河志愿者刘莹手绘）

传人"的橡皮筏和简易的行装，开始往长江源头进发。经过三个多月的艰难辗转，在 1985 年的 6 月 12 日，兄弟二人终于到达长江源头格拉丹冬雪峰下，并把一面五星红旗插到了当时国家考察队认定的正源姜古迪如冰川上。随后，他们驾着"龙的传人"号，开始了更为艰险的"长江首漂"……两兄弟从长江源的姜古迪如冰川漂流 300 多千米后，三哥尧茂江因假期已满，带着两人采集到的一手资料先行返回。7 月 3 日，尧茂书独自驾着"龙的传人"号橡皮筏，进入了长江从源头过来的第一个大峡谷。一入峡口，劲风逆流而上，巨浪迎面扑来，船行十分困难。惊魂未定之际，他抬头往谷内张望，据说见到鼓荡盘旋的雾气，如层层烟瘴笼罩在峡口的激流巨浪之上。靠岸后，尧茂书从一位当地牧民口中打听到了大峡谷的藏语名，他根据藏语音译和现场看到的景象，在地图上郑重标注了"烟瘴挂"三个汉字。

我向文扎老师求证"烟瘴挂"的藏语发音。他说"烟"更接近的发音是"牙"，牙曲到烟瘴挂这一带，方圆百里的地名都以"牙"字打头儿。"牙"就是野牦牛；"瘴"是河床；"挂"更接近的发音是"嘎"，意为白色。合起来大意就是"白色河床的野牦牛山"，看来这一片曾经是野牦牛的乐园啊……

"尧茂书是第一位漂流长江的人，也是完整漂流通天河的第一人。"令人扼腕的是，在他以惊人的毅力、胆识和能力，在人迹罕至、气候恶

生生之水

劣的长江上段完成了 1270 千米的漂流壮举后，在 7 月 24 日刚刚进入金沙江的起始段后不久，便不幸触礁身亡……就如盗火的普罗米修斯，尧茂书播下的火种在他的身后燃起了一代中国青年的热血，在他离去后的第二年，也就是 1986 年，数十位被感召的热血青年，完成了中国人首次漂流长江全程的壮举。而伴随这次被誉为世界探险史上"最后的伟大征服"的是——包括尧茂书在内的十一位勇士永远长眠在"滚滚长江东逝水"中……

而那些活下来的人，从此再也没有挣脱出万里长江的魔咒……

可惜的是，这一次我没有能够进入烟瘴挂大峡谷，没有能见识到这一段壮阔的通天河，这也是为什么两年之后，我会义无反顾地重返烟瘴挂。或许，对我和通天河来说，只有通过岁月的淬炼，经过实际行动的补全，才能实现彼此关系的跃迁……

古渡无痕

莫曲和通天河汇合后往西不远，就是嘎哇才塘然卡渡口。这是一片广阔的美丽滩地，河滩中长了许多的黑棘灌木，这就是欧萨故事中，通天河休息了三个晚上的地方……

在一个叫作"盘羊头"的山口下车撒风马时，一辆黑色切诺基从后面赶上来。对方见到我们立即下了车，赶上前亲热地跟欧萨和文扎老师攀谈起来，原来是贡萨寺十九世秋吉活佛的弟弟扎西和他的外甥，欧萨和扎西看起来特别熟，整个交谈过程中扎西的手就没离开过欧萨的肩膀。原来扎西也在贡萨寺出家，之前一直跟着十九世秋吉活佛做管家，秋吉活佛圆寂后，他负责转世灵童的培养，贡萨寺第二十世秋吉小活佛今年十二岁，目前在日喀则的扎什伦布寺学习，前不久扎西刚回贡萨寺处理寺务，今天刚好要返回扎什伦布寺。

看着越野车绝尘而去，我感慨缘分的不可思议，在这条朝圣的路上，我们竟然以这样的方式和"十九世秋吉活佛"再一次相遇……

又往西行驶了一程，海拔越来越高，天也越来越冷。前方有两座岩石山比肩而立，那是贝扎山、琼扎山，我们在贝扎山的南口停下来，这

苍茫古渡

里的通天河水势平缓，颜色棕黄，有点儿像欧萨熬的奶茶。文扎老师指着斜对岸的浅滩对我说："那里就是长江的第三个渡口——贝扎渡口，从那里往下有一座达哈山脉，正对着的就是长江的第四个渡口达哈然扎卡，也叫班禅然扎，当年九世班禅出走内地时就是从那里渡河的。藏语里的渡口有两种，一个叫然卡，是用牛羊来渡河的；一个叫哲卡，是用皮筏子渡河的。以前通天河从源头到出口没有一座桥，渡口就是内地到西藏唯一的通道，民间朝圣、茶马商道和官方往来都要靠渡口才能到对岸，所以渡口在当时是特别重要的，要派专人专门把守，一般在源头的渡口名字都带有地标性，就是哪个河汇入，经过哪座山，往下走就是白塔、寺院这些……"

终于又可以在通天河边午餐了！相比第一天的邦涌湿地，这里的草滩明显颜色偏黄，草根更硬，显然这里的夏天还没有到来。不知从哪里跑来两只小黑狗，大些的是一只藏獒，另一只小猎犬看起来也就两三个月，很像我在北京养的德牧"黑格尔"小时候的模样。两只小狗看来搭伴生活有段时间了，动作很默契，欧萨不时扔过去一块带肉的骨头，小狗们津津有味地埋头啃着。临上车时，它俩依依不舍地跟在我们后面，我不忍地抱起那只小猎犬，欧萨苦口婆心地劝我放下，说只要让它缠上我们就没法脱身了，我们不可能带着它们，我只好惆怅地将它放下……

搭伴讨生活的小藏獒和小猎犬　　　　　　　　　　　　　　　　　忍痛割爱

囊极巴陇的思辨

　　长江，作为养育华夏民族的两大母亲河之一，从古至今，生活在中下游的人们，都在不知疲倦地追索着这条大江的源头，由于受每一个时期具体条件所限，所谓"源头"也是一个不断往上推进和确认的过程。早在战国时成书的《尚书·禹贡》中，就有"岷山导江""江源于岷"的记载，岷江自此作为长江源头持续了一千多年；到了明代，一位具有实证精神的旅游探险家徐霞客，怀着疑问和憧憬继续往上追溯，"北历三秦，南极五岭，西出石门金沙"，最后断定金沙江才是长江的源头；到了清代，朝廷"屡遣使臣，往穷河源，测量地度，绘入舆图"，清康熙帝时所制《皇舆全览图》已将长江源头推至今青海境内的长江源一带，并清晰标注了通天河的名称及线路，但无法确定哪一条才是长江正源，最后只得以"江源如帚，分散甚阔"结论；1913年出版的《青海图说》载："长江，古名丽水，一名神川，一名初午牛，其上流蒙名木鲁乌苏，番名州曲，或译曰直曲、周曲，普通日通天河。"这里的"州曲、直曲、周曲"就是文扎老师口中的"治曲"，即母牛河。近代地图上，曾以发源于格拉丹冬雪山群东侧的尕日曲（下段称尕尔曲）注记为通天河。直到 1976 年长江源考察之前，现在的青藏铁路"通天河沿站"往上还被称作通天河上段，也就是有史料记载以来，通天河都是从源头算起的，但近几十年，随着以"江河惟远"的现代科考思路的强势介入，长江正源的认证也几易其址，不

但"治曲"作为长江的正源不再被提及，相应地，和"治曲"语义对等的通天河也被肢解降格，即把"上段"从通天河中直接截除，而把治曲和玛曲（沱沱河，意为缓慢流动的红江）的交汇处作为通天河的起点……

我们的考察本着尊重历史、尊重传统的原则，对层出不穷的当代"科学论证"暂抱静观其变的态度……

从囊极巴陇回望大江来处

生生之水

午后的啸风中，到达高耸在通天河北岸的囊极山脚下。从这里举目西眺，地平线上茫茫白雪冠顶的起伏山峦之间，雄阔、平展、缓慢的数不清的细流形成的巨大水网，犹如一张巨型扇面自西往东收拢而来。治曲和玛曲的交汇处，本地人称作治玛桑朵，江源考察者叫作囊极巴陇的地方，就在囊极山的侧后方。布多杰专心致志地操作着无人机拍摄，拉布一个人呆呆地坐在草地上，仰望着天不知在想什么，文扎老师和索南尼玛已经带着摄影装备直奔囊极山顶了。欧萨不知什么时候坐到我身边，悄悄地对我说："囊极山藏语是打岩羊的地方，这个山上岩羊多呗，也有雪豹，从前的猎人死了就埋在这个山上……"

从这里往西，或者说往上，就是《格萨尔》史诗中北部狩猎部落活跃的区域了。在神话和史诗中，这里高寒荒芜，生命稀少，生存艰难，那时，佛法也还没有普及到这里，人们靠猎杀野生动物为生，狠暴凶残。在与严酷的自然环境和凶猛野兽的搏斗中，一代代年轻的猎手死去，在莫测的自然力的威胁下，人们深切感受到生命的无常，内心深处渴望从严酷的轮回中解脱，在内心的虔诚召唤到达顶点时，佛祖慈悲的法轮也

终于转到了这里，人们也从此找到心灵的安稳……而后，他们开始圈养动物，繁殖牛羊，由狩猎为生渐渐过渡到半猎半牧，经过许多世代以后，成为纯粹的牧人……

呼啸的风中，滔滔江水轰拍石岸，依然有清脆的鸟鸣婉转其中……

杨欣和他的"绿色江河"

顺着玛曲的来路向西向北，翻过一座山，又掠过表面犹如一滴晶莹泪珠般的念西错湖，晃过数百只羊组成的绵羊大军，就来到了位于青藏线上唐古拉镇的"长江源水生态环境保护站"。这是一座绛红色藏式风格的二层建筑，据说设计师是来自北京和深圳的志愿者。推开北窗就是缓缓东流的玛曲，门前开阔的滩地上，竖立着一座回旋腾飞的龙形雕塑，一看便知是万里长江的造型，果然旁边的石头上写着"长江龙——此处距玛曲的源头姜古迪如冰川 278 千米"。

路遇数百只羊组成的绵羊大军

生生之水

头戴黑色棒球帽、身穿短款黑色羽绒服的保护站主人杨欣已经在门口等候我们了，故人重逢，大家都很高兴。和文扎老师、欧萨留着同款大胡子的杨欣就是前文提到的"1986年长江漂流"的主要成员。"长漂"之后，他创立了致力于长江上游生态保护的"绿色江河"民间环保组织。1997年，"绿色江河"在可可西里建立了中国第一座民间自然保护站——索南达杰自然保护站。2012年，又在唐古拉镇建成中国第二座民间自然保护站——长江源水生态环境保护站。

三个大胡子簇拥着进了保护站的门，只见一幅巨大的姜古迪如冰川图挂在正中，设计简洁大方的原木家具、摆放讲究的设备和资料，明净的窗几，浓香的咖啡，清秀精干的男女青年志愿者，据说后面还有标准间式的宿舍和浴室。这一切竟然就在青藏线荒凉的西部小镇上……

2013年，"三江源生态环境保护协会"秘书长扎多得到消息，地方政府要在烟瘴挂下沟口附近建一座"牙哥水电站"，他担心如果牙哥水电站建成，烟瘴挂的生态会遭到破坏，于是找到杨欣，希望共同想办法阻止。为此，"绿色江河"于2014年初组织数十个领域的专家和志愿者对烟瘴挂进行了为期一年多的"生物多样性"考察，结果发现了包括九只雪豹在内的六种国家一级保护动物。那年年尾，一个阳光灿烂的午后，刚刚拿到中科院项目评审意见的杨欣，在北京和我探讨在《源·三江源生态人文》杂志上做一个烟瘴挂专题，没想到今天在他的大本营重逢……

志愿者运送考察物资（杨欣摄）

高原的太阳光无遮无拦，透过落地的大玻璃窗照进屋来，所经之处，桌子、椅子、水杯、书籍、人的脸都罩上了一层斑驳的金色。杨欣、文扎老师和我坐在靠窗的桌前，继续那场在北京尚未完结的对话：

　　"那一年烟瘴挂的考察结果出来后，牙哥水电站被制止了吗？"刚坐下我就迫不及待地问。"当时项目报告经过中科院专家评审后，我还写了篇文章给《中国国家地理》，登出来后出现了很多批评的声音，这些意见被当作舆情上报给了当时的青海省委书记，后来发改委主任去应对，承诺'我们绝对不会（在烟瘴挂）建水电站'。第二年青海省政府出台了一个正式文件'青海省境内禁止一切小水电的开发'，后来把烟瘴挂划为了'三江源国家公园'核心区域，这就永久地保护起来了呗。"说完，杨欣下意识地摸了摸颔下的大胡子。

　　长江源保护站建立的最初目标就是要解决长江源的垃圾问题，想着我们一路走来，江源腹地牧民们处理垃圾的不易，我很想知道"保护站垃圾处理工作平时都是怎么做的"。杨欣指指窗外："老百姓把垃圾拿来，10个矿泉水瓶子换一瓶矿泉水，10节废电池拿来换10节新的，也可以折算成钱，去小店买东西，我们给小店结算。我们一年收矿泉水瓶子10万多个，各种垃圾收了之后，我们这儿有个便利，一是我们自己有车，另外利用青藏线上返回的空车，用很少的钱运到格尔木。后来我们又想了个办法，用军车，军队要做军民共建，领导都到这儿来，他们也需要新闻报道，需要多少车他们开来了，把垃圾运到格尔木拿去卖了，卖的钱还给我们。还有一种方法就是把垃圾打成小袋，让自驾车游客带走，游客们都很愿意为保护长江水源做贡献，我们的志愿者把垃圾袋做得也很漂亮、很卫生，挂在车上不影响美观，游客把垃圾运到格尔木驿站后，会得到一张明信片和一罐（一袋垃圾一罐）百威啤酒。今天下午刚有几辆自驾车经过，十几袋垃圾全带到格尔木去做垃圾处理了。"

　　我端起面前的咖啡喝了一口，立刻，一股热腾腾香喷喷的幸福感涌上心头……

　　"六年前您说要在这里建'长江1号'邮局……"

　　"你看旁边那个房子就是'长江1号'邮局啊，2016年建成的。"杨欣指着窗外的红房子和绿邮筒说，"产权属于中国邮政，委托我们代管。建成之后沱沱河镇上开餐馆的、开加油站的、铁路的、部队的，所有周边的 EMS 快递都集中到我们这儿，邮差每周从格尔木上来一趟。"杨欣嘴角忍不住流露出一股笑意，"记得有一年中秋节前夕，我们的志愿者说中秋节能吃上月饼吗？我说你发个信息出去吧。他们就在志愿者圈发了个消息，结果一下寄过来四十多盒，送月饼那个快递员那天冒着风雪上来，我就说八百里风雪送月饼（青藏公路沱沱河到格尔木的距离是 420 千米），吃不完哪，我们就给镇上每个单位送了一盒。"

我忍不住好奇地问："那'长江 2 号'在哪里？准备在长江上建多少个邮局呢？"

"'长江 2 号'在芒康，318 国道西藏一侧。每个邮局的选址必须靠近长江，要看到长江。'长江 11 号'我努力了三年，在上海崇明岛上面，离长江入海口最近的地方，不知道今年能不能批下来（2022 年正月里杨欣发来消息，'长江 11 号'3 月底正式投入运转）。未来这个地方会有若干个摄像头，用互联网串在一起，我们这里设有多个野生动物观测点，还有水文站、大气监测，PM2.5 都有。将来十一个邮局都建成了，游客在各个点可以实现网络实时对话，把长江在同一时刻连在一起，这是个超大的平台。以前的长江文化，我认为是码头加客运，现在整个长江码头和客运功能都没有了，但有邮局在这地方，它将来可以把长江联动。不管是音乐会，不管是展览，甚至旅游自驾长江都可以，通过各种方式让更多的人关注长江，实现真正的自然教育。除了这里，保护站还有个野外观察站，是个高科技的，在岛上装的高清摄像头，做仿生摄像机，数据采集完编辑好后，我们去游说中国移动公司，专门拉了条 38 千米的光缆，通过互联网，去年我们实现了给 18 家动物园视频直播，我们的明星保护动物斑头雁，孩子们特别喜欢，动物园又根据这个东西在当地做线下互动……"

此时，我无意间抬头望向文扎老师，恰巧捕捉到了他眼中闪烁着兴奋和向往的光芒……

"保护站的志愿者怎么招募呢，主要做些什么？"我端详着不远处几位井然有序工作着的志愿者问。

"一般是网上报名，能成为我们的志愿者也不容易，报名的很多，我们筛选得也很严格。名额最紧俏的是春节期间，最冷的时候，我们推了一个项目叫'两个人的冬天'，只招夫妻和情侣志愿者，反正工作就是每天抄温度，打扫卫生，接待人，然后写微博日志这些，让你满负荷，也可以去拜访牧民，和他们一起过年。那个时候开车可以从冰面上走，那个月申请的比例大概是 100:1。志愿者申请最多的还是北京、上海、广州、深圳这些大城市。这两年有点变化，人口大省山东、河南的来得多了。原来一个都没有。"

索南达杰往事

天色将晚，告别杨欣和长江源保护站，从唐古拉镇出来，文扎老师决定从反方向再去探访一次治曲和玛曲的交汇处治玛桑朵。我们深入的是一片广袤的，不断有河网阻截的颠簸滩地，它的北面是玛曲，南面是治曲。一个小时过去了，天越来越暗，又下起了小雨，两辆车歪歪扭扭地向

天宏地阔，除了几只藏野驴，什么也没有

生生之水

前方看不透的夜色驶去，天宏地阔，除了几只藏野驴，什么也没有……

欧萨新买的皮卡音响很不错，我用手机连上蓝牙播放着瓦格纳《尼伯龙根的指环》中的《女武神骑行》，雄阔的管弦交响助长了欧萨的豪气，手上的方向盘和脚底的油门跟着都要跳起来。挡风玻璃上的雨越来越密，我不断用抹布擦拭着欧萨眼前的玻璃，视线模糊中，渐渐忘记时空……

就在这条路上，欧萨和我讲起他和杰桑·索南达杰的往事……

"这个河滩叫治玛桑朵，这个路是那时候索书记我们通的呗（索南达杰那时任索加乡的书记），夏天我们骑马，和十几个干部，一半在沱沱河（镇）这边，一半在囊极山那边，对面走着，必须走同一条路，最后汇合。夏天路看完了，冬天长江结冰之后，我们开车直直地过来了呗，这是索加乡到沱沱河最近的一条路呗，也是唯一的一条路。那时候老百姓手里没钱呗，拉一车粮食从县上到村上要三只羊（工钱），那时候一只羊七八十元，粮食送来后，羊再往外送，肉全部拉来沱沱河（镇）这边，这个地方可以用羊肉换汽油。那时候我们县上汽油少得很，索书记想了那样一个办法，他头脑厉害！"

欧萨九岁开始放牛放羊，一直放到十二岁多一点去贡萨寺当和尚，十七岁还俗。我问欧萨他是怎么给索南达杰开上车的。

"我从寺院回去一年多父亲去世了，再母亲剩了，一个弟弟剩了，两个妹妹剩了，牛羊雪灾里（1984 年 10 月—1985 年 4 月大雪灾）差不多全部走完了，剩了几个他们养着，我就开车、打工。一开始不稳定呗，后来到索加给索书记开车，那时候我一个月六十块钱。烟那些我不用买，从他那儿拿，去县上他们家住着，不用花钱，抽的烟、吃的肉、穿的衣服也不用买，都从他那儿拿。尤其是鞋子，羊毛毡子雪地里穿的那种，他没穿几天就让我拿去了……"

在欧萨心里，索南达杰是"最棒的一个男人，敢做敢当的！去哪里都一样！"他讲起有一次索南达杰去玉树州上要钱盖牛头屋："我们有一次拉着东西去州上，他说今天晚上你们回来的时候一起吃饭，州委等你们。最后我们开个破车到那里不敢进嘛，他从州委院子里过来和门卫说了，我们进去了，他们还在那儿吃饭呢，喝一半。我们不敢吃多呗，吃完饭就出去了，最后他和州委书记说他的想法，那个时候要钱难呗，最后那一次他要的钱多，盖了个办公室，上面有个牛头标志。他去世以后我们就叫牛头房，昨天你见的那个，料全部是我们从格尔木拉过来的，还买了不少办公设备。

"还有一次我们去西宁，用两个车斗拉了一点儿羊毛想在西宁卖掉买物资，那时候税务局抓得厉害，到了海南州就被抓住了。税务局的人和他两个人吵起来了，他说：'先让他们过去。'那时候刚好他的两个孩子和老婆也在，让另一个司机把他的老婆和儿子先带过去，跟我说：'好，我们两个过去。'我说：'行！'我们两个回去以后跟税务局的人吵得厉害，最后税务局的局长亲自过来了，他还不走。他说，现在没事，你先不要动手，他不动手你不要动手，就看着，他动手就我们两个上……"

欧萨讲到这里自己忍不住哈哈大笑起来。"他怕我打架！""你见过索书记动手吗？""哎呀，多！……他打架厉害那个人，我们后面跟着，心里也舒服，到哪个地方反正有安全感。索书记平时找的人怪得很，嘴甜的不要，人家不听话的、打架的，后面跟的全都是这样的。那些人也服他。""后来怎样了？"我好奇地问。"后来不打不相识，就放我们走了呗！我们两个反正在一块七八年，他一出去就是我们两个一块呗，有时候吹吹牛，有时候摔跤比赛一下，他的身体野牦牛一样棒棒的！他爱那样，最高兴的时候索加乡莫曲边我们比赛，里面我力量大一点。""你跟

雨中，车子歪歪扭扭地向前方看不透的夜色驶去

他打过架吗？""没有没有，不敢打架，他平时和我关系好，关系太好了呗，他打了我肯定不还手呗。他说你打架，一次两次没事，这是正常，不能欺负穷人，你下面的人，必须帮助。"

我一边用抹布擦拭着车前窗的玻璃，一边转头问欧萨："你们那时候打猎吗？""我刚从寺院出来，不敢呗，寺院不让杀生，没见过他打动物，以前可能打过呗，反正我们一块儿走的时候他不打。有一次去沱沱河（镇）拉油，刚好我们两个呗，开着那个破东风，早上来的时候两个狼在旁边见了，他说这个狼打一下，我说不能打，男人出门时候狼不能打，他说你这个纳腰拉邦（欧萨的外号），你把枪给我。当时他开着车，我就没给他呗，他也就没打。就这样我们走了一会儿，吃了个饭，再上车又走了十几千米，'望远镜去哪了？'他问。'刚才你拿着呗，我没拿！'我说。他有个望远镜，平时经常到处看一下，跟我说这个山怎么怎么，我们索加乡的界限是什么什么。当时我们都在车前座坐着，到处找了一下没有，又回去找，最后我们在早上遇到狼的地方找到了，望远镜被车轧扁了。我说今天早晨那个狼，你打枪的话我们比这个还糟糕，现在还可以，就望远镜轧了呗！"

"你们这样一块儿在路上的时候，他都干什么？"

"这样一路开车去的时候，他爱唱爱听歌，我在旁边坐着。他平时开车，不停地点烟给他，他放着歌，那时候是磁带，半面全部一首歌，唱完了再循环，一天就那个歌。他把歌词和歌谱写下来后，放在他办公室桌子的玻璃下面，他最高兴的时候让我们一块唱……"

欧萨说着嘴里动情地哼唱起来，望向远方的眼神中有一丝迷惘……
"走这条路的时候，有几次晚上我们还睡在羊圈里，人家冬天起了羊粪不用了呗。我们几个睡着，他睡不着的时候还星星看一下，抽个烟，又唱一段那个歌，讲个故事，他还不睡……"

后来我找到了那首歌——由藏族歌手亚东演唱的《怒江的回声》。歌词翻译如下："怒江美丽的怒江，长流不息的江。你唱着雪域之歌，在山川间奔腾。你把雪域的山岭，永远铭记在心上。是我怒江的源泉，雪域高原的雪山。巍巍雪山的儿女，是长江黄河澜沧江。你把雪域江河的嘱托，永远铭记在心上。"

在那样的时空，这样的字句加上亚东苍茫深情的演绎，不知曾多少次澎湃过杰桑·索南达杰的心灵！连同他读过的书，他了解的世界，让他重新审视自己，审视雪域高原，慢慢有了对自己所处地理和文化环境的身份自觉，以及对保护这片山水环境，改善这里人们生存条件的行动自觉。几年后，时任治多县委副书记的索南达杰向治多县政府提交《关于管理和开发可可西里报告》的提案，并请示成立可可西里保护机构，一年后，索南达杰组织了中国第一支武装反盗猎的队伍——治多县西部工委，并兼任书记。

"那时候我们从格尔木拉材料到这里，然后再从这个地方拉到县上，这个地方大卡车进不来呗，我们用两个破东风来拉，好像拉了半个月。剩最后一车，那天晚上，我说这个地方太脏了，半个月没好好吃饭，没好好睡上觉呗，今天晚上我们沱沱河跟前下帐篷，过去一点就这个河的河边，再上去一点，就那个河边，今天晚上就那里住吧。他说：'可以，你前面去，合适地方架帐篷，我后面买个东西过来。'平时我编的故事，吹的牛他最爱听，东风车上有工作灯，我们拉到帐篷里，住下之后，反正我们开心呗，酒也买了一点，他说讲个故事呗。我就讲前面我们两个去了一次西藏那曲，住了宾馆，我有一天没跟着他，自己出去了，晚上回来的时候，他问'你今天一天哪里去了？''我追了个姑娘'，我骗他呗，就讲这个故事。在帐篷里他问我：'当时怎么追的？'我说：'我们两个谈了一点，我们两个喝个茶，坐了两三个小时吧，最后我请客，我全是十块的，她说'你不要请，我有钱'。她包打开以后，拿个一百的，

生生之水

买单呗，我就没面子，今天就这样。怪这个十块钱的，我昨天如果换个一百的一张，我档次够了……' 晚上我就讲了这个，他就笑得不行。那次讲了好多故事，笑死了，我们一起十几个人。"

20 世纪 80 年代盛行世界语，听文扎老师说过索南达杰那时候也学习世界语。1992 年索南达杰上任治多县西部工委书记时，他觉得认识可可西里，要从地名入手，于是，采访了许多曾经生活在可可西里地区的知情人，留下了一册珍贵的"可可西里地名记录本"。据说那时候他总是随身携带着两本书，一本《工业矿产手册》，另一本《濒危动物名录》。

"我听说索南达杰很爱读书……"

可可西里阿青卓纳顿泽峰脚下太阳湖畔，索南达杰长眠在这里

"我们两个没事干的时候，他字也教得我多，天天让我看着字典要学，哈哈哈哈！"听这笑声我就猜到欧萨当时肯定不想学，被逼无奈，偷奸耍滑的事没少干过。"他教我写：治多县、索加乡、牙曲村。这个路线，他一天给我写三个字，汉字我不想学呗，嘿嘿嘿，不学不行。他给了我一个字典那时候，他说你需要呗，反正你也没事干嘛……"我问欧萨会写多少汉字，他扭捏了一会儿说会差不多可能十几个，还是三十几个这样……"我不爱学习，他很爱学习，哎！他特别爱看书，点着蜡烛，一个用完了，一个上面接上就这样点，"欧萨做了一个两拳相擦的手势。"那个时候电没有，只有个汽灯，一个帐篷买了一个汽灯，他买了一件羊绒衣，一个绑腿、一双大头鞋。他心里稍微不高兴的时候，待房子里面不出来，办公室配了幅地图，以前青海省的老地图，昆仑山中间是索加地图，'可可西里'四个字他用红笔圈起来，老看那个地图，不说话。我们进来的时候，那个铅笔在地图上面老是点，那样看的时候我们也不敢说话呗。"

从那时起，索南达杰便开始探寻索加乡西出的通道和日后的出路了，在他的心里，早已将索加和可可西里这两块古老的狩猎人的土地联结在了一起。

此时，车窗外的雨好像停了，我眼角的余光仿佛看到一弯彩虹，但转了个弯它就消失在视线之外……

"欧萨，那个时候你喜欢什么样的卓玛？"我逗他。"我嘛……反正，长相我不重要呗，爱劳动、心眼儿好一点呗，反正我平时追的不多，谈的不多，没几个，就是那样编个故事，回去之后吹一吹。娶了媳妇之后，没追几次卓玛……哈哈哈哈"。

"你年轻的时候长得帅不帅！"我再逗他。

"我的外号叫纳腰拉邦，你说帅不帅？'纳腰'就是黑黑的、胖胖的，'拉邦'就是老头儿一样的手，他给我起的外号，'扎洛纳腰拉邦'，'扎洛'就是犯戒从寺院里出来的和尚，啊哈哈哈哈！"欧萨说着又大笑起来，胡子呼扇呼扇的，就像一种叫"吹胡子瞪眼"的玩具。"那你跟索南达杰这么长时间，了解他的爱情吗？"我好奇地问。"没有，只有妻子，我们两个反正七八年呗，他一出去就是我们两个一块呗。""他的妻子现在怎么样了？"欧萨抬头想了想："妻子，妻子可以，那个去世三十年有了吧，她一直没结婚呗，现在我看起来是最好的妻子。两个娃娃现在都可以，都有工作，都在治多，现在那个小的孩子长相，他的那个口气、脾气都和他像得很。"

外面的天越来越黑，又开始下雨……突然起风了！隔着玻璃发出啾啾的声响……

"他牺牲的前夕……你在哪里……见过面吗？"我小心翼翼地问。

"他快去可可西里的时候，我在商业局开车，他给我联系的。我的家里条件不好呗，母亲的年纪也大，弟弟在上学，他说我给你找个合适的工作，就这样我在商业局做合同工。他往可可西里去的时候，有一天给我又打电话，'今天中午车开过来，政府院子门口等着说'。以前我们一起的时候，我说过夏日寺那个活佛最好，他的脾气也好，人品也好，反正我们以前见面说着呗，那天他说，'好，你今天去请夏日寺的活佛，我们请过来说'。就那样我们几个去请夏日寺的老活佛（第七世曲松悟赛活

索南达杰遇难前在可可西里最后的留影（欧萨供）

佛），活佛请过来了，他就和活佛单独待了半个小时左右……就他们两个……我们什么也没听到……第二天我要送活佛回州上参加统战部的宗教会议，他去可可西里。在一个地方，他加油，我也加油，加完了以后，我说：'你去的地方，我能不能去？'他说：'你不行，你家里条件不行呗，再加上那边不稳定，等稳定了再把你带上，现在你去不合适。'反正危险他知道呗，万一我出事，家里不行呗。'现在你看好家！'……"欧萨的声音打着战……"他很爱你！"我说。"真的很爱我……我们也处的时间长呗，七八年就这样天天处着，骂起人也凶得很，那个人，真的，脾气也大，骂完了也就没事了。"欧萨陷入回忆中，先是安慰地笑，然后哈哈大笑起来……

"后来他和夏日寺老活佛还有交往吗？""没有，没有，那次就出事了……我开着活佛的车把他拉到州上开会去了呗，好像两天嘛，四天那个会。会没结束，那时候在街上就议论可可西里去的治多的书记，现在好像没了，出事了！我说活佛你给算一下，那个现在出事没有。活佛就这样闭着眼睛看了一下：'哎哟，不行，出事了！'我说：'不可能吧！不可能！没死，绝对没死！'他一般去哪里都一个月，两三个月，回来了呗，去世不可能！那个人本事大，天不怕地不怕的感觉呗！开完会我到（治多）县上，我们回来的时候，追悼会已经都开过了，我就被派到可可西里去，不冻泉，他去世后十天左右吧（结合上下文，这一段的时间线有点乱，但这么多天过去了，我还是不敢再向欧萨确认……）。前面我没去的时候，县里派了另一个人去，那个人第二天没去，他说他不敢去，他去了他的丫头和老婆都可能自杀了，他去不了……他们说你去，你车开得也好一点，我说可以，我也家里好好骗一下，家里知道的话也不让走呗，就这样去了。去了也没有人了，什么都没有了……"

欧萨和我都陷入了沉默，我们的车在高低起伏的沼泽地上发出吱扭吱扭的声音，衬着这话题的伤感和苍茫……

很多年前北京一个深秋的午后，我独自一人顶着大风去北四环华星影城看陆川导演的《可可西里》，电影最后的镜头像是暗示天葬。"当时索书记后事是怎么处理的？"我带着疑惑问。欧萨非常生硬地从嘴里吐出

可可西里昆仑山口的索南达杰
纪念碑（文扎供）

三个字"不知道！""反正我从州里回来的时候，已经拉到政府礼堂了，怎么处理不知道呗，后来我们就走了，去不冻泉……"

后来在刘鉴强那本《天珠》里，我找到详细记录当时情形的一段话："1994年2月初，索南达杰遇难十天后，遗体从可可西里运回治多（县城），县政府先将其恭送到贡萨寺，后举行只有圆寂高僧才有资格的火葬（仪式）。上千盏酥油灯点燃，秋吉活佛主持葬礼，索南达杰身上覆盖党旗，两位武警战士伫立两侧为他守灵，四百位喇嘛诵经三天三夜，超度烈士亡灵。索加乡许多牧民赶来为索书记送行……"

治玛桑朵的一路似是一个天启。

出生在烟瘴挂的杰桑·索南达杰，他的一生，他最后献祭的死法，诠释了一个真正的康巴汉子的精神特质，那是一个自格萨尔时代起，就已融入这片土地上的男儿血脉中的古老英雄原型。他献祭给了藏羚羊，献祭给了可可西里，也献祭给了藏族人心里的神灵。就像传颂千年的格萨尔王，最终，在古老神秘的阿卿羌塘，在他身躯倒下的地方，他已获得了永生……

…………

索南达杰牺牲一年后，他的妹夫，时任玉树州人大法制工作委员会副主任的扎巴多杰主动要求辞去现任职务，降级到治多县担任西部工委书记，并自筹资金组建了一支后来享誉国内外、令盗猎者闻风丧胆的武装反盗猎队伍——野牦牛队，继续为成立可可西里国家自然保护区奔走呼吁。

20 世纪 90 年代末，藏族聚居区第一家民间环保站"索南达杰自然保护站"在可可西里地区建立；藏族聚居区第一家民间环保组织"环长江源生态经济促进会"在治多成立；20 世纪末，先后建立了可可西里国家级自然保护区和三江源国家级自然保护区；2016 年 4 月 13 日，青海省三江源国家公园体制试点正式启动，杰桑·索南达杰曾经提出的"西部六乡"全部列入了三江源国家公园；2017 年的 7 月 7 日，在波兰克拉科夫举行的第 41 届世界遗产大会上，可可西里获准列入《世界遗产名录》，成为中国面积最大的世界自然遗产地；2021 年 10 月 12 日，三江源国家公园被国务院列入第一批国家公园名单。

英雄或可瞑目了……

不知过了多久，故事的脚步慢下来……雨也不知何时停下来……对讲机里传来索南尼玛的呼叫：前方路被阻断，天太黑了，原路返回。

四、顶礼"母牛河"源头

越往源头走，愈感觉时间在拉长放缓，直至行将倒流……也愈发感受到一种分离的痛楚，与天空大地分离的痛楚，与存在本身无法合一的痛楚，与众生灵以及我们这一行人不能融为一体的痛楚。源头就是有这样神秘的聚合力，让所有接近它的人、事、物都有一种不由分说逆向回归的强大内驱力。

又到青藏线，又见绿皮车。

又到青藏线，又见绿皮车

"治姆纳孔"与"然依曲卓"

路上遇到两个当地人，文扎老师和他们聊了一会儿就决定带上他俩做向导。后来几十天漫长的通天河考察途中，我愈发佩服文扎老师在路上找向导的能力，仅凭直觉，犹如神助。

跨过唐古拉山脉白雪皑皑的巴司冈更冰川，刚进入西藏那曲境内不久，远远望去就看到一座状似牦牛头的大山静静地等在路的尽头。两位向导说那座山叫"然依曲卓"，母牛河的源头就在那里，很早之前这座山上到处都是泉眼，好像盛满水的袋子，稍稍一挤就能出水……

行到山脚下车停下来，两位向导在前面带路，文扎老师一边走一边给我讲："2012年冬天，我们第一次来这里，半路上碰到一个小伙子，就是前面那个向导的哥哥，晚上搭帐篷睡在他家里，他告诉我们这座山在西藏这边叫'然依曲卓'，就是盛满水的棕色羊肚袋。那天晚上我有点失望，我们治多人祖祖辈辈在老人们的故事里存在的一个源头，竟然在他们眼里是一个'然依曲卓'！到底它应该叫什么又没处去问，最后让格萨尔艺人拉布晚上做个梦，他可以通灵呗。第二天早晨起来拉布说：'啊！我知道了，昨天晚上我梦里来了一个女子，特别漂亮，脸上还有点红红的，她过来说，我叫治姆勒加，意思是百泉龙女，大概就是母牛和龙王生的公主吧。她说这个泉水她管，看起来很高兴我们来。'今天晚上咱们让拉布再做个梦，看看能不能再遇到治姆勒加！"

那次之后回到家里，文扎老师就去问他的母亲。"我母亲的祖辈就曾经生活在这一带，我母亲听先人们讲母牛河的源头叫治姆纳孔，就是母牦牛的鼻孔。之前我不知道它还有这么个名字……"

接下来，文扎老师的母亲给他讲了另一个版本的母牛河起源的故事："在很久很久以前，大地上出现了前所未有的大干旱，土地干裂，植物都快要枯死了，所有人和动物因为喝不上水都快死光了。这时候，统治三十三天的苍巴天神派了一位天神前去拯救大地上的生灵，于是这位天神化成大河自天界纵灌而下，拯救了天下苍生。苍巴天神为了大地上的万物生灵永远不再遭受这样的苦难，决意让这位天神下界长驻人间。在下界之前，为了彰显上天的恩德和天界的尊贵，这位天神向苍巴天神提

潺潺的源头活水从脚边淌过

出了两个请求：一是它要从天界的如意母神牛身体里流出，二是它所流经的河床必须铺上金垫子。苍巴天神答应了他的请求，于是天神下界，化成人间的大河。因为这条通天大河是从如意母神牛的鼻孔中流出来的，所以人们就叫它治曲——母牛河。"

我和文扎老师都不由感叹，从这个神话中看，汉族文化中自古将母牛河的上段称为"通天河"真是名副其实，不知道是冥冥中的巧合，还是神话的殊途同归……

　　他接着向我解释："母牛河的源头最早曾经是'玉树四族'的驻牧地，人们都叫它'治曲'，它的源头就叫'治姆纳孔'。后来'玉树四族'的后人迁到现在的治多，西藏那曲那边的安多人迁过来，母牛河在那曲、杂多和囊谦人的口音里发'布曲'的音，治曲、布曲所指的都是同一条河。可能

每个人都要独自面对自己的源头之路……

生生之水

后来迁徙到这里的人，也不知道它的古老渊源，所以看到这座山上到处都涌出泉水，就根据眼睛看到的现象把它叫作'然依曲卓'了。"

…………

阳光真好，没有一丝风，踩着河岸边大大小小的碎石，缓缓往百米外五彩经幡下的泉眼走去，潺潺的源头活水从我脚边淌过，漫及之处，有绿莹莹毛茸茸的青苔在水下轻轻摇摆……

每个人都要独自面对自己的源头之路……

一个人围着泉眼处的小水滩转了几圈，在经幡下的青石间坐了下来：高原的阳光透过稀薄的大气照临在散落着五彩石子的清冽泉水中，泛起的光影与绿茸茸的浮游水草和细细的青苔辉映，几只半透明的小毛虾弓着身子浮来荡去，在水光中若隐若现，像是从地下泉眼里刚刚钻出来的。眼前这一只，竟然弯了身子捕获了一小团毛茸茸的猎物，不愧是狩猎文明开始的地方，生命的初始状态即是劫夺……清凉深静中，不知哪一方在汩汩作响，正侧耳追寻，另一处却发动更大的汩汩声，此起彼伏，终于眼随耳动，那声音的来处被我的眼光捕获。那是从水底间歇冒出的一股股细泉，细得要屏息静气才能发觉，穿成这股泉流的，是一串串细小的宛如水晶的微小水泡，从地底的暗涌中被一层层水波顶出泉眼，乍有还无中，示显它波粒二象性的形质……

刚刚涌出的源头之水示显出它的波粒二象性

生生之水

抬头望见文扎老师一行已经远去的背影，并不急着追赶，心中一片空静……

从空中看，下方是尘世，从源头看，下游是尘世。

…………

坐忘中不知过了多久，起身随欢快的流水下行。泉流在约五十米后自然分成两股，再往下不到十米，左边一股又分成两股，然后很快又分成两股，约百米外，水流又汇拢成一束，拐了一个弯之后再次分流，其中左手的一小股回归源头的土地不再流出，右边数倍于它的一大股仍旧汩汩前移，渐渐深急，先是向南，不久逶迤东去，流淌的过程中不断有地下泉水汩汩冒出来与之合奏……快到我们扎营的帐篷时，我发现水面的宽度已无法跨越，深度也不允许我涉水而行，又往回走了几步，要回溯的路也很长。对面，布多杰也随着我的步伐以镜像的形式来回踱着步，这会儿他对我说："我去穿上水裤背你过来！"我一边摇头摆手表示不用，一边折回继续往下游走。偷眼看着布多杰穿起雨裤下了水，当他蹚过河来，我也就顺势跳上了他的背脊……

源头之夜

我们的帐篷就搭在治姆纳孔的脚下，母牛河的源头活水婉转如精灵般自帐篷边淌过，帐篷口正对着连绵如云的巴司冈更冰川，它灰粉莹白犹如圣坛，北面的山脉叫治西嘎冈更。文扎老师说那里的冰川融水也汇聚到治姆纳孔来，有红色火山之意的梅日玛宝山脉在我们的东面。

我们的大厨索南尼玛不知什么时候大拇指受伤了，今晚做不了饭，帐篷靠门的一角布多杰正站在案板前笨拙地切白菜，欧萨在烧茶，我也只得站起来去帮厨。文扎老师这会儿不知怎么回事，连带的索南尼玛也不能听人说藏语的"肉""蛋"，一听就胃里难受想吐，还说主要是不能想到、听到"肉"的概念，看到实物还没问题。我说他俩正在破法执，过了这一关就离成道不远了。

每次帐篷搭好，铺好防潮垫，欧萨就在正对帐篷门的位置先给我归置出一个可以靠的舒服的座位，说给"皇后"坐。这一晚，照往常一样围

连绵如云的巴司冈更冰川

着旺旺的炉火坐下准备吃饭，我舒舒服服地坐在"皇后"宝座上说："咱们就在这里不走了吧，开天辟地，做源头第一家，我要做女王！"欧萨笑嘻嘻地接口道："要过牧民的生活，女主人要学会捡牛粪、挤牛奶、煮奶茶，还要干很多活儿……"我说："那我现在就要挤牛奶，去给我牵头牛来！"欧萨想都没想说："今天晚上先挤我的奶，明天挤他们的奶！"惹来一阵哄堂大笑，我正琢磨接下来怎么编呢，就看到文扎老师、索南尼玛、布多杰和拉布正假装相互谦让着一次次排序，文扎老师说拉布这头牛天天喝酒，奶不行不能挤他的奶，并且自告奋勇明天接力……从这晚开始，一直到此行结束，几乎每次露营的晚上，把欧萨拉出去挤牛奶的话题都要被搬出来，成了夜晚帐篷生活频率最高的笑料。

晚十一点，我们的格萨尔艺人拉布突然来了感觉，自行说唱起了《格萨尔》史诗中的《阿达拉姆》。拉布一开口，我立刻感觉到他的参照系不

源头夜话

在我们这个世界。就见他眼朝前方，热烈急切，仿佛格萨尔大王刚刚下了战马，正从外面跨进我们的帐篷里来。许久许久之后，拉布还在不知疲倦地唱着，昏暗的灯光下，帐篷外的冷风吹得他身后的白帆布卷着褶皱呼啦啦地响。拉布的歌声在这源头的夜里，有一种悲怆寂寥的味道，像女英雄阿达拉姆跌宕起伏、悲欣交织的一生……

我们坐下的地方就是《格萨尔》史诗中北方魔国的领地了，这也是格萨尔女将阿达拉姆的狩猎区。阿达拉姆是《格萨尔》史诗中最著名的女英雄，也是格萨尔三十位大将中唯一的女性。据说阿达拉姆是食肉空行母的化身，由于在化生的路上走错了路，来到了这个没有佛法的由野牦牛魔统治的荒蛮之地。传说她化生在一截草根上，一出生就是三岁小孩儿的模样，会说话，会走路。她原是北方魔王鲁赞王的义妹，勇毅嗜杀。阿达拉姆对格萨尔王一见钟情，自愿背弃魔国公主的身份，成为格萨尔的王妃之一，并追随格萨尔王征战四方，立功无数。传说阿达拉姆因生前杀戮过多，死后堕入地狱，当时格萨尔王正在和汉地大战，等到他凯旋后，立誓要把阿达拉姆超度出地狱。据说他先是整整闭关了三年，又修了八座佛塔，再赶赴阎罗殿与阎罗王据理力争，斗智斗勇，为阿达拉姆祛除罪孽，最终将阿达拉姆等十八亿逝者亡灵引渡到了西方极乐净土。

…………

生生之水

梅日玛宝山顶上，源头红日正待蓬勃而出

源之默观

一宿无梦。

第二天清晨六点半，大帐篷外文扎老师和布多杰收拾好行装正准备出门，听到动静的我赶紧穿好大衣带上相机从小帐篷里出来跟了上去。在灰蒙蒙的雾气中向东走了约莫二十分钟，一抬头只见对面梅日玛宝山顶上，半轮清冷的红日仿佛正在观望，随时准备蓬勃而出。返身回望，空辽的天地间，治姆纳孔那么温厚、那么柔软、那么谐静地卓然高卧着，淡淡的下弦月隔着一层朦胧的云雾悬浮在它覆满白霜的峰顶，西南面横如缎带的唐古拉山脉，在团团银灰色的云气中远远地飘移着。我转过身背对着治姆纳孔，面朝太阳倒着行走，此时，太阳光照的角度正好和泉眼处的水滩在一条直线上，那水滩之上的五彩经幡在默默召唤我，水滩之间的阳光也在召唤我……沿路地表的白霜已然融化成水，湿漉漉的碎石滩上，那些贴着地面的细细硬硬的小草，顶着比它大十几倍的又圆又亮的七彩露珠，俨然就是江源版的"蒹葭萋萋，白露未

晞"。早晨的水源被新日加持过，呈现出与昨天午后不一样的神圣光谱，我静静地坐在泉眼边的青石上，一瞬不瞬地盯着光斑闪烁的水底……许久许久之后，掬起一汪冰凉的泉水入口，清冽甘甜、入喉沁心。故老相传，母牛河源头的水有八种功德——清凉、味甘、性轻、质软、清澈、无臭、益喉、养胃。

这就是孕育生命的原初环境（三幅）

生生之水

　　一对赤麻鸭从我头顶飞过，发出小孩子般欢快的叫声……北边山上下来几只盘羊在不远处一边饮水，一边用角相互抵来抵去玩儿得正开心……棕褐色的泥草之间，散落着两只风化已久的野牦牛头骨，比平时见到的家养牦牛大出许多……旁边的碎石缝中，一株野生鸢尾举着硕大的深紫色花朵风姿绰约地挺立在雪白的云朵之下……除了远处几道常年不化的冻雪，一切都被晨光激活了……

什么是荒原？生命被截断、被荒废才是荒原，在这海拔 5000 米之上离天更近的高原上，人的精神和造物主同时展望万物：最直接的光照、最纯净的氧气、最具活力的源头活水、最初始的土地……这是孕育生命的原初场域。

　　"同时默观着生物的演化和灵性的成长，去发现或重新找到它们的相似性、同源性和一致性，这涉及的是对水的本质的领悟；它既流动于希望的高原清水中，也流淌于持续又隐秘的生物繁衍过程中……"

　　…………

　　吃过早饭，昨天那两个向导又来了，文扎老师带领大家去数泉眼，走到半路，我发现布多杰径直往治姆纳孔山上母牛鼻孔处的岩石走去。此时地面海拔已到 5060 米，再爬那么高的山，对我来说是极大的考验，但依然有一股力量，引导我往前，我想看一看曾经的源头，曾经存在的文明是什么样子的。走走停停，几次停歇，没想到竟然不很费力就来到了第一座巨岩的身旁。抬头看上面的一座也不是很远，接着往上爬，到达时已看不到布多杰的身影了，看了一下海拔表，5230 米。我独自绕着

从母牛鼻孔处眺望源流东去

　　　　　　　　　　　　　　　　　　　　　生生之水

这座尖角伸向悬崖的棕褐色巨岩转了几圈，在它背部发现了一个凹陷进去的岩洞，这就是传说中母神牛的鼻孔吗？探身往下看，几道长长的沟壑沿岩壁下去，其中一条最深最长，越往下越宽直达地面，我探头看看对面水平方向的山脊，那上面果然有一个类似的巨岩，虽然看不见它的身后是否也有洞穴，但在它的下方也明显地有一道深深的沟壑直达地面，难道这就是母牛鼻孔流出的泉水所经的水道吗？

从水流的轨迹来看，那曾经是一种多么活跃欢快自由奔放的流动啊……听那两个向导说，也就在三十年前，两个母牛鼻孔流的水还很旺盛，山上山下的草也很高很繁茂，后来这个水源从山腰搬到山脚，再后来又搬到北侧另外的山上了。

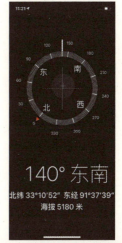

坐在岩洞中，静静地听着来自远古的风带来的讯息，时间在一片苍茫中隐去……

突然，感觉洞外阳光隐去，接着大风呼啸，探出身到洞口，不要说站立，就是蹲坐都困难，大风似是不由分说要把我蛮横地刮下山去……

神异之地不可久留。

终于等风小了些，我才从洞中出来小心翼翼往山下走，在山脚下碰到文扎老师一行已经数完泉眼返回，听闻他们找到了171处泉眼痕迹时我着实大吃一惊。据向导讲，仅就他所知道的，这里曾经至少有泉眼200多处，尽管已经枯干了100多处……但目前活跃着的泉眼仍有55处，这里依然是水的宝库！看着从脚下流过的清泉，文扎老师感慨地说："这才是真正的'一江清水向东流'，但流到什么时候，它不再是清水，我们往下看呗！"

我问拉布昨晚是不是做梦了，文扎老师告诉我拉布刚和他讲过："昨天，有一只兔子在水边你见了吗？（我没见到）昨天晚上拉布又做了一个梦，梦到一位脸上有点脏脏的女子问他：'你不认识我了吗？'拉布说好像记不起来。'我就是治姆勒加啊，昨天那只白兔就是我。'拉布看她脸上脏脏的，不像几年前那么光彩美丽，有些担心，但是她对我们还是一样欢迎，说我们没来之前，她就听说我们要来，所以就通过拉布的梦向我们表示欢迎，她会保佑我们此行圆满……"

《格萨尔》史诗中的母牛河起源

这时其中一位向导告诉我们，然依曲卓（治姆纳孔）附近和它差不多形状和大小的山还有六座，总称七兄弟山，在《格萨尔》史诗中，这几个山包都是阿达拉姆猎杀野牦牛堆成的尸骨。

关于阿达拉姆猎杀野牦牛的故事是这样的——在《格萨尔》史诗里，整个长江源头和可可西里都是女英雄阿达拉姆的狩猎区。阿达拉姆在草根上化生后，一位老猎人把她带回家抚养，父女俩相依为命过了十几年。有一次老猎人在一次打猎时被一头野牦牛顶死了，从小被老猎人养大的阿达拉姆跟父亲的感情特别深，一心要为父亲报仇，她也不知道是哪一头野牦牛把父亲顶死的，发誓要把所有的野牦牛都赶尽杀绝。就这样她开始疯狂屠杀野牦牛，最后就变成了一个嗜血弑杀、令人闻风丧胆的女魔头。

生生之水

当格萨尔王来到这里的时候，此地已经变成了屠宰场，他看到阿达拉姆到处疯狂猎杀野牦牛，就问她：你知道当年顶死你父亲的野牦牛是哪一头吗？阿达拉姆回答她也不知道，反正把所有的野牦牛杀了，里面肯定就有。格萨尔告诉阿达拉姆：其实你根本不知道，你从小养大的那头小母牛就是顶死你父亲的那头野牦牛的转世，之前的那头已经老得死掉了。原来阿达拉姆在五年前的一次疯狂猎杀中，看到这头刚出生的小牛犊，动了恻隐之心就把它养在身边。阿达拉姆听了格萨尔的话气不过，自己竟然把杀父仇"牛"养在身边这么多年，一刀就把那头牛杀掉了，把牛头割下来埋到地里。那头野牦牛本是魔鬼的化身，头被割下来依然魔性不减，只见它的头从地底冲出来，对着天大声狂吼，扭转身就要发动袭击。这时格萨尔一步上去把牛头踩在脚下，牦牛魔的两个鼻孔里立刻淌出了两股血，这两股血流到地上，然后慢慢往下流，往下流。这就是母牛河的源头。

在史诗里，格萨尔王还劝说阿达拉姆和其他猎人们："动物是和人一样平等的生灵，它们也是大地的装饰。如果没有野生动物，大地上光秃秃的什么也没有；如果没有野生动物，人们也会觉得特别孤单。"

文扎老师说一般游牧人都有这种想法，因为他老跟山啊，水啊，动物相处，一旦这个地区没了动物，牧人们会感觉特别孤独，就像朋友去了远方一样。有时候年景特别不好的时候，出现灾荒的时候，也会为了生存杀一点野生动物，但比较太平的年月，就把它们当作朋友。所以当年格萨尔王可能就是出于这样的心理，再加上他本身也是一位佛教的大修行者，所以就劝导降服这些猎人，同时要把野牦牛中魔鬼化身的那些清理掉。

据向导介绍，从雁石坪一路上来，一直到然依曲卓（治姆纳孔），这一片山脉至少七八十千米，每一座山的名字前面都有一个"治"字，都是那头野牦牛魔变的，整个叫作治荣西（意思是母牛峡谷阳坡）。它的头就在治姆纳孔，尾巴在雁石坪，据说尾部还向着治姆纳孔弯曲呢……

接下来，向导又给我们讲了一个发生在七兄弟山附近的故事：七兄弟山附近刚好有一户人家，正好也有七个兄弟，之前他们家就是打猎和畜养牛羊混合的一种生活，他父亲是远近闻名抱打不平侠义心肠的一个人，也是非常勇武谁都不敢惹的一个人，他们的帐篷就驻扎在然依曲卓（治姆纳孔）南面山口附近，帐篷后面有座流着泉水的小岩石山。本来一直相安无事，后来时代变了，不搭帐篷了，开始要在搭帐篷的地方修房子，他们从日喀则那边雇来的匠人（牧区建房子一般都会请日喀则的匠人，据说是专业好能吃苦）把后边的小岩石山砸掉了准备当地基。过了几天，他们家的父亲突然不知道怎么回事就去世了，身体也没有什么病。问活佛、堪布和卜卦的人，都认为是得罪山神了。后来七兄弟开始发生了变化，特别虔诚，他们肉也不吃，也不杀生，老五去出家当和尚了，原来他们是一边狩猎一边放牧，后来就变成纯游牧了……

在藏族聚居区，全然沉浸在神话信仰里的神山圣水不但有它超然的来处和渊源，更有对世俗世界的审度功能。有的是直接赏善罚恶，有的则是通过代理人（灵、怪、物）的方式实施影响，佛教的引入更是增强了建立在因果轮回基础上的道德约束，其结果是藏族人对身处其间的自然生态产生的更加虔诚的敬畏、顺服以及保护意识。

在世界的轴心时代，人的价值慢慢取代神的价值，一代一代的人文主义加强，尤其是后来的科学主义盛行，人类与超自然神的沟通越来越微弱，人们对超验的神圣事物越来越不以为然，一步步沿着形而下的阶梯走到今天。而藏族文化还保持着人、神、众生一体的信仰。此刻，借助于神圣水源，与心中的神圣源头相接，我的心灵有种极度舒适的回家之感……

本来今天要在这里再住上一晚的，我之前答应了欧萨要在源头给大家包饺子，结果一早宣布没有牛粪了，这里的昼夜温差在 20 摄氏度以上，吃不上热饭，也喝不上热茶，没有燃料

过夜是非常危险的。欧萨说本来带着煤气炉灶的，但是过西藏关卡时，以危险品为由煤气罐被扣下了，所以，我们不能用煤气烧水做饭。当然，这也在客观上成全了我们在源头过原始游牧生活的乐趣。

没有办法只好遗憾地离开母牛河源头……

刚上路突然又下起细雨来，由疏转密。突然文扎老师的丰田越野车车轮不动了，我不由陷入两年前在澜沧江源头三天几十次陷车挖车的梦魇。不过这次还好，母牛河源头眷顾我们，欧萨的皮卡牵引了两个来回就冲出困境。车子刚刚启动大家突然喊起来，彩虹！果然一弯彩虹陡现西天！文扎老师开始念诵宗喀巴大师的《缘起礼赞》，虔诚地说这是源头对我们的欢送。但我却想到，神怎么会欢迎人呢？他也没有对等的同理心，念你虔诚，打开一道秘境，授予天机，要你传给世人，然后关上秘

沧海桑田

境，再以雨雪雹虹冲洗干净。忽地幡然醒悟，原来这就是我与藏族人对待神灵的差别……

母牛河源头之行，短短不到二十小时，但如果从生命和世界的演化角度来说，源头一日夜，地上已是亿万年。追溯空间源头的过程，也是追溯时间源头的过程，在坐标的中心，它们统一了。

回头再看一眼治姆纳孔，突然，此刻，自它左鼻孔里喷出一大团云雾，是不是经过数劫之后，如意母神牛的鼻孔中又将要流出新的生命琼浆来呢？

五、源头之辩

这是我三年间第二次来雁石坪镇了。上一次是深夜，还记得旅馆窗外青藏铁路上不时传来的火车轰鸣声。雁石坪的藏语名字是"治扎莫"，褐色母牛岩石之意，它就是格萨尔故事中的母牛之尾……

终于有信号了……

终于可以泡泡脚了……

一个无色无味的深眠之夜……

母牛之尾

一早起，洗漱已毕，一边在手机上播放古尔德演奏的《哥德堡变奏曲》，一边把昨晚文扎老师跟我讲的江源故事整理到电脑上。

出发前，欧萨、索南尼玛、布多杰和我在宾馆旁边的小超市采购，我挑了些还算新鲜的娃娃菜、黄瓜、一大包苹果，又补充了几板德芙巧克力和几包湿纸巾。

从超市出来，再看一眼青藏线上这个只有一条街的小镇——昨夜下了雨，路面积了不少水，空气很清新，两旁的青山显出清晰的棕绿相间的纹理。母牛河依山傍路流到这里，已然汇集了众流，河道愈发深而且宽，但水也不再清澈，已然显出淡淡的奶茶色，我想起昨日文扎老师"一江清水向东流"的话，没想到才到这里，河水已经不再清澈了……满目所见，都是简单粗陋的水泥房子，大多乱七八糟没有章法，如果用一种没有礼貌和不客气的态度审视，整个雁石坪就像是高原上一块巨大的伤疤，文扎老师突然咕哝了一句："难怪是牦牛的尾巴，都是牦牛拉的粪……"

想起唐古拉镇上的杨欣和"长江源水生态保护站",这一带每天需要处理的垃圾,只凭一个杨欣一个保护站当然远远不够,但它收集源头垃圾的方法善巧和一定程度上的成效,对一批批青年志愿者的直接培养和潜移默化,以及精致洁净的内部环境营造,对当地人和往来游客产生了良好的示范和引导作用,更不用说互联网的外延扩展效应。在江源,环境问题不是口号,不是道德,也不是信仰,它就是实实在在的眼前身边,震撼身心的大美与视觉污染的直接冲突,触目惊心到每一个有正常视力、正常心智的人根本无法漠视,无法不动容的地步!

还有那些看不见的污染……

正源之争

两年前"源文化考察"时,我曾到达格拉丹冬雪峰脚下,那一次止步于它东南面的冈加却巴冰川,今天文扎老师想碰碰运气,看能不能带我到格拉丹冬雪峰北坡的姜古迪如冰川去看一看……格拉丹冬在行政划分上属青海省玉树州治多县,实际控制权却在西藏那曲市安多县,管理权又归青海省"三江源自然保护区"所有,因此,近年来两省区交界处纠纷不断,从我们这个方向进格拉丹冬其实很困难。一直联系不上上次带我们进去的索南更青医生,抱着试试看的心态,文扎老师带领大家往前走,一路上遇到好几处,一群人在挖坑填埋垃圾。一个骑摩托车的小伙子主动把我们带到了西藏那曲的关卡,那里非常简陋,除了一个升降杆别无他物,由一个当地牧民把守,守卫的人说必须要有雁石坪派出所的许可才能放行。几经交涉无果后我们又回到雁石坪,在派出所院子里正好碰到了所长,所长说需要那曲相关部门的文件他们才能放行,并给了我们那曲安多县负责人的电话,一再说自己是服务单位,如果能帮很愿意帮助我们。十五分钟后我打通了那人的电话,对方说刚从一个会上下来,语气很平和,但强调需要那曲的批文他们才能批。总之,反复沟通后,我们明白了今天的好运气不在我们这边……

其实在文扎老师看来,当代江源科考界将玛曲的源头,格拉丹冬雪峰北坡的姜古迪如冰川认定为长江正源的说法,抛开神话不讲,仅从民俗文化和现代科学的角度看，也是说不通的——

"首先，在江源牧人的传统里，从源头直接到入海口，哪条河流是主干中间是不会发生变化的，包括名字。所有的支流和干流交汇的时候，干流的名字都要在前面。我们昨天去的治曲和玛曲交汇处在本地叫'治玛桑朵'，治曲和当曲交汇处叫'治当桑朵'，都说明在当地人祖祖辈辈的认知里，玛曲和当曲不是长江的干流，而只能是治曲，也就是母牛河。

"其次，在'江河惟远'的同时，还要看它是不是一年四季都有水，也即'惟常'。一般外边的考察者都会选在七八月份江源气候最好的时候从下游上来，那时候温度高，冰川也融化了，雨也下了，青藏高原到处都是水，考察者逆着通天河干流往上走的时候，会发现有好几个源头，最后按哪一条流得最长，就追踪到最高最远的那条冰川融水。但冰川融水只有太阳最高时它才会融化流下来，一到冬天，地下一滴水都没有，都是坚冰，挖都挖不动。玛曲包括嘎曲都是冰川融水，冬天的时候就冻住了，如果这时候你去考察，真正有源泉活水流下来的地方就只有治曲的源头治姆纳孔。藏族文化里的水源叫'曲果'，是指从地下冒出的第一滴水，一年四季都有水的，季节性的冰川融水不能算。因此，在当时的江源牧人看来，治姆纳孔才是长江的源头……

"再次，就算是以'惟远'作为水源的前提，除了空间的'远'，还要参考时间的'远'。从治姆纳孔再往西北有一座拉洒冈更冰川，位于格拉丹冬主峰的东南面，我曾经从治姆纳孔一路向上到过它跟前，发现从治姆纳孔到拉洒冈更是一条非常大的干河床，虽然现在已经没有水了，但很早之前肯定是冰川融水下来，先流到治姆纳孔，然后再往下流的，后来冰川萎缩，融水不足以从地上流下去后，就以地下水的方式渗透。治姆纳孔那里曾经有那么丰富的地下泉水，应该就是接应了拉洒冈更的地下融水……如果从拉洒冈更的地理位置看，它在格拉丹冬东南面，也就是阳面，玛曲在格拉丹冬北面、嘎曲在东北面，都出自阴面。在整个地球的冰河期结束后，气候慢慢变暖，温度也越来越高，冰川开始融化，依照自然规律，最初肯定是南面的冰川先融化，然后往下流，也就是拉洒冈更先融化，先流到治姆纳孔，然后再往下流形成治曲。后来慢慢气候变化，冰川融化以后，南面的水量可能越来越小了（我那年去的时候，拉洒冈更只有山顶上还有一圈冰川，下面都融化了，所以现在治姆纳孔的地下泉水也在逐渐萎缩……）然后气候变暖，温度升高，北面那些冰川开始融化，玛曲、嘎曲这些就慢慢流下来了，所以从历史的前后顺序来讲的话，第一个流出来的也应该是治曲，母牛河。"

最后文扎老师总结道："四季游牧的江源牧人，在上千年的游牧过程中，早就形成了对源头的认知。他为什么对源头这么确信不疑，因为游牧人逐水草而居，如果没有好的水源，人和牲畜都是生存不下去的，他确定一条河流，首先要把源头确定下来，他知道哪一个水源是最好的，是常年有水的。虽然不是有意识地去寻找，但这样确定下来的源头，没有争议，也不需要再不断确定。"

至于近年科考界又要把长江的南源当曲，甚至北源楚玛尔河确认为"正源"的提法，文扎老师基本持"不予置评"的态度。问得多了，他就这么说一句："就好比你家要开一个大门，非要从侧面开，说这个就是正门不行吧，正门肯定要在中间，正源肯定要在格拉丹冬。"

那年9月，我离开后不久，《中国国家地理》的执行总编单之蔷和中国西部河流科考探险家杨勇先生一起到长江源区考察河源，杨勇约了文扎老师同往。后来文扎老师告诉我，那一路上就像一场辩经。单之蔷主编听了他的分析，觉得有必要再进一步考察取证，当时就和他约定，冬天再派人来考察。但后来发生了新冠肺炎疫情，事情就被暂时搁置起来……后来，一次偶然的机会，我询问杨勇关于长江三源的看法，在他看来不需要有所谓"正源"之争，三个源头代表着不同的自然景观和生态系统，各有特点。

欧萨的新故事

三个月后，我已经回到北京，一天，欧萨告诉我他有个新故事，说是他专程找治多县的才永奶奶问的。才永奶奶是从她阿妈阿耶老奶奶那里听来的，她们一家以前就住在母牛河源头的地方——

这是流传在母牛河源头的一句古老谚语："嘎夏吾（格拉丹冬）追逐

鹿群，玛觉母（格拉丹冬的妻子）看得入神，治俄姆（青青的母牦牛河）得以命名。"请原谅我无法用汉语表达出藏语原文那种特别的古朴和韵律美……

古谚讲的是这样一个故事：嘎曲的源头是嘎夏吾山，即格拉丹冬雪峰；玛曲的源头是玛觉母山，她是嘎夏吾的妻子；治曲的源头叫治俄姆山。这三个水源有一个共同的名字叫治巴给曲宗，意思是从驮着黑帐篷的母牛山流下来的水源（我大胆地猜测，可能远古的造山运动还在进行过程中，现在分开的各个山峰当时还是一个整体）。有一天，治曲、玛曲和嘎曲三个比赛，相约从各自的源头同时出发，谁先到达大海，这条大河就以谁的名字命名。刚刚离开源头不久，嘎夏吾山神看见一大群白唇鹿在奔跑，就转头去追逐鹿群了；玛觉母山神呆呆地盯着夫君追赶鹿群，也忘了比赛；只有治俄姆山神没有被诱惑，一心向前，所以它第一个到达大海，按照事先的约定，这条青色的大河就被命名为治曲……

神话、传说、古谚、科学、民俗，沧海桑田，时空巨变，到底哪里是源头，到底怎样判别源头，甚至是以怎样的方式寻找源头，这似乎关乎每个个体的信仰系统、文化传统、知识结构和常识实践，以及心灵经验……

不过，话说回来，无论在江源的核心区域有怎样的"正源之辩"，最终这些源流都毫不例外地融汇成一体，以通天大河之势滔滔东去，一路滋养着所经之地的生灵万物……

（"长江正源"所在地、被誉为中国以至亚洲"水塔"的格拉丹冬冰川群，在当今气候变暖危机的大背景下，愈发显示出它的重要性和独特地位。以下是两年前我随"源文化考察团"到达格拉丹冬主峰时的情形，那时的我虽已身在江源，但对于它的认识还很懵懂，也预料不到后续会有这样一场"通天河之行"……）

六、格拉丹冬——世界尽头与冷酷仙境

　　多日来连续荒原中日夜兼程，雁石坪休整的这两夜睡得格外深甜，第二天计划要离开的，清晨还在朦胧睡梦中，电话铃声骤然响起，听筒那端文扎老师报告一个爆炸性的好消息：经过一夜不弃的努力，今天我们可以进格拉丹冬了！本来此行能到格拉丹冬已经希望渺茫，我本也已调整好心态带着最大的遗憾离开，可以想见，听到文扎老师这个消息时我的震惊和狂喜。

　　匆匆吃过早饭，"安康医家"的第十三代传人索南更青从索加专程赶来和我们会合，原来，是守护在长江源头的西藏牧民们感恩"安康医家"的世代善行，才有了我们今天圆满的格拉丹冬之行。

　　一匹灰褐色的成年狼从我们的右首出现又消失。据文扎老师讲，在藏族传统里，出门遇到狼是吉兆，如果出现在右边更是吉兆中的吉兆，顿时大家更加振奋。拐过一个山口，刚刚还晴朗的天空，突然就大雪纷飞，迅疾的西北风中连成片的雪花以四十五度角的凌厉冲势击打着我们的前挡风玻璃，瞬息视野已然模糊。左前方开始出现一小撮、一小撮棕黄色的羊群，在漫天的飞雪中低头静静地啃食着枯硬的草根，接着又出

　　　　　　　　　　　　　　　　　　　　　　　　　生生之水

漫天飞雪中静静啃食着草根的羊群

现更大群的牦牛，似有一条窄窄的河流从左侧淌过，但很快消失在茫茫
雪雾中。大雪渐渐覆盖了远山，覆盖了羊群牛群，覆盖了干黄的草地，
覆盖了肉眼所见的所有……

　　突然，我的小腹一阵阵刺痛，布多杰找来装满热水的矿泉水瓶给我
热敷，有些好转……过了一会儿，那痛伴着狂风还是一次次袭击我，又
过了一阵，前面的车停了，索南更青医生下车来，先给我把了脉，然后
递给我三颗褐色丸药，真是不可思议！服下药丸后，腹间瞬时一股暖流
上涌，当下就不疼了。此后的路程，我的胸腹就环动着这股暖流，伴我
在格拉丹冬冰天雪地中跋涉……

　　经过"长江源头第一家"的定居点，索南更青领着大家走进屋子小歇，
我在车里休息等待。不知过了多久，当我下意识往车窗外张望时，发现
"第一家"门前已经围了一圈的牧民，过了一会儿，索南更青领着大伙儿

从屋子里出来，身后的主人双手合十不断地恭腰致谢，门前那些牧民一见索南更青立即簇拥上来，一个个伸出胳膊，亮出手臂，索南更青一边和他们亲热地打招呼，一边一一为他们把脉就诊。临行前，他从三菱车里拿出一大包药分发给大家……

再上路时雪已经停了，但天空中还是云雾弥漫，我们把车直接开到一面雪坡上。展眼北望，层层叠叠的雪峰连绵起伏，一眼望不到边，这片南北绵延 50 余千米的雪山群就是现今被誉为"长江正源""亚洲水塔"的所在地，其中最高的一座即是由 26 座海拔 6000 米以上的卫峰环绕的，海拔 6621 米的格拉丹冬雪峰。

格拉丹冬是个顶点，也是此行精神和肉体的极致检验。

踩着满是泥泞和冰碴儿的碎石滩，开始了这一天长达六个多小时来回 20 多千米的雪地徒步，一步一步，朝我心中渴望数年的格拉丹冬趋近。我与格拉丹冬的缘分始自西部河流科考探险家杨勇先生。2008 年，因当时主编的杂志开设户外栏目结识了杨勇，就在编辑杨勇撰写的一篇篇长江源头探险考察的稿件中，神秘的犹如世界尽头的"格拉丹冬"反复

格拉丹冬雪山姜古迪如冰川
（杨勇摄于2006年）

杨勇在格拉丹冬考察冰川变化
（杨勇供）

冲击我的视野和心灵，成为萦绕多年的念想。作为"1986年长漂"的亲历者，地质专业的杨勇也是被尧茂书事迹感召，从此将一生托付江河的人，"长漂"之后，杨勇以漂流加徒步的"古典主义"探险科考模式，从此开启了对长江源区不间断地探险科考历程。在长达三十多年对长江源区地毯式考察的实践中，他也从最初单纯的"地理大发现"式的探险者，以及对地理地貌水质的考察者，逐渐过渡到为避免频繁的水电开发对长江上游造成不可挽回的生态灾害，多方奔走奋不顾身的孤胆英雄；千禧年之后，为应对"全球气候变暖"的危机，杨勇又将研究重点转移到如何应对长江源头冰川消融导致的深层次环境变化问题上，成为一位知行合一的考察研究者。

眼前这一片冰雪覆盖的 L 形山体，就是藏语意为"奉献给众生的冰川林"的冈加却巴冰川。文扎老师说"冈加"是"一百个冰川"的意思，指数量很多，"却巴"是"供品"，藏族人通常只把献于佛前的供品称为"却巴"。相比十年前杨勇给我看的那些老照片，冈加却巴退化得让人触目惊心，往前延伸的冰舌尽头已经褪去了冰盖，裸露出黝黑的山体。据杨勇回忆，从 1986 年到现在，冈加却巴冰川退化了 2000 多米，很多水流出现了季节性断流，甚至有些彻底断流，冰川腹地也出现了沙漠化的迹象。

1976 年，长江流域规划办公室组织了第一次长江源考察，这是历史上首次对长江源头水系及其发源地的公开探查。在此之前，中国人民解放军原兰州军区测绘大队，为给青藏高原"无人区"制作 1:100000 的地

前人竖立的长江源冈加却巴（岗加曲巴）冰川考察纪念碑

海拔6621米的格拉丹冬主峰

图，曾来此采集过数据，但并未公开。1976 年的考察很大程度上也是基
于之前的测绘成果。它最重要的结果之一就是把长江从原来的总长 5800
千米，修正为如今的 6300 千米，超越美国的密西西比河，成为仅次于
尼罗河和亚马孙河的世界第三长河。这次考察在当时被列为中国近现代
史上的一件大事，2009 年被中国地理学会和《中国国家地理》推举为中
国百年地理大发现之一。翻看 1976 年考察的图片，当时的冈加却巴冰
川末端，曾经是冰塔高耸，在当年的考察报告中，作者充满感情地记述：
"在雪山群东侧十多条冰川中，以冈加却巴冰川最长最美，那冰舌上发
育的冰塔林，就像无数盛开的白莲。"

在前人竖立的"长江源冈加却巴（岗加曲巴）冰川考察纪念"的石碑

站在冰川中央，仿佛置身于一个光的超级引力场（文扎摄于2007年）

冰川下面的冰窟犹如童话中的水晶宫（文扎摄于2009年）

生生之水

前，文扎老师带领大家集体煨桑，刚颂赞完，天骤然放晴，刹那间霞光万丈。净蓝的天幕下，坐西向东，背朝念青唐古拉山脉的格拉丹冬主峰，犹如擎天巨矛般辉映在冰雪圣坛中，显出一派佛经中描述的东方净琉璃世界的殊胜景象，正如它的藏语译意——神的冰矛。

文扎老师说十五年前他来朝圣长江源时，冈加却巴冰川与"万里长江第一家"距离不到两千米，现在至少隔着四五千米。他还记得当时钻进冰川下面的冰窟中时，就像进入了一座童话般的水晶宫，他在里面流连忘返多时，舍不得离去。那时候也根本无法走近格拉丹冬主峰，只能隔着形态各异的万千冰林，遥望那座高耸在云间的纯净圣殿。

对于文扎老师来说，每一次朝圣，都是贴近梦想的时刻，是净化心灵、消融"自我"、融进自然的过程，更是生命升华的修行……

藏族聚居区牧人相信，雪山冰川里面还有另外的两个世界，一个是山神居住的内世界，一个是山神本尊居住的密世界。

站在万丈祥光的中央，在由三座雪山围成的冰雪世界中，我仿佛置身于一个光的超级引力场，整个人暖洋洋、晕乎乎、轻飘飘，心中充盈着恬静喜悦，渐渐消弭了时空……

冈加却巴冰川（文扎摄于2017年）

仿佛是这光的磁场裹着我不由自主举步向前……

在平均海拔 5400 米的冰碛面上走了三个多小时，一步一步蹚过泥泞、跨过冰川融水，穿过碎石滩，每前进几步，我就要休息一会儿。被文扎老师安排负责照看我的布多杰肩上扛着三脚架，胸前挂着相机，背后还有一个大背包，一边扶着我，一边逢泥开路、遇水填石，还肩负着用无人机拍摄的任务。我不时蹲下身，用手摸一下清冽的冰川融水，心头洋溢着"第一滴"生命之水带来的震撼。记得多年之前听杨勇讲过，格拉丹冬冰川之下蕴藏着丰富的金、铜、锌等矿藏，据说玉、玛瑙和水晶也不少见，他的考察队曾经用仪器测试过冰川上留下来的最清澈的一条小溪，结果重金属含量超过人体负荷的 460%。这一发现更近一步印证

在平均海拔5400米的冰碛面上走了三个多小时

了我心中早有的一个疑问——所谓生生之水并不是以人类为参照系的。

此刻，在海拔 6621 米格拉丹冬主峰之上，巨大的白色云朵不断变幻着身形，仰望天上的云图，我隐约看到苏格拉底心象中那由神圣驭手驾驭的两匹天马驾着四轮马车飞过天空的影像。后来和文扎老师再碰头，他说他看到了大日如来，还有格萨尔王骑着神驹江噶佩布在天上驰骋……在这里，我们再一次印证了"了境如幻，自心所现"的佛法真义……

晚上七点半，太阳还高高悬在西天，文扎老师他们早已到达格拉丹冬主峰脚下，此时已经沿西侧冈加却巴冰舌回撤了。而我，抬头望向看似近在咫尺的"神的冰矛"，似是永远也走不到跟前……

　　索南更青医生已经折回来与我们会合，带来文扎老师的嘱托，他告诉我们照这样走还需要一个多小时才能到达主峰脚下，但那时太阳就下山了，气温会急速下降，天黑路滑行路难，恐怕会有危险……于是在极度的不舍中，布多杰领着我转身往回走……去路和来路一样艰难，随着太阳下冰碛的融化，道路愈加泥泞难行。又是一个多小时，在快要走出冰川边缘的碎石滩前，我终于挺不住瘫软下来。身边的布多杰，蹲下身不容分说背上我，没了人拖后腿，他以比之前至少快一倍的速度，矫捷地渡水上坡。晚上八点五十，我们终于走出冰碛，在停车的地点和大部队会合。我问布多杰没有走到格拉丹冬主峰近前遗不遗憾，他说不遗憾，以后还会有很多机会来，但你很可能再也不会来了……

　　最后一刻，带着身临其境的震撼、倾尽体力的迷幻和愿望达成后的空寂转身回望，格拉丹冬主峰犹如一位慈悲的长者静静地目送我们离开……

　　不要轻易许愿，因为它一定会实现……

走到冰川边缘的碎石滩时，我终于耗尽了所有力气

七、活化之路

　　故老相传，在万里长江的南线源流当曲流域，有三座千年不化的古老雪山，它们分别是西恰神山、邦荣神山和嘎吾克麦神山，藏族人把它们亲切地比作祖辈们早期野外生活使用的三石灶。据说西恰神山的形状像张开翅膀的猎隼，邦荣神山远看如一头金雕的形状，嘎吾克麦山形似野狼，猎隼、金雕和狼，都是远古时代狩猎部落特别崇拜的精神图腾。时至今日，牧人们出门如果遇上了其中一种，都会认为是特别幸运的一天。

　　今天文扎老师就要带我们去形似金雕的邦荣神山朝圣。从下午开始，我们的"通天河文化考察小团队"进入了度假模式……

　　坐车坐得脖子疼，我说我们几个可以圈成一圈，一个接一个互相按摩，文扎老师在后座闷闷地咕哝道："那最后一个人呢？"这已经是他第二次这么问了。我说："你这是'线性思维'，围成圆圈就是保证每个人都被照顾到，这叫'圆形思维'，当然前提是人数足够多……"

　　细雨清寒中，拐了几个弯，欧萨的皮卡在两间简易板房前停下来。推门而入的瞬间，一股热流猛然袭来，我的心竟骤地起了异样，如触到火山喷发的热岩浆般迅速从固体熔成液体，热得有些晕眩……这是一个整洁、简朴、细致、温馨的家，小小的屋子内，大红底、镶金攒绿的藏饰半旧沙发及桌几上，随处可见主人用彩色毛线和塑料珠精心编织的餐巾盒、沙发套，瓶瓶罐罐……一个戴着白头巾的瘦弱女孩侧身坐在对面沙发的扶手上，仅露月牙儿似的一抹苍白的小脸儿。欧萨介绍这是他亲戚家，这时他已经和那女孩儿用藏语一问一答聊起了家常，其他几位也偶尔加进来。女孩声音轻轻的、柔柔的，但很清晰，我听不懂他们在说什么，只觉那声音、那韵律，那对话的节拍，很动听、很享受，熨帖我心……

正在这时，一位裹着褐底白花头巾的中年消瘦妇人，端着一碗热腾腾的面片从侧后方的厨房掀门帘进来。见到我先是愣了一下，随即脸上闪过一丝腼腆莫名的笑容……

吃过这一路最美味的面片，出得门来，转身回望，那两间简陋的板房孤零零地站在广袤的荒原上，刚才小屋中热腾腾的情景仿佛一场轻梦。我们这一行就像是金庸武侠小说里的江湖豪客，在荒郊野外突遇风雨，借避于路旁一座神秘的小茅屋，经历一场邂逅之后，怅然离去。

后方，巨大的灰色云团正铺天盖地涌来。三只黄白毛色的山羊擦着板房的墙边，慢悠悠地向云来的方向从容扭臀而去。

帐篷生活

又前行了差不多两个小时，前方隐隐显出邦荣神山金雕展翅的身影，倏忽已到了近前……相对前几天动辄 5000 米的海拔，这里的 4600 米竟然让我感觉舒适。大家决定把帐篷搭在邦荣神山的正对面、当曲河畔大弧弯的顶端。又见到当曲，我的心中一阵异样的激动。两年前的夏天，我们曾一起溯源到了当曲源头，一起见证过从地下冒出的第一股泉水，一起感受过星宿海的千湖震撼，一起经历过深夜陷车的绝望和救援的艰难，以及成功脱险后那一碗牛肉汤的温暖……

当曲流域的邦荣神山远看如一头金雕的形状

回顾往昔，我们更加珍惜此刻的岁月静好……或许是从母牛河源头出来后，往后的路就都是顺流而下了，大家的心情都比较放松，我也颇有闲情逸致地仔细观察记录下了这原汁原味的游牧生活……

　　只见欧萨把帐篷从皮卡上卸下来，解开绳索平放在地上，文扎老师、索南尼玛和布多杰手中拉起固定在帐篷顶上的绳子迅速向四方散开，欧萨已经迅速地用铁锤把一边的绳子用橛子固定好，第二边绳子快固定好的时候，对面的位置，索南尼玛正在把绳子拉直，文扎老师到河边捡了块石头，和布多杰一起往索南尼玛方向会合，布多杰接过文扎老师的石头钉好了橛子。八条帐篷绳都固定好后，文扎老师拿起帐篷柱子，其他人走上来，风很大，帐篷也很沉，几个人同心协力把帐篷从里面撑起来，在欧萨"巴果（帐篷门）/ 拉格巧（有神仙来往上抬）/ 勒格巧（有龙族来往上抬）"的喊声中，摊在地上的帐篷犹如一位白袍巨人晃晃悠悠站起来了。这时拉布走进镜头，拉起帐篷接地的一个角，跪在地上用力按住，旁边的欧萨也正在拉起另一角，开始钉起来，文扎老师拿着橛子过来协助索南尼玛，三点成面，这一面固定好了，众人再去固定其他面，布多杰用脚把橛子踩进土里，我刚要夸他力气大，索南尼玛就过来把橛子拔出来稍微移了个位置重新用石头再钉了一遍。虽然离得远看不真切，但通过肢体语言，我也隐约感到布多杰脸上一定显出了小学生一样讪讪的表情。

　　帐篷搭好了，立刻把风挡在了外面，当曲河畔，辽阔平远得看不见一户人家，只有邦荣神山在西南方静静注视。大家去拿行李锅具和食材，欧萨和拉布把炉子抬进来。一路走下来，源头的牧民们也都用这种简便实用的铁炉，有的是两个灶口的，有的三个，我们这个只一个灶口。此时欧萨从油桶里给喷灯加油，布多杰抱着烟囱进来，和欧萨把几节烟囱接在一起，竖直，从帐篷顶上的烟囱口伸出去（顶上的口欧萨提前加上了一个铝圈，防止帐篷着火）。

帐篷生活

在山川大地间行走的江源牧人对自然环境有着天然的敏锐，选择搭帐篷的地点尤其讲究。在我的殷切追问下，欧萨一边收拾铺位，一边给我讲藏族人搭帐篷的规矩——"第一要看有没有能供饮用的清水，如果有水源，就不能在水源上面搭帐篷，必须搭在水源往下稍远一点的地方，不然会把水源弄脏，得罪龙族；再下面远一点的地方才是牛圈和羊圈；要有足够供牛羊吃的肥美的青草；要有一块平整的草甸，背风，向阳；帐篷门要朝向东方，门不能对着嘎巴卡秀（草皮的横切面，下面是黑土的豁嘴），不能对着尖尖的石山，不吉利……"

　　文扎老师一手提着草绿色的塑料水桶，一手拿着瓢，布多杰右手提着烧水壶，肩上背着一个大口袋，两人并肩往东侧的山坡走去，那里满坡黑黝黝的牦牛正在吃草，我脚步和镜头跟着移动。原来，绕过牦牛们吃草的山坡下去，一条如小银蛇般蜿蜒的山泉从草甸间的裂缝里快活地流淌下来，文扎老师先跳下去舀水，灌满一只桶后灌另一只，然后再灌水壶——不知哪天，我提到文扎老师干活儿时的表现，似乎用了质疑的语气，从那儿之后，感觉他特别的身先士卒。——布多杰口袋里背的也是一只草绿色的水桶，不过更大一号且没有把手。将所有的容器都灌满水后，布多杰帮助文扎老师背上水桶，自己也背上装水桶的袋子，两人又上坡下坡原路返回。欧萨已经等在帐篷口，水放好后，欧萨用左手的无名指和大拇指小心地蘸起三滴水弹向空中，口中一边念着"聂纳曲纳尼曲拿昂"（"水来了架火吧！"），一边开始架起火来准备烧茶煮饭。原来，在藏族人的传统里，一定要等到把清水打回来才能架火，不然就会得罪神山。

　　这时索南尼玛走进帐篷来准备取水、洗菜、做饭。自从母牛河源头那一次奇怪的对肉的生理反应后，索南尼玛像是中了蛊，每次做菜都把盐撒多，其他人竟然都不约而同地表现出了宽容和克制，只管多吃主食多喝水解盐。今天大家商量给索南尼玛放个假，我们自己解决晚餐。我宣布今天晚上给大家做一道"牛粪烧娃娃菜"，先用清水把从雁石坪挑选的娃娃菜细细地洗干净，再一小块一小块地用手撕好，然后把娃娃菜放进底下烧着牛粪的开水锅里，就这个动作，因为我穿的外套太过肥大，一个转身差一点把锅带下来，水洒出了好多，只听文扎老师吓得急忙说：

"以后再也不敢让你做饭了！"欧萨赶紧安慰我，又往锅里加上水，布多杰帮我把菜放进锅里，我用筷子在锅里搅拌了几下赶紧捞出来，这边索南尼玛已经找出我们之前带的几瓶蘸酱调料，又加了些他亲自做的辣酱，大家一面抢着把娃娃菜蘸上酱放进口中，一面夸张地大大称赞我的厨艺……

品尝完我的"牛粪烧娃娃菜"，五位康巴汉子都拿出自己的专用碗，欧萨从袋子里拿出青稞面分给大家，再放上一小块酥油，加一点儿曲拉（类似奶酪），然后每个人都把刚煮好的奶茶倒进碗里，除了文扎老师，其他人又往碗里放了些白糖，非常熟练地用手搅拌，心满意足地吃起糌粑来。而我，也拿出早晨欧萨煮的白水蛋和三个迷你小面包吃起来。欧萨站起来一边把帐篷门关严，一边口中嘀咕："一到晚上，帐篷门要关得特别紧，就是怕惊扰周围的神灵。掌灯的时候光不能照在勒赞的位置（红色岩石下面冒出的泉水。藏族古老的苯教信仰认为，宇宙由三种生命存在组成：拉、勒、念。"拉"是天界的生命，"勒"是水中的生命，"念"是人间，或说土地之上，天界之下的生命。"赞"属于"念"界，按六道分，它属于"非天"）。如果照到了，牛羊会生病，会死去，人也一样；帐篷门口要避开能反光进来的泉水，如果这个泉水够一百只羊饮用，那就没问题。"

苍茫天草间，三顶雪白的帐篷并肩而立

晚饭后，天光依然蓝亮，我起身出了帐篷沿着当曲河湾，走过一大片红白相间的点地梅坡地，穿过之前文扎老师和布多杰打水的山泉，往邦荣神山的方向走去。好不容易爬到坡顶，却见邦荣神山依然像个喜欢藏猫猫的顽童般在前方招引我。天晚了，我不敢再向前，刚一侧身，就被眼前这幅景象惊着了：苍茫天草间，三顶雪白的帐篷并肩而立，优雅得犹如三位草原女神。其中一顶圆帐篷上炊烟袅袅，是人间的烟火，又像来自天上；之前打水时遇到的那一大群牦牛，此时已是水足草饱，黑亮亮、密麻麻地趴在帐篷门外的草滩上，像是从天上跳下来玩耍的星星；两只棕黑色的藏獒，并肩卧在一起，正炯炯地盯着我。我静静地沉浸在这天上人间的恬美里，有一种长久留下来的念想……许久，回转身，布多杰不知何时已经赶上来了，我本来觉得他有点懒，如果不是执行任务他平时不怎么爱走动，但既然我出来了，他为了我的安全着想就不得不出来。我在山坡上一边等他，一边往牧人家张望，他指着藏獒做咬我的手势，示意我不要过去，其实我一点也不怕……月亮渐渐升起，天上的星星也逐颗显现，我们慢慢下山往回走。草天尽处，十几匹马儿正低头啃着青草，优雅自在犹如在神的国度里漫步，落日尽头月光升起处，马儿们深沉的剪影像极了长城上一座座古老的烽火台……

帐篷里，我们之前问路的牧民正赶来和大伙儿火热地聊着天。布多杰一头钻进了帐篷，我悄悄地把餐具拿出来洗干净收拾好，然后坐在当曲河畔，和天上的月亮一起，静静地聆听夜色下哗哗的流水声……

许久之后，我起身钻进了自己的小帐篷。睡到后半夜，外面下起雨来，大滴的雨珠打在小小的帐篷顶上，感觉有点冷，把睡袋的帽子戴在头上，把拉链拉严，半梦半醒间，胸口发闷，越来越喘不上气，感觉马上要窒息了，心中一凛，使劲儿让自己清醒。原来，是睡袋的边缘遮住了我的口鼻，一声低沉的马的嘶鸣声自远处传来，我心稍安定……这一夜，依然睡了一个好觉，做了一个好梦。

清晨，又是一阵马的嘶鸣声把我从梦中唤醒。文扎老师早已在当曲河畔念经了，索南尼玛和布多杰站在河边洗漱，欧萨竟然正对着水面梳理着一头长发！湿淋淋的空气里，一对赤麻鸭从河面飞掠而过，留下一连串小婴儿般的呀呀声。

马儿们的剪影像极了长城上一座座古老的烽火台

清晨，在当曲畔洗漱的康巴汉子

顶牛

朝阳下，当曲中间的那片沙洲间，一头前黑后白的健壮公牦牛正静静地对着太阳伫立，一派舍我其谁的架势。隔着水面，在它的左右两侧，也有两头牦牛一动不动地站着，以品字形的姿态彼此呼应。帐篷右首的草滩间，两头黄白相间的公牦牛正在打架，先是一起用力头顶着头（原来这就叫顶牛），然后其中一头突然卸了力侧转身和对方变成头并头，另外那头一个转身，两只前蹄抬起，架在先前那头的肩膀上，不断顶牛转圈，从我起床到晨练归来、岸边打坐、吃早饭再到准备出发，足足有一个小时，它俩就一直重复着这几个动作。打到最后，一旁观战的母牦牛都看不下去不耐烦地走开了……

山水的异化与救赎

今天的行程是徒步邦荣朗纳大峡谷，去探访传说中的格萨尔修行洞。昨晚那个牧民早早来了，今天由他为我们带路。

刚上路，一个疾速奔跑的影子斜斜地从车窗左侧赶上来，到和我们的视线平行处突然四蹄腾空，做了一个不可思议的芭蕾舞空中跳跃的动作，优雅至极。我还在喊"梅花鹿"，其他人异口同声回应我"黄羊"，"白屁股黄羊"！

因为牧民向导说格萨尔修行洞一个小时就到了，所以我们都很轻松地上阵，食物和水都没拿，没想到这一去，就走了八个小时……

上天造化如此，人意终难揣测，原来这前奏早已埋下伏笔……

已经干涸和逐渐干涸的矿物盐流

　　脚刚踏进邦荣朗纳大峡谷，地貌陡然变化。我们的右侧就是邦荣神山，因为朝阳，这一侧的山顶几乎看不到积雪，从山上流下数条富含矿物质的泉流，越往下越宽，形成一片如热带雨林中裸露在外的巨大根系般的冲积扇面。这些泉流有的干涸钙化已久，形成新的山岩；有的还处于正结晶状态，密密麻麻凹进去的冰碎纹像一个个奇形怪状的饼干模子；有的刚刚断流，黄绿色的液体顺着水道尚未淌干；有的还在涓涓不息；有的挟红色泥浆而下，却在中途不知所终。这些泉流的流势比平日所见的清水泉流明显滞涩许多。

　　翻过一座山坡，隔着狭窄的当曲河道，对岸巨大的、色彩斑斓的岩石山让人目不转睛。这些岩石的纹理细密清晰、形象生动，颇有"吴带当风"之趣。其中一块，就很像仙风道骨的天王送子图；另有一处隐约显出佛陀在鹿野苑说法的群相，右前方连成一片的，犹如数十位顶盔掼甲骑马持剑的将军正在大战妖魔强盗。

　　文扎老师告诉我，给我们带路的向导说当曲在《格萨尔》史诗里被称作姜曲俄姆。这条河上没有"饶卡"，就是没有能让人过河的渡口，当地人流传山崖上有格萨尔三十员大将的肖像。莫非眼前就是？！

走进史诗中《姜岭大战》的现场

我们的格萨尔说唱艺人拉布东周说史诗中南方姜国的疆域就在当曲流域,《姜岭大战》的地点就在这里。还有另一部《腾岭之战》,也记载了发生在邦荣神山附近的一场战役;另外格萨尔王降服北方魔地的鲁赞王凯旋时,曾在此停留。

穿过几个小山洞后,山坡上两座紧邻的巨岩之间,一根巨大的石柱从空中直搜而下,悬在半空,正好停留在一个方形的洞口上方。文扎老师他们早已进洞,我犹犹豫豫侧身进去。这是个极狭长、极曲折的岩洞,石壁上挂着很多白色丝质哈达,也有据说极名贵的五彩刺绣哈达,岩壁上还镶嵌了许多贝壳和钱币,到处都是巧夺天工的钟乳石。约莫深入洞中一半的距离,文扎老师等在前方指给我看,原来洞壁上有一只天然形成的五股金刚杵,就像一个石化了很久的巨人的手臂,逼真的程度仿佛

洞壁上天然形成的五股金刚杵

随时可以抬起。文扎老师示意我们每个人都用手握一下，我上前刚刚用手握住，一股莫名的凉意和钝力同时顺我的掌心往上蹿……正在惊诧之时，文扎老师缓缓说道："金刚杵在印度神话里原本是帝释天的一种电光的称呼，后来作为古代印度的一种武器，在佛教密宗中，象征着所向无敌、无坚不摧的智慧和真如佛性，为密宗诸尊的持物和瑜伽士修行的法器。"

从另一侧洞口出来，迎面岩壁上刻着巨幅的彩色观世音六字心咒。见文扎老师在几米外盯着一处泉眼拍照，我也靠过去，近圆形的泉池直径也就两尺左右，但目测深不见底，黑绿色的盐水从里面不断翻涌而出，在出口处溅出白色的水花。是不是什么东西只要速度足够快，密度足够大，最终看起来都成白色？牧民向导说这是黑龙泉，和地下龙宫相通，很厉害的，不要久留。我的心里涌起一股神秘邪恶之感，一阵眩晕恶心，赶紧往前走。绕过一个石柱，骤然！一幅令人惊绝的景观毫无征兆地摊在我眼前——迎面，自山腰往下，纵贯百米不止，横跨数百米不尽，一片表面光滑迥异于岩石质地的，主体呈棕金色半透明状的巨型泉华台赫然端坐在天地之间。那是一个不需以任何信仰为前提，肉眼直观就能辨认出的巨大莲花座。每层的外边缘都是一朵紧挨着一朵像被巧匠雕琢过的莲花瓣。我粗略地数了数，从上往下非常明显的就有四十多层，算上在过程中渐渐变薄、变淡，钙化已久的正要泻入当曲的那一大片，几百层也不止。靠近主体的是几条黑绿掺杂棕黄的片状滩流，似是刚凝结不久，再往两旁延伸近百米作为辅衬的，是由无数一小撮一小撮淡黄色结晶体连接而成的犹如珊瑚礁般的晶体丛林，中间布满奇形怪状的孔洞。也有较大的，一个个蓝绿色圆饼状的滩坑，越靠近河岸颜色越浅。视线上移，一股墨绿的盐泉沿着边缘合久必分分久必合地一路呈辫状流下来，流经处，切开原来的盐层，在松软的岩层间发出湍急的碚碚碚声，一路踩着台阶纷纷而下，奔向下面的当曲，奔向不远处的通天河，奔向遥远的海天之间……

邦荣朗纳泉华台（杨勇摄于2006年）

棕金色半透明状的巨型泉华台赫然端坐在天地之间

　　多少个荒寂的世代，岩泉就这样寂静无声地在山间流淌，就像那些创世神话中，在万物的演化进程中，生命由流动的有机体逐渐固化成没有生命特征的无机体。层层绵延的泉华台以固化的势能绵延出当初液态的动势，那些泉流流过的痕迹，因为时间跨度长，足以从地理看到历史，从空间辨认出时间。这些被钙化、硅化、硫化的水源算不算承载了一场久远的精神污染？什么时候，应以什么方式，这些固化已久蒙昧了初衷的存在能够重新被激活，重获生命？它的前方，即将浩浩汤汤东流入海的当曲，是不是它们命定的活化之路？所以它们才这么急迫趋紧，这么奋不顾身？

　　几个月后，中国西部河流科考探险家杨勇来此考察，他以地理科考专家的视角在日记中写道："在当曲下游的邦荣朗纳峡谷，意外看到一幅从未见到的美景——垂高 150 余米的泉华台，这个泉华台和我们看到的

　　　　　　　　　　　　　　　　　　　　　　　　　　　　生生之水

其他泉华台不一样，我们尝了它的水，味道很怪。黄龙泉华台、云南白水台的水都是淡水，虽然也是钙化物；我们在泉华台旁边发现了三个温泉眼，遗憾的是没有做采样，但我看了它的形态和结晶体的特征，还是以钙为主，其他的化合物也有，钙化的表面上铁锈色比较多，我们估计邦荣朗纳山可能是一座火山口，它现在的温度还不一样，有中温泉、低温泉和冷泉，地热资源是比较丰富的。据了解，这座泉华台还经历了三次以上的地震位移作用，出水通道也相应发生了移位，形成了不同时期的新老泉台，老的泉华台由于地震崩塌遭到严重破坏，泉华表面已经风化塌落，而新的泉华台正处于发育形成中，有的正在退化中，这么形态完整、规模巨大的泉华台是我们在青藏高原看到的唯一一座，在国内已发现的泉华台景观中也属罕见……"

格萨尔修行洞

欧萨在泉华台南面一个缓坡上坐下来不走了，说是留下来等我们，其实他是两脚犯痛风，不能走了。一路上听闻近年藏族聚居区男性犯痛风的特别多，而且有年轻化的趋势……欧萨本来期盼我能留下来陪他，文扎老师也诚恳地建议我留下和欧萨一起，有个照应，他吓唬我说到这里来回要五个小时，算上之前我们走过的路，差不多要八个小时。我在原地不断根据他们的信息权衡判断，最后还是决定要去，既来之则安之，交给自然吧。可怜的布多杰又一次做了我的守护天使，他的守护令我有信心……

我让布多杰在前面走，我远远地跟着，两个小时后，到达格萨尔拴马桩。最初它只是一块白色长石，传说是格萨尔拴他那匹神驹江噶佩布的地方，如今长石已被历代朝圣的经幡层层覆盖，像一座方正的经幡的庙宇。前面不远处就是格萨尔修行洞了，圣地的气息越来越浓，周围的地面上朝圣的牧民垒起了一堆堆小石头，两潭淡蓝绿色的泉池仰卧在朝圣的路上，一圆一弯，犹如日月辉映，泉水澄清、静默，泛着微微的波纹，不仔细搜寻，都看不见细细的泉眼……里面有朝圣者抛下的硬币和贝壳，其中一个泉眼里面竟然还有一顶时间久远的康巴牛仔帽。

终于到达邦荣朗纳大峡谷的尽头，眼前这座红色岩石山腰部的裂缝处，几个低矮的小山洞似连似断一路往上延展，似一头仰着头咧着大瘪嘴的怪兽。格萨尔修行洞就在裂缝的最高处，整个石道被经年的经幡索引，勉强够一个人局促前行，起步处竖着长满铁锈的藏文小标牌。文扎老师先前曾听人说：格萨尔修行洞附近也有三十个大将的岩画。走到离修行洞口三四米的地方，不知是不是受此影响，我仿佛从岩壁上辨认出格萨尔骑着马满身戎装的形象。小心翼翼走到最高处，探身进去，只见格萨尔艺人拉布东周正坐在洞口念经，因为拉布不讲汉话，虽然一路同行数日，我俩也几乎没有交集。我小心地掀开挂在洞口的三幅明黄色丝质唐卡，两只搭成锐角的藏式描花桌柜占满了空间的同时，也封住了里面的视线，柜前棕红底色红绿相间牡丹图案的矮桌上，放着一只白瓷红牡丹的水杯，瓦盘里放着扎头发的绳圈等杂物，身后的小洞里堆着两只手摇转经筒，在最显要的位置供奉着几块用金线阴刻在黑石板上的密宗佛像，其中横幅的并排三尊是观世音、文殊和金刚手三怙主，后面竖立的一块黑石板上是莲花生大师，靠近洞口单独的一块是地藏王菩萨，上面都笼着好几条信徒们敬献的白色哈达，角落里一团团落满灰尘的也都是哈达。供奉的酥油灯已经残坏，灯座和灯身分在两处，覆盖柜子的格子布下露出藏文经书的一角，看起来相当古老。地上有一些残破的瓦片、瓷片，还有十几张很老版本的人民币纸钞。这或许是一个在近些年还被使用的修行洞，这里面的东西肯定不是格萨尔的，不知道是什么人曾在此修行，又是因为什么这里变得这样残破。我很想问问外面的拉布，《格萨尔》史诗里对这里有过描述吗？格萨尔因为什么机缘来此修行？在这洞

格萨尔艺人拉布东周在格萨尔修行洞口念经

里又修行过多久？可惜语言不通，我和他比比画画，最后以互相给对方在洞中留影作为结束。

和拉布从洞口出来，文扎老师和布多杰、索南尼玛还有牧民向导已在下面的格萨尔神泉等候我们多时。传说格萨尔在上面山洞闭关修行时，就是在这里斋戒沐浴的。还没到近前，硫黄刺鼻的味道就已经顺水流飘过来，这是一眼激情喷涌的热泉，以短暂间歇的节奏往外奔突翻滚着，最高位的水柱有一米多高，我感觉它随时都能吐出一个活物来。据牧民向导回忆，20 世纪 90 年代初，他看到这个泉水喷出来的水，差不多有一个成人骑在一匹高头大马上那么高，现在已大不如从前了……

文扎老师兴奋极了，围着突突冒出的泉水一边顺时针转动，一边口中念着经文。泉水从泉眼喷出后，顺着水道往当曲流去。欢快流淌的泉水中，我又看到在母牛河源头的那种五彩斑斓的石子了，只是这里的更大、更鲜艳，估计和硫化反应有关。接近当曲边缘的几个球状岩丘面上，一个个微型泉眼咕咕地往外冒着墨绿色的小泡泡，使这些球体看起来像极了一个个封闭的小宇宙。文扎老师说这个神泉非常殊胜，喝了可以治百病，尤其是胃病（这边的人因为饮食的问题，很多人得胃病，所以很多泉眼也以能治胃病闻名），他因为胃不好，很是贪婪地喝了几大口，我也随喜尝了一小口，既甜又涩。我们都在温暖的泉水中洗了脸，在距泉眼稍远处脱下鞋子泡脚解乏。

格萨尔神泉

天空中倏尔洒下细雨，迷蒙中和泉流溅出的水花相遇。远古和此刻，天上和地下，在这二水交进中融为一体。

所有的地理都有神话的价值，所有的神话都有地理的坐标，它们的合一造就了活生生的历史。江源大地上处处都是神话，到处都是格萨尔英雄的足迹，终究不能被风化的历史深远处，或许在某个一转身的质点，神话和历史共同复活。

彩虹为信

或许真是神泉的奇妙功用，回程的路虽然走走停停，但我始终坚持下来没有瘫倒。布多杰也一路寸步不离守护着我，他教我怎么走能最大限度保持体力，比如轻走，迈大步，膝盖弯曲的角度尽量小，一旦觉得累赶快休息，在休息的时候，要做阶段性的肌肉恢复。短暂休憩的半山坡上，为了缓解腿部压力，我总是头朝下直直地躺下来，用毡帽盖住脸，不时小睡一会儿。我知道凭着布多杰的能力，不到一小时就能跑回去，因为迁就我，走走停停近四个小时，但也确实保全了我的体力。

据说从莫涌草原到当涌草原，有十八座以动物鼻子命名的山脉。我们刚爬上山羊鼻子客玛然纳对面的山坡，一道闪电倏地划过天空，接着大雨如注，没有可以躲雨的地方，风雨中布多杰搀着我一步步勉力前行……他说藏族有句谚语：一同完成朝圣之路的人，是千年修成的福报。是的，寻源路上，每一步都是一场天荒地老。

雨停了，我和布多杰坐在一个满是半大石块的半山坡上休息。远处的坡顶上，拉布坐在一块大石上垂着头一动不动，头上红色的璎珞垂在脸上，布多杰眼神儿好，说拉布是睡着了。出发前文扎老师一再嘱咐，绝对不能一个人走，要是遇到棕熊就太凶险了，我们赶紧多走两步，和拉布会合，叫醒他继续上路。拉布刚走几步又停下来，开始拔地下的野草根吃。他看起来脸色非常不好，我和布多杰看着担心，之前我右手一直扶着布多杰的左胳膊，这时我用空着的一只手架在拉布腋下，用力托上他一起走，只上了半个山坡我就支撑不住了，胸口发闷喘不过气来，赶紧放下拉布，再歇一歇。在探入上衣口袋时，竟然摸出了半板德芙巧克力，我把它掰成三份，分给布多杰和拉布。拉布吃了我的巧克力又吸完一支布多杰的烟后，忽然有如神助，大步如飞跨山涉水，眼看着他的背影渐渐变小，直至消失不见……

文扎老师和索南尼玛早已经走得连背影都看不到了。

往回走的路上每遇到一处还算清澈的泉水，布多杰都要停下来尝一尝，可是这些泉水都是带着咸味儿的盐泉，试探了几次后他宣布作罢。他记得刚进峡谷的时候，从邦荣神山下来一道山泉是淡水，于是我们加快了脚步，终于到达出口处的淡水泉边，说也奇怪，这一路，我好像都感觉不到渴，也不知道饿。布多杰跳到泉水中狂饮的时候，我在边上等着他，等他喝够，我也只是出于好奇俯身喝了几口，果然甘洌，精神不由为之一振。

晚上七点，翻过最后一座乱石山，终于看到我们停在峡谷出口的车了，欧萨高举着双手冲我们可劲儿挥舞着。雨还在下，当我们无意中回首来路，突然，竟然，东南方的天空一座壮丽辉煌的彩虹门横跨在当曲两岸的山坡上！那一刻，所有的辛苦，所有的等待，所有的困惑，所有的饥渴，都值得了！上天给了朝圣者最好的礼物——彩虹为信。

彩虹为信

当曲河边寻淡水

回到帐篷，索南尼玛不负众望给大家做了香喷喷的萝卜牛肉汤，从此后几十天的行程，只要是野外露营，萝卜牛肉汤就成了食谱中的标配。

一边喝着美味的牛肉汤，文扎老师一边回味白天发生在他们这条线上的故事：

"我、索南尼玛、老乡向导先到格萨尔温泉，索南尼玛说这个泉水能治胃病，尤其是胃癌那种。我平常胃不太好，听他说赶紧喝了几大口，然后去攀格萨尔修行洞，到洞里就发现渴得不行，回来的路上，我更是渴得厉害，索南尼玛让我喝一点当曲里的水解解渴。虽然当曲的水泥沙很大，挺浑浊的，我还是捧起来喝了，不过因为不断有两岸盐水的注入，尽管比格萨尔温泉的水淡，当曲的水也挺咸，我比之前更渴。就这样往回走，每有一条小溪、地下泉、小河，我就停下来喝一口，结果都是盐水。一直过来，爬上能看到我们车子的那座山以后，我就听到山泉的声音，听到那个声音的时候，我那种渴的感觉好像解了一半，我问老乡向导：'这个地方有没有山泉？'他说应该有，然后我们又过了一条山谷，那个里面有一条水下来，还是盐水。他帮我尝了一下，说比前面那些好了一点儿，我再喝了一口，还是不顶用，虽然水淡了一些，还是不解渴。后来我们又翻过一座山，就到一条沟里，山泉的声音听得特别清楚，就像那个歌里唱的'泉水叮咚……泉水叮咚，泉水叮咚响……'嘴里忍不住就要唱出来，'叮咚'那两个字好像概念上能解渴的感觉，声音特别迷人，听起来就好像有差不多不用喝的那种感觉，到河边以后，就开始喝呗，喝的时候肚子里也装不了多少，心理上那种渴的感觉还是没有完全消除。最后就把嘴直接浸到那个山泉里面，就这样待了两三分钟，再一抬头，邦荣神山就在眼前，泉水就从神山的顶上流下来，我最后真的心里头感谢邦荣神山，它从雪山顶上流下来的这个山泉和盐水是没有关系的，原来人的生命和淡水的关系那么密切。可能我们下来也就一个多小时吧，但这一个小时所受的煎熬，让我觉得，如果再遇不到这个山泉的话，至少会倒下去……哎呀，那个渴的感觉啊……"

遇见熊

正当我沉浸在文扎老师的故事中，共情于他当时的窘迫和后来的欣喜感恩时，欧萨把手机举到我眼前，让我看他拍的视频。画面开始一段有些模糊，一见便知是拍摄者手抖得厉害，过了几分钟清楚些了，由远及近的镜头里，竟然有一团像是熊的东西摇摇摆摆走过来……

"我们分开以后下雨了，山下面有个洞，我在山洞里睡了大概十分钟，然后太阳出来了，听到河的两面旱獭都起来了，喊着叫着。旱獭叫必须注意，人过去了它不叫，它的敌人是狼和熊呗，我起来仔细看了一下，一只棕熊在下面的沟里，离我两三百米的地方，它站起来看我，哦，和我长得有点像呗！我当时照相机也忘掉了，不敢拍，拿了两块石头，往高处走，它要是追上来了，用石头应付一下呗。最后它看了我几次，慢慢下去了，没有跟着我，我就到车跟前去了，我在车旁边拍了两三个小时，中间还回车里睡了一会儿，那只棕熊一直在鼠兔洞那里，不同的方向挖了几次。"欧萨一边讲一边把他拍的棕熊的视频给大家看。

熊出没！（欧萨供）

欧萨告诉我，人家都说他长得像熊，他有个外号叫棕熊白二，是当年美国人乔治·夏勒博士给起的。我知道乔治·夏勒，他是美国动物学家、博物学家、自然保护主义者和作家，几十年来持续对三江源地区进行动物及生态考察，那一年他已经八十多岁了，和"山水自然保护中心"的工作人员一起来长江源，欧萨给开的车。

听完故事，已经是晚上九点多，大家走出帐篷分散在当曲河边闲坐。突然文扎老师指着东南方的天空大喊："快看！"只见辽远的碧水青山之上，雪白的云朵之间，七道淡蓝灰色的光带以一个若隐若现的半圆为轴心，如巨大的孔雀开屏般在粉橙色天幕之中绽放出万丈光芒，如隐退西方的太阳神鸟显现在虚空中的美丽镜像，或者说，那就是传说中的佛光普照！这是邦荣神山、是当曲、是通天河给我们的启示，那些辉煌不可直视的巨大存有一次又一次通过镜像的方式，在最虔诚的朝圣者心中与眼中慷慨显现……

邦荣神山上空突现孔雀开屏般的神秘光带

八、万物有灵

出发已经七天了。我愈发感到处在两种相互矛盾的状态间，空间展开了千余里，但时间却仿佛浓缩成了一昼夜，好似这七天形成了一个首尾衔接的闭环。

人与神的沟通

只要是在野外，每天早晨，文扎老师都要给我们露营地所在的神山、神湖煨桑。每经过一个山口，大家都要下车，口中一边高喊着"sousousou 拉—加—路"，一边迎风撒五色风马。一直没来得及细问缘由，此时闲来无事趁机问起，文扎老师解释道："撒风马是为了敬献周围的神山，因为山口是开阔的地方，附近的神山都能享用到。'sousousou'是敬、奉、献、祭综合的表达，如果仅从音上解读'拉'是'神'，'加路'是'胜利'的意思。煨桑的'桑'是藏语音译过来的，就是忏悔，清除自己的罪过，"煨"是汉语，就是用火烧，煨桑就是通过燃烧香料产生烟这样一种媒介信号，从而与神灵沟通的一种祭祀仪式。它最早可能是苯教的一种习俗，这是从宗教角度讲。从更早的历史角度讲，可能是这片土地上的人们和大自然的一种交流方式吧……先人们可能觉得冒犯了哪座神山，或者哪座神湖，弄脏了水源，或者杀了生之类的，这个时候需要对自己的罪恶做一些忏悔。忏悔的时候就用煨桑的形式，煨桑一般都在早上，最好是太阳将出未出之时。"

"那给山煨桑的香料和给水煨桑的香料有什么不同吗？""不一样的，因为山里的生命和水里的生命喜欢的不一样，比如煨桑湖泊和水源的时候不能用麝香，会有损于水里的生命。"

撒五色风马敬献周围神山

　　从前我一直以为煨桑就是祈祷，所以看到文扎老师每天在做这些时，我的内心除了敬畏和虔诚之外，并没有疑问，也没有追问。这时才意识到原来他每天都在忏悔。我有些心惊，难道是忏悔我们的到来扰乱了神山神湖的清净吗？也是种冒犯吧！即便是以人类自以为是的热爱和保护之名？！

　　其实在人类文明早期的诸多神话传说中，是曾经有过"人与神灵沟通"的黄金时代的。只不过，在人神关系几经演变的过程中，这个传统慢慢衰落甚至消亡了……就中华文明的神话来讲，这个过程大概经历了几个阶段：最初，远古的先民们也曾有过人可以与神灵直接沟通的时期，神可以自由地上天入地，人也可以通过适当的媒介与神直接交流沟通。到了以"三皇五帝"为代表的上古时期，极少数具备特殊天赋的人，以其心灵的虔信不移和精神的专注不二，获得与天上神灵沟通的能力，因而被民众推举出来作为整个部族与神灵沟通的使者——巫觋，据传"三皇五帝"本人，都曾是倍受推崇的大巫觋。与之并行的，民众的私人事务，也可以通过适当的途径与神灵直接沟通。到了少昊帝晚期，出现传说中的"九黎乱德"，民神开始杂糅，人人都举行祭祀，家家都自为巫史，事事都要占卜，百姓穷于祭祀，神灵也疲于应付，导致彼此都产生了轻慢之心，"信德"丧失，其结果就是人们不再诚敬地祭祀上天，也不安心于农业生产，而神灵也不再对人间的祈告有所回应，致使人间灾祸频频发生。为了平息这些乱象，到了帝颛顼时，他命令南正重主管天神的祭祀，命令火正黎主管民政，使天神与地民隔离，民间不再能够直接祭祀天神。于是就有了"重"两手托天，奋力上举，"黎"两手按地，尽力下压，天地之分越来越大，直至彻底隔绝，最终只留昆仑山一处天梯供官方神职人员专用。这就是传说中的"绝地天通"。

自此后，民众自行与神沟通的权利也就被剥夺了，与神灵沟通这件事成为统治阶层专属机构的职责和权利。这一传统大概延续到春秋末期，《春秋左氏传》中还有"国之大事，在祀与戎"的记载；再后来，"神权"逐渐衰落，"人本主义"思想盛行，至儒家"敬鬼神而远之"的思想占据主流，并被后世广而传之；到了近代，西方哲学以及达尔文《进化论》传入中国后，汉族文化中的神灵信仰在文化和社会语境中终于全面退出；时至今日，打着传统文化复兴的旗帜，各地又复苏了不少祭天祭神的仪式，但无论多盛大辉煌，也不过是徒有其形罢了。

其实从考古的角度，这个过程也可管窥一斑：故宫最重要的馆藏青铜器，最开端都是祭天礼器。到商朝末期慢慢衰落，出现敬天礼器为主辅以酒器食器，再后来就只有生活用品及文玩了。

在藏族聚居区，或许由于自然环境和文明形成过程的特殊性，"万物有灵"的信仰一直深藏于高原牧人的内心，活跃在他们的日常生活中且未曾中断。佛教的传入及其与本土雍仲苯教的糅合，更为其增加了一层宏观解释和道德加持，进而全面渗透人们的精神世界和生产生活中。因此，即便因为一些外在的运动被短暂中断过，个人与神灵沟通的意愿及正当性却是根深蒂固又自然而然……

国家公园的居民

　　高原的天仿佛被什么东西压低了，地也被挤扁了，车子在仿佛无限
延展的二维面上跑一个小时也没什么变化，而空中却已沧海桑田。此刻，
我们正在离开当曲流域，穿越巴司贡涌草原准备回到通天河主干，左侧
就是形如猎隼的西洽山，欧萨说它的顶部像一盏酥油灯，从前附近的猎
人死了都埋在这个山上……

穿越巴司贡涌草原

　　海拔已升高到 4900 米，远处的山坡上一只孤零零的黄羊正向我们
张望……

前方出现了一户帐篷人家，门前山坡上放养着二三十头牦牛，文扎老师他们上前和门口的牧民打听情况，我注意到路边的冻土层很多都劈落下来裸露在外，草皮也有很多被掀起来。上车后，文扎老师告诉我那个牧户告诉他，1985 年雪灾前，这里水草很好，有很多藏羚羊出没，雪灾之后就几乎看不见了……

所到之处好像都在修路，到处尘土飞扬。布多杰左手握着方向盘，右手快速用手机拍那些挖掘现场，机敏迅捷得俨然一位训练有素的战地摄影记者，一边拍口中还小声咕哝："我一看到这个三江源核心区搞什么建设呀，修什么路呀，总是非常敏感……我对地啊，山啊，水啊，都是非常……有感情的，因为……作为一个藏族人，对这些事就是非常敏感的……"

巴司贡涌草原位于西洽山脉以北和冬日山脉以南，是青海治多县和西藏安多县混居混牧的片区，据布多杰讲这是西藏那边的人在修路，去年他经过这里时他们就在动工。"修路啊，拉光缆啊，今天来还是这样！这里很多是村里自己在修路……没有统一标准，没有监管，破坏环境很严重……如果是国家修路，派正规的修路工人会好很多。"他补充道。我数了数我们的拍照记录，二三十辆挖掘机、装载机，四五个施工项目部（一个标段最长的 20 多千米，最短的 6 千米左右）同时进行。布多杰还告诉我，大概 2018 年三四月份的时候，西藏和青海两省区签过一个备忘录，里面规定混居混牧地区不可以搞任何形式的基础建设。两天后我们回到治多县城，布多杰把当时拍摄的照片传给民政部门，民政部又上报给了治多县委，治多县委再给西藏安多县委发函，最后安多县委派工作组阻止了那些无序修路，据说大吊车也都撤走了……

两个小时后，我们穿越过整个巴司贡涌草原，又回到通天河流域，时间已是下午三点半。前方又出现一户帐篷人家，大家决定就在这里吃午餐。这是个四世同堂的六口之家，户主是一位青年男子，家里有他的爷爷、爸爸、妈妈、媳妇，还有一个四个月大的新生婴儿。小婴儿被裹在一件羊皮袄里，剑眉长目，英气十足，虽然才四个月，但俨然有了小小康巴汉子的英武模样。布多杰告诉我，这家人的帐篷和电视都是青海省政府赠的，最初是为了鼓励养羊的牧户，后来每家牧户都发了一套，其中包括一个帐篷、两张行军床、一台电视机、一个太阳能板和一个折叠水桶。

三江源国家公园试点方案施行后，政府安排区域内的牧户每家出一个人做生态管护员，一般是户主。他们的工作就是每天记录动物、植物、草场和来往的人；监督路人收垃圾，带领全家人一起捡垃圾；每年给国家公园管理机构汇报一次，国家每个月给发 1800 元工资。这就是三江源国家公园试点引进的社区共管机制。

看来今天我们的行踪也一定会被记录在案了！想起十年前，玉树地震后的赈灾帐篷里，"山水自然保护中心"的首席科学家吕植教授和我们分享"社区共管"理念，并介绍当时"山水自然保护中心"在黄河源区措池等地的实验成果。如今，星火燎原，那些关于三江源、关于山水、关于更大的生态和谐的构想正一步步走向现实……

这个青年牧户会说些汉话，我在门口的遮阳篷下和他聊天。他手指东北方绵延的山脉告诉我那是冬日杂姆纳角神山，刚刚从烟瘴挂大峡谷出来的通天河就从冬日山脉脚下流过，这是通天河上第四个渡口班禅然

这群牦牛仿佛天地间唯一的主人

扎和第五个渡口嘎哇才塘然卡之间的一段，右边就是我们出发第二天露营的嘎瓦拉泽神山，也就是五世达赖煨桑吉祥泉的所在。原来我们这两天的行程，不但从长江南源当曲流域穿越回通天河主干，也穿越回了烟瘴挂下沟口，年轻的男主人说他家每天的饮用水就是从冬日杂姆纳角山上流下来的冬日曲那艾河中打来的，那里冬天也不结冰。谈话间，黄豆大的冰雹从天上噼里啪啦砸下来，我们赶紧躲进帐篷。这是八天来，白天气候最恶劣的一天，冰雹过后，狂风呼号，大雨裹着飙风仿佛要把我们座下的帐篷掀翻，背靠的帐篷布不断鼓荡着我的后背，愈发显得帐篷里炉火正旺，牛肉汤正香。青年牧人的父亲、母亲和媳妇都围在炉边下面片，他的爷爷坐在帐篷门旁的小矮凳上，手里摇着一只沾满油渍的小转经筒，旁若无人地小声念着经，那个小婴儿高兴得手舞足蹈，眼看就要把包裹他的羊皮袄挣脱，肉嘟嘟的小嘴里牙牙地说个不停……

我们一边喝着牛肉汤一边热切地等待面片上桌……

茶余饭后，雨停风住。青年牧人说最近这一带每天下午都是这种天气，今年雨水充分，草场好。

再上路已是傍晚，高原上，太阳下山晚。因为海拔，也因为所谓"太阳下山"的"山"在这里是不存在的，整个空荡荡的西方，眼界所及看不到一座山脉。我们的越野车壮硕的侧影诡异地落在右后方的草地上，像中了西方文艺复兴时期缩短法的魔咒，缩成一只短短胖胖的小怪兽。当金色夕阳在浅水滩中打了个滑，又迅速折返在空中交叠出巨大的光晕时，欧萨突然指着右前方说："那有一头野牦牛！"远远望去，一头孤独的野牦牛正默默地低头啃食着滩地上不多的青草，庞大的身躯似一尊雕塑般遗世独立在草原深处。欧萨慢悠悠地道："野牦牛老了，会偷偷离开牛群，找个地方躲起来，独自一个等死……我也老了，像那头野牦牛，我也要找个没人的地方躲起来……"我听了他的话心中一阵酸楚……不知以什么方式安慰，没想到欧萨突然来了一句："给我跟那头野牦牛拍个照先！"说着挺起肚腩，甩了甩蓬乱的长发摆出一副顽童的架势……

日光消逝前，在冬日山脉脚下一个叫才仁沟的牧户家门前停下来。这是用铁丝网围起的几间砖石结构的坚固房子，铁栅栏门上挂着一块木

跟野牦牛合影的
欧萨

防熊示范户

牌，上面写着"防熊示范户"，下面有"UNDP-GEF 青海三江源生物多样性保护项目"的字样。我问欧萨这是怎么回事，他告诉我说："熊是这里的老大，一级保护动物，人杀熊要判刑坐牢的！熊老是来牧民家里搞破坏，杀牛杀羊，所以要防熊！"我问他难道以前牧民杀熊吗？欧萨说："以前也不敢杀熊，嘎嘉洛草原的守护神山阿尼客嘉嘎瓦的坐骑就是一头棕熊，所以棕熊不但不能杀，还得保护……"

这家人侧面库房的墙上，蓝色土窗的两边，竟然用白色粉笔写了两

忠实的守护者

个巨大的汉字——韩、信，我在百思不得其解的疑惑中灵光一闪，想起那句"韩信点兵，多多益善"，难道是这家主人把自家的牛羊当作士兵每天点将操练？文扎老师他们认识这家主人，据说这是烟瘴挂所属的莫曲村老书记香巴群培原先在牧区的家，现在住的是他的大儿子一家。这个信息在当时我的脑中几乎没落下任何印记，直到两年后，当我重返烟瘴挂时，在完全封闭的环境里，和那位传奇老书记深度交集过几日时光后，再回想起来，才感觉到缘分的不可思议。

年轻的男主人把我们迎进屋，从房间里的陈设看，这是一个温馨富足的新婚家庭，也有个小婴儿，听说是个五个月大的男孩儿，也裹着一件羊皮袄，不过是坐在婴儿车里。晚饭后，年轻的女主人躲进里间屋，男人们在暖烘烘的房间里喝茶抽烟聊天，活力十足的小婴儿手里攥着一个闭目念佛的小和尚玩偶，烟雾缭绕中，他摇一会儿又咬一下玩得不亦乐乎……

这是一个人间烟火的夜晚……

生生之水

九、转染成净

蛇鼻龙女泉

从母牛河源头起，每天早晨在宿营地都会遇到一对对赤麻鸭，在低空中发出如婴孩般的鸣叫，今早在才仁沟独自散步时，又碰到两只。

又过烟瘴挂，又回牙曲地界，又到雪豹山，又见母山羊修行洞，只是这一次是以倒序的方式。母山羊修行洞往东南去不多远，就是我们这一路所见最大的泉水——勒姆哲纳（蛇鼻龙女泉）。传说在很久很久以前的狩猎时代，有五位猎人在这眼泉水附近打猎，他们把刚打下来的血腥的动物尸体放在温泉里煮来吃（那时还是热泉，现在已经是冷泉了），于是激怒了山神和龙族，遭受严重天谴——在返乡的途中四人得病身亡、一人双目失明，回到家后也全身溃烂而死。这件事传扬开去之后，当地人就把这眼泉水称作"曲日妮提"，意思是不洁净的泉水。

从此以后，这眼泉水就带着诅咒穿越了千年。后来，这里陆陆续续有牧人赶着牛羊经过，这一片本是难得的好牧场，因此牧人们虔诚地祈盼泉水能再回归洁净，好作为人和牲畜能饮用的水源。这样又过了很多年，直到 20 世纪 90 年代，贡萨寺十九世秋吉活佛到这里传法，活佛以宗教仪轨对泉眼进行了加持和开光，并依据它所在山的名字赐名"勒姆哲纳"，即蛇鼻龙女泉，自此，这眼泉水又恢复了本初的洁净，来这里放牧的人也逐渐多了起来。

转染成净的蛇鼻龙女泉

生生之水

据文扎老师讲，在十九世秋吉活佛前来开光讲法的前一年，欧萨在贡萨寺出家的大哥阿布加正在下泉口处的曲瑞主持修建贡萨寺的宗教活动点。有一天晚上他做了一个梦，梦中出现了一首诗——前面的石山很高／后面的草山也很美丽，中间的一棵树上美妙的布谷鸟叫着／这是吉祥的征兆。第二年，正好请到秋吉活佛来做法事，于是他就想："哦，听到布谷鸟叫声就是秋吉活佛诵经的吉兆啊！"所以后来他就筑了一块石碑，在上面刻上了那首诗，听说那块石碑就在山上泉眼的位置……我抬起头，目光往上搜寻着，只见最高处的泉眼周围纵横交织着牧人们敬献的厚密的经幡，已经将半个山体和整个出水口都遮住了。只见泉眼上方有一块两尺见方的黑色石碑，上面刻着几行藏文，那就是阿布加梦中得到的那首诗。

"十九世秋吉活佛诵经的速度在我们这里是数一数二的。"文扎老师回忆起那年法会时的往事，"一部大经文一般高僧大德一天才能念一部，快的也只能一天念两部，秋吉活佛四十五分钟就能念完。那次在曲瑞主要颂的是《法华经》，有三部，下午念完以后，六点左右，活佛突然说：'文扎，你不是搞环境保护吗？走，跟我！'秋吉活佛知道我们UYO一直在蛇鼻龙女泉做环境保护项目。当时我就坐活佛的车和他一起来到神泉这里，当时活佛拿起一条哈达，从那个岩石的洞里穿过来，他就坐在你现在坐的这个台台上，对着泉水做了一些点化。当时我们其实也没注意什么，但后来很多当地老百姓都说，哎呀，今年这个泉水好大呀，比原来大多了。最后牙曲的这些村民，他们喝完泉水以后，有的说能治胃病，洗脸以后能治各种皮肤病。那一年，人们一桶一桶地往家里打水，十几斤、二十几斤、五十斤的都有。后来他们村子里头和寺院结合，把泉水保护起来，每年举行祭水仪式，挂经幡啊，诵经啊……"

2005年十九世秋吉活佛圆寂了，直到2014年转世灵童才找到。那一年，文扎老师又跟着小活佛来到这里。"那天的天和今天一样蓝，上到这个平台后，我开玩笑说：'那年老活佛做了加持了，今年神泉会不会有什么表示？'我就这么说着的过程当中，蓝天中间下起了细细的太阳雨，

宿到彩虹中心去

一道彩虹出现在神泉之上，那道彩虹还特别地谦虚，特别低。活佛那年八岁，肉身还是个小孩儿，彩虹从活佛的头下面过去，好像他的脚可以踩到。所有的仪程结束以后，有一个人跟我说：'今天的水大了好多！'我问他：'你怎么知道？'他说那块石头原来我们来回跳的时候可以踩，你看，现在全被水淹了。我一看，真的是，这是一个奇迹。"

其实这个故事的真实性和神奇性，对于刚刚从江源回来，见证了众多自然奇迹的我们，也并没有感到多么惊奇，一切都平常如许。

两大股轰隆隆的水流从蛇鼻龙女山主峰的中腰处奔涌而出，在晶亮的阳光和参差的岩石间击打跳跃，绕过中间一块平整的大石台汇成一脉，又在流到山脚的过程中汇集了分散在四周的其他小泉流，逐渐铺成扇面状，最后以一条两米见宽的清澈小溪的面貌向东流去……

文扎老师又带大家数泉眼。我就坐在两股泉水中间的大石上，手捧清泉，掬其入口，慢慢闭上眼，任泉水的隆隆声将思绪吞没……呼呼的

生生之水

风声，隆隆的激流声，右侧佐玛朗体鸟儿（尼姑鸟）的鸣叫声，我的呼吸声，渐渐汇集一处……

诱捕姜玉拉

告别蛇鼻龙女泉，翻过纳考拉梅山口，在灰蓝色天空明净无染的背景中，只见远处平坦的草滩上弯着一道巨大的彩虹门，这是我们一路上第五次见到彩虹。文扎老师指着那块草地说："那就是纳宝达，今夜我们要宿到彩虹中心去。"我说想攀着彩虹上去看看，文扎老师一本正经地说："我们藏族有句谚语，'要想抓住彩虹，要口含狗屎，倒骑公山羊！'"我狐疑地看着他，抬头看了看天上的彩虹，又看了看身旁其他的同伴，每个人脸上都露出戏谑的笑容……

又捉弄我！

晚餐后，帐篷外又下起了夜雨，大家围着火炉喝着热乎乎的奶茶，拉布的说唱又开始了……今天的故事是《姜岭大战》中的《诱捕姜玉拉》。从邦荣神山开始，这几天我们所经过的地界，都曾是《格萨尔》史诗中南方姜国的领土。话说姜国国土广大，水草丰美，但就有一样不尽如人意，那就是境内没有盐巴。于是在魔鬼的怂恿下，姜国国王萨丹决定把北边岭国的阿隆巩珠盐海抢过来。他派遣自己年仅五岁的小王子玉拉托踞作为前锋，这玉拉王子虽然年纪小，但天生神力，机智勇猛，又是孩童心性，最喜欢干的事儿就是打仗。岭国的雄狮大王格萨尔从天神父亲白梵天王那里得到预警，于是派刚刚归顺不久的东方霍尔国降将辛巴梅乳泽出战。梅乳泽单枪匹马先于姜国的先锋部队到达盐海，冒充霍尔国王的使者，骗玉拉王子是为霍尔国的王子向姜国的公主提亲，霍尔国被岭国征服的消息那时已经传到了姜国，但传言真假玉拉王子也不能确定，于是他提出要骑着他的千里驹天青马亲自去霍尔国看一看，梅乳泽赶紧祈请天神帮助施了个障眼法，玉拉王子看到霍尔国一切照旧，于是相信了梅乳泽。不过他又以孩童的心态开出了漫无边际的聘礼条件来刁难，没想到梅乳泽一口应承下来，小王子很高兴，也为姐姐能嫁到一个富有的大国开心，于是和梅乳泽一起饮酒庆贺。在梅乳泽的激将下，玉拉小王子醉得不省人事，被梅乳泽生擒活捉。醒来后的玉拉王子以神力挣脱了绳索，梅乳泽请来各路神灵都压不住，最后还是白梵天王降临才将其制服。玉拉被带到格萨尔王面前，被格萨尔的神威和仁爱折服，归降了岭国。格萨尔视其如弟，并答应了他"别让父亲下地狱、别让母亲受痛苦、别让姐姐流边地、别让姜国遭祸殃"的请求……

一个小时过去了，雨渐停了，意犹未尽中，拉布的《诱捕姜玉拉》也刚好落幕。

文扎老师进一步向我讲解道："《格萨尔》史诗中主要有东西南北四大魔国，它们的国王是贪嗔痴慢四毒的化身，东方霍尔国古嘎王是贪魔，

文扎边讲解边记录

南方姜国萨丹王是痴魔，西方辛赤王是傲慢之魔，北方鲁赞王是嗔魔。因此，在史诗里就有了《霍尔岭大战》《姜岭大战》《门岭大战》和《魔岭之战》，从信仰的角度来讲，格萨尔王征服四大魔国的过程就是征服人类心魔的过程……"

夜深了，从依然弥漫着故事热气的大帐篷里出来，打开我的小帐篷门的瞬间，下意识抬头望了望天——漆黑的夜空中，一颗俏皮的星子恰巧从厚厚的云层边缘探头出来，淡淡地闪烁着深蓝色的幽光，似是从久远时空外赶来打探消息的小天使……

十、千古风流返自然

荣格在《潜意识与心灵成长》中提到：梦是潜意识的一种显现……

据说密法中有一种梦瑜伽，修持者经过长期训练，能够让梦成为真实生活的一部分，从而以梦作为自己获得圆满的一种手段。

在江源露营的日子，每天一早就着早餐分享昨夜的梦成为我们与世隔绝生活的一种乐趣。

文扎老师一早说起，昨晚梦到了在蛇鼻龙女泉旁诵经的第十九世秋吉活佛。而我，又梦到了嘎瓦拉泽神山那夜，为曲果扎西其哇吉祥泉煨桑的红衣僧人……只是这一次他不再是背影，而是转过身，朝风云变幻的通天河走来……

今天一出发就开始下雨，这几天我的鼻尖总隐隐嗅到高原植物的味道，有时确实身临其境，有时却只是在念想中——红景天、点地梅、绿绒蒿、鸢尾……这些味道一天天储存进我记忆的多宝阁里，又在不经意间被神秘地唤醒……就像普鲁斯特通过一块浸在下午茶里的小玛格丽特饼干，将童年在贡布雷的似水年华整个复活，在这些带有隐隐涩感的青草漫花间，也伏藏了我对大江源头最鲜活的记忆……

红景天　　　　　　点地梅　　　　　　　　　绿绒蒿

天空中四次飞掠过大鵟宽广的翅膀，这种被欧萨称为"坏舅舅"的猛禽，是鹰的近亲。虽然它的体形比鹰还大，但相对于草原顶级狙击手雄鹰那涵盖羚羊岩羊等大中型动物豪阔的胃口，以蛇鼠野兔昆虫等小型动物为主要捕食对象的大鵟明显弱了许多。欧萨觉得它有点虚张声势，"没出息"。

今天的计划是抵达通天河上游最重要的渡口——楚玛尔七渡口。"楚玛尔"为藏语，意为"红水河"，发源于可可西里黑脊山南麓，被现代科考界认定为长江的北源，与南源当曲、正源格拉丹冬共同构成长江的三大源头。通天河在这里与之交汇并形成七个岔道，河宽滩浅，比较好渡河，因此叫"七渡口"。其实它是从源头下来的第九个渡口。在《格萨尔》史诗《降服南魔》中，七渡口也是姜、岭两国争夺的重要战略要地。

前方就是口前曲，与九天前的遥遥相望不同，这一次我们与它正面相遇。由于近段时期雨水多，水面宽，几处断路。欧萨开着他的皮卡左冲右突不断往各个方向探路，折回，再探路，再折回。每当路遇艰险，需要鼓舞斗志时，我就给他放德沃夏克《第九交响曲》（《自新世界》）

楚玛尔七渡口

生生之水

的第四乐章。在圆号和小号合奏出的雄阔快板中，眼看欧萨精神亢奋又胆大心细地勇往直前，我就有一种由衷的满足感：出发！出征！向前！

千古风云七渡口

中午时分，终于翻过口前曲与通天河交汇处的多日多秀朋山，来到通天河主干。通天河在这里吸收了口前曲后，水量一路猛增，到达楚玛尔七渡口时，真正浩浩汤汤显出大江气象来。只见宽达数百米的水流在高原面上漫卷开来，宽广的河道中一道水流、一道沙洲、一道草甸，再一道水流、一道沙洲、一道草甸，交叉纵横，可远不止七个岔道。

历史上的楚玛尔七渡口曾是出藏进藏的咽喉要道，是唐蕃古道、茶马互市的必经之地。千年来，数不胜数的来自康巴、安多等地的朝

圣者都要从这里渡过通天河前往拉萨朝圣。而从拉萨或日喀则出发，为众生传播福祉，为藏族聚居区谋求和平、稳定与发展的高僧大德们，也必须千里跋涉从这里渡过天堑才能踏上前往内地传法的道路，其中自然也少不了双方的文化和商贸往来。

相传一千三百多年前，吐蕃第三十二代赞普松赞干布为迎娶唐朝的文成公主进藏，沿着通天河开创了闻名于世的唐蕃古道。文扎老师在他的著作《寻根长江源》中记述过："唐蕃古道进入玉树境内，分三条线路通往拉萨。据说当时三条路线同时有赴拉萨的公主进藏队伍，因而在不知情的人看来，三条线上都有公主。三条进藏路线到通天河边，不约而同地要面对这条天堑，古时通天河没有桥，因而渡口就是各个线路汇聚的枢纽。从这里，松赞干布统率雄狮曾冲出封闭千年的雪域，开启了一条千年古道，华夏文明也曾从这里，跟随文成公主西行入藏，辉煌的牵连起大唐盛世和强盛的吐蕃王朝。"

三条进藏路线汇聚之地，就是眼前的楚玛尔七渡口。

到唐宪宗时期，吐蕃第四十一代赞普赤祖德赞热巴坚从西藏率军攻打唐王朝的都城长安，以及之后与唐王朝签订长庆会盟之行，也都是从楚玛尔七渡口通过的。

清朝初年，五世达赖进京觐见清朝顺治皇帝时，在之前我们第二天露营的嘎瓦拉泽神山宿营一晚后，再往东南行走两天马程，绕过烟瘴挂大峡谷，再折而向北沿口前曲行进两天，渡过口前曲再折向东北方向走一天路程，才到达眼前的楚玛尔七渡口。可见行程之巨，行路之难。据《五世达赖喇嘛自传》汉译本中记载："六月初二日……行至扎宁噶布时，坎卓的使者额尔德和顿齐从通天河边赶来接应，说有康区的大批僧俗百姓带来许多正在绑扎的牛皮船。根据这一情况，我的三位代表派喇嘛绰甫哇和察麦巴二人负责绑扎皮船，囊素欧珠和代本乌尔巴两人也前往拉敦玛（即楚玛尔七渡口）去做安排。初六日，我们行抵托库勒托罗海格德尔古，坎卓王对仲尼（喇嘛）玛尼巴和达达二人说：'此河非常深，马不能涉，所以要想办法绑扎牛皮船或用皮口袋。'所以又派了五十个蒙古人去作两名仲尼的助手。虽然坎卓他们主仆二百余人

生生之水

已赶来迎接，但从京城来的几位金字使者已在距此半日路程的拉敦玛找到了浅滩，我们直接从那里渡过通天河到达对岸。"

自传中提到的"拉敦玛"，全称为"治曲拉敦玛"，藏语亦称"香楚玛尔饶敦"，"香"指北方，指的都是楚玛尔七渡口。

乾隆十二年成书的《西宁府新志》中记载："柯柯赛渡口（七渡口），有草无柴，由受番子住牧。由此赴藏有三路，惟柯柯赛有渡河皮船。上为七叉河，再上为摆图。水不发时，驼马可涉，然官兵入藏，皆由柯柯赛。"柯柯赛是蒙古语音译，也即楚玛尔七渡口。藏族聚居区有不少的地名都有蒙古语的名字，其中的渊源大多与元朝时蒙古军队入侵有关。

楚玛尔七渡口直到近代依然在使用，20世纪20年代，国际风云变幻之际，九世班禅洛桑土登曲吉尼玛因种种历史缘由，遭十三世达赖压制及迫害。为寻求西藏和平之路，他仓促带领少数随从艰苦跋涉穿越羌塘高原，经由通天河上的七渡口出走内地，受到当时各派系军阀的隆重接待和供奉。在内地传法度人十四年后，他决定返回西藏，于是再一次由七渡口渡过通天河。令人唏嘘的是，返藏之路再次受阻，最后，九世班禅大师在玉树结古寺圆寂……

1951年12月，新中国成立的第三年，在中央人民政府的关怀和帮助下，年仅十三岁的十世班禅额尔德尼·确吉坚赞心怀大愿，肩负着"和平解放西藏，实现祖国统一"的使命，由三千余人护送返回西藏。同样，这次"可媲美千年前文成公主进藏盛况"的进藏队伍，也是从七渡口渡过通天河的。

英雄的背影

除却官方正史记载的大人物、大事件，在玉树民间，楚玛尔七渡口也曾见证了诸多江源英雄的传奇事迹，以及那些刀光剑影、荡气回肠的岁月……

相传13世纪时，七渡口出现了一位神刀大侠——直哇俄纳，"直哇"本是船工的意思，亦有"刀侠"之意，"俄纳"就是"青鼻子"。传说他刀法惊人，为人英勇侠义，而且长了一个青鼻子。直哇俄纳本姓由受（玉树的古称），据传他的父亲是格萨尔王妃珠牡的父亲、岭国三十员大将之一、四坚赞之首的嘉洛丹巴坚赞的孙子，也就是玉树四族的共同祖先（玉树四族为江赛、百乎、宗举和雅拉）阿加贡布。直哇俄纳因娶了一位后藏的女子为妻，为部族所不容，阿加贡布许其分家自立门户，这就是后来的宗举族，"宗举"有后藏之裔的意思。七渡口的南岸就是宗举部落的地盘，七渡口就是阿加贡布分给直哇俄纳的草场，直哇俄纳作为宗举族族长承接了海南土司的职差，把守入藏官道的咽喉——楚玛尔七渡口。他们的任务就是守渡口、扎牛皮筏子、为来往的人摆渡以及护航。据老人们讲，那是个腥风血雨的乱世，古老的七渡口不仅仅是官员、商贩和虔诚的朝圣者往来必经之地，也是杀人越货的江洋大盗的横行之所。在那些艰难的岁月里，直哇俄纳带领族人与神出鬼没的盗匪英勇厮杀搏斗，他的一生都是在刀光剑影中度过的……相传盗匪们震慑于他过人的胆识和惊人的刀法，双方交战时，无须他实战，只要他站在那里把手中刀挥舞一番，就会令敌人闻风丧胆、溃散而逃。久而久之，人们逐渐淡忘了他的本姓"由受"，人人都称呼他"直哇俄纳"——青鼻子刀侠。

从观景台展望大江来处

生生之水

民国初期，直哇俄纳的后代宗举文秀也是一位令敌人"谈虎色变"的传奇人物。相传黄河源头那一带的果洛族人经常有强盗小偷和不法商贩混杂在朝圣队伍中，来回经过七渡口的时候，经常抢劫宗举族人的牛羊马匹，甚至行凶杀人都是常有的事。当时的首领宗举文秀是一个非常勇猛凶悍的人，他带领族人将果洛的盗匪们打杀得片甲不留，宗举族人被盗被抢的财物也一一被追回，果洛人被吓得胆战心惊，再不敢从这里渡河。可是从玉树去拉萨朝圣只有七渡口这一条路可走，因此每年想去拉萨朝圣的果洛人都被堵在对岸。这样过了好几年，到了1923年，九世班禅离开西藏前往内地途经七渡口时，果洛人就请求班禅大师做中间人调停。在班禅大师的调解下，两个部落达成协议：果洛部落从此不得抢劫、偷盗和杀人，宗举部落从此也不能为难正常渡河的果洛人，如果需要燃料什么的，也应该尽量提供等等。据说协议都写在了正式的黄色绸布上，据说这份文书前几年还有人亲眼见到过。

此刻，文扎老师和我就站在通天河北岸高高的观景台上展望大江来处，千年渡口的整个水道尽收眼底。在渡口处煨桑是整个通天河流域一

个古老的传统，为的是祈求水中的神灵保佑人畜渡河安全，文扎老师手指南岸上的矮坡，说那上面有几个石堆，就是当年威名响彻通天河两岸的英雄赤托·白玛多杰曾经煨桑的地方。白玛多杰是清末人，属于宗举赤勾族，虽然只是一位部落百长，但英勇过人，威望很高，部落之间发生纠纷，总是由他去调停解决。凶残的军阀马步芳统治青海四十年间，曾数次派兵侵袭玉树，有一次马步芳的部队已经开到帕玉树（帕玉树包括今青海玉树州治多县、曲麻莱县大部分，杂多县一小部分及海西州代管区等）境内，在七渡口处的通天河北岸扎下营来。得到消息的白玛多杰带着由玉树四族组成的临时部队，骑着马带着枪火速赶到七渡口南岸就地扎营，两边就这么隔着通天河对峙着。等各个营帐把茶煮好后，白玛多杰命人从每个营帐煮茶的大锅中取出第一碗茶集中到中间的一口大锅内，然后用右手三指将锅高高举过头顶，口中念诵咒语将茶洒向天空向神灵祈请。就在这时，从通天河南岸守护他们部落的火塔神山顶上突然发射出一道白色强光，如彗星般射向对岸的山上，紧接着发出一声巨响！对岸马步芳的军队吓得惊慌失措，战战兢兢度过了一个晚上。据说那天夜里，带队的团长梦见白玛多杰给了他五发子弹，第二天早上他一想："哎哟！这个不吉利呀，敌人给我子弹，就是要杀我的意思啊！"于是把这个梦讲给了其他军官们，可能因为前一天晚上的白光和巨响，再加上团长的这个梦，马步芳的军队第二天一早就收了帐篷拔营回去了。

第二年，白玛多杰去世了……

马步芳的部队后来不断派人来打探：白玛多杰还在不在？

玉树四族的族人们把白玛多杰去世的消息封锁了三年，谁来问都闭口不提。藏族人有个传统，人死后生者要为死者刻嘛尼石帮助其亡灵超度，白玛多杰去世后，族人们照旧为他在结古镇新寨嘉那嘛尼城刻嘛尼石。到了第三年的时候，马步芳部队派出的一个探子装成藏族人，也来到结古镇上的新寨嘉那嘛尼石城，他一边假装刻嘛尼石，一边套问那些人为什么要刻石头，有个人就告诉他："我们部落的头人白玛多杰去世了，我们在给他刻嘛尼石。"这么一来，白玛多杰去世的消息就泄露了，得到消息的马步芳部队立即大规模进攻玉树四族。据说当时战况非常血腥残酷，玉树四族遭遇灭顶之灾，尤其是整个雅拉部落被打得七零八落，本来是有五百多户人家，最后只剩下七八户，剩下的有的逃到烟瘴挂那边，还有的逃到冈底斯山脉冈仁波齐那边，据说现在的冈仁波齐神山脚下还有一个保存完整的雅拉部落的村庄。

文扎老师指着通天河北岸排成L形的古老嘛尼石墙意味深长地说："那里就是当年玉树四族为超度守护渡口而牺牲的英雄们垒砌的'冉勇'嘛尼"。

我们慢慢走下观景台，来到通天河边和大家会合。此时欧萨正和索南尼玛、布多杰和拉布绕着"冉勇"嘛尼一块一块地研究。欧萨少年时曾

"冉勇"嘛尼

在贡萨寺学过刻嘛尼石，所以对嘛尼石的年代、刀工、字体、图样都很有见地，他总能独具慧眼，找出最出彩的石头。从七渡口这里起，欧萨开始了他嘛尼石的考古研究之旅。在此后的行程中，我渐渐发现文扎老师在这件事上好像特别信赖和依赖欧萨，每每欧萨找到一块特别的嘛尼

石，文扎老师都要过来和他长时间地品评鉴赏。

研究完嘛尼石，欧萨又跑到河道的浅滩上，低头摸索起来，我也跟了过去。不多会儿，他招手叫我过去，说你过来给你看个东西，然后摊开手心。那是一块贝壳或是牛骨磨成的圆圆的大衣纽扣样貌的东西，中间还有两个孔，像拉布头上戴的珠贝。欧萨说二十多年前他和杨勇、杨欣他们来考察的时候，水道和嘛尼墙中间有好多这样的东西，现在很难找到了，那时候水比现在大，马的身体有一半浸在水中……听了欧萨的话，我低头看了一眼，我们的脚踩在河床上，河水只是若有若无地沾湿了鞋底……欧萨悄悄告诉我这次他只拣到了两个，还很大方地送给我一个留作纪念。

大江滔滔，东奔而去，传奇故事在多个时空弥散，继而串联成珠、并联成网。当年的松赞干布与文成公主、五世达赖、九世班禅、十世班

欧萨在"冉勇"嘛尼旁寻找他心中的"珠贝"

欧萨送我的纪念品

禅，以及直哇俄纳、宗举文秀、白玛多杰……还有一代又一代虔诚的朝圣者，这些跨越千年的身影，仿佛以超时空的影像重重叠叠在眼前洒满金光的通天大河上，招引着同样践行信仰、护卫和平、保卫家园、不畏艰险的后来人……

天又开始下雨……观景台边那座孤零零的煨桑台，见证过几番风雨、多少兴衰。如今，它就像深藏身与名的独居隐士，静默在江源的风日中，渐渐站成了信仰的样子……

早在 2009 年夏天，文扎老师就发起了恢复"七渡口祭水"仪式的倡议并付诸实践。他说希望通过这样的仪式，将古老的民俗文化与当代人的环保意识相结合，让更多的人参与进来，感受千年渡口的历史质感，以此重新激活通天河的人文价值。他心里一直还有个愿望，希望在这里设立"源文化"的祭坛，感恩自然，感恩生命之源，并世代传承下去……

通天河大鱼怪首现身

回治多的路上，山渐渐多起来，到后段走的竟然全是山路。通天河在山崖下辗转向东北流去，不远处，就是通天河上的第十二个渡口——夏尼然卡。"夏尼"的意思竟然是"四岁的白唇鹿"！原来白唇鹿是动物界的渡河大王，据说野牦牛都没法跟它比，四岁又是白唇鹿最健壮最有力气的时候。当地流传着一个说法，大意是莲花生大师过通天河的时候，曾经试了好多动物，其中有黄羊，但是它腿太细，不行；还有一个是盘羊，也过不了河；后来他骑着白唇鹿过河的时候，发现特别稳，特别安全。传说在那之前，白唇鹿的角一经长成就伴随它到死，特别重！于是莲花生大师就为白唇鹿祈祷，允许它每年换一次角，所以现在白唇鹿就每年换一次角，重新长一次，负担就没那么重了……还有白唇鹿角的根部，有圆点点围成的一圈，民间传说那是当年莲花生大师把念珠套在它鹿角上面留下的……

前方，治多的母亲河聂恰曲从西南方弯过来与通天河完成最终的交汇，通天河中那条神秘的大鱼怪也第一次在故事中正式登场。文扎老师悠悠讲述："很久很久以前，在聂恰曲到通天河这一带，有一天一位女子在河边顺流水方向走着，突然一条身量巨大的鱼从通天河冒出头来，那女子因为惊吓还没看清大鱼，它就沉到河里去了。女子往回走的时候，又看到那条大鱼正逆通天河而上，这一次比之前看起来更大了，女子想起老人们常说，'看到大鱼的人只要心里许个愿，就一定能实现'，所以她看到大鱼就非常着急，急着说'保佑明年我头上这么大一个……这么大一个……两块……'她本来想说'拉比'，就是藏族姑娘头上戴的蜜蜡珠子，她希望明年赛马节的时候，自己头上能戴这么大的两个宝石，可一着急'拉比'没说出来，到了第二年赛马节的时候，她头上就真的一边一个长出那么大一个肉包出来……"

　　通天河大鱼怪就这么毫无征兆地带着喜感出场了，往后顺流而下通天河的日子，它会一次又一次突然出现，在最意想不到的时间和地点，为我们的行程披上一层光怪陆离的奇幻色彩……

回程路上再见七彩云霞

生生之水

第二部

大江东去　佛法西来

　　在通天河流域流传着一句古老的谚语：灰白的"格舍"（银河）是天空的主线，青色的通天河是大地的主线。如果往上追溯源头的过程是充满神性的灵魂之旅，那么通天河进入大峡谷之后，带给我们的就是一场糅合了神话传说、历史变迁、民间故事和佛法传播的超级盛宴……

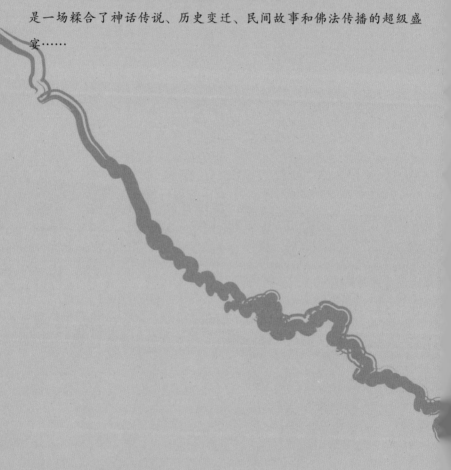

一、通天大战

昨夜的梦里，我走进一座圆圆的山中谷地，许多许多纵横交错的岩石山连成一片，每一座山都还处于半流体状态没有定型，山与山之间也互相挤来挤去很活跃，隐隐约约有某种张力将众山峰往相反的方向拉扯，逐渐分成两个阵营并震荡出一道缝隙，到处都是新生出来的清凉的水，从岩石中也冒出很多水……

关于通天河大峡谷的形成，当代地理专家们各自给出了不同的看法。有认为是先有河后有谷的，也有认为是先有谷后有河的，还有认为是两相作用逐渐形成的……

而我，相信我梦中的预兆……

在格萨尔王妃珠牡的故乡休整了三天后，我们"通天河文化考察小团队"今天整装再出发，正式开启八百里通天河大峡谷的征程……格萨尔艺人拉布东周已经完成了他的使命，布多杰也因参加青、藏、新三省区的会议没能同行，队伍中新加入了两位在通天河边长大的康巴汉子——银巴加错和日才。

在改龙谷口，一对年轻的牧民夫妇正忙着往牦牛背上绑行李家当，一个约莫四五岁，穿着大红灯笼裤的小男孩儿围着披挂整齐的马匹兴奋地转着圈。稍远处的草滩上，有位头戴皮质牛仔帽，身穿毛领蓝色制服式大衣的老人正挥着手坐镇指挥。欧萨说他们这是要搬往夏季牧场。

这位老者，就是今天我们的向导——今年已经八十二岁的才帕老人。

日青陀日玛宝神山

通天河过了楚玛尔七渡口后，两侧的山愈高愈陡，水流也愈窄愈急……中午时分，到达日青陀日玛宝神山（意为红头大山）。这座雄浑自威的山脉被视为通天河进入大峡谷的第一位守护者。金光闪闪的扎西达陇曲从山脚下淌过，草滩上每隔几步就有一座薄石片垒起的"拉确"（意思是"供神"），连同半山腰和山脚下层层叠叠的经幡，是人们虔诚供奉神山的标志。清浅的河水漫过长满黄褐色地衣的片状碎石滩，漫过星星点点明黄或玫红的小野花，温柔地汇入东面的通天河。通天河在此处为前凸的日青陀日玛宝神山让出一个几字形的弯道，我们一行就围坐在弯道中央的草滩上，一边享受着简单的藏式草地午餐，一边听才帕老人讲述那场仿佛近在眼前的惊天大战——

日青陀日玛宝神山

话说很久很久以前，通天河从源头流过来，快要进入大峡谷的时候，迎面碰上了把守大峡谷门户的两座神山——半根赛义（大意为"和尚山"）和朗日邦布（大意为"骑着水牛的官人"）。半根赛义山神对通天河说："从我这边流过来！"朗日邦布山神说："不行，得从我这边流过来！"两个山神先是吵得不可开交，后来暗自各显神通斗法，最后干脆直接大打出手……才帕老人指给我们看通天河右岸那座黄色的岩石山，说那就是半根赛义，左岸那座红色岩石的山是朗日邦布。打斗中半根赛义凶暴地挖掉了朗日邦布的心脏，据说顺着对岸往下走不远，有座不长草的红色山头儿就是朗日邦布的心脏山——东泽夏姆宁。"朗日邦布山神还有两个兄弟，就是他身后的那两座山，"顺着文扎老师手指的方向，我隐约看到侧叠在朗日邦布斜后方的那两座山影，"两兄弟看到大哥惨死，不顾一切跑过来要和半根赛义拼命，其中第二个兄弟跑得最快，也最厉害，一刀杀死了半根赛义，把他的头割下来扔到了下边的当措卡（通天河里的漩湖）……从这里沿着右岸往下走绕过一个弯，有一座石山上长着一圈老柏树，传说就是半根赛义在激烈打斗中甩出去的念珠……"

　　看来，为了争夺象征财富和福报的通天河，不但"官"已不官，"僧"也早已不僧了……最终，苍天也没有饶过谁，彼此都付出了残酷的生命代价。

　　"就这样两方面的山神家族打得不可开交，周围的山神们都劝不住，于是讨论哪个山神最能劝架，中间请了好多都不行，后来大家商量着去请嘎朵觉悟山神（藏族聚居区九大创世神山之一，山神中的山神）来评理。嘎朵觉悟山神身份超然，没有理会两个山头儿打架的琐事，最后只好从西藏那曲那边请过来法力高超的日青陀日玛宝山神。他来了之后先用法力镇住两边的山神家族，然后判定通天河也不要从你的地盘流，也不要从他的地盘流，从中间流过去，这才避免了一场更大的战争……"

文扎老师转述通天河大战的故事

才帕老人不时用手上的小石子在地上画着，讲到激烈处不由眉飞色舞、手舞足蹈，挂在胸前的念珠随身体的摆动来回摇晃；文扎老师膝盖上放着他那从不离身的杏黄色皮面笔记本，一边听一边记录，然后转头讲给我听；索南尼玛肩扛着录像机出没在我们视线的各方；不知什么时候，欧萨的手里多了一截尖尖的牛刺骨，此时他正一边津津有味地听故事，一边用它将圆圆的彩色小石头塞进一只铝制瓶盖儿里，虎口处莲花样式的刺青若隐若现……

"日青陀日玛宝山神被请过来的时候，他的妻子和儿子也一起来了。原来这日青陀日玛宝山神有两个化身，夏天的时候他和妻子住在通天河中间的漩湖当措卡里，那个时候他是龙王，铠甲和坐骑的颜色都是蓝色；冬天他妻子和他住在山里面，铠甲是红色的，骑的马也是红色的，这个时候他就是山神，当地人背地里也叫他红妖……"

才帕老人停下来喝了口热茶，手指着草滩对面的山说了两句什么，片刻后，文扎老师转过头对我说："才帕说那是日青陀日玛宝神山的儿子日诺布，右边郁郁葱葱的、形状特别柔缓的那座山是日诺布的新娘，叫宝玛查日。"

传说日青陀日玛宝山神特别厉害，谁要是动了他山上的东西就会立即受到惩罚。据才帕老人讲，一九三几年的时候，曾经有很多雅拉部落的牧民住在这个山谷里面。"有一次一个猎人跑去日青陀日玛宝山上打

生生之水

猎，还杀死了一只盘羊，然后这个人的喉咙就突然得了一种怪病，说不出话，也喘不上气来，很快死掉了……后来人们发现那是一种传染病，最后这片草滩上七户人家全部都死掉了，尸体被山上的野兽吃掉，帐篷也没人管，慢慢腐烂在地上……人们都说这是猎人得罪了日青陀日玛宝山神，后来雅拉部落的其他族人也不敢再住这里，都迁走了……过了很久之后，玉树四族中的大部落百乎族迁过来，听说来之前他们请了好多活佛作法，这才平安住下来……"

才帕老人起身带大家来到通天河边，指着扎西达陇曲汇入通天河的位置，说那里再往下去一点就是"当措卡"，就是朗日邦布的二兄弟将半根赛义的头扔下去的地方……"很早以前那个湖旋转起来的时候颜色整个都是蓝色的，非常美丽，日青陀日玛宝山神和妻子夏天就住在这里。"此刻正值通天河的盛夏，我看到两河交汇处不远的水面上确有一个地方打着漩涡，但水的颜色也只比周围的河水浅了那么一点点，看不出一点点蓝色的迹象……

即将进入大峡谷的通天河

正在这时，今天随我们同来的两位康巴汉子中，叫银巴加错的那位走上前来，讲起 20 世纪 80 年代他八九岁上，有一次和表姐在通天河边玩耍时遇到的一件奇事："当时是冬天，河水结冰了，我在通天河冰面的中央看到一幅奇怪的画面——蓝色的漩涡的中央，有一群穿着藏族服装的人影赶着一群牦牛，牦牛背上驮着东西，那些牦牛也是影影绰绰的，那些影子的颜色介于黑白之间，就像在梦里，也像以前的黑白老电影……当时离得比较远，看不清楚人脸，那时候'文革'刚过根本不知道什么叫佛教，六字真言都不知道，大人也不让说。现在想起来，其中有个人手里拿着一只转经筒向我们走过来，走的时候腿也看不见，就那样直直地飘过来，一会儿晚霞映上去又什么都看不清了，一会儿又出来……我又好奇又害怕，跟表姐说：'表姐你看那些是什么呀？是不是德格人？'以前经常有西藏德格那边的强盗到这边杀人、偷盗什么的，人们特别害怕，所以吓唬小孩的时候就说：'你别去，那是德格人！'小孩子都特别害怕。我表姐看不见，我说：'人来了！人来了！'表姐说：'啊！啊！在哪儿？我啥也看不见！'一边说我们两个一边拼命往家跑，头都不敢回……"

银巴加错本人就出生在日青陀日玛宝神山脚下，今年四十来岁，曾经追随贡萨寺十九世秋吉活佛多年，据说曾是秋吉活佛最亲近的弟子之一，后来离开了寺院，目前在治多县文化局工作。他一再强调是千真万确看见过，不是做梦。

我寻思，或许，在20世纪50到70年代的一系列运动期间，那些高原上的山神、水神连同这块土地上的古老信仰一起被封印起来了，只有某些特别有灵性、特别有缘的人才能被选中管窥一斑……据才帕老人回忆，大概是1981年，人们隐隐约约听说可以自由一些了。他不相信，亲自跑到结古镇上去看，看到五六十位活佛住在结古，活佛们的脸上都放着光，他这才信了，回来告诉乡亲们，大家都特别高兴，特别有信心。

观世音坛城牧场

沿通天河往下（南）走不多会儿，眼前出现了一片美丽丰饶的茵茵牧场。据才帕老人讲，这里本是山神和土地神们的放马场，山神大战之后，这地方慢慢就荒废了……许多许多个世代之后，有一位活佛悄悄来到这里，他在漫山遍野的默游中，发现一块大石头上有一座观世音坛城的图案，于是他默默地进行了诵经供养。后来，在附近放牧的人们慢慢都知

当地人供奉日青陀日玛宝神山的古老嘛尼石墙　　　　　　　寻找大石上的观世音坛城

道了这个秘密，也开始供养起来。再后来，这个地方就被称作观世音坛城牧场了……

不知为何，一进入这个场域，我就有一种似曾相识的舒适感，一种祥和温热的气流在身体中鼓荡，心顿时松弛下来……经过一排古老的嘛尼墙，才帕老人说这是"日青阔卡"，是人们专为供奉日青陀日玛宝神山砌的。大家跟随才帕老人往坡上的高地走去，在一块红褐色的大石前停下来，这块长满苔藓的棕红色柱形大石有半人来高，周长相当于两个成年人的双臂合围，才帕老人说这就是那位活佛发现显现坛城的石头。大家小心翼翼地把大石面上的小石头一一拿下来，再小心翼翼地放在草地上，然后前前后后、左左右右、仔仔细细地辨认大石上的图案，大石上的纹饰斑驳，放小石头的那些地方已经布满了黑湿的苔藓，以我的肉眼根本辨识不出完整的图案。只见欧萨和文扎老师围着大石头顺时针慢慢转动，不时在一个方位停下来，埋头细观……过了好一会儿，他们才从大石面上移开双眼，又把地上的小石块一一捡起，小心翼翼地放回大石面上……

登俄曲畔

今晚露营在海拔 4100 米的登俄曲畔。吃晚饭的时候，看我拿出前两天刚在治多县城买的水绿色铝制小饭盆和筷子，才帕老人笑着说："都买了这样漂亮的碗，一时半会儿回不去了……"

饭后大家像往常一样围在火炉旁夜话，文扎老师说道："如果从源头下来到玛治桑朵是狩猎文明的疆域，从玛治桑朵到这里就是游牧文明的疆域，再往下就是半农半牧区……你注意到没有，从源头到这里没有树，再往下就有柏树了，还可以种青稞……"

经文扎老师提醒，我蓦然惊觉：竟然有十几天没见到任何树木了！

…………

虽然海拔低了不少，但因为植被开始增多，一到晚上反倒更显湿冷，我有些腹痛，大家为我在丰田车里临时搭了一间车房。夜深了，回到车房里睡下后，我闭着眼默默回味这一天的见闻——突然意识到，今天见到的通天河两岸的每一座山，相对通天河几乎都是正面相迎的，而山和山正相对的岩石面却尽现峥嵘，在对通天河的热切相迎中，在彼此不惜

夜宿登俄曲畔

有曲拉和牛肉汤的晚餐　　　　　黄花铁线莲

举族齐上，以命相搏的惨烈争斗后，最终都不得不顺应潮流，拱手相让，任大江东去……

其实所有的圆，所有的弧度都是牵扯妥协的结果。所谓圆满，就是二元对立的消除，各自剑拔弩张后的最终和解，是最大张力的结果，也是张力的最后消除。

重新审视自己这十几天的生活……最初野外露营时，我恨不得把日常生活直接搬过来……后来越往源头走，条件越艰苦，事急从权，只得轻装上阵，一切从简，每晚可以在自己的小帐篷里安稳睡一觉就无比满足了……从源头回来，在宾馆休整三天后再一次出来露营，我感觉自己好像越来越训练出了一种……或是激发出了一种从未有过的潜能，那就是——

心无挂碍、随遇而安。

二、泽世之湾

又下了一夜的雨，野外露营的日子，好似每晚都下雨，天明即晴。往克玉日赞神山攀登的途中，在文扎老师的示范下，大家都脱掉了脚上的鞋，赤足踏在由各种斑斓的小野花铺陈的地球花园上：白色毛茸茸的羊羔花和雪绒花，西藏粉报春，红白相间的点地梅，一丛丛猩红的红景天，黄色的金露梅和牧马豆，紫色的鸢尾、拟缕斗菜和打布巴……这是高原的初夏，随着我们的行程日久，以及海拔的降低，高原上的花朵从零星的闪现到如今的铺天盖地漫山遍野……

赤足踏在高原初夏的草滩

克玉日赞之巅

　　这是第二次站在克玉日赞山巅眺望通天河，眼前的雄奇景象再一次令我惊叹：蓝灰色的巨大云浪在空中翻涌着绵延开去，青翠的山峦层层叠叠亦如排浪般由近及远，云与山的交会处，弥漫出一幅浑然天成的青绿山水画卷。我们的脚下，群山众壑包裹的大峡谷底，如欧萨平日烧的奶茶般棕褐色的通天河从西北阔步而来，在与大峡谷侧壁一分一分耐心地切出几乎完整的正圆后，才恋恋不舍地从东北方群峰簇拥的幽绿狭道辗转而去，中间被切出的圆鼓鼓的山体，形成一座高高耸起的孤悬绿岛。从我这个角度望去，这座被当地人称作克玉日赞法座的山峰，轮廓浑圆，顶部平柔，像极了我头上戴的康巴牛仔帽，半山腰郁郁葱葱围成一圈的，

生生之水

在克玉日赞神山之巅眺望
通天河

是只有在这里才能有幸目睹的——生长在海拔 4000 米之上的千年古柏。

在康巴地区，神山的信仰以嘎朵觉悟为尊，克玉日赞则是守护嘎朵觉悟西大门的神将。据传早在佛教传入本地前，苯教徒就在此修行了，山中遍布种种神迹，高处有许多修行洞，名传千载的大成就者"夏日七僧"也曾在此修行，而且克玉日赞自己也是位大修行者。民间传说克玉日赞神山已经修炼到十地菩萨了，因为苯、佛两教历来都奉它为神山，克玉日赞受到当地牧民的特别尊崇。

文扎老师坐在一块突出的岩石上，面对着通天河，缓缓讲道："在过去，江源地区每一个部族都有自己的禁牧、禁伐、禁猎区，其中最重要的地带是部落的祖山、寺院的后山以及民众公认的神山。克玉日赞神山曾是'玉树四族'之一百乎部落的祖山，据说像它这种集祖山、神山为一体的地方，其禁封制度甚至严厉到山上不能滚落石头，不能砍伐一草一木，不能猎捕野生动物，甚至不能大声叫喊的程度。神山周围的牧户，在夕阳落山之后，是不允许向外倒灰、倒垃圾的。晚上必须将帐篷的天窗盖严，门户闭紧，家里的灯光绝对不敢投射到神山上……这样做不仅是怕受部落公约的惩罚，更是怕冒犯天地神灵，遭到报应……甚至20世纪六七十年代人民公社时期，因烧窑、盖房，把一座座山变成赤身裸体时，克玉日赞也因交通闭塞幸运地躲过了一劫。"

斜对面，就是大名鼎鼎的"万里长江第一湾"了，可惜从我们这个角度看不到它的全貌，它目前已是通天河上最具号召力的景观之一，成为探险人士、高原旅游者朝圣的必至之地。文扎老师认为，"长江第一湾"的说法有可能是受到西方文化的影响，说"第一""最大"大家都要争，尤其是这些年地方上发展旅游业，竞争得更加厉害。"从藏族文化的角度讲，没有'第一、第二'这样功利和尊卑的观念，都是用地名起的名字，比如现在我们脚下的湾就是克玉日赞湾，本地人也叫它'上师喇嘛的法会湾'或'神山道场湾'，旅游上指的'第一湾'，当地人叫它'克玉日赞宝座湾'……"

欧萨不知道什么时候已经悄悄绕到了我身后，这会儿他歪着头说要给我讲个故事，我双手托腮做洗耳恭听状。欧萨眯起眼睛："听老人们讲，老人们又听他们的老人讲……真正的通天河第一湾是在通天河第九个渡口楚玛尔七渡口往下，第十个渡口色吾雅然往上，现在的曲麻莱县塞乌河对面，一个叫扎乌司杰的地方……那里原来是扎乌扎拉达泽山神摆放供品的桌子，通天河本来要往北边流的……扎乌扎拉达泽山神当时正在吃午饭，他看到通天河要往北拐弯，赶紧把腿伸过来这么一挡……通天河没办法绕着扎乌司杰转了一个大弯儿，就改变了原来的方向往西边流过去了……"

听欧萨讲"通天河第一湾"的故事

"其实上面欧萨说的那个湾，也没有明确说是第一，它就是千里牧场的一个湾，那里可以养很多的牛羊，是一个非常富饶的草场。如果非要说第一湾，烟瘴挂那里还有一个非常好的湾……"文扎老师补充道，"我还听十九世秋吉活佛讲过，通天河流向大海的过程中，每绕过一道湾都会造福一方，可能这个湾是一个千里牧场，那个湾就是一座寺院，下一个湾可能是一个特别热闹的村镇，还有些湾是赛马的地方……"

欧萨突然站起来，看着奔流前去的通天河兴奋地说："我还有个故事！长江、黄河、澜沧江同一天从各自的发源地出发，一路奔向大海。黄河和澜沧江已经入海一个月了，长江还没到，黄河和澜沧江就返回去找长江，问：'我们都入海这么长时间了，你怎么这么慢啊？'长江说：'出发前我发了愿，每到一个地方要为当地做一件善事，这样一边走一边停就慢下来了……'长江也反问黄河和澜沧江：'你们怎么流得那么快呢？'黄河、澜沧江就说：'我们什么也没想，就像把乞丐的打狗棒扔到河里一样，直直地漂过去了呗！'据说它俩说了这句话以后，按照藏族人的说法，缘起不太好，后来黄河流域和澜沧江流域就比较穷。通天河（长江）沿岸的人家都是比较富裕的……"

欧萨让我侧耳仔细听，他说通天河每时每刻都发出"嗒嗒嗒嗒"的声音，"那是富裕的声音……"

与"湾"共舞

从三维地图上看，整个通天河大峡谷如眼前这般弧度不等的大峡湾有五十多个。那么，从当代地理学的观点看，通天河为什么会有这么多大峡湾呢？

科考探险家杨勇给大家讲解通天河大峡湾的形成

两年前的夏天，"源文化"考察的现场，西部河流科考探险专家杨勇先生也坐在这个山梁上，和我一起俯视眼前的通天河。那一次他以颇为专业的地理术语讲过："通天河流域，处在青藏高原东西构造带向横断山脉南北构造带转折的过渡地带，天然落差将近1000米，相当于300多层楼那么高，地质学家李四光先生把它命名为滇藏'歹'字形构造体系。这个'歹'字形构造体系为通天河塑造大峡湾提供了地质环境……再加上青藏高原出现多次大规模造山运动，一直处于上升之中，断裂带上三叠纪软硬相间的岩层和复式褶皱，以及断层形成的犬牙交错的地质构造，控制了河流的冲刷侵蚀方向和程度，河流在这样的地质环境中去寻找它前进的通路，所以就呈现出长达800多千米连续性的'九曲十八弯'样态……通天河大弯的形态，一个是我们现在看到的这种'草帽山'，也叫Ω弯，超过300度角，两端最近的距离不到2千米；一个是U形弯，通天河转了270度差不多，贡萨寺遗址那里就是一个两侧腰线特别长的U形弯；最多的是直角弯，一般直角弯和Ω弯、U形弯都是连接起来的……"

几年后，在新冠肺炎疫情紧张出行不便的日子里，电话连线中，我请杨勇讲一讲三十几年前漂流通天河大峡谷时的情形。"（从源头下来后）我们漂的大多是网状水系，水流得非常慢，漂起来也非常慢，而且要拖船，非常非常累，也很艰苦。从曲麻莱县进入大峡谷，水流就比较急了，甚至有很多险滩，我们就知道往下速度比较快了嘛，可以接受一些比较刺激的挑战了，而且那次非常缺粮，大家都希望尽快赶到直门达休整，有种归心似箭的感觉……

　　"我们开漂的时候就有思想准备，可能会过很多险滩和急弯。果然不出所料，大概漂了两个小时就遇到第一个险滩，当时过得还挺漂亮，从'草帽山'往下，弯道就非常多了，在转弯以前感觉船往山崖壁正面直冲过去，我们就提前调整船头，避免船撞到岩壁上。当时也没有经验，实际上水流太急的时候，从主流翻转过来的白浪会反向冲击船身，即使提前调整了船头，它还是奔着那个崖壁去，如果船头不掌握好，很容易和大浪平行，造成翻船。一般冲浪时，船头垂直于浪是最好的，而且提前调整特别费力。后来有了经验之后，发现直接冲向岩壁的水也会产生反浪，把船推开，这时候再调整船头与岩壁平行就可以了，这个经验是我们经过了多次急弯才获得的。

　　"越往下漂河湾越急，经常突然一排一排的山挡住去路，舵手要随时调整船身和船头，两边的桨手要和舵手密切配合奋力划桨，必须全神贯注。过 U 形弯的时候，巨浪进去的是一个喇叭口，两股水向河中间汇合，在喇叭口的下段就会产生刀脊一样的鼓浪，很容易将船身顶到刀锋上，特别容易翻船，所以船头不能对着喇叭口的尖上，要对着两边产生的波浪。如果时间来得及，船就从右侧的一股水流直角穿过去，来不及就从左边的水流穿过去，U 形弯出口的内（左）湾处，会形成一个爆水区，在右边形成一个回水区（漩涡），船身尽量不要进入爆水区和回水区，爆水区会把船掀翻，进入回水区，就很难转出来了。

　　"往往在大滩的前面江面非常平缓，但是快接近大滩时，会突然涌起向上翻滚的白浪，像一堵墙。这时候很难判断前面有没有急弯，白浪之后是什么性质的滩，一个可能会有跌水，形成排浪，整个锁住江面，河床突然断了，或者河床突然变陡，也可能是形成一个长滩，河边的崩塌体挤压河面，还要参考手上的地图，看边上有没有溪流过来，会不会形成溪沟或泥石流。舵手要随时观察，最保险的是船头平行两岸，垂直于浪墙，骑在浪上，过去之后要观察有没有崩塌体、冲积扇或泥石流，如果河道还是直的，就找到主流继续往前，这种也可能形成 U 形口，不过这种 U 形口相对要好通过一些，通天河 400 多千米的峡谷段，不断地遇上直角弯、U 形弯、Ω 弯，以及紧随的崩塌体重力滩、溪沟泥石流滩、礁石形成的积岩滩……各种类型都有。

"通天河在急弯处往往还有很多锋利的坚硬的岩石，这个时候要尽量避免碰到岩石。虽然通天河的岩石都是沉积岩，但是夹杂着一些比较坚硬的成分，尤其是突出来的、扑向河面的这些比较锋利，很容易把船身划破。"

"哪一个弯是你觉得最危险、最刺激、最难过的呢？"听着杨勇跌宕的讲述，好不容易平息了心头紧张的我忍不住问道。

"巴干乡有个岗由村，那里有个巴吾滩，那一段是通天河急弯最频繁、险滩最密集的，岗由以上以积岩滩为主，往下就是排浪、重力滩、溪沟滩就比较多了。好在有尧茂书的经验，我们想着尧茂书一个人一条船都漂过了，我们十个人、两条船应该没问题。唯一不可控的因素就是水纹情况，水量大小，险滩的危险程度是不一样的。巴吾滩大概 100 度左右的直角弯，外沿是一个伸向江心的积岩滩，看不到转弯之后的情况，滩口还有巨浪，所以我们就往外沿靠，看了前面的情况，感觉可能要翻船，就把船上的物资都搬到滩下去，空船过去，有惊无险。我们漂的时候在 7 月份，水流比较大，漂过第一个弯时，我们就意识到还是很危险的，大家提醒要特别注意，能提前看滩的还是要看一下。这个滩过了之后，下面基本上就不用提前看滩了，逐步积累经验，怎样看水、怎样看弯、怎样配合，从这儿往下我们基本上豪情满怀一路下到直门达，差不多用了五六天漂完了大峡谷……"

天马·神马·放生马

午餐在克玉日赞山脚下、通天河背面的叶青河畔,克玉日赞山神为我们奉上了二十三颗金灿灿的鲜美黄蘑,正准备开餐时,一位看不出年纪的康巴老人从几十米外的石头房子向我们走来。不知老人说了什么,其他人都围着他坐下来,我知道准是遇到好故事了!并且也遇到了一位会讲故事的人!于是我也走上来坐到他旁边。据这位自称伊巴的老人讲,他们一家从1983年就住在这里,有十一个孩子,现在留在身边的只有两个,他听老人们讲,最早的时候,嘎朵觉悟山神送给克玉日赞山神一头牦牛、一只山羊、一只盘羊和一匹马,从前人们在克玉日赞神山靠近通天河边缘的岩石上看到过这四种动物的图像……

克玉日赞神山为我们奉上的23颗黄金蘑

"神山上野生动物特别多,花豹、狼、野猪、雪豹、麋鹿、白唇鹿、盘羊、岩羊、棕熊都有。你说狼和雪豹打起来的话谁厉害?"伊巴老人突然转过头问我。我怯怯地说应该雪豹厉害吧!我想狼是群居动物,雪豹却总是独行,所以能力应该更全面一些……伊巴老人点点头转脸对着大家说:"在草原上都以为狼是最厉害的,有一天,我远远地看到两只狼咬死了一头牦牛,然后一只雪豹从远处过来抢肉,有一只狼跑开了,那只雪豹从身后骑在另一只正在吃牛肉的狼身上,两只前爪就搭在狼的肩膀上,那只狼一动都不敢动,肉都被雪豹抢走了……"

前方的山梁上，一匹披红挂彩的深棕色马儿正悠游自在地享受着整片草滩，欧萨告诉我那是一匹放生马。在藏族古老的传说里，人死后要渡过一条叫辛曲康巴的深棕色的河，那条河没有渡口，只有马和山羊能渡人过去，所以藏族聚居区的山水间经常能看到悠然自得的放生羊和放生马，这种用来超度的放生马叫"颇达"。文扎老师说实际上在藏族聚居区是不杀马的，从这个意义上并无放生马之说。而所谓"放生"传统，除了被视作往生后在阴间渡过生死之河的倚赖，也是人们在世间祈福敬神的一种方式。伊巴老人讲起20世纪80年代末，十九世秋吉活佛来到这里的叶青村，为村民们灌顶讲法，村民们给活佛敬献了一匹马，活佛为了教化村民，把马送给了克玉日赞神山，这匹马就成了殊胜的"放生马"……这种献给神祇的马叫作"拉厅"。

一匹独自享受着整个草滩的"放生马"

没想到今天又听到格萨尔王的故事：据伊巴老人讲，格萨尔那匹和他一起从天界下凡的神驹江噶佩布还是匹小马驹的时候，整天和一群藏野驴在克玉日赞神山上玩耍，我们现在坐的地方再往下一点有一片沼泽

　　　　　　　　　　　　　　　　　　　　　　生生之水

地，有两个差不多大的泉池，传说江噶佩布小时候经常在那里饮水。岭部要赛马夺王的时候，格萨尔的母亲梅朵娜泽和未来的王妃珠牡前来为格萨尔寻觅宝马，在克玉日赞神山上和江噶佩布彼此相认后，在回岭部的路上休息时，也是在这个泉池里饮水。据说克玉日赞神山顶上现在还有江噶佩布留下的马蹄印呢⋯⋯

此时，一路上沉默寡言的我们的另一位同伴，出生在克玉日赞神山脚下的日才手指着下方说："从这里往下，快到江噶佩布小时候饮水的地方，靠近通天河一侧有一条叫西琼给（鸟脖子）的特别窄的小路在悬崖上，下面有个湖，叫西琼措，那里水缓得很，从上面流下来的冰碴都汇集在这里，是通天河上第一个结冰的地方。通天河结冰的时候，绝对是每年的 11 月 6 号或 7 号，我小时候每年都去看，记得清清楚楚！"

唐东杰布修行洞

在等待下一段故事的时差中，我心满意足地喝完一大碗美味的鲜黄蘑菇汤，在小帐篷里躺下来休息。不知是不是因为蘑菇汤的奇妙功效，或是故事的魔幻效果，我的意识渐渐模糊，耳畔的人声和不远处的流水声愈来愈远，不知不觉沉入深深的幻梦里⋯⋯

梦中，远古的遗音仿佛冲破故事的结界，在两个时空中缭绕，我的身心也如沉浸在一片密度极高的声光气场中，震颤不止⋯⋯

突然，一位白须白眉白发，腰系短裙、身披氆氇的慈和老者正从克玉日赞山上下来，径直走到一块大石头前，俯身坐定，面朝滔滔东去的通天河水凝神冥思⋯⋯

在当时，我并未知晓梦中的这位奇异老者究竟是谁，亦来不及与同伴们分享。直到一个多月后，在通天河上的白塔渡口，见到刻在巨石上的唐东杰布巨幅彩色画像，我才忆起那就是我梦中的这位老人。

迷迷糊糊被人叫醒，故事仍在继续⋯⋯

没想到又亲身体验了一次荣格的"共时性"⋯⋯

前面讲过克玉日赞神山的高处有许多修行洞，伊巴老人说最为人们熟知的就是"唐东杰布修行洞"，在克玉日赞山对着通天河那一面的岩壁

巨岩古柏深处的经幡下就是传说中的唐东杰布修行洞

上。唐东杰布是在藏族聚居区极负盛名的"旷野之王"（也有说此称呼源自佛教用语，有"空性自在王"之意），在藏族人心目中他不但是藏戏的发明者，还是铁匠的"祖师"。生长在雅鲁藏布江边的唐东杰布少年时代即发下宏愿，要为藏族聚居区的大江大河修建桥梁，让乡民免受渡河之苦，为此，他把佛法融入传统的藏族歌舞中，通过组织演出筹集资金，无心插柳地成为藏戏的开山祖师。西藏地区许多河流上的铁索桥都是由他筹资并亲自熔炼铁水打造而成的，雅鲁藏布江、怒江最险要的地方都有他修的桥，甚至有说法红军长征路上奇绝惊险的"飞夺泸定桥"中的"泸定桥"也是唐东杰布帮助修建的。

这位和宗喀巴大师同时代的香巴噶举派大修行者，不但佛法圆通，还是一位了不起的藏医药师，据说他活了一百二十四岁。在伊巴老人的故事里，唐东杰布修行洞旁边的岩石间长年有甜美的甘露滴下，那些甘露在顺山岩往下流淌的过程中逐渐汇成了一条清泉，当年，唐东杰布和同在克玉日赞神山上修行的一位咒师一起为这条山泉做过法事。伊巴老人听他的祖辈们讲，先由咒师念咒语，然后吹气到一个瓶子里，接下来唐东杰布开始念经，念完从泉水旁拈起一点土也放到瓶中，再用泉水把瓶子灌满，封上口，待一段时间后开启，泉水就变成了神药，可以治各种疾病。

一般自然界的水中都有微生物，放久了会腐烂，有味道，颜色也会改变，但伊巴老人说那个神泉的水打回来放多长时间都不变质，没有味道。现在还有很多人专门到那个地方去打水……

我私下猜想，这可能是唐东杰布出道早期的一个形象。那时候他还没有掌握煅铁铸桥的本领，否则，这位既有济世心肠，又有非常务实之能的大师，怎么会不给此地的通天河造一座铁索桥呢?

这位胸襟雄阔不世出的人杰，注定会从克玉日赞走向更广阔的青藏高原，最终成为名副其实的“旷野之王”……而他留下来的修行洞，亦在沧桑巨变中，几经流转，见证着一代又一代的世事人心……

伊巴老人讲述的第二个“唐东杰布修行洞”的故事，发生在20世纪50年代。刚开始时洞里住着一个男修行者，伊巴老人说他小时候见过，那人长发披肩，有一定法力，也会些医术，远近的人都来找他看病，有时候他也去村子里给牧民治病……后来不知怎么来了个女人，他们就一起在洞里修行，那个男的在时修行洞里比较安静。每次他下山去给牧民看病，只剩下那个女的时，就有不知从哪里来的各种奇形怪状的客人，可能是附近的山神啊，或者什么洞里出来的妖怪啊，总之都不是人类……还记得上文中雅拉部落的人在日青陀日玛宝神山上打死了一只盘羊，遭山神报复，七户人家都得怪病死掉，后来那里的雅拉部落族人整个搬走的故事吧，传说他们从上面搬下来时，贵重物品就都存在了唐东杰布修行洞里。附近的一些强盗知道了这件事后就打起了坏主意，其中有三个假装去山洞找男修行者看病，看完病出来，其中一个强盗拿着药，另两个人拿着枪对准山洞的门口叫他出来，一出来两个人就射击，两枪各打中了修行者两边的胸口，但是那个修行者好像刀枪不入一样，什么事儿也没有，吓得强盗们撒腿就往山下跑。那个修行者不知道什么时候手上多了一把枪，站在高高的山顶上，一枪就把其中一个强盗打死了，另一个跑得远了，他也没有去追就回洞里去了……伊巴老人说打死强盗的那个地方现在还有几块嘛尼石，不知道是不是修行者为强盗超度刻的……

"唐东杰布修行洞"还有一个更接近当代的故事，伊巴老人没有说具体时间，这也是他亲见的一个故事。据说那时候哈秀乡的一个和尚在这里一边修行一边给牧民看病，附近村子里有一个女的，丈夫出车祸几年前死了，伊巴老人老是看到她骑着马去那个修行洞，每次去的时候都还打扮得非常漂亮，他看到就有点怀疑，心想："这个女的怎么老是去洞里，看病也不需要打扮成这样啊！"最后果不其然，那个修行人再也没有坐下来修行，过不多久就和那个女的成了夫妻，现在都成家了，住在下面的村子里……

这是从我们出发第一天探秘母山羊修行洞以来，第二次遇上与修行洞有关的故事。而比之那时，从垂直高度来算，海拔已经下降了至少500米。而在时间上，"唐东杰布修行洞"的这三个故事，从古代到现代再到当代，像是一个三段式的隐喻。从洞中走出来的人，从发大愿显大能造福苍生，到勤修守信惠及一方，再到放弃修行下山还俗，这个脉络，既是末法时代佛法一步步衰落的征兆，也是人的追求一步步世俗化的过程……

诸神在上，万物在下，人行其中。或许，对于大多数人而言，下行之路要比上行之路更简单、更省力，也更本能吧……

江源古刹江荣寺

三、古刹清音

长江源区有句古老的谚语："最早响的是春天的雷声，最早建的是江荣古寺。"这座由克玉日赞神山护佑的古老寺院，因文成公主进藏时所携的释迦牟尼佛十二岁等身像曾供奉于此而缘起兴延，已经深藏于通天河北岸的深山幽谷中一千四百多年了。这是长江源头的第一座寺院，时间和空间上皆是……

长江源头的三大古寺——江荣寺、贡萨寺和夏日寺，总体上有着一些共同的渊源。传说这三座寺院的住持大活佛，均来自古印度八十四大成就者的转世，其中江荣寺的江赤活佛为直布巴转世，贡萨寺秋吉活佛为勒俄巴转世，夏日寺的夏日赤哇活佛是纳波巴的转世。这三位大师都是修胜乐金刚得道的，因此他们的寺院所在地也成为胜乐金刚的道场。

在江源藏族人古老的信仰系统里，三大活佛也是《格萨尔》史诗中以"隼雕狼"并称的岭国三将帅的转世，其中，秋吉活佛为"猎隼"丹玛大将的转世，夏日赤哇活佛为"金雕"智嘎丹的转世，而"狼王"森岱阿当的转世就是江荣寺的江赤活佛……

另外，三座寺院所在的位置也都曾是帕玉秀部落的牧场。

相传，当年印度大成就者持铃大圣直布巴就是乘着一只"银翅海螺"降临江源大地的，因此那只"会飞的银翅海螺"也成了江荣寺的镇寺之宝。

早晨，穿过聂恰曲流域独有的黑刺林，接上曲麻莱县城八十岁的故事老人嘎玛，我们一行出发去赶赴

22° 北

北纬 33°51'34" 东经 95°37'
青海省玉树藏族自治州
海拔 4190 米

与江荣寺的千年之约……

这是我盼望许久的一次重逢……

2011年夏天，严重失眠的我，向身在长江源的文扎老师求助。在教授了一些打坐静心的方法后，文扎老师说正好那两日会去江荣寺，他会请江荣寺的江赤活佛用寺里的银翅老海螺为我吹法螺消灾祈福，我被来自万里之外的诚挚震动！两天后的傍晚，文扎老师发来信息，说是受江赤活佛嘱托，让我"当晚七点半，打开窗口仔细聆听……"如此，我与来自源头的信息场同频共振，就在那日过后不久，我出走了数月的睡眠竟然神奇地回归了！

今天就要前往我魂牵梦绕的江荣寺了，路上和文扎老师提起那段往事，曾经山高水长，如今近在咫尺，缘深如此，夫复何言……

会哭的老柏树

经过文成公主当年西行入藏的公当山谷，经过克玉日赞神山的坐骑扎纳登嘎山，再经过克玉日赞的石磨房，过了曲麻莱大桥，来到通天河北岸。沿岸的柏树逐渐多了起来，克玉日赞神山的阳面半坡上更是密密麻麻一片。传说这些古柏曾经是克玉日赞山神放牧的拴牛柱，以前漫山遍野都是，八百年前蒙古骑兵入侵的时候，砍伐了许多，不过这依然是我们所到之处柏树最多的地方，包括后面的几百里行程。我们的车子在一棵挂着五彩经幡的老柏树前停了下来，嘎玛老人叫它"阿查拉"，翻译过来就是"好痛啊！"我正好奇这个名字的古怪时，嘎玛老人浓重嘶哑的康巴藏语在耳边响起……过了一会儿，文扎老师对我说："传说当年蒙古骑兵经过这里时，有个士兵一边骑着马一边挥舞着斧头向这棵柏树砍去，斧落处只听树身上传来一声凄惨的大叫'阿查拉！'接着一股鲜红的血液从伤口处猛然喷出，吓得那个蒙古兵当场魂飞魄散，其他人也都四散奔逃！"嘎玛老人用手指着靠近路边的一节已经干枯变形的主枝，说这就是当年被砍伤的那一枝，八百年过去了，它依然如一只张开的嶙峋巨爪挣扎着抓向天空，那声痛楚的"阿查拉"仿佛依然在通天河的上空回荡……据说自那儿之后，蒙古兵大肆砍伐树木的野蛮行为也多少收敛了些，而

会哭的老柏树"阿查拉"

"阿查拉"也成了本地牧民们心中的神树，世世代代享受着人们的供养膜拜。

天上开始飘起细雨，打在脸上丝丝冰凉，一条清亮如缎的河流从山谷深处探寻而来，汇入我们身侧的通天河中。文扎老师介绍这就是从江荣寺门前流过来的江荣曲，循着江荣曲逆向往东北约 3 千米，远远地看见有五座白塔，传说那里过去是活佛灌顶时的法座，这几座白塔却是新建的。再转过一个弯，江荣曲悄悄隐去，左方半山腰晃过一座顶上有鎏金双鹿法轮的藏式小房子，如天地之初般遗世独立。山坡谷地间，稀稀落落地散落着一段段土墙废墟，不时有一座古老的嘛尼堆出现在路边，更衬出这条山谷的荒寂、古拙、随意和自成一体。

江荣寺的管家把我们引进待客堂，旺旺的炉火上热热的酥油茶烧起来，长条桌上摆满了干牛肉、炸饼子、曲拉和酸奶等藏族聚居区招待客人常见的食物。欧萨和索南尼玛从车里拿出自备的干粮，还有我从北京带来的蘸肉调料，在一边喝茶一边进食的缓慢节奏里，只有文扎老师低声和管家交谈着，僧人们偶尔进出，一个个表情木讷、神游物外，不太像印象中的佛门弟子，倒像是小时候过年见过的那些半熟不熟的亲戚。氤氲的热气中，我度过了这些日子以来，或许以后的日子也要算上，最安静家常的一段光景……

灰长墙"夸加让"

管家领我们走出门时，冷雨还在下。一只藏獒湿漉漉地趴在没有草皮的泥地上，无精打采地看了我们一眼，又攒头睡去，山坡下一台橙黄色的推土机正缓缓地把机械臂伸到脚下山体的深处……

转过一个弯，眼前出现一座高高的，顶檐簇新下面是土坯结构的一段，或者说一座城墙，或是牌楼，两侧各延伸出四层阶梯状对称分布的墙体，最上层赭红色出檐的边玛墙是传统藏式风格，中间最高处的塔楼上有一座鎏金宝塔，在已经风化的土坯墙的映衬下显得格外突兀。据今天的故事老人嘎玛讲：这是一段古城墙，本地人都叫它"夸加让"，即灰长墙，已经有上千年的历史了，他小时候看到过五层，老一辈人说总共

千年的"夸加让"灰长墙默默注视着尘世间一轮又一轮的成住坏空

有七层，这座曾经的老城墙最原始的部分只剩地基了，现在上面的新建筑都是"4·14"地震后重建的。

文扎老师蹲下身抚摸着"夸加让"的底座，悠悠说道："江荣寺的名字就是从这段灰长墙来的。'江'就是炮台的意思，"荣"是峡谷、平台，也有人说是海螺之意（可能认为寺院的名字理所当然与圣物银翅海螺相关）。古老的传说中，这里曾是嘎朵觉悟神山的三座炮台之一，这个灰长墙是炮台的一部分；还有一种说法在当地更普遍，认为这个'炮台'可能和《格萨尔》史诗中统率江源智氏部落和嘎氏部落的黑袍护法智嘎丹·秋君柏纳有关，就是上面提到的'金雕'智嘎丹。在史诗里，秋君柏纳是一位勇猛的将领和神奇的咒师，他使用的武器是注入咒语后威力无比的神奇炮弹，这座灰长墙传说就是当年秋君柏纳发射炮弹的炮台。"

民间有一句古老的谚语："灰长墙永不倒，胡秃鹫永不死。"（藏族传说胡秃鹫是长生不老之鸟）传说这堵墙的倒塌必定预示人间有大灾难发

生生之水

生……2010 年"4·14"玉树地震前夕，灰长墙没征兆地部分倒塌了，文扎老师曾请教过夏日寺曲松悟赛老活佛，据说当时老活佛沉默了许久才开口："灰长墙看起来坚固如山，谁都不会相信它有倒塌的那一天，这样看来，可不是什么好兆头啊……"

一千多年的阳光、风和尘土，已经让"夸加让"脱离了最初的形式及功能，它就像一位已历劫飞升的得道高人，默默注视着尘世间一轮又一轮的成住坏空，人间大难要来临时，它以特有的方式向世人默默示显着天机……

此时的天空中，青灰色的云层越涌越密，越压越低，逐渐把灰长墙顶上的鎏金塔收拢而去，只留下一小段金色的镶边，忽隐忽现游走在尘世的边缘……

文成公主和觉旦佛殿

江荣寺的历史记载："嘎曲赛宗神山，山腰柏树成荫，传来布谷鸟声；山脚清泉流淌，发出嘛呢梵音。"嘎曲赛宗就是我们刚开车进来时路左侧的那座山，它的本意是狮子山，传说从山口看过来整座神山似一头蹲卧的雄狮。细雨中我们攀上了长满柏树的嘎曲赛宗，来到半山坡上那座我们曾一晃而过的藏式小房子前。顶上的鎏金双鹿法轮和胜幢，显示着它的殊胜，仅剩一面的土墙将它前方的草滩虚围成一个方形广场，就像维纳斯的断臂并不影响观者对她完美形象的心理补全一样，这虚围的广场也让我感受到它曾经的完整庄严，如同几年前在古罗马帝国的发源地——帕拉蒂诺神山上，我在夕阳中注视那片众神之母赛比利宫殿的废墟时，所感受到的庄整和原初能量。巧的是这两者所置身的土地，同样都是牧羊人养育的文明……

因文成公主在此供奉"拉萨觉悟"江荣寺最早修建的觉旦佛殿

这座孤零零遥望通天河的小房子，就是《五世达赖喇嘛自传》中记载的江荣寺最古老的一座佛殿——觉旦佛殿。公元642年，吐蕃藏王松赞干布迎娶唐朝的文成公主，当年迎亲的仪仗就曾在此处驻留。文成公主到达此地时，已经入藏两年多了，在雪域高原严酷的自然环境中，美丽娇贵的大唐公主逐渐锻炼出非凡的心智，佛祖的教诲也愈发在她心中转变为切实的修行……在这里，那尊从长安城随公主一同入藏的释迦牟尼佛十二岁等身像（藏族聚居区称其为拉萨觉悟），也得以在专为它搭建的圣坛上短暂休憩……我们面前的这座小佛堂，就是附近的修行者在当初供奉佛像的圣坛上修建起来的，相传它最早的名字叫觉悟佛殿。

四百年后，帕玉秀部落第一代头人阿加贡布，也就是七渡口故事中刀侠直哇俄纳的父亲，在统一了江源所有部落后，把部落的驻地设在了

生生之水

这里。阿加贡布为觉悟佛殿塑了一尊释迦牟尼佛像，佛殿也更名为觉旦佛殿——供奉觉悟佛法台的佛殿。后来扩建的寺院也被称作觉旦寺。再后来，在阿加贡布的后人堪布纳钦的主持下，觉旦寺得以在嘎曲赛宗南端、"雄狮的前爪"上大规模扩建，寺院的名称也逐渐被"江荣"所替代，但觉旦佛殿作为寺院最殊胜的缘起，始终受到最虔敬的尊崇……

嘎玛老人听老一辈人讲，江荣寺建成后不久，寺院想塑一座大威德金刚站立像，但因为一直找不到合适的工匠拖了很久。这一天来了三个外乡人，问寺院的管家："你们要不要修个佛，塑个像？"然后还谈了价钱，包括送多少牛、多少羊等等。管家说我们的活佛要求必须塑得标准，三人说没问题，还先画了图，最后塑出来的像人人都说像真的大威德金刚显圣一般。完工后寺院要支付给三人工钱，那三个人说："不急，你们先给佛像开光，我们也给他磕个头。"于是在活佛的主持下，寺院为新塑成的大威德金刚做开光法事。法事开始时，所有的僧人都面向着大威德金刚，活佛开始念经，开光……这三个人当时就站在众僧人的背后，可等开完光再找他们，却忽然都不见了……最后寺里有一位叫昂布的老活佛说："不用找了，这是大威德金刚现身自己为自己塑像，开完光之后就融入塑像里面去了。"

…………

听说当地人也把江荣寺叫作"山羊说话寺院"，我问嘎玛老人是怎么回事。嘎玛说以前蒙古兵没来的时候，这个嘎曲赛宗神山上有很多放生的山羊，这些放生羊白天开开心心在山坡上吃草，晚上就回到寺院专门为它们搭的羊圈里面舒舒服服地睡觉。蒙古人来了以后，霸占了寺院，赶走了僧人，山羊们也都被赶到野外不让回来睡了。有一天晚上，一个牧民从这些放生羊旁边经过，听到山羊们突然开口说话："以前我们多有福气呀，睡在江荣寺院子里多舒服啊，哪像现在这样，真是造孽呀！"那个牧民吓得连滚带爬跑回家里，把这个消息告诉了家人。后来这个消息就慢慢传开了，从那之后，人们就把江荣寺也叫"山羊说话寺院"了。

就像山脉不会依自己的意图纵横南北，流水也不会因自己的意志任意西东，兵荒马乱的年月里，生灵的命运也只能随波逐流……

从"卡普禅院"眺望日乌切山

卡普禅院

　　如果试着从空中俯瞰，就会发现那座牛仔帽状的克玉日赞山宝座，并未像它在水平视线中所呈现的那样被通天河截成一个圆，而是往东一直延伸到觉旦佛殿对面的佐莫日山（犏牛山）南缘，传说中的"卡普禅院"就在佐莫日山南侧的石壁上。据说在文成公主到来前的久远世代里，已经有苯教的隐修士在此修行了，据传觉旦佛殿就是这些修行者最先修建起来的。嘎玛老人说那几个修行洞现在还有，他曾经爬上去看过，就在离山顶不远的一面石崖下面。我们顺着他手指的方向仰头张望，又用望远镜周遍搜寻，可是阳光太强了，山上又有草树遮蔽，窥不到什么端倪。想想也释然，如果隐修之地这么容易被发现，又谈何隐修！待大家渐渐

生生之水

走远，我独自一人悄悄又来到佐莫日山脚下，蹚过清凉的江荣曲，循着岩石的空隙往上攀爬，不多时就到了半山腰，再往上行不足百米，在一面突出的不长草的石崖下方，发现隐藏着一处能容四五人共坐的岩洞。莫非这就是传说中的"卡普禅院"吗？靠着洞壁缓缓坐下，小心向两旁瞥去，草木繁茂，又什么都看不到了……慢慢合上双眼，耳畔山风低鸣，流水声也渐渐隐去……一片深静中，似有一波波的音浪自心海中涌起，仿佛远古的修道者们封印在此处的遗声……良久，当我再次睁开双眼时，对面绵延平缓的日乌切山坡上，那棵孤独的老柏树凝固了我的视线……如蓝水晶般莹透清远的天穹下，一座斑驳了岁月的古老嘛尼石堆伏在那棵老柏树的绿冠之下，仿佛在专注地倾听它古远的喃喃絮语……

听嘎玛老人讲"山羊说话寺院"的故事

　　之前嘎玛老人的故事在耳边回响……"这棵老柏树本来长在通天河边儿上，和路上我们见到的'阿查拉'是邻居。这棵柏树听到'阿查拉'的惨叫拔腿就往这边儿山谷里跑，跑到这个日乌切山上才停下来。日乌切山以前也满山坡都是上千年的老柏树，蒙古人的骑兵在这儿驻扎了两

清透如碧玉的江荣曲

年多，老柏树都被他们砍来当木柴烧了，蒙古兵把寺院里能拿走的东西都拿走了，佛像也都砸掉了，佛头被他们拿来当便壶，就剩下那个镇寺之宝银翅白海螺逃掉了，还有这棵不知道怎么活下来的老柏树……"

从西面流过来的揭谛曲在最左侧的狮爪下与江荣曲汇合，两条清透如碧玉的河流各自的独奏声，汇合处隆隆的合奏声，以及交汇后更清扬的协奏声，在愈发空静的山谷间激荡起持续的生命交响，震颤着信仰的激流奔向山谷南端的通天大河……天空静寂，云朵静寂，山川静寂，大地静寂，对面长满黄色梅朵结擦小花的草滩也静寂……不远处的觉旦佛殿在这此起彼伏的回响中愈发显得静默，像一位遗世独居的隐者。

晚上八点半了，太阳还高高地挂在西天贪恋红尘，大家陆陆续续往回走，该到人间烟火的时候了……嘎曲赛宗山顶云烟袅袅，山神们也要晚餐了……

会飞的白海螺

《不空羂索神变真言经》第一八卷中记载："若加持螺，诸高处望，大声吹之，四生之众生，闻螺声灭诸重罪，能受身舍己，等生天上。"

昨天一天我都在盼着与江荣寺的镇寺之宝——会飞的银翅老海螺重逢，但事不凑巧，第十五世江赤活佛在外传法赶不回来。今天一早，文扎老师告诉我，寺院的管家已向江赤活佛请示得到准许，我们可以去朝拜那只神奇的老海螺了，我因无缘当面向活佛致谢当年恩情而心有所失，还好可以在佛前还愿……

正当我们在大经堂佛像前虔诚礼拜时，一位身着绛红僧袍，高瘦挺拔，薄唇高鼻，戴着一副仅遮住眼眶的淡褐色太阳镜的僧人从后堂走出来，双手捧着一件缠着红黄两色哈达的包裹。只见他把包裹小心翼翼地一层层打开——终于见到我魂牵梦绕的银翅老海螺了！在鲜亮细软的哈达映衬下，这只老海螺愈显沧桑，螺身的表面已经微微泛黄，由一整块老银皮裹着的螺背也有些发黑氧化，镶嵌在银翅之上的红珊瑚、绿松石，以及螺尾坠着的天珠和蜜蜡早已被时光磨平了棱角，但，也在一双双虔诚膜拜的手中涵养出了非凡的光彩华润。

八百年前蒙古兵在老海螺上用斧头砍过的痕迹　　　寺院的乐师僧人即将为我们吹响"海螺清音"

这位颇有学者之风的僧人担任寺院的乐师，他用手轻轻点到海螺腹部靠近开口的那一道裂痕处，告诉我们那里就是八百年前蒙古兵用斧头砍过的痕迹——据说八百年前，蒙古骑兵洗劫江荣寺时，听说有一只会飞的银翅海螺，就让人拿上来，要用斧子砍碎它。没想到一斧子下去这只神奇的老海螺不但没有破碎，还好像被触动了某处神秘的机关，毫无征兆地突然腾空飞起，在一片惊诧声中撂下一句"尼类"（败类）就消失不见了！当海螺再次返回时，它化身成白盔白甲骑着白色战马的格萨尔大将"人中之狼"森岱阿当，只见森岱阿当挥舞着那把"食人剁刀"纵马直冲蒙古敌营，直吓得蒙古兵失魂落魄、四处逃窜。森岱阿当又乘胜追击赶跑了残兵败将，将他手中的幢幡高高地插在敌营的堡寨上，之后又在目瞪口呆的众僧人面前突然消失得无影无踪，只留下那只银翅海螺安安静静地躺在草滩上……

自从"人中之狼"森岱阿当把蒙古兵吓退后，江荣寺就有了一个与众不同的隆重节日——"江荣敌堡"。每年的这一天，寺院都要选出一位最英武雄健的僧人，顶白盔掼白甲座下骑一匹白色骏马扮成森岱阿当的模样，大喊一声，举刀冲向敌堡，然后将他手中的幢幡插在敌堡上。这时候整个寺院的僧人们就会一起列队请出来那只"会飞的银翅海螺"，由一位训练有素的僧人乐师吹奏起古老的梵音，然后敌兵退却，英雄远去，唯有海螺清音袅袅不绝……

就在此时，那位僧人乐师把薄薄的双唇放在老海螺右旋的壳顶上，鼓腮运气，螺声乍起！低沉、浑厚、雄阔、清远……宛若天外之音，我的眼泪不知不觉掉下来……终于亲耳听到这思念已久的千年海螺声了！那一瞬间我整个人似是被穿透，无数个分身不胫而走，融入那被千年海螺宏阔清音缭绕的山山水水间……

海螺清音袅袅不绝，送我们到山谷深处。穿过荒草乱石，在几段薄石片叠垒而成的残墙废墟间停下脚步，文扎老师告诉我，这就是当年蒙古兵的堡寨——"江荣敌堡"的遗址。三面已经被岁月洗得发白的幢幡插在江荣敌堡最高处的石缝间，文扎老师此时已经攀上石墙，双腿一弓一伸，手握一截长长的石"刀"指向天空，犹如英雄森岱阿当附体……

"江荣敌堡"遗址

　　这时候嘎玛老人又讲了一个颇有深意的故事：话说蒙古兵走了以后，江荣寺进行了重新修整，大经堂的门上镶嵌着许多宝石啊，珊瑚啊，绿松石啊，有二十几对。一天晚上，东边村子的几个小偷把大门上的宝石全部偷走了，过了两天，他们家里的人都得了一种奇怪的病，眼看就要死掉了，这几个人就去问当地的一位活佛，活佛说："你们是不是从西边‘山羊说话寺院’那里拿了什么东西呀？拿了的话赶紧放回去，不然的话病没办法治。"那些小偷听了活佛的话，吓得赶紧连夜把宝石送回来。再说宝石被偷的第二天一早，寺院的僧人发现大门上镶嵌的宝石不见了，就念了一个阎魔王的委托经，祈请阎魔王把它追回来，当时念经祈请的时候把宝石也施咒了，据说如果是阎魔王亲自拿回来的，那些宝石就可以放回原处去，但现在是小偷自己通过这个方式送回来的，咒语没法儿解开，所以寺院收回宝石后也不能再放回大门上了，只好扔到通天河里去了……

我心里狐疑，询问文扎老师："被施了咒的宝石难道不会污染通天河吗？"文扎老师给出的解释是："这是藏族民间一种将某物还归自然的方式。通天河又没有偷盗行为，它不会被咒语所害的，这也符合佛教中的因果律——不作不受，所作不爽……"

终于要离开了，江荣寺的二十四小时于我，仿佛是一座螺旋形的时空迷阵。

车头向前，而我不断回望，江荣寺隐去了……觉旦佛殿隐去了……五座白塔隐去了……最后"阿拉查"也隐去了，时空就此闭合。

时空就此闭合

通天河大鱼怪二现身

回程的路上，绕过克玉日赞的南端，突然出现了一片难得的宽阔河滩，通天河在此处静水深流，仿佛停下来在等待着什么。不远处就是江荣渡口，大家决定在此休息午餐，嘎玛老人指着通天河中心有两个漩涡的地方，说那里曾经住着一只大鱼精，它从下面游到江荣渡口后就不走了。我听了惊诧得说不出话来，通天河大鱼怪又出现了！竟然又是以如此漫不经心的方式……在《西游记》原著里，那个金鱼精灵感大王从南海来到通天河后，往上游到陈家庄后也不走了，难道这里曾经就是西游故事里的陈家庄吗？见我沉溺在故事中不能自拔，文扎老师说出他的猜想："或许当年《西游记》的作者，就是从往返于唐蕃古道的汉族地区的商贾们口中听说了通天河大鱼怪的故事，再把它艺术加工到小说中的呢……"

四、千年因果

7月的通天河寸寸如醉，这是十年来赶上的最好季节！所行之处——草滩上、沟壑里、树丛中、岩石间、帐篷前，到处都是轻盈流淌的溪水和丛丛簇簇的小野花，阵阵清风徐来，间杂着鲜草的芬芳和新鲜牛粪的气息……黑油油的牦牛们有的在绿毯般的草滩上惬意地啃着青草，有的跳进澄澈的溪流间尽情地欢跳蹦踏，溅起的一串串流光溢彩的水花犹如童话世界里的小精灵。比起源头的静穆，这儿的牛儿们好像特别活泼，特别顽皮，特别喜欢奔跑！欧萨也特别高兴，瞅瞅这个，看看那个，笑得合不拢嘴，他让我看那些嘴上戴着口帘，还有鼻子上顶着根小木棍儿的半大小牛，说那些是两岁牛，正在断奶期，口帘和木棍是阻止它们继续吃母乳的，看着那些半大牛跟在母牛身后亦步亦趋，钻到妈妈身下吃奶又吃不着的样子，我有些忍俊不禁，又有那么一丝莫名的心酸……

在溪流间尽情蹦踏欢跳的牛儿们

今天是我的生日，这是我在藏族聚居区度过的第二个生日。十一年前的今天，在大昭寺释迦佛像前，我还在"敢问路在何方"，而如今，路已在脚下……

伏藏、掘藏白海螺

到达扎西拉山口时，天又飘起细雨……

一千多年前，或许也是个雨天，征服了北方魔地的格萨尔王返回岭国的途中，就站在这个山口向东遥望，却只见谷中妖气冲天，众魔横行，生灵惨遭涂炭，他从北方魔地驱赶来的野牦牛也因受此地魔性所惑，蠢蠢欲动。格萨尔王有感于众生的悲苦，流下了慈悲的泪水……他发愿要铲除谷中的妖魔，还此间清净安乐。

在降伏了各路妖魔后，谷中的"七魔女"将世代守护的圣物——一只右旋白海螺献给了格萨尔王，格萨尔王把这只白海螺伏藏在了山口，并预言"未来五浊横流的末法时代，我的大臣丹玛将在此地转生为活佛，他转起法轮传法之日，就是白海螺重见天日之时"。

后来，人们就把当年格萨尔流泪的这个山口称为"项俄拉"——哭泣的山口，往东那条妖魔横行的山谷就被称作项俄谷。

一百多年后，藏传佛教界也已经出现了宁玛、萨迦和噶举三大教派，但是还未创立活佛转世制度。一日，身在西藏那曲巴绒寺的巴绒噶举派创始尊者巴绒·达玛旺秀感应到佛祖的寄望，于是嘱托自己的亲近弟子仲·秋吉慈诚邦巴到康巴地区传播佛法。临行前，上师将自己的本尊释迦佛像赐予弟子，并将一只施了幻变咒语可以飞行的神奇鹿角送给他当坐骑。

在一个众佛加持的殊胜日子，仲·秋吉慈诚邦巴骑着神奇鹿角一路向东，飞越雪山草地，跨越河流湖泊，来到了项俄拉山口，就在此时，格萨尔伏藏的那只白海螺突然从天而降，一边降落还一边发出"吉祥之中最吉祥，吉祥名称善名称"的妙音，径直落到了仲·秋吉慈诚邦巴的掌心，慈诚邦巴听出那是文殊菩萨《圣妙吉祥真实名经》中的赞偈，心中感受到从未有过的大法喜，不知不觉眼中涌出欢喜的泪水……他怀着对佛祖的无边大信发起宏愿，决心无论遇到任何阻碍，都要为弘扬佛祖的教法，救助众生离苦得乐生生世世奉献自己的身心……慈诚邦巴就是格萨尔王预言中的大臣丹玛的转世。从此以后，在曲幽峡险的通天河两岸，都将留下他不畏艰阻、虔心建寺弘法的足印……

而格萨尔曾经为之哭泣的"项俄拉"山口，也因为慈诚邦巴掘藏了吉祥白海螺，成为人们口中的"扎西拉"——"吉祥的山口"。

今天我们的故事老人是住在央考谷草滩上的老藏医尼玛。或许因为常年行医的缘故，尼玛的神情中有一种显而易见的宽仁悲悯。此时他带领大家来到央考谷和项俄谷交会处南侧的一座台地前，这个如今叫秋赤纳（祭台沟）的地方，就是原来的七魔女城堡。在尼玛的故事里，当年格萨尔王用加注了法力的巨石摧毁了七魔女城堡："第一块石头削去了城堡的顶盖，接着再一块石头掷过去，整个魔堡被劈成两半，那时山谷里最凶猛的一头野牦牛魔从对面山上像闪电一样向格萨尔大王直冲过来，格萨尔大王手肘抵着后山，弯神弓搭宝箭，一箭就把野牦牛魔射死在山坡上，接着把它的尸体拖到央考谷，剥皮剁肉切成块，献祭给了这里的山神……"这就是秋赤纳，也即祭台沟的由来。尼玛指着对面山上那道黑乎乎的地方，说那里的草皮就是野牦牛魔冲过来时掀开的，"一千年了都没有再长出草！"

听说格萨尔王当年的磨刀石就在旁边岗察村一个牧户家里，我们赶到时，主人似是已等候多时。在后院的羊圈旁，一块长约一米、厚约三十厘米的枕型大青石平躺在草地上，据说有二百多斤重。尼玛一边讲一边用手比画，说是格萨尔大王当年就"这么"一下把它放在左胳膊上，用右手就"那么"磨刀……上千年来，无数的岭部男子都以举起这块磨刀石为荣，据说能举起它的人不只显示本人的勇气和力量，也预示着整个家族的

传说当年格萨尔的磨刀石

兴旺和福报……同行的男士们都摩拳擦掌跃跃欲试，在从各个角度尝试了多次未果后，也只能怀着遗憾望石兴叹了……

"江源的古格王国遗址"

继续沿项俄谷向东，约莫半小时后，终于来到通天河畔。一路相伴的项俄曲在此与通天河正面相遇——项俄曲清澈湍急，通天河浑黄舒缓，在两相挤压、冲撞、各不相让、泾渭分明地并行一段水道后，于贡萨日措神山脚下，又各自对冲回旋，然后彼此一点点渗透扩散，最终相纳相容，汇为一脉……

八百多年前，仲·秋吉慈诚邦巴大师在扎西拉山口掘藏出那只吉祥白海螺后，满怀愿力骑着那只神奇鹿角继续一路向东飞行，在一个明朗的夏日清晨，当他飞临贡萨日措神山上空时，被这方山水的殊胜和不可思议所震惊。十九世秋吉活佛在其自传中如此描述："只见青绿的通天河水缓缓东流，满山的翠柏托起山顶如钻的白雪，鲜艳的花朵撒在翡翠玉盘般的草滩上，好比大地奉献给众佛的供品，大师慈悲的慧眼中显现出天空'八辐轮轴'、大地'八瓣莲花'的吉相……"于是慈诚邦巴停下远行的脚步，与掌管此地的帕玉秀部族首领玉秀·阿加贡保王做了简契的交流，便开始在贡萨日措的半山腰建起了通天河南岸的第一座佛教建筑——则寝宫。这就是贡萨寺的雏形，贡萨寺即新寺，这是相对于通天河北岸古老的江荣寺而言，仲·秋吉慈诚邦巴也即为贡萨寺的第一世秋吉活佛。

仲·秋吉慈诚邦巴像

吉祥白海螺

据《第十九世秋吉活佛自传》中记载，仲·秋吉慈诚邦巴初创贡萨寺时，仅有四名僧伽，从建寺之初几百年间寺院不断兴延，五世达赖进京觐见顺治皇帝时，寺院由直贡噶举派改宗格鲁派后进入鼎盛时期，到1959年寺院被毁前，寺僧达1500多人，是当时长江源头最大的寺院，当年山上绿柏成荫，经堂和僧舍就隐没在郁郁葱葱的柏树林间……

　　此时我已站在贡萨日措神山的向阳面，从山脚往上张望，雪白的云团下，圣洁的五彩经幡在山巅之上随风轻摆，一圈被亘古的阳光染成油

被誉为"江源的古格王国遗址"的贡萨寺遗址

绿的柏树林下，一层层错落有致的残墙断壁散落在乱石荒草间，斑斑驳驳仿佛想要拼凑出当年"长江源头最大寺院"的轮廓及规模……据说许多文物专家到此考察时，都曾感叹这里是"江源的古格王国遗址"。

对我而言，这面占据整面山坡的古寺庙废墟遗址，就如同江源咒符的隐秘核心，十年来我曾数次从它面前匆匆掠过，而此刻，终于站在它的脚下，就要亲手触摸它的沧桑……

一步一步缓缓往上攀缘，我发现废墟中数量最多的、破坏最严重的，是那些曾经遍布山坡的僧舍，没有一座屋顶不被掀起，没有一面围墙完整站立，只剩下残破的土墙和地基……

在遗址的最高处，靠近山顶的缓坡上相隔不远有两座极小的房子，传说这里曾是第一世到第十九世秋吉活佛的闭关房。许是因为足够高的缘故，它侥幸保存了完整的结构，但也不可避免地在岁月中荒废了……大经堂遗址的旁边，有四面远远超出其他建筑高度的墙体，文扎老师告诉我，这里就是当年为供奉宗喀巴大师师徒三人塑像专门修建的大佛殿——当年，在年仅二十岁、刚刚获得格西学位的十九世秋吉活佛的授意下，贡萨寺从一位住在圣地拉萨的尼泊尔富商那里购买了 800 块金条和 370 张红铜，用于打造宗喀巴大师师徒三人塑像。整个过程耗费了近十年的时间，据说当时完成后的大师塑像和佛殿总共有五层楼高，当已经塑好的铜像准备请进大殿装配和镀金时，浩劫突起，寺院遭遇毁灭性的破坏，塑像不知所终，宏伟的大殿也只剩下如今空围的四面残墙和孤独朝向通天河的几根立柱……

则寝宫与门紫果君的灵塔

两座小闭关房之下，寺院主体建筑群之上，整个遗址最靠近通天河的一处台地上，一组院落自成天地。房顶同样不知去向，四面用薄石片巧妙垒叠的墙体都还在，房屋下方有几处明显的排水口。虽经岁月沧桑，人世巨变，它依然风姿绰然、威仪不减……这就是由仲·秋吉慈诚邦巴大师亲自设计兴建的贡萨日措神山上的第一座建筑——则寝宫，第一世到第十九世秋吉活佛都曾在此居住。

在长满荒草的院子里东眺通天河，文扎老师说十九世秋吉活佛曾经站在此处亲手指给他看："这里群山环绕的形势如一条右旋的巨龙，龙头

从第一世到第十九世秋吉活佛，都曾从则寝宫处这样眺望过通天河

生生之水

就在我们脚下的贡萨日措；东南方那座全是柏树的山形似踞虎；与它相接的黑色石山状如卧狮，狮山后面高高地往两侧伸展的山脉犹如大鹏展翅。龙鹏虎狮的组合就是藏族古老的图腾风马旗四角上的四尊护法神……南面的山坡上有显现的吉祥八宝，西南面的这座山梁叫确旦栋（佛塔山梁），据秋吉活佛讲，每当山上下了一层薄薄的雪后，那里就会显出佛塔的形状，特别清晰……"

文扎老师默默地眺望着脚下滔滔的通天河水，仿佛已沉入深深的往事……当他不经意间转过头时，我清楚地看到了他脸上未及风干的泪水……

站在则寝宫遗址的院子里，文扎偷偷拭去眼角的泪水

　　从则寝宫下行时，被一处孑孓于废墟边缘的半截石塔吸引。这座用碎长薄石垒砌而成的古塔只剩宝瓶下半部和塔座，宝瓶中间有一个小小的窗口朝向通天河，身后的欧萨告诉我这里是第七世秋吉活佛门紫果君的灵塔，"门紫果君"的意思是"身披黄羊皮袄的人"。相传，门紫果君因为出身极贫穷，性格又极温顺，做了活佛竟然被寺里的僧众当面轻视欺辱，加上那时的贡萨寺拉章经济拮据，寺院管事的僧人竟然无视法座的地位，让其穿着母亲缝制的黄羊皮袄。当活佛长到二十五岁时，有一天他对管家说："准备笔和纸，我要详细记述我以前的转世和未来转世的情况。"管家心生轻慢脱口而出："看你的样子不像是洞知过去未来事情的人，悄悄待着吧！"没多久，门紫果君就圆寂了，他此生只活到二十五岁。据传门紫果君生前眉心有一颗肉痣，法体受火供后，头部皮肤和毛发都聚集到眉心痣中，显现出了一颗惟妙惟肖的金刚持佛像舍利——谁也未曾料到，在门紫果君短暂的一世中，竟默默修行到如此高的成就。

门紫果君的灵塔

在民间流传着这样一种说法，相传门紫果君在圆寂前，带着难以忍受的屈辱和愤怒，发愿下一世必将投生到最显赫的家族。因此第八世秋吉活佛出生在雄霸一方的德格王室，当寺院的管事们前去迎请时，遭到了王室多次污蔑和傲慢的拒绝。往后的第九世到第十八世秋吉活佛都转生在玉树富裕强悍的固察百户家族，以致每一世的迎请都变得小心翼翼且困难重重……这似乎可以说是欺辱门紫果君得到的报应……

一株已快开裂成化石的老柏树，顶着一头如冲冠怒发般的枝杈守护在灵塔上方，我走上前靠在它厚实的躯干上，目光不经意向下，竟发现周围有许多开裂变形的老树根，这是曾经那片千年古柏林最后的见证。一阵凉风掠过，天上的云层越来越灰，越积越厚，仿佛就要承受不住自身的重负摔落下来，细雨飘飘洒洒紧随而至，在木叶间沙沙作响，仿佛来自尘世之外的精灵，为我们这些迟来的见证者，慎而又慎地讲述着那段艰难的往事……

曾经郁郁葱葱的山坡，如今只剩遍地开裂变形的老树根

时轮金刚灌顶

据大乘秘典《时轮续》中记载，释迦牟尼佛于菩提树下获得无上正觉之后的第二年春，应北香巴拉王月贤王请求，在孟加拉以南的希日达那格扎嘎宝塔下，宣说《时轮本续一万二千颂》。这里的"时轮"，指的是宇宙和生命在时间中的生灭规律和与此相应的修炼方法以及终极目标。时轮又分为外轮、内轮和别轮。"外轮"指的是天地时间周期，以年为"时"，日行十二宫，时行 21 600 时分为"轮"，周而复始，流转不息，形成四季的交替，万物的生灭。"内轮"指的是人体的气脉循环周期，以一昼夜为"时"，诸气遍行十二轮，呼吸 21 600 次为"轮"，流动循环形成人体的新陈代谢和生死交替。"别轮"指的是一种根据内外时轮客观规律所采取的以改变世间生死规律、净化超脱为目的的修持方法和终极目标——时轮道路和时轮佛位。

藏历土狗年（1958 年）五月，时年二十八岁的十九世秋吉活佛生平第一次举行时轮灌顶大法会。两年前，他刚刚从拉萨结束近二十年的显密教法修习回到通天河边的贡萨寺。在活佛的自传中，详细记载了那次风雨欲来之前的超常盛会。当时前来参加法会的有通天河两岸邦公寺、夏日寺、江荣寺以及贡萨寺的僧俗五千多人。灌顶前一天，已隐隐预知到来日大难的秋吉活佛对寺院的负责人和执事们说："本次灌顶，是我在此地给本寺进行的最后一次灌顶讲法，请诸位悉心承办。"并对缘起的供品、僧人的列队等方面亲自做了详细的安排。四天的灌顶法会结束后，秋吉活佛在法座上缓缓讲出这样的话："由于众生的福报微弱，无度地造下恶业，又太轻视因果业报，所以佛教面临着毁灭。眼下所有僧俗贵贱反抗无果，也没地方可逃。我此生在这里最后一次灌顶，未来在北方的香巴拉净土，法种王转法轮之时，在此集会的所有人祈祷转生为众随从的首座吧！"

此时，我们就站在当年十九世秋吉活佛举行时轮灌顶法会的贝杰列塘（蛇舌滩）草滩上，中间一米见高的残破石台就是当年活佛灌顶时的法

从贡萨日措神山上眺望通天河

座，旁边立了一块石碑，用藏汉双语记载着大劫之前那次空前的法会盛况。20世纪80年代，十九世秋吉活佛平反获释后，在治多县城西重建的新贡萨寺以及其他藏族聚居区寺院举行过十数次时轮灌顶大法会，但，再也没有回到过这里。正如尊者所预言，那是"此生在这里最后一次灌顶"。如今，活佛也已圆寂十四年了，这个依然留守于此的法座不仅见证了那个风云变幻的年月，也见证了一位大修行者为保存佛法的火种展现的无畏勇气和超然智慧……

在人心中失去的，终会在人心中生长起来……

正如十九世秋吉活佛在他的自传中所言：

这一切都是共同造业的恶果

没有任何设计制造者

所有一切罪恶的事物

都视其为大罪孽的报应

且将一切转化为菩提修道的资粮吧

…………

通天河大鱼怪三现身

传说通天河南岸这条长长隆起的山塬是一条巨蛇的化身，贝杰列塘所在的草滩是蛇头。此时，我们正坐在蛇的腹部，面对脚下静静流淌的通天河水，享受着迟来的午餐。今天索南尼玛做的牛肉萝卜汤格外用心，鲜香的牛肉不但配上了白萝卜、绿葱花、黄色彩椒和橙色胡萝卜，还有刚刚在草滩上采来的十几朵鲜嫩的黄金蘑，我端起汤碗喝了一口，故意拉长了声音说："真是太美味啦！没想到今年的生日在这儿度过……"

没人理会我……

大家都簇拥在尼玛身旁，津津有味地听他讲故事——

据尼玛讲，贡萨寺所在的贡萨日措山的山神本是一位出家的神医，山上有座巨大的药材库，每年能长出一百多种药材。贡萨日措和它北面的拉嘎日措以及对岸的参格日措都是下面夏日日赞老山神的儿子，三兄弟从小就亲近佛法，一心想着长大了要去印度求学。随着年纪一天天长大，三兄弟向往圣地的心愈发热切，终于有一天，三兄弟背着父亲偷偷上路，当时两位哥哥已经渡过了通天河，正当三弟参格日措要渡河时，发现儿子出走的夏日日赞老山神追了上来。已经过河的他没办法，正要

见证过神话和历史的参格扎

　　　　　　　　　　　　　　　　　　　　　　　生生之水

过河的小儿子被他不由分说用铁链拴住拽了回来……尼玛手指着对岸被通天河包围着的参格日措，让大家看接近山顶那块十字形不长草的地方，"那就是拴铁链的地方！"

举目远眺，参格日措的东部尾端与从东北角横伸过来的夏日日赞神山紧紧连在一起，肉眼看不到缝隙。千年过去了，小儿子依然没有逃脱出老父亲的掌控……

再说那两位已经过了河的哥哥，因为舍不得弟弟，就这样在通天河对岸留了下来。三兄弟隔河相望，默默伫立了不知多少年，终于盼来了佛祖的讯息……

在通天河南岸和参格日措之间的水流中，有一块白沙与鲜草筑就的形似玉佩的小水渚，尼玛叫它参格扎。传说那是参格日措匆忙奔向通天河时不小心遗落的护身符，文扎老师说他曾听夏日寺第七世曲松悟赛老活佛讲起过：通过参格扎的变化可以看出世事的变迁，如果通天河水大涨淹没了参格扎，接着就可能会出现一些不好的事情，1958年的时候，它淹没过一次，2010年玉树大地震之前又淹没过一次……

故事的间歇，我站起身沿着通天河南岸来回踱着步，细细打量着周

遭的崇山峻岭，欧萨不知什么时候已经跑到贡萨日措的阳坡上，只见他正侧卧在铺满五颜六色小野花的草滩上，手里还拈着一朵小黄花……正忍俊不禁之际，忽然看见对岸的拉嘎日措后面仿佛还叠着一座山，一道狭长的缝隙在两山交错处，隐隐露出碧莹莹的一角，凝视着那隐秘的出口或者入口，感觉有种神秘的大力要把我吸进去，我问文扎老师那山背后是什么……他转头和尼玛交流了一会儿，然后兴奋地向我竖起大拇指："你问得好！这里藏着一个好故事！"——

"这个山口叫贡西贡卡，就是金色的山口，也叫富裕山口。传说很久很久以前，这里有一个放羊的牧人，每天赶着羊群在草滩上放牧，有一天，他在通天河边休息时，从水里跳出来一条特别大的鱼，喉咙里发出痛苦的声音向牧人求救。原来这条大鱼的脖子被缠上了一条又细又韧的绳索，善良的牧人走上前，把绳索从大鱼脖子上解下来，还在伤口的地方给它上了药，大鱼得救后，一个翻身就跳到通天河里不见了……过了几天，这个牧人捡到了一只脖子上长了一圈金黄色绒毛的小羊羔。这只小羊羔的脖子上也受了伤，牧人给小羊羔治好了伤后就把它养在了家里，没想到小羊羔长得飞快，原来这是一只母羊羔，过了没多久它就生下了一只小母羊羔，新生的小羊羔脖子上也有一圈明显的金黄色绒毛。就这样小羊羔又飞快长大，再生下长有金黄色颈毛的小母羊羔，再飞快长大，再生小羊羔，到后来越生越多，多到他家的羊放到山坡上的时候，整面山都是金黄色的，这个牧人的家里也变得特别富裕，人们都叫他'贡西'。原来牧人救的那条大鱼本是通天河里龙族的首领，它回到龙宫后，为了表达对恩人的感谢，就送了那只脖子上有特别标记的小羊羔给他……

"听祖辈人讲，当时这家人的柱子都是龙族送的水晶柱，柱子上还有个天然的水晶挂钩。后来家产传到了儿子这一辈，贡西的儿子打算扩修房子的时候，感觉柱子上的水晶挂钩很不方便，就把它砸掉了，原本他家帐篷前有一眼清泉，一年四季都能喝上洁净的泉水，不过冬天泉眼的地方会部分结冰，贡西的儿子就觉得冬天结冰的地方打水不方便，拿了很多青盐撒到了泉眼里面。本来藏族人的传统中，把盐撒到水里是可以防止结冰的，可他这么一撒，泉水突然就枯竭了，从此再也流不出水来。

与此同时，他们家的母羊也不再产崽了，就这样，贡西家也就慢慢衰落下去……"

故事讲完了，四周一片寂静，此时，我已经惊讶得合不拢嘴。通天河里的那条大鱼怪竟然又突然出现了，而且在如此奇妙的时机，以如此不可思议的方式……

突然，脚下的通天河哗哗哗地掀起一层层雪亮的浪花，向河中心的参格扎卷去……我下意识地往贡萨寺遗址方向瞥了一眼。蓦地，山脚下，贝杰列塘之上，一位上着明黄色东嘎，下着绛红色僧裙的少年僧人正一步一步往上山的方向默然前行，身躯笔直，衣袍鼓风，飘飘然有欲飞之态。正当我想细观个究竟，他却亦如风般不知去向……

重建贡萨寺

1980 年，也就是藏历的铁猴年开始，玉树地区开始逐渐落实宗教政策，各寺院开始恢复重建。那年 7 月，刚刚平反不久的十九世秋吉活佛决定，将贡萨寺从通天河峡谷深处的旧址搬到治多县城西面的嘉吉阿尼嘎宝神山脚下。

两年后的今时今日，当我回首一路从通天河源头下来所经过的众多寺院时，发现与贡萨寺同一时期被破坏的那些寺院几乎都是在原址上重建的，最多也就是从山顶移到山腰或者山脚。因此我在心里产生了一个疑问：为什么十九世秋吉活佛会选择将贡萨寺易址重建呢？在他的自传中给出了这样的说法："在我九岁的时候，拉章的驼队从此地经过，那时我心中就萌生过要在此新建一座寺院的念头，今天的结果或许是那时的发愿所致吧。"尽管活佛如此解释缘起，但我心中的困惑依然没有消解……就在刚刚，我又将贡萨寺旧址的照片放大近观时，一个念头油然升起，忽然间，我仿佛领会了尊者的良苦用心——这座深藏于通天河南岸幽谷中的古老废墟遗址，无论从它的外观还是内核均保留了江源古寺传承了八百多年的原始样貌，它本身已经超越了一座寺院的意义，已经成为一座凝固的历史长廊、一座大地的博物馆……

欧萨给我讲过一些贡萨寺重建时的往事，有些是他亲身经历的，有些是他父亲讲给他的。欧萨的父亲之前也在贡萨寺出家，后来回乡做了民办教师，"文革"时，因为当过和尚的经历，被遣送回村子……欧萨听他父亲讲："刚刚准备要重建贡萨寺的时候，当时只有两个老活佛和九个老和尚，他们先下了三个帐篷，一个做饭，两个住人和念经，一开始大家都没有袈裟，冬天就穿着羊皮袄……当时秋吉活佛周一到周五还要在玉树州委上班，只有周末能回来，他委托夏日寺活佛（第七世曲松悟赛活佛）带着阿道扎西寺、让年寺的两位僧人具体办理，平时寺院里管事的都是夏日寺活佛。"

或许怀着当初愿望没有实现的遗憾，一听说贡萨寺重建的消息，欧萨的父亲立刻把长子送去出家……

"我大哥十五岁时，被父亲送去做了'大活佛'（欧萨称秋吉活佛为大活佛）在新寺院的第一个弟子。因为离得远，条件又特别差，家里每年只能给大哥送一次吃的和衣服，每次送去的时候大哥都跟我说'你也来必须当和尚'，每次去每次都这样说。后来我十三岁时，家里就也把我送去贡萨寺了。我出家的时候，已经建成了一座小小的经堂，下面盖了一排一层的房子让僧人们住……我去了寺院以后，跟另一个小和尚和夏日寺活佛在一个房子里住了四年呗，伺候活佛起居。活佛一种调料做得好得很，葱切成一小块一小块放碗里，然后放辣子，然后用加热的清油倒进去，特别好吃！我们吃完还想吃，他就再做一个。我在寺院里见过的世面多呗，念经的、画画的、文字的，全部都学呗……"

欧萨回忆起寺院生活时，总是一副又幸福又遗憾的样子。

"建大经堂那三年真的苦！僧人们都要拉木头、拉土、拉沙子……木头从州上买了以后，拉到项俄谷，夏天全部用绳子绑起来，从通天河漂过来，冬天从冰上面运，牛马冰上走不了，用人拉，一个人拉着三四根、五六根……大活佛一边在州上上班，一边和他弟弟两个人切盖房子的木头，大经堂的木头都是他们在州上加工好，长多少、宽多少、高多少，大经堂上面需要几个大梁、几个玻璃，木头加工好后，上面标上藏文尺寸，星期五两三个车拉上来，星期天再下去。他每周六回来一次，对房子、墙的高度、宽度、尺寸，标记好，周日下去之后按尺寸切木料，再

生生之力

重建的贡萨寺宗喀巴大殿

拿上来核对。准的就留着，不准的就再拉下去再重新切……那时候大活佛跟前派两个司机，其中一个是助手，就派我做助手，平时派到这里装木头，然后跟着司机周五拉上去，周日再下来。我两边情况都知道……"

据欧萨讲，秋吉活佛从劳改场出来恢复工作后，身体不好，腰总是疼，天气稍微冷些，脚就疼得厉害。夏日寺活佛比秋吉活佛大两岁，那时候身体壮得很，用欧萨的话说就是"啥问题没有！"夏日寺活佛在贡萨寺待了八年，帮助贡萨寺盖得差不多了才离开，去重建自己的寺院。"他们两位小时候去西藏学习时住在一个扎仓，宿舍也是门对门，又差不多同时被关进同一座监狱，后来劳改也在同一个地方，差不多同时被释放……从小在一起的真不一样，他们高兴的时候也会你打我一下，我拍你一下，平时爱互相开玩笑……"

除了具体负责贡萨寺的重建工作，夏日寺活佛每天还要监督小和尚们念经，"我们四点起床，五点左右他起床，一个一个看小和尚们念经，一天背下的晚上考试，三天考一次。大活佛差不多每三个月带下去十几个小和尚和他一起到州上。谁念经好就带上谁，然后再换新一批，循环的……"

我问欧萨为什么从寺院里出来……欧萨扭捏了一会儿，神情有些怅然："那时候我记性好得很，但是不爱读书，能干活，爱打猎，爱打架，一生气和尚两个字就忘了……1985 年 8 月大活佛在索加赛马会举行法会，然后被一个村一个村邀请去讲经灌顶，有天晚上大活佛跟我说：'你明天回去，后天家里坐着，大后天你准备一下，我到你们家里来。'到寺院后我只回家过一次，我就高兴地骑了个马，家里去了。家里穷得一塌糊涂，连个白帐篷都没有，和人家借了一个。床也没有，铺了几块草皮，下面垫了羊粪。大活佛来家后，第二天早上起来说那天晚上他睡得最好。那次回家，看着家里父母亲岁数大了，还这么辛苦，啥时候出事也不知道，还养着大哥我们俩，冬天吃的和穿的还要送来。我两个妹妹也小，她们放牛放羊，也苦得很，回寺院时间不长又赶上大雪灾，家里的牛羊都没了。有一天晚上我又和大和尚打架了……想来想去，我不是当和尚的料，就决定回去了……"

欧萨刚进寺院的时候，秋吉活佛给他起了个法名叫才仁多杰，后来夏日寺活佛也给他起了一个名字叫角落宗才仁。"离开寺院后这两个名字都不敢用了，就又用回了爷爷取的名字……"欧萨每次说起离开寺院，总给我一种悲伤的感觉，是他的语气，或者是他的眼神，还有他似开玩笑又认真地讲述的那些故事。或许是经历了几十年的人世沧桑，他更感到出家修行的可贵……

从贡萨寺旧址回来的第二天清早，在文扎老师的陪伴下，我再一次去拜访在治多城西重建的新贡萨寺。这是第四次来了，也是最清心静气的一次。眼前这座由秋吉活佛亲自设计主持兴建的，占地近 3000 平方米的寺院，堪称朵康地区最辉煌的佛教建筑群。

1988 年，在时隔三十年之后，十九世秋吉活佛终于完成了多年的心愿，在贡萨寺大经堂的三界尊胜殿内重塑了 8.9 米高和 8.4 米高的宗喀巴师徒三人大佛像。

2000 年，又一个因缘俱足的日子，由十九世秋吉活佛主持，在国内外信众共同资助下，历时三年高 27 米的宗喀巴大师持长寿宝瓶镀金铜像完成。与这尊世界上最大的室内宗喀巴镀金佛像一同竣工的，还有专为

生生之水

佛像修建的高 33 米的九层大佛殿。

　　沿宗喀巴大佛殿侧廊逐级往上攀登，每一层每一面墙壁都绘满意味深长的壁画，从印度佛教的传入到吐蕃王朝的更迭再到藏传佛教各教派的传承，以及从第一世到十九世秋吉活佛的本生故事，所有这些都是由十九世秋吉活佛亲自布局，西藏著名绘画大师、"曼唐"派老前辈阿丹先生精心完成的。每往上走一层，我都心跳腿酸喘不上气来，真是不可思议，以我过去十几天轻松登上海拔 5000 多米的高山，一天徒步 8 个小时 19 千米的体质，怎么会在这个高度不过 4368 米的佛殿上，行走得如此艰难呢？此时，我已经上到佛殿的顶层，从这个角度，以宗喀巴大师威慈俱足的法眼注目下观，恍惚间，似有一个个模糊的连续身影一步步往上攀爬，愈走愈快，愈走愈近……那不就是刚刚的我、曾经的我吗……莫非是慈悲无碍的佛祖以此在启示我，对艰深佛法的证悟之路，远远难于大地上寻源之旅的艰辛？！

　　在大经堂配楼二层的贡萨拉章，我有幸瞻仰了第一世秋吉活佛仲·秋吉慈诚邦巴的银塑像，以及那只由格萨尔伏藏，仲·秋吉慈诚邦巴掘藏的吉祥老海螺。文扎老师告诉我，按寺院的规定，只有每年的祈愿法会期间，这两件文物才会开放一次朝拜时间，今天为我们破例了……相较于江荣寺那只镶珠嵌宝的"会飞的银翅海螺"，眼前的这只"吉祥老海螺"通身无一饰物，只有螺尾系着几条年代久远的哈达……八百多年前，自慈诚邦巴大师掘藏了这只"吉祥老海螺"后，它也顺理成章地成为贡萨寺的镇寺之宝。八百年间，白海螺从第一世秋吉活佛传至第十九世，在 20 世纪 50 到 70 年代的几次历史事件中，它不幸遗落在民间，幸而当地两位虔诚的佛教徒拉西·嘎玛和邦久·土噶冒着生命危险将白海螺秘密保存下来。二十年后，也就是 20 世纪 80 年代，"吉祥老海螺"才又回到十九世秋吉活佛手中。

五、缘起之地

缘溪行，忘路之远近……林尽水源，便得一山，山有小口，仿佛若有光……复行数十步，豁然开朗……此中人语云："不足为外人道也。"
…………

不知为何，每当我心头想起夏日寺时，脑海里总不由自主涌出陶潜在《桃花源记》里的句子。

多年来，夏日寺对我，不仅仅是通天河大峡谷中的一座古老寺院，也不仅仅是千年来隐修士们的修行乐园，它更是佛法慈悲与智慧的示显之地，也是万物众生和谐交响的世外桃源，它还是我江源之梦开始的地方……

一个人，一个物种，要有怎样的缘分及福分，才能生于斯，长于斯，长眠于斯！

鹿角定寺

从贡萨寺旧址沿通天河顺流而下约 5 千米，就到了夏日寺古老的筏子渡口。八百年间，这里曾是夏日寺与外界往来的唯一通道，直到 2009 年，也就是玉树大地震的前一年，才在通天河上架起了一座铁索桥，想来自有天意。清晨的阳光把桥下的河水罩染成一条金光灿灿的缎带，在渡口前划出一道美丽的弧弯后向东南飘然而去……这是我第四次走在夏日寺大桥上，桥的宽度只有 1.9 米，每一辆要从此通过的车辆都必须乖乖地把两只耳朵竖起，然后如蜗牛般一点点往前挪移，大多数乘客都会下来充满敬畏和虔诚地徒步走过这座桥。或许第七世曲松悟赛老活佛当年设计此桥时，就是要以此来点化世人，只有一步步诚意正心之后，才准深入佛门清净之地吧……

　　过了桥就到了夏日日赞神山脚下，这座雄严峻拔的大山在通天河北岸绵延数千米，据说登上它的山顶，就能饱览通天河的六道峡湾。它就是前面贡萨寺旧址故事里日措三兄弟霸气的老父亲，通常被唐卡大师们描绘成戎装白马的骑士形象。沿山前鲜翠的草滩又往上攀升了好一会儿，前方的路似已走到尽头，此时车子忽然往左一转，眼前豁然开朗，三山环抱的苍翠幽谷中，一座悠然世外的寺院静静地铺展在夏日日赞的阳坡上。

万物众生和谐交响的世外桃源

　　遥想当年，仲·秋吉慈诚邦巴在通天河南岸创建贡萨寺后，某一日，大师有感此地佛法已兴，于是把那只吉祥老海螺留在贡萨寺，他自己又一次骑着神奇鹿角渡河来到通天河北岸——那是一个万物初醒的早晨，神奇鹿角载着慈诚邦巴刚刚飞临夏日日赞上空，便一头扎进山南坡的土地里不再前行……就在此时，从东面山上走来一位满脸褶皱的老阿奶，大师恭敬地上前问询，老阿奶告诉他这里叫"干沟"，自己的名字叫"干山"，慈诚邦巴心想这里可能缺水，正有些灰心，却见东边悬崖下，护法神吉祥天女牵着两匹骡子在掘地，眼见一股清泉从骡子脚边喷了出来，当他再回头时，老阿奶已不知所终，大师确信这是佛祖示显的缘起，遂停下远行的脚步，发宏愿在此兴建道场。那时这里还是帕玉秀部落江赛百户的牧场，已在此修行多年的僧人更确扎巴受慈诚邦巴的感召，随同他一起说服了江赛百户，就在神奇鹿角着地处，修建了夏日寺第一座经堂——昂布嘎登，昂布是江赛百户的姓，嘎登的意思据说是指当时经堂的柱子悬空而建，离地足有30厘米。因是神奇鹿角亲选之地，寺院便被命名为"夏日寺"——"鹿角寺"，慈诚邦巴也被尊称为"夏日哇"——鹿角大师，那支神奇的鹿角，也作为守护寺院的圣物从此留守在了这里。听说1958年它突然不知去向，传说它悄悄地钻进了土里，80年代重建时，它又从现在的大经堂地基中被挖了出来，后来一直供奉在第七世曲松悟赛老活佛的寝宫中……那面吉祥天女赶骡子掘泉水的山崖，后人亲切地称其为"锥拉"，即骡子山。

传说夏日寺建成之后，每个月的十五、三十日寺院做法事时，隐居在附近通天河两岸深山洞穴里的隐修士们就会纷纷出洞，聚集于此讲经布道、各显神通。传说他们到来的方式都非常有个性：有的把青石板直接抛到通天河上漂流而来，有的把袈裟当成翅膀飞降而至，还有的念咒把自己修行的山头升高……这些隐修士中就有名贯通天河两岸的"夏日七僧"——益修·琼珠喇嘛、赛康·列巴洞顶喇嘛、古格·桑杰益西喇嘛、燃塔·旺文旦则喇嘛、达嘉·达哇扎巴喇嘛以及燃子喇嘛和宫森喇嘛。我们所敬爱的夏日寺第七世曲松悟赛老活佛，就是"夏日七僧"中古格·桑杰益西喇嘛乘愿而来的转世。文扎老师告诉我，夏日寺周边的多处山崖上至今仍能找到大师们面壁苦修的洞穴。

十年一梦

到了夏日寺，文扎老师、我、欧萨都有一种回家的感觉。一路的劳累，精神上的负担，都一扫而空，身体和心灵有一种极度放松的眩晕感……

夏日寺对我一直是个醒不来的梦……十年前的夏天，玉树地震三个月后，文扎老师第一次陪我来此。那时我尚处在高原反应的后续症状以及被灾难下的江源叙事强烈震撼的双重迷幻中，由于当时整个寺院都搬到草滩上的帐篷中，致使我很长时间都误以为夏日寺是一座帐篷寺院。那时，我还误把山坡上被地震损坏的寺院废墟和贡萨寺旧址废墟的印象重叠在一起，更是幻上加幻……再有，自从十年前初遇，加上后来多年我的亲见、亲闻，所有关于夏日寺的故事，都是围绕着第七世曲松悟赛老活佛展开的，致使我理所当然地认为曲松悟赛活佛就是夏日寺的主持大活佛，但其实，这也是一个美丽的误会……文扎老师告诉我夏日寺的大活佛本是夏日赤哇，第十四世夏日赤哇和曲松悟赛老活佛是同一时代的人，年纪要偏长一些，他们一起被抓进监狱里劳改，夏日赤哇是在监狱里圆寂的……如今的第十五世夏日赤哇活佛是 21 世纪初才认定的，据说他当时还在上高中……因此一直以来，尤其是 20 世纪 80 年代之后，都是曲松悟赛活佛在主持夏日寺的事务。

想起来真是不可思议，这是我第四次来夏日寺了，竟然从没进过大经堂，如果十年前是因为地震受损还未修复，两年前是因为人多太匆忙，那今时此日，我们有足够的时间、足够的虔诚，可是……听说大经堂的门今天又上了锁。

我心中有一丝遗憾，也有一丝明悟，人的第一印象往往与事实南辕北辙，但也容易因为初见的晕轮效应以及对身心的剧烈冲击让人深陷其中，欲罢不能……而在最好的因缘里，在一步步因执念所起的不断趋近中，亦与事物的实相愈发接近，人也终会因此解脱，继而"转识成智"……

十年前，我给那只小白唇鹿喂牛奶（冶青林摄）　十年后，那只白唇鹿已变成标本

在第七世曲松悟赛老活佛生前寝宫的院落中，一头脖子上裹着白色哈达的白唇鹿标本如迎客僧般兀立在楼梯口，看着它栩栩如生的眼睛，我有一种似曾相识的感觉……上了二楼，先去祭拜老活佛的灵塔，在门口脱了鞋子，小心迈进佛堂……一边转灵塔一边默默祈祷，十年前的一幕幕亦随法轮旋转愈来愈清晰，最后定格在8月初的那一天——那天刚下过雨，碧莹莹的草滩间，错落有致地散落着十几顶大小不一、色彩各异的帐篷，三三两两的牦牛游弋在帐篷间专心致志地啃食着青草，稍远处的山坡上，几十只岩羊在岩壁间自在地嬉戏攀缘，一只脖子上系着银铃铛的半大白唇鹿丁零零地从我们眼前晃过。前方一个和它身量差不多的六七岁的小扎哇（玉树地区对小和尚的称呼）一边跑一边哭，眼见被追得从东跑到西，又从西跑到东，终于还是被鹿角掀翻在地摔破了鼻子，鲜红的血从伤口流下来，小扎哇哇哇哭着钻进最大的那座金顶帐篷里……文扎老师和我也紧跟着走了进去，只见第七世曲松悟赛老活佛正侧卧在帐篷里侧的床榻上，高原明烈的太阳光透过帐篷顶上细细的缝隙洒在老活佛偏袒的右肩上，那时候他已经八十五岁了，裸露的肩臂依然结实健壮。一位青年僧人拿着药粉正往小扎哇鼻子上擦，老活佛慈爱地用手抚摸着小扎哇的头，笑眯眯地口中念叨着什么，过了一会儿，小扎哇笑着跑了出去……记得我问老活佛："在您心里，人和环境是什么关系呢？"老活佛缓缓地看向帐篷外，又缓缓地收回目光，慈祥地看着我说："人和环境之间，不能用'关系'来表述，环境和人是一个整体……"

临别时，老活佛郑重嘱托我："如果我在回忆自己的经历时，牵涉伤害人心的事情，希望不要写进去，我此生基本上没有伤害过别人的心，因此不想在晚年伤别人的心……"

如今，老活佛已经不在这个世间五年了……

从前侍奉老活佛的管家江阳喇嘛把我们接进待客室，趁他们故人重逢相谈甚欢之际，我一个人走出佛堂的院子，上了山墙外的后山。刚巧碰上一只沙狐和一只旱獭在山坡上打架，它们各自伸出两个前爪打了几个回合后，沙狐转身逃跑，旱獭紧追不放，竟然把沙狐追进洞里不出来了，旱獭索性守着洞口坐下来，悠闲地啃着洞口的青草……之前欧萨曾经给我讲过一个故事——在很久很久以前，旱獭和鼠兔生活在一起，它们都食草为生，那时候鼠兔还长着长长的尾巴。有一次，旱獭和鼠兔比赛，旱獭发誓说我冬天不吃草，鼠兔发誓说我夏天不吃草，它俩事先说好谁输了就要自己断掉自己的尾巴。原来旱獭是个修行的禅师，冬天闭关所以不用吃草，鼠兔夏天还要吃草，结果鼠兔输了，就自断了尾巴。鼠兔就变成了今天短尾巴的样子。听说旱獭虽然是吃草，但很凶猛，不知眼前这场战斗最后结果如何……

离开"战场"，我继续上坡，爬到高处的一株五根连体的老柏树旁坐下，身下就是百丈悬崖，一条细细的山泉从东北方两山之间流淌过来。正要低头凝神细看，忽然一阵山风吹过，头上的牛仔帽被风吹起，眼睁睁看它飘落在百米之下的一株小柏树上，我试了几个方位下山，走不到一半又都被吓了回来。正在这时眼前红袍一闪，两位少年僧人如天外来客般从左侧山脊上飘下来，一个方圆脸年纪大些，一脸严肃，另一个身量瘦削脸上还有些稚气未脱，但肢体语言和表情却传递出沉稳又飞扬的神采。后者看了看我，又看了看下面，说："等着，帽子我给你取去！"我正惊讶于他如此字正腔圆的普通话，只见他如一片红云般在山岩间几个起落已经到了帽子的位置，又几个起落飘回到了我面前。我接过帽子还没来得及道谢，红袍又一闪，两人已经飘到右侧的山头儿上了……

下山往回走时，绕来绕去我迷了路，不知不觉走到寺院进门处的草滩前，一位留着两撇俏皮小胡子的中年僧人坐在一块野餐垫的正中间，手中撑着一把彩虹色的太阳伞笑嘻嘻地看着我。我问他我们的车子在哪里，他右手食指往上，慢悠悠地脱口而出"在天上"……我被他高深莫测的言行弄得更晕，茫然转身往回走。路过寺院的洗衣房，五六个十来岁的小扎哇站在台阶上，嬉笑着像在抢什么东西，其中一个突然背着手潇洒地往房顶上一抛，肩上绛红的僧袍在蓝天下飞舞了起来，我呆呆地看得入了神……

头顶的天空似乎更亮了！

"等着，帽子我给你取去！"

故人开周

好不容易走回老活佛寝宫的院子，四只红嘴鸭守在赭红色的墙头上，这里曾经是夏日寺老经堂昂布嘎登的旧址，据说当年大经堂刚建好时，就有红嘴鸭在这里筑巢了。民间有个说法，红嘴鸭总在风水最好的地方做窝……

院子里七八个青少年僧人围坐在草地上，之前给我捡帽子的少年僧人也在。此时他们正热烈地交流着什么，夹杂着颇有章法的肢体动作，像是在辩经，又像在做游戏。十年前，我们曾为老活佛和他最小的六个亲侍弟子在帐篷前拍过一张合影，此时我把照片找出来请大家辨认。尽管时隔多年，他们还是一眼认出照片上的同伴，遗憾的是目前只有一位还在寺院里，竟然就是给我捡帽子的少年！他指着照片中脸朝里表情羞涩的那个说："这是我！"

他叫开周群培，原来是故人重逢！

照片上的开周只有十二岁，刚刚随老活佛坐着皮筏子渡过通天河来到夏日寺不久。虽然十年后的今天他已经二十二岁了，但其实样貌看起来比实际年龄小得多，尤其是脸上的神情，特别纯挚。后来的行程中我不断发现，通天河大峡谷中的僧人普遍比他们的实际年龄显小，这固然可以归功于修行人的心性精纯，但我想也少不了这天人合一的山水环境

开周制作的精美食子

的加持。我问开周刚来的时候想家吗？他说："有点儿想，老活佛担心我想家，就跟我玩儿，本来寺院里是不能唱歌跳舞的，我单独跟老活佛在一块儿时，他就教我唱歌，跳舞啊那些……跳寺院的舞蹈……金刚舞啊什么的。更多的是教我读书，也做多玛（食子，寺院举行佛事时的供品），那时候他的眼睛有点不太好了……有的时候看不见，好像有的时候又特别能看见……"旁边几个僧人附和着："嗯，嗯，他想看见就能看见！"我又一次惊讶于这些僧人字正腔圆的普通话，他们告诉我，那是进寺院前在学校里学的。

在藏传佛教的传统里，进了寺院并不是完全了断尘缘，和原生家庭切断联系。出家人和家庭之间有着一种既入世又出世的奇妙联结，他们的父母也会为家中有男孩儿进了寺院而倍感自豪。

"你们能回家吗？"我好奇地问。"当然可以！"众僧人异口同声回答我。"那多长时间回趟家？""寺院规定的话，一年回去一次，二十多天假……""平时家里有事可以请假回去……家人也可以来探望……""家里父母生病了，可以去伺候……"众僧人你一言我一语地回答我。"那你们平时不做功课的时候都做些什么呢？"我用眼光环顾了一下四周好奇地问。"我们也有星期天，可以出去玩儿嘛，那边的山也可以爬一下！"一个眼睛细长，看起来憨憨的小扎哇抢着告诉我。"还有周围的山，经常爬，后山每年爬一次！"另一个总是皱着眉头像在沉思的小扎哇慢吞吞地接着说。"那通天河你们也去游过泳吧？"我想着他们守着通天河如果不能去游个泳怪可惜的，"游过！"又是异口同声。"游过去？！"我很惊讶！这回他们集体低声笑了起来……"不过去的，就旁边游一下，嘿嘿嘿嘿……""水特别宽，特别急，也特别凉……游的时间长了就抽筋……"，"手就这样的……掰不开了就！"几个小扎哇将手攒成一团手指朝下剧烈抖动着哈哈大笑……"有时候我们也和岩羊比赛爬山，你看，那边有一只，那不是……下来了嘛，好几只！"

…………

有一件事情，让我们之间本来日常的谈话陡然间笼上了一层神秘的色彩——老活佛圆寂前曾告诉身边的弟子，开周群培的上一世是这里的一位僧人，也像现在这样服侍他，他今世做食子的绝妙手艺就来自前世。震惊之余，我忽然有些明白了开周身上为什么会有一种老成持重的古韵了……"当时老活佛说出你的前世时，你自己有感应吗？"我好奇地问。"我一点也想不起来了……但是我第一次见老活佛的时候，就有一种特殊的亲切感，就特别想跟他一起去这个寺院，他做的每件事都特别有

夏日寺骡子山上成群的岩羊

亲近感……""那你被认出来后，心里有什么变化吗？"我忍不住追问。"没有什么变化……"开周淡淡地回答。"很少有人知道自己的前世，更很少有人得到大活佛的直接点拨！"我感慨道。"我也这么觉得，我是之前的老和尚，今世还可以伺候老活佛，是前世修来的福，老活佛跟我说我的前世名叫伊文姜列，家就住在后山，那时候那边还有牧场，后来问当地的老人，他们那里是有这么一个僧人，名字啊，样子啊，都说得清楚……""老活佛走后，你心里有什么特别的感受吗？"沉默了一会儿，开周低声但坚定地说："我心里想着要一直待在这儿，我现在的修行方向就是像老活佛一样修行，成为像他那样的人……"

正在这时，文扎老师他们已经从楼上下来，招呼我一起去吃午餐。起身正要走，忽然想起那只脖子上系着银铃铛的白唇鹿，"那只鹿哪儿去啦？"我问。"死掉啦！大厅里的那个就是它的标本……"

原来如此！我这才明白为什么之前看它的眼睛时，有似曾相识的感觉……

益修喇嘛修行洞——通天河大鱼怪四现身

欧萨很高兴，今天竟然又一次吃到老活佛当年亲自配方的尖椒炒牦牛肉丝！

午饭后，江阳喇嘛领大家一起穿过中间的草滩，往夏日寺对面的宗加秀莫神山走去，传说宗加秀莫是夏日日赞的妻子，日措三兄弟的母亲。江阳喇嘛说这个山坡上长虫草，去年他和同伴一路爬到山顶，每找到一棵就拴个红绳作为记号，一共找到了 32 棵。作为传统禁忌，神山上的草木是不能动的，江阳这样做只是为了观察和记录。作为通天河边的一名护林员，江阳也是位积极的环保人士，平时除了处理寺院的事务、做功课之外，他还喜欢摄影，参与过不少环保非政府组织在夏日寺的项目。这样看来，隐在通天河大峡谷中的现代僧人们并不像人们想象中那般闭塞，在古老的佛教信仰和现代环保意识之间他们渐渐找到了微妙的平衡……

终于攀上宗加秀莫山顶，坐在十年前坐的同一块大岩石上，凝神注视着悬崖下金光熠熠的通天河……十年的时空距离究竟是不存在的，在这片殊胜的密集金刚道场，过去、现在、未来同时乍现！眼前，翠玉般的群山围拢着棕绿色的通天河，将围在其中的巨大山体切割成巨鲨背脊的形状，河水自身也被两侧山体双向挤压成一个巨大的 Ω，遥望东北角最狭细处，一道窄窄的山梁把来去之流隔开，似是轻轻一跃就能彼此抱拥……

几只秃鹫在天空中迂回盘旋，巨大的翅膀忽高忽低，此刻突然巨翅斜倾，以闪电般的速度俯冲直下……

江阳喇嘛一路走一路给我们讲夏日七僧的传奇

江阳喇嘛这些年一直在搜集夏日七僧的传奇故事，一开始他只是个人感兴趣，后来曲松悟赛老活佛告诉他这件事很有意义，鼓励他做下去。经过十几年的搜集整理，如今已经颇有成果。此时，江阳喇嘛手指那座被通天河围在中心像巨鲨背脊的山峁对我们讲道："那里叫益修山，山腰上那片柏树林中有一个山洞，就是'夏日七僧'之一益修·琼珠喇嘛的修行洞……很久很久以前，通天河中水族泛滥，蛇虫成灾，很多人和牲畜都得了传染病，皮肤溃烂不治而亡……益修·琼珠喇嘛为了解救通天河畔的生灵，决定闭关专修对治龙族的大鹏鸟，住在附近山洞里的卡塞老人负责照顾他。时间慢慢过去，有一天，益修·琼珠喇嘛修的大鹏鸟在柏树枝上生下了一只铁蛋。那时候正是冬天，卡塞老人每天到通天河上搲冰打水时，路过铁蛋都要用橛子在蛋壳上敲一下，琼珠喇嘛知道后吩

　　　　　　　　　　　　　　　　　　　　　　　生生之水

十年前从宗加秀莫山顶俯视通天河（冶青林摄）

坐在十年前同一块大岩石上，俯视通天河

咐他不要碰那个蛋，但卡塞老人习气很重，越不让他敲他就偏偏忍不住敲一下。眼看快到夏天了，铁蛋马上要破壳，这一天卡塞老人去打水的路上又忍不住敲了一下，突然，大鹏鸟破壳而出，接着俯冲而下直直扎进通天河里，一眨眼工夫就从水中衔出一条特别大的鱼来！大鹏鸟飞在半空正准备吞下大鱼时，卡塞老人脱下帽子急得大喊：'别吃那条鱼！你这个混蛋！'大鹏鸟突然受到惊吓，嘴一张，大鱼就掉回河里了，那条大鱼一到水里立即缩成小手指那么大……"

听到这里，我心一动，难道通天河那条大鱼怪又出现了吗？！只听江阳喇嘛接下去讲道："大鹏鸟飞走后，卡塞老人就在河边溜达来溜达去，这时从水里出来一个上半身是人，下半身是鱼的水怪，对卡塞老人说，'非常感谢你救了我的儿子，你需要什么，我可以满足你，全世界什么东西都可以！'原来它就是通天河龙族的首领，卡塞老人对那条大鱼掉到水里后一下缩成那么小很好奇，觉得这个鱼肯定不一般，所以他说，'我什么都不要，我要再看看刚才那条鱼的身体！'最后龙族首领拗不过他，说，'如果你非要看的话，明天早晨要在太阳出来之前爬到对面的山顶，记得把你的几只山羊也赶上去！'第二天一早卡塞老人迷迷糊糊起来，看了眼那几只山羊心想，它们就不用了吧，于是一个人慢慢悠悠爬到山顶。那条鱼果然出现了，卡塞老人眼看它的身体越来越大，带着通天河水也慢慢越升越高，最后升到接近山顶，已经漫到他藏袍的腰带了……卡塞老人急得大喊：'啊，不要再升啦！不要升啦！'大鱼听到喊声开始慢慢缩小，越来越小，水也慢慢降了下去……"

江阳喇嘛暂停下故事，手指益修洞对面的山上说："你们看河对面悬崖上有一小堆石头供的地方，那是一个狭道，大鱼把通天河堵起来的时候水就到那个地方。我们老活佛曾经跟我讲过，他的老师们那一代的时候，那条大鱼又堵过通天河，不过没有升那么高！"

江洋喇嘛讲完又回到故事里："眼见河水退去后，卡塞老人又惊又怕，最后饿得坚持不住快要死了才下山，这场大水把通天河沿岸的人、动物、植被统统淹没了，生灵都没了，之前他靠着琼珠喇嘛和几只山羊

通天河Ω大弯的中心处，就是故事中的益修山

还能过活，这回就剩下他一个人。他先到自己的洞里看了一下，山羊啊，衣物啊，粮食啊，全都被水冲走了，只剩一个破了口的陶罐还在。他拿起陶罐走到琼珠喇嘛的修行洞，一看琼珠喇嘛也不见了（一个说法说琼珠喇嘛直接修成大鹏鸟飞走了；另一个说法，大鹏鸟受惊被赶走后，琼珠喇嘛就此圆寂了），修行洞里只剩下琼珠喇嘛袈裟上的一片红布。卡塞老人扔下那片红布又回到自己住的洞里，饿得快要死了，就到处喊：'龙爷爷，我快饿死了，快给我点吃的吧！'听到呼唤的龙族从水里出来送了一袋青盐给他，嘱咐他在山洞上面的岩石上撒点青盐，洞口地下放一块尖尖的石头，龙族这样安排好之后就退回到水里。卡塞老人按龙族的吩咐把青盐撒在洞顶上，这么一来附近的岩羊都跑过来舔，原来岩羊特别喜欢青盐，就这么挤来挤去开始打架，一打架就有些从悬崖上掉下来，刚好头朝地，额头就碰到那块尖尖的石头上，脑浆一崩就死了，这样卡塞老人就可以天天吃到岩羊肉。吃啊吃啊，有一天他觉得吃岩羊肉虽然不错，但脑浆吃不到有点可惜，就怪这个石头，于是把石头扔掉了，这样岩羊们再打架往下掉的时候，脑袋摔在平地上疼一下没事儿了。从那以后他又没吃的了，饿了几天肚子，他就又开始求龙族。这回龙族给了他

一根长长的肠子，让他把肠子从洞口垂下来只吃最下面一节，他就一节一节吃，总是吃不完。这样又过了很多天，有一天他想着肠子上滴下来的油都滴到土里面吃不到，越想越不高兴，于是就抓了一把土往肠子上抹了一下，这一抹肠子就缩回去不见了……

"卡塞老人又开始饿肚子了，他又在洞口喊'龙爷爷'，祈求龙族给点吃的，这一回他喊了三天，龙族也没什么反应。于是他离开山洞，沿通天河往上游流浪，有一天走到一片滩地（就在我们去江荣寺的路上），只见一黑一白两头犏牛卧在草地上，旁边还有一小袋青稞，卡塞老人非常激动，他本来是个牧民，没有种过青稞，于是找来一节木棍学人家做了个二牛抬杠式赶着两头犏牛耕田、种青稞，慢慢就在那个地方住下了，到了秋天收

获了许多青稞，一年都吃不完，生活慢慢也好过了，这样过了几年。再说那两头犏牛，每年春天青稞种完后，它们就跳到通天河里不见了，快到秋收季节，青稞还没熟的时候，这两头牛又从河里出来，把最好的青稞吃上两口又下到河里面，卡塞老人觉得第一口青稞总是吃不到，越想越生气，于是他做了一副弓箭，下一年快到秋收季节的时候，两头犏牛刚一露头，他就拉弓射箭，把它们都射中了，两头犏牛带着箭下到通天河中不见了。这下子可得罪了龙宫，原来这两头牛本是龙族送给他的礼物，从此以后到了春天再没有牛给他耕地了，地上也再长不出青稞，于是卡塞老人又开始饿肚子。他就又拼命喊，喊了一天又一天，几个月过去了，最后龙族首领拿了所有地下矿藏仓库的钥匙，让他从里面选一把。他选来选去，最后就选了放碱面和青盐仓库的钥匙。青盐和碱面都不能吃，那时候除了他没有人，也就没有人可以交换买卖，最后卡塞老人就只好拿着他的破陶罐去很远很远的地方讨饭去了……据说后世的乞丐只要有个破陶罐讨点饭就饿不死，就源于卡塞老人的故事。

"本来益修喇嘛修成的大鹏鸟如果把那条大鱼吃掉的话，传染病就从世间消失了，但是现在这样的结果，各种各样的皮肤病仍然在通天河流域存在。传说琼珠喇嘛修行洞里留下的那片红袈裟，后来被一个云游到此的咒师拿走了，据说如果什么人感染了龙族的皮肤病，咒师念了咒对着红布吹气就可以治好……"

故事讲完了，大家都陷入沉默……只有那几只秃鹫鼓荡着巨翅还在空中徘徊……

后山与莲花滩

从宗加秀莫神山下来，江阳喇嘛带领我们来到东南角的一道小铁栅栏门前。他掏出钥匙打开门的刹那，一条极细窄的小路在光影斑驳中仿佛从天而降，小路紧贴着悬崖边缘一路盘绕向上，悬崖下就是日影中幽绿的通天河。从这里望去，夏日寺大桥飘然掠过，宛如风中的一丝悬线……上山，上山，再下山，不知不觉间我们已经绕到宗加秀莫的身后。穿过如翠玉缎带般的狭长草滩，无声无息的通天河已在我们脚边，天上

几只秃鹫在天空中迂回盘旋，似是捎来远古的信息

的流云宛若悬帛似聚若散，刚刚还尽收眼底的益修山此刻坚硬的如巨屏
横亘在对岸，犹如一条庞大的远古剑龙，这里就是传说中的夏日寺后山，
鲜有外来人涉足的古老隐修圣地。举目仰望，益修喇嘛修行洞已隐匿在
古柏掩映的山岩间，卡塞老人和那条大鱼怪也早已不知所终……那块我
刚刚落座的巨岩静静地仰卧在蓝天白云之间，几丛桃红色的小野花从巨
岩下方的凹陷处野逸横出……

　　正是——

　　心同流水净
　　身与白云轻
　　寂寂深山暮
　　微闻钟磬声

　　返回的路上，江阳喇嘛引我们攀上一处叫莲花滩的山中台地，据说
此处的地形宛似一朵盛开在八面围拢的群山之间的巨莲，亦如一个古老
的祭坛，或许，它曾见证过众神往来于天界与人间也未可知……站在莲
花滩正中央，听江阳喇嘛指点江山："东面通天河对岸是夏日日赞的东门

守将盲龙纳布扎德；北面这座山峰是夏日日赞的北门守将措普昂巴意在；那里是西门守将却龙扎根提瓦；正南面那座像手捧哈达的山峰叫君格日乌达泽，是夏日日赞山神的南门守将。"东北方向，沿江阳的指尖延长线，眼光掠过益修喇嘛修行洞所在的益修山，恍惚远山苍黄的一角，江阳说那是嘎朵觉悟的卦师姜龙么玛康耶。

通天河大峡谷中，无处不在的嘎朵觉悟！

夕阳中的通天河与夏日寺

　　夕阳西下，倦鸟归林，红嘴鸭的哨鸣声从黑沉沉的树影里隐隐传来，如梦如幻，又踏实真切……

六、借假修真

从广义上讲，进入通天河大峡谷，也就进入了嘎朵觉悟的神话场域。文扎老师一早说今天带我们去看嘎朵觉悟的头盔，顺道拜访远近闻名的通天河大力士罗哇嘎义。他这样将两个主题关联在一起的表述，让我理所当然地认为"嘎朵觉悟头盔"就藏在罗哇嘎义的家里，结果不但这两者相去甚远，而且"嘎朵觉悟头盔"也并非一个物件……

生日雪莲

仍旧是从扎西拉山口进入项俄谷，从格萨尔收服七魔女的秋赤纳往南，逆着清凌凌的央考曲进入央考谷，经过老藏医尼玛家的帐篷，只见他早已收拾好行装等在门口了……今天尼玛继续和我们同行。沿央考谷继续直行，在山谷尽头，一座高高的灰色岩石山遮住了去路，尼玛叫它康巴雅宁，意思就是野牦牛心脏山。前面讲到过，当年格萨尔王射死野牦牛魔后，把它的尸体拖到央考谷，然后剥皮剁肉切成块，献祭给了这里的山神，当时野牦牛魔的心脏就化成了眼前的康巴雅宁。我们今天将要拜访的通天河大力士罗哇嘎义，当地人传说他是康巴雅宁山神的儿子，目前和女儿一家就住在这座山的背后……

今天老藏医尼玛和我同坐一辆车，虽然我习惯叫他老藏医，但其实尼玛并不老，看上去也就六十来岁。每次上下车，他都很绅士地为我开关车门。每当我怀着诧异和感动的心情向他表示感谢时，他脸上总是现出腼腆真挚的笑容。我还发觉在他温暖宽厚的面容下，有一种洞察世事的敏锐和极为难得的分寸感……

行至康巴雅宁脚下往东一转，就进入了更深更长的郭琼考山谷，接

前方就是传说中的野牦牛心脏山

下来我们的车开上了一段漫长的盘山路，一个盘山道连着一个盘山道。随着不断地攀升，路也越来越陡，从稍远些的视角看过去，这些弯弯曲曲嵌进山体中的道路，尽管方便了车辆的通行，提高了生产和生活效率，但对山体和植被的破坏也是显而易见的。远远望去，它们就像是在一位天然美人的脸上残忍刻下的一道道疤痕，尽管疤痕的分布颇为均匀，但她的本来面目终究是无缘于世了……

螺旋式上升又转过一个弯道后，文扎老师指着斜上方的山顶对我说："这是郭琼日，这个山上有雪莲花！"话还没说完，只见三辆修路的大卡车挡住了前行的道路，看样子一时半会儿修不完，队友们迅速做出反应："上山！去采雪莲花！"文扎老师和索南尼玛自愿留守在原地随时观察路况，尼玛、欧萨、布多杰和我兴冲冲上了山，只见尼玛和欧萨两人往坡下走去，布多杰却向高高的山顶攀登，而我则踩着脚下的碎石子漫无目的地向前试探……下意识地看了看海拔表：将近 4700 米。之前我看过一个资料，说藏雪莲生长在海拔 4100 ～ 4800 米（也有说是 4000 ～ 6000 米）

的高山砾石坡和流石滩上，藏族人叫它"恰羔素巴"，学名"水母雪莲"，每年只有不到两个月的生长期，从发芽到开花需要历经五年，一生只开一次花……

过不多时，尼玛两手各举着一簇绿茸茸的雪莲花最先从山坡下远远地走上来，真不愧是长年和药草打交道的老藏医！看到我时，他停下来用好不容易拼凑的汉语说："这只手里的，是好的，我挑的，送给你！"说着把右手的一大捧雪莲花递到我手上。虽然和尼玛同车了两日，也有些行为上的互动，但因为语言上的障碍我们并没说过一句话，此时他突然开口，我呆在原地竟不知做何反应！受宠若惊地郑重接过尼玛手里的雪莲花，惊愕得都忘了表达谢意……

手捧着这些点缀着褐色边缘，披着层层细密白色绒毛的小绿伞，想象着它在极寒料峭的风雪高原艰难生长的样子……正出神时，欧萨也从尼玛刚刚走上来的山坡冒出头来，双手捧着一只特别大、特别美，白色绒毛花冠一闪一闪的雪莲花走到我近前。只见他先弯腰伸手做了一个特别优雅的康巴汉子献哈达的动作，然后双手举着那朵超大雪莲花对我说："你看这个雪莲最大，最美，献给你，祝你生日快乐！"我惊喜地跳起来！接过花时不由自主给了欧萨一个大大的拥抱，欧萨咧嘴笑着，像个恶作剧得逞的孩子……当布多杰手捧着一大把雪莲花从顶坡上下来时，我就

生生之า

站在原地等他，他装作面无表情地从我身边飘过，先往前走了几步然后突然转过身说："送给你！祝你生日快乐！"嗯？我心里又一次惊诧不已！强忍着装作若无其事地接过了布多杰手中的花。

下山的路上欧萨对我说："尼玛说让我告诉你，这里是附近唯一有雪莲花的神山……以前的花比现在大，也比现在多，他说特别补身体，对刀伤也特别有效，还能治高原反应、雪盲症……"

回到车上时，三辆大卡车已经修完路离开了，文扎老师说他也要送我一个礼物。我正好奇他究竟要从身上变出什么东西时，没想到他笑眯眯地开口道："给你讲个故事吧，前边小郭琼山谷里，快到通天河的地方有一座山丘叫歇格，本地人传说那座山丘是个龙宫，从前歇格山上南北两边各长着一棵老柏树，传说那两棵柏树就是龙王的两只角。六世秋吉活佛的时候，有一年贡萨寺大经堂支撑天窗的一根柱子坏了，需要换个新的，管事的僧人们沿着通天河往下找能用的树，就把歇格山上其中一棵柏树砍下来做了经堂的柱子，没过多久，活佛的眼睛就出了问题，大家都说是因为砍了龙王的角，这个就是因果报应，因果报应就是释迦牟尼佛也躲不开的……"

"难道成佛之后的释迦牟尼佛还会有因果报应吗？"我疑惑地问。

"没有了。因为佛不造业，已经超脱了业因轮回。"文扎老师回答道。

正在这时，只见索南尼玛两手一摊怯生生地说："你没发现那天在贡萨寺旧址时，我做的牛肉萝卜汤和平时不一样很特别吗……"

想起那天在贡萨寺旧址的草滩上，虽然我对大家只顾着听故事，不理睬我的生日曾感到一丝暗暗的失落和沮丧……但那碗又美味又美色的牛肉萝卜汤我还是很记忆犹新的，原来有心的同伴们早已悄悄记下了，等到今天给了我这猝不及防的惊喜！这些日子的朝夕相处，虽然彼此间没有太多语言上的交流，但心灵的默契和情感上的支持已在不知不觉中增长。这迟来的圣洁雪莲的祝福，让我在通天河畔度过的这个生日，突然有了一种神圣的意味！

爱情证悟

不知绕过了多少盘山路，我们的越野车终于驶出郭琼考来到了通天河边，沿通天河往下走了很短的一段路后，又一头钻进了另一条山谷。这是条异常美丽的山谷——葱翠的草木覆盖了整个山谷以及两侧的峰峦，一束不紧不慢的山泉婉转地从谷中央哗哗淌过，一大片白色的子苔花蓬蓬勃勃开在水边，成群结队的牛羊在溪流中洗澡。大概开出不到1千米，前座上的老藏医尼玛就示意文扎老师把车停下来，踩着湿漉漉的青草，绕过一丛丛灌状藏榆树，老藏医尼玛把我们带到一座高大的尖顶岩石山跟前，原来这就是传说中的嘎朵觉悟头盔。从山脚往上看，只能看到它弧度圆融的这一面，后来我从三维地图上俯瞰，发现它呈现出一个颇为规整的三面体结构，还真有点像嘎朵觉悟唐卡中描绘的那顶红缨战盔。不过最令我目瞪口呆的还是它的左侧，那条宽约2米由山脚至山顶足有200米长的山沟，里里外外严严实实长满了金灿灿黄澄澄数不清的金露梅，高原的烈日下，火热怒放的金黄色花朵藤藤蔓蔓热烈地一路向上直烧到山巅，又从顶端倒垂而下，犹如一道承载着天界秘闻的巨大咒符从天而降……

岁月久远，嘎朵觉悟的头盔为什么会落在此处，当地人也已无从知晓，但这浩浩荡荡用鲜花铺就的黄金谷似是在向我们隐隐透露着往事的辉煌……

我正在为传奇被封印而遗憾，老藏医尼玛却给

从下往上近200米长的山沟里，严严实实长满了金灿灿的金露

我们讲了一个颇为曲折的近代爱情故事——传说曾经有一位俊朗多情的康巴青年，家住在嘎朵觉悟头盔不远的地方，他从小就信仰佛法，敬仰嘎朵觉悟神山，长大后每年都去转山。有一次，在转山的路上青年遇上了一位貌美如花的康巴姑娘。他俩一见倾心，发下了爱情的山盟海誓，相约第二年再一起转神山。第二年约定的日子到了，可是小伙子的父亲在那时过世了，小伙子要为父亲处理后事无法分身，那时候也没有通信工具，没法儿及时告诉那位姑娘，小伙子安葬了父亲之后，伤心、劳累和焦急使他一病不起……过了一年他再去转山的时候，又在他们当年定情的地方遇到了那位姑娘。他向姑娘倾诉相思之苦，告诉她家里的变故和未能赴约的痛苦，姑娘流着眼泪告诉他，去年她在这个地方等了他整整三天，回去后父亲不顾她的哀求，把她嫁给了阿尼玛卿雪山那边的一个男人。她这次来就是盼望能和他再见一面，以后可能再没有机会来转山了……听完姑娘的话，小伙子痛不欲生，两人流着泪一起转完了嘎朵觉悟，分别时，姑娘送给小伙子一块血红色的布帕，对他说："你以后会遇到一个和我长得一模一样的女子，她会对你不利，千万不要相信她。如果遇到危险就晾一下这块红布，它会保佑你的……"姑娘说完就伤心地离开了。

从那以后，小伙子再也没有心思去转嘎朵觉悟神山了。这样过了好几年，有一天他来到嘎朵觉悟头盔这个地方，想到心爱的姑娘就不由自主开始转起了这个山，转着转着竟然遇到一位和之前那位姑娘长得一模一样的女子，他赶上去和那女子相认，然后一起下了山，路上还打了一只黄羊。两人在离嘎朵觉悟头盔不远的地方发现了一个山洞，进洞之后小伙子开始生火烤肉，他把烤好的羊肉给女子吃，那女子推说不吃，却偷偷拿了一只羊小腿，把膝盖骨挖了出来，那晚他们就睡在洞里……小伙子睡醒一觉发现女子不见了，只见火堆旁边一个长着长长的尖嘴的怪物穿着女子的衣服，正拿着一节羊骨头放在火上烤，一边烤还一边用尖嘴吹火，骨头已经烤得红透了，比之前大了很多倍。小伙子想起那一年在嘎朵觉悟神山分手时姑娘说的话，心想："不好了！遇到妖怪了！"他趁妖怪没注意偷偷从洞口溜出来，跑到对面的山上藏起来，等了一会儿，

故事中的露顶洞

　　就见那妖怪把烧红的骨头拿出来，嘴里喊着"给你！"一下扔到了之前他们睡觉的地方，小伙子看到骨头扔出去，赶紧把那块红布晾出来。这时突然洞顶上掉下来一块大石头，不偏不倚正好落在妖怪身上，把它砸死了，从此这个洞的顶上就露了一个洞，这就是普巴莱日—露顶洞的由来。

　　老藏医尼玛领着我们从嘎朵觉悟头盔往回走，快走到通天河时停下来，在一片粉紫相间的缤纷花丛中，一座岩石山背阴面的中段，有一个大大的开口朝向斜上方的突兀的山洞，像一个巨大的汉字——"门"，尼玛说那就是普巴莱日。话音刚落，布多杰和欧萨已经拔腿往山上去了，说是去看看洞顶是不是露天的。眼看他俩钻进洞里，等了半天不出来，我想是不是遇到了什么有趣的事儿，刚要跃跃欲试，见他俩的头正好从洞口冒出来，回到地上欧萨抢着告诉我："顶上果然有一个大洞！那块掉下来压死妖怪的大石头还在原地呢……"轮到布多杰说话时，他只幽幽跟了一句："石头和洞口一样大……"

　　话说经过那件事后，小伙子心有所悟，他想着那位心爱的姑娘肯定是嘎朵觉悟派来点化他的，于是他便更加虔诚地信仰嘎朵觉悟，不但每年都准时去转神山，还在自己的家乡，也就是嘎朵觉悟头盔的地方，做了许多利益众生的善事……

　　由此径直往东，如果以通天河为轴心做镜像折叠，等距的另一侧就是嘎朵觉悟神山家族的大本营了。过不了多久，我们就会亲自去探索它的秘密……

"布谷……布谷"，几声布谷鸟的叫声从山谷中响起。

天，又要下雨了……

通天河大力士

细雨中，我们又回到康巴雅宁山的山脚，欧萨把我们领到一座 L 形的二层藏式建筑前。整栋房子全部是整齐的砖石结构，包括牛圈，这绝对称得上方圆几十里最气派的房子，当然也是唯一的房子。大力士罗哇嘎义的妻子去世后，女儿女婿把他接到现在的家里，如今罗哇嘎义也算又回到了自己的祖山。房内的陈设也相当讲究，不单单所有房间都铺了皮革地板，挂着好看的粉红宝蓝相间的蕾丝窗帘，客厅角落里竟然还摆放着一套英式下午茶具！客厅窗外的廊道上，一个五六岁的清秀小女孩和一个三四岁胖乎乎的小男孩正在玩着卡通玩具，小男孩嘴里叼着一只棒棒糖时不时地往屋里好奇地瞟一眼，后来我推测他俩应该是罗哇嘎义外孙的儿女。围着红黑相间头巾的女主人，也就是罗哇嘎义的女儿，正低头在炉火旁烧着茶，嘴角流露出平和温厚的笑容。

罗哇嘎义就坐在屋角那把看来是他专属的沙发椅上，上身穿着白底条纹衬衫，左腕上戴着一块闪闪发光的金表，脖子上挂着一串白色菩提念珠，电视机下面的音箱中，不间断地传出低沉的诵经声。听声音，应该是十九世秋吉活佛……罗哇嘎义炯炯有神的眼睛迅速扫过我们每一个人的脸，虽然今年已经八十五岁，但从体格到面貌，看不出有一块松懈的肌肉，红光满面、气宇轩昂。欧萨正眉飞色舞地不知和他热烈地讨论着什么，只见罗哇嘎义兴奋地突然从椅子上站了起来，声如洪钟大喊一声，紧接着挥舞着手臂做出用力拉扯的动作。屋子里的男士们突然爆发出响雷般的哈哈大笑声，就连正在做笔记的文扎老师也扔下笔笑得前仰后合。我瞅瞅这个，看看那个，又好奇又嫉妒！

欧萨和罗哇嘎义是老相识，新贡萨寺重建那会儿他们一起干活儿，因为两人活儿都干得好因此很投缘。从欧萨口中得知，通天河大力士罗

遥想英雄当年：力拔山兮气盖世！

哇嘎义小时候就住在通天河右岸的滩地上，嘎朵觉悟头盔离他家的黑帐篷不远，后来全家搬到康巴雅宁下面的岗察村。"1958年之前，他在通天河边的老贡萨寺里出家当和尚，他力气大，干活儿特别棒的一个人；1958年之后，寺院没了，罗哇嘎义回到村子里，那时候和尚们被迫娶了媳妇儿，他也娶了媳妇儿，后来生了女儿。那时候人们穷得吃不上饭，罗哇嘎义就每天扛着猎枪到山上打猎，打来白唇鹿啊，岩羊啊，盘羊这些，晚上回去分给村里的穷人吃。有时候走得远了，晚上赶不回来，他出去从来不带帐篷，锅啊，柴火都没有，他就想了个办法，把刚打来的动物肚子割开个口子，把内脏先掏出去，往里面灌上水，再割上几块肉放水里，放上三块小石头架上火烧，然后连汤带肉一起吃，吃饱后在山洞里睡上一觉，第二天再带上猎物回去分给村子里的人们……"欧萨说这可能是从前猎人们的一种古老的生活方式，很少有人知道，所以当人们听说后都特别惊奇，也特别佩服罗哇嘎义，当然也特别感激他。在藏族民间，对一些具有超凡能力的人物，人们往往会把他和远古的英雄和神灵联系起来，大力士罗哇嘎义就是这么一位人物。因为这一片地方都是康巴雅宁山神的势力范围，因此人们都传说他是康巴雅宁山神的儿子。

罗哇嘎义就这样打猎打了四五年。后来情况稍稍好了一些，各个村子开始盖房子，因为他力气大，干活儿又好，人家都找他去帮工。

20世纪80年代初，贡萨寺重建的时候，罗哇嘎义又回到寺院，那

生生之水

时候他已经不能做和尚了，就帮着寺院拉木头、盖房子、做饭，干各种需要他出力的活儿。欧萨说那一年贡萨寺在第十九世秋吉活佛的主持下，把塑好的 27 米高的宗喀巴大师的铜像请进佛殿，当时已经都安装好了，但发现佛像的头部装得有点偏。正当大伙儿都不知道怎么办的时候，秋吉活佛就对罗哇嘎义说："你去正一正。"活佛话音未落，罗哇嘎义就一个人敏捷地爬了上去，双手抱紧佛头就那么轻轻一推，就给正过来了。据欧萨说那尊佛头至少有 300 斤重。

贡萨寺重建得差不多的时候，夏日寺活佛要回去重建自己的寺院，罗哇嘎义也跟着过去帮助活佛一起重建夏日寺。据说他一个人一次就从夏日寺筏子渡口的通天河里拉起过几十根大树，夏日寺大经堂盖好几年后，大梁有些歪了，又是罗哇嘎义当仁不让地正好了房梁……

接下来，欧萨又给我讲了大力士罗哇嘎义在"文革"时期的一段往事："'文革'的时候，有一天，当江乡政府伙房的灶台房梁倾斜了，眼看快塌下来，几个干部在屋子里讨论怎么把它扳正过来。这时候罗哇嘎义走进来，问他们出了什么事，其中一个藏族干部指着房梁说：'它快塌下来了，我们正在讨论怎么办！'罗哇嘎义说：'这有什么好讨论的，我来！'大家半信半疑给他让出了道，一个汉族干部没听懂，就问旁边的人：'他说什么？'旁边的人告诉他：'他说他来弄！'汉族干部摇了摇头从房子里出去了，正在这时，罗哇嘎义抱住顶房梁的柱子往上这么一抬，吱嘎吱嘎眼看着就把房梁抬起了！屋子里一片灰尘，汉族干部听到声音进来，睁大眼睛，惊得话也说不出来……"

这些故事只是罗哇嘎义诸多事迹的冰山一角，还有很多故事流传在通天河两岸的乡民中间。比如在一年赛马节时，罗哇嘎义举起一匹正在奔跑的马……再比如，有一年，罗哇嘎义和一个朋友赶着十几头牛经过悬崖下的一条山路，正走到中间的时候，山上突然掉下来一块大石头，把道路砸断了。罗哇嘎义当机立断跳到下面，用枪杆插上刀横插到对面岩石上，然后用肩膀顶着另一头，他的朋友就在上面铺木条，然后放上石板，再赶着牛群踩过去，他在下面充当桥墩……欧萨说如果按一头牦牛七八百斤算，那十几头牛，就是几千斤，一头一头走过去少说也得五分钟吧，全靠罗哇嘎义一个肩膀在那儿撑着……

可以说，除了 1958 年到"文革"时期，罗哇嘎义一生的大部分时间都是在长江源的两大古寺中度过的。几十年里，他把自己的力气、才能和虔诚的心都一起奉献给了寺院，眼前的罗哇嘎义身上既有一份掩饰不住的英雄豪气，也有在两位老活佛的长期熏陶下，深藏不露的智慧和慈悲……

听完故事走出门，天色已暗下来。之前那两个在窗外玩耍的小孩儿也跟在罗哇嘎义身后出来，我从上衣口袋里掏出一板德芙巧克力，掰成两半蹲下身递给姐弟俩。小男孩伸出胖胖的小手正准备接，做姐姐的一把拉住弟弟，向我摇了摇秀气的小手，我用眼神请示了一下罗哇嘎义，他向孩子们伸了伸下颌做出许可的表示，两个孩子这才开心地接过巧克力甜蜜地吃起来……

今晚我们就在他家对面的草滩上露营，罗哇嘎义赶过来兴奋地跟大家一起搭帐篷，他的大外孙刚从外面赶回来，提了一大壶鲜牛奶还有些肉和菜给我们送过来，也兴奋得舍不得走，大家一边吃饭，一边喝奶茶，一边继续说故事。罗哇嘎义讲他小时候住在通天河边上的时候，那里的通天河里有两个漩湖，每到冬天，其他地方都结了冰，就那两个湖不结冰，剩下一块蓝蓝的水在旋转，像转动的眼睛一样。也有天特别冷的年份，湖水也结冰了，到了春天解冻的时候，那两个湖的地方会突然发出一个爆炸的声音，从湖中间蹦出一大块冰，然后那块冰落到湖里以后就在湖水里开始打转……据说其中一个湖里长了两棵柏树，特别光滑，特别直。每当风吹过来的时候，它们柔软的枝条就像美丽的仙女在跳舞，特别好看，惹得好多人去那里看。特别神奇的是，有些晚上，总能听到那个湖里敲锣打鼓的声音，好像有好几千个僧人一起念经……后来到了人民公社时期，寺院全部砸完了，通天河对面村子里有一个牧民过来把其中一棵柏树砍掉拉回家，奇怪的是第二天这个牧民就不明不白死掉了，于是剩下的那一棵柏树再也没人敢碰，就这样幸运地保存了下来……

这已经是我第四次听人讲通天河神奇柏树的故事了，我们行程的上半段，从格拉丹冬雪峰往下，直到楚玛尔七渡口，沿途没有看到过一棵树。到了格萨尔王妃珠牡的家乡聂恰曲流域，才有了一些灌状的黑刺林，通天河进入大峡谷后，两岸的山坡及河岸上，开始陆续出现一些柏树……如今，江源的第一棵柏树来自何方已经没有人知道了，或许对于海拔4000多米的江源大地来说，树木实在太珍贵太稀有了。而最能适应这种高寒环境的柏树，寄托了高原牧人所有的深情和眷恋，这神圣的"老柏树"，已和牧人们的日常生活以及精神信仰深度交融密不可分。

我问起扎西拉山口那块格萨尔磨刀石，大力士罗哇嘎义说道："谁还举不起来啊，那块破石头！"

遥想英雄当年：力拔山兮气盖世！

长在通天河边的老柏树，见证了一桩又一桩的沧桑往事

第三部

嘎朵觉悟神山创世

半梦半醒间的启示

　　回到北京后，我一边夜以继日地整理考察见闻，一边在文扎老师的建议下每天学习《菩提道次第广论》。8月初的一个午夜，梦的间隙里，透过打开的窗，我看见院中一排黑沉沉的柳树冠盖绵延如山，托起一弯红亮的孤月空悬在昏沉的夜空中，欲睁难睁的睡眠与愈深愈远的召唤中，我似看到通天河畔的那些熟悉又遥远的山峦，不受约束的潜意识在半醒半梦中，与微明尚存的显意识彼此交错，只觉一会儿是眼前的月和树，一会儿又变成通天河畔宿营的月和山，过一会儿又变回来，直到某一刻的突然嬗变，两幅图景合而为一……我清晰地体认着这个多重意识、精微精神在梦的边界跃迁组合的动态过程……我确信这是一个信号。于是，在北京酷热的炎夏休整二十天后，再续善缘，又一次踏上通天河考察的旅程……

　　在通天河起源的神话中曾经讲到过，治曲在下界之前曾向苍巴天神提出两个请求：一是它要从天界的如意母神牛身体里流出，二是它在下界所流经的河床必须铺上金垫子。民间传说里，它的这第二个请求，苍巴天神是指派了先于它下界的嘎朵觉悟山神完成，因此，当我们"通天河文化考察小团队"经过近千千米顺流而下，深入到嘎朵觉悟家族大本营时，关于它一路铺设金垫子，从源头把治曲接引过来的故事我早已耳熟能详。在这里，治曲还有另外一个藏文别名——"秋沃萨带"，意思就是金垫子上流过的河。

一、走近嘎朵觉悟

出发前我给自己卜了一卦，卦辞日："同人于野，亨，利涉大川，利君子贞。"

下午抵达巴塘机场，在结古镇滞留一宿后，第二天一早欧萨载着我一路直奔治多县城文扎老师的家里。到达时已是中午，索南尼玛和布多杰已等候多时，吃过文扎老师的妻子和女儿为我们准备的壮行宴，"通天河文化考察小团队"再次出发……

今天的目标是巴干寺，我们预计在那里休整一晚，为正式转嘎朵觉悟神山做准备。天气好得像是童话，进入山谷后，身旁的通天河水漫卷微波，在淡绿中泛起微蓝，清净淡雅，如一幅天然的青绿山水画卷。一路上要么文扎老师讲故事，要么索南尼玛、欧萨、布多杰和我唱歌，索南尼玛的歌唱得很好，不但藏语歌、内地歌曲、港台流行，甚至英文歌曲也唱得很不错。其实索南尼玛曾经在当地是个小有名气的音乐人，从青年时期起就开始自己写歌唱歌，之前在学校里还做过英文教师，布多杰就是他的学生，我问他将来最想做什么，他一脸向往地说，过几年想去四川音乐学院进修作曲，想继续写歌……

寻隐者不遇

一条若隐若现、闪着银光的小溪流将我们引入幽谷深处、青山环抱的巴干寺。古老的传说中，巴干寺的后山是一只道行高深的老神龟化身而成，它不仅护佑一方水土生灵的平安，也是瑜伽修行者们的守护神，听说山上至今还保留着古代瑜伽士们的修行洞穴。

一条闪着银光的溪流将我们引入青山环抱的巴干寺

　　面前的铁栅栏门半开着，扁平的院子里长草漫膝，两只藏獒在草地上打着盹，正对面的大经堂门紧锁着，没有一丝声音，也不见一位僧人……

　　文扎老师领着索南尼玛、布多杰和欧萨，顺着右侧的小路往半山腰的僧舍走去，想碰碰运气找个僧人问出些寺院的掌故来……后来我们才知道，寺院放假了，除了一位留守的僧人，其他人都回家了……

　　我一个人留在院子里漫无目的四处溜达，目光落在大经堂门口正中的一尊雕塑上——半人高的大理石基座上，一头硕大的白象背上半蹲着一只猴子，猴子头顶上站着一只白兔，白兔头上站着一只叫不出名的鸟儿。这

生生之水

门前有"和睦四瑞兽"雕塑的巴干寺

是藏族聚居区寺院壁画和唐卡中常见的题材——和睦四瑞兽，藏语称"腾巴邦玉"，但以雕塑的形式出现我还是头一遭见到。

关于"和睦四瑞兽"的故事，我听过流传最广的一个版本是：相传在古印度一个叫葛希的森林里，环境美好，物种丰饶，众生灵在其间和睦相处。有一天，一只鸟衔来一颗种子抛到地上，一只山兔看见了，便刨了一个坑把种子埋在土里，不久种子长出了幼苗。一只在山林里玩耍的猴子看见了，就用树枝把幼苗围了起来，顺便拔去了四周的杂草。一头大象每天用长鼻子汲来山泉水浇灌幼苗。就这样一年又一年，在四个小伙伴的精心呵护下，幼苗长成了参天大树，这一年秋天，树上结满了累累硕果。由于树太高了，谁也够不着果实，于是大象让灵巧的猴子爬到自己的脊背，猴子让体轻的山兔站在自己的肩上，白兔又托起了小鸟，终于！鸟儿用尖尖的长嘴把一颗颗果实摘下来，最后它们不但都尝到了辛勤劳动的甘甜美味，还把果子分享给了山林里的其他动物。这就是"和睦四瑞兽"的由来。

初次听到这个故事时，我内心受到极大的感染和震动，但在查阅了更多的资料后，我发现"和睦四瑞兽"的原始版本另有缘起。它最早出自古印度佛教根本说一切有部的律典，在藏传佛教高僧翻译的《菩萨本生如意藤》第八十六品《鹧鸪本生》中有了比较完整的记录。经中记载，有一次佛陀给众弟子讲了一段自己在某一世修行的往事：古印度波罗奈斯国的时候，在一个叫葛希的森林里的某一处，住着鹧鸪、兔子、猕猴和大象，它们互相尊重，和睦相处。有一天，它们在一起玩耍时商量着应该分出老幼，以便更好地尊敬年长的、照顾年幼的，最后它们以附近的大尼拘卢树为参照。大象说："我看到这棵树时，它的树干和我的身体一样粗。"猕猴说："我看到这棵树时，它也和我的身体一般大。"兔子接下来说："当时我看到这棵树时，它才发出第二片叶子，我还品尝过树叶上的露水。"鹧鸪鸟说："当树种埋在地下时，我曾在它上面撒过尿。"于是，大家确定了鹧鸪鸟最年长，都听从它的教诲，鹧鸪鸟劝导大家要奉守五戒：禁杀生、偷盗、淫乱、妄语和饮酒。慢慢地，整个森林里的环境越来越和谐美丽，生灵们在其中也越来越幸福快乐。再后来，整个波罗奈斯国也变得风调雨顺、富足祥和。在王宫里的国王沾沾自喜，以为是自己治理的功劳，国中一位德高望重的仙人告诉他，"您的国土之所以如此富足祥和，都是因为葛希森林里四瑞兽和睦守戒的功德。"国王不愿意相信，也有些懊恼，就带着宫眷和大臣前去一探究竟，一见果然如那位仙人所言。受到感召的国王回宫后，就以四瑞兽的德行为典范治理国家，从此波罗奈斯国的人们都尊老敬长、体恤弱小、遵守五戒，成为远近闻名的一方乐土……故事讲完后，佛陀告诉众弟子："鹧鸪鸟就是我的前身，兔子是舍利弗，猕猴是目犍连，而那头大象就是阿难的前身。"

"和睦四瑞兽"的故事原本是佛陀为教导众弟子遵守戒律而说，传到西藏后，逐渐演变为一个众生和睦相处、彼此相爱的故事，因此也更具普遍性和亲和力。这也是藏传佛教传播中将错就错的一个极高明的善巧吧……

一边围着"和睦四瑞兽"慢慢踱步，一边等待文扎老师他们下来，就在我无意中抬头朝半山腰僧舍方向张望时，只见寺院的后山上，大朵大朵的白色祥云正在一边往我的上空涌动，一边不断往上升腾。午后的暖阳之中，静寂的巴干寺内，一股神秘的、祥和的，让人四肢百骸都舒展无比的暖洋洋的气流，将我整个人裹拢其中，沉醉不能自醒……

突然，右侧山坡的向阳处，晃过一个藏红衣袍的身影，山风吹动，红袍飞舞，若即若离，似梦非梦……

他的身后，是文扎老师和欧萨他们的身影，渐渐由远及近，由虚转实……

阴雨七夕

文扎老师和大家商量了一番，决定更改计划，索性当晚就直奔嘎朵觉悟主峰脚下……到达时已是傍晚时分，太阳还高高悬在天上，在晶莹剔

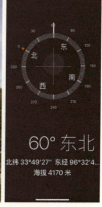

当晚就露营在嘎朵觉悟山门下

透的塔琼曲和拉琼曲交汇处，我们把帐篷架在海拔4100米的塔琼谷口。

　　时隔二十天之后，又一次在野外露营，我既兴奋又有些紧张。凌晨，梦正酣时，天突然刮起了狂风，暴雨骤至！躺在小帐篷里，我被风雨惊醒……猛烈的西风把帐篷外侧顶出一个大大的凹窝，被子的边缘和角落都浸湿了，帐篷顶上也滴滴答答漏着雨，我也不敢起身，心里默念着观世音菩萨的六字心咒，蜷缩着直到天明……

　　一早，打开帐篷门，雨仍未歇，但已转为细碎，天阴郁低沉，像随时要倾覆下来。早餐时欧萨联系的向导到了，向大家介绍转嘎朵觉悟神山的三条路线：上转很快，半天就能转完，但非常危险，一般只有僧人们转；中转需要两天，路比较好走；下转只能等冬天通天河结冰了才能转，需要七天。文扎老师公布今天的计划，他和索南尼玛、布多杰还有向导去转嘎朵觉悟上转，我因为刚从北京上来需要适应就留在原地，欧萨因为痛风，脚不方便，正好陪着我。我听了有些郁闷，对文扎老师咕哝道："你听过'独行者速，偕行者远'吗？就不能等等我嘛？！"文扎老师给我解释："这样安排就是因为要等你一起转中转呀，反正今天也没有其他事情，耽误了可惜。"但我还是意难平，决定先跟他们走上一段，且行且观察。

　　沿塔琼曲直上，先在山脚下古老的煨桑台点火煨桑，红旺的焰火在细雨飘风中旋转升腾，引领我们上升的路径……欧萨也跟着上来了，大家沿木栈道上了观景台，只见山坡上，草丛间，到处都是一沓沓被雨水打湿的五色风马旗。听我们的向导讲，近年外地来的旅游者多，他们一般不知道撒风马的含义，也没有撒风马的技巧，经常整沓整沓地扔出去直接掉在地上，"都快成灾了！"语气中带着气愤和无奈。我心中有些怅然，这些在藏族人的信仰里，以风为帆向神灵传送消息的信使，就这样还没来得及飞上天就被自身的重负匆匆压回尘世……

　　刚刚在停车场时，遇见十几个据说从上海来的青年摄影发烧友。其中一个瘦白的男团员对着我们讲，他前两年来的时候认识了上面沟里的一户人家，这次给他们带了些生活用品，车开不过去，他也不想登观景台，让我们到了观景台帮着站在对面吆喝一声，让那家人下来取东西。此时文扎老师竟然真的冲着对面人家喊话了，我感觉隔着那么远，听不

生生之水

清的，但山谷里好像响起回应。正在此时，那十几个青年也磨磨蹭蹭跟上来，拿着长枪短炮对着没有晴的天和没有开的云大拍起来……

云雾缭绕中，传说中的嘎朵觉悟主峰方向一片仙山云海的缥缈景象——据说嘎朵觉悟的主峰由三峰并联而成，最高峰为 5393 米，被 28 座山峰环绕其中。

嘎朵觉悟的主峰始终隐藏在云层里没有现身

从广泛的意义上讲，"嘎朵觉悟"是由一系列山峦组成的山体群，其中内生有十三大神山。民间普遍认为嘎朵觉悟在嘎域有 360 座附属山，平均海拔都在 4900 米以上。

文扎老师面对着主峰的方向不住念经祈祷，然而过了许久，嘎朵觉悟神山的峰顶自始至终隐藏在云层里没有现身……

雨大了，空气更加湿冷，我怕自己身体受不住慢慢往下走，一会儿欧萨也跟了下来，我们开着皮卡先回了营地。进了帐篷欧萨赶紧生上火、烧上水，我俩就在暖烘烘的帐篷里喝着茶、聊着天昏昏欲睡。好几个小时过去了，突然外面车门响，原来向导怕下雨天路滑，带大家走了一段上转的路线就赶紧下来了！

一切皆有因果，半点不由人意……

晚上，吃过索南尼玛用清油炒的青椒牦牛肉、土豆胡萝卜牛肉汤和米饭后，文扎老师让大家静坐，带我们做无分别心观想，结束后，他对着我说："比如欧萨给你搭帐篷就是索南尼玛给你搭帐篷……索南尼玛给你做饭就是布多杰给你做饭……布多杰背你就是文扎背你……文扎给你讲故事就是你给大家讲故事，以此类推……要不断确信我们是一个整体，才能心想事成，创造奇迹！"

一开始，我被这套绕口令般的话语绕晕了，但细细品味，心为之动……

小帐篷经过欧萨的调整，今夜应该不会漏雨了。进帐篷之前，我仰头看了看夜空，今日七夕，无星无月。

菩提显境

第二天早晨从帐篷出来时，云气依旧很重，太阳还没出来，但身体已经感知到了逐渐上升的暖气。早餐时欧萨递给我两个白水煮蛋。在野外的日子，除了早饭准时吃之外，其他两顿饭的时间经常要看行程和机遇，特别是午饭。欧萨说有这两个鸡蛋打底，就算一天吃不上饭也不怕："以后我每天给你煮！"

本来是要直接前往嘎朵觉悟中转的起点赛康寺，文扎老师却突然说要带我和欧萨去看看嘎朵觉悟神山的真面目，美其名曰不让我俩留遗憾，其实是他自己也不甘心没有看到神山的真容就此离开……

又上了观景台，对面的嘎朵觉悟主峰仍隐在云雾中，虽然比昨天开明了许多，但还是看不出它显真容的迹象……主峰左侧的垭口处白茫茫一片，往下延伸出一道长长的雪瀑，欧萨告诉我那里有座常年不化的雪山，当地人叫作嘎朵觉悟的白帐篷，传说里面可以容纳三百人……"这两天我们烧茶做饭用的水就是雪山融化流下来的山泉水……"

在观景台等候多时，天象依然没有变化，文扎老师决定继续往上攀登。眼见他攀上半山腰迎风招展的格萨尔风马旗下，坐在两座石碑前，远远对着嘎朵觉悟的主峰静坐祝祷，我也默默起身，缓缓攀行到他身侧轻轻坐下。此刻，除了顶峰，大半的山体已明晰可见，正对我们这一面的岩壁一层层如天宫的阶梯般自山腰直抵山巅。

文扎老师对我说："你看中间这一层一层的，传说真正的高僧大德们来的时候，他们看到的不是人世间的这些石头啊，土块啊，直接就是立体坛城，是净土——相传很久以前，一位宁玛派高僧嘎陀巴·白玛诺布朝拜嘎朵觉悟时就曾目睹过嘎朵觉悟九层佛坛灵显的盛况，他在煨桑词中描述过佛坛从上到下的情形：第一层八十位大成就者围坐金刚持，第二层是密续四部本尊，第三层十方诸佛围坐释迦牟尼佛，第四层贤劫千佛围坐弥勒佛，第五层声闻缘觉和众菩萨围坐圣十六罗汉，第六层狮面空行母等诸空行勇士勇母护法围坐金刚亥母，第七层被五宝藏、五欲、国政七宝、吉祥八宝、自生果、如意宝牛围绕，第八层是被世间二十四区域、三十二圣地的勇士勇母所围绕，第九层被寒尸林等八大尸陀林所围绕。文献里记载三世达赖、五世班禅都到过嘎朵觉悟，而且亲自给嘎朵觉悟敬献了煨桑祷词，一般格鲁派的大师们很少写这些，他们都比较崇尚理性，就算真的看到什么神异现象也不会表达出来……"

自从在母牛河源头，文扎老师给我推荐宗喀巴大师的《菩提道次第广论》后，这些日子每晚临睡前我都研读一段。此刻望着眼前的嘎朵觉悟峰顶，观想着内中坛城的盛况，听文扎老师讲着大师们敬转嘎朵觉悟的殊胜经历，以及释迦牟尼佛发大愿、穷尽善巧，为解脱众生离苦得乐的菩提心，我的心中涌起一阵热流。不知不觉间想起我已经过世两年的母亲，追忆起在母亲最后弥留的七天七夜里，我是怎样握着她的手，同她一遍遍聆听十九世秋吉活佛亲诵的《忏悔经》和《普贤菩萨行愿品》……我心中似有所领悟，或许，这一趟我克服重重阻碍，义无反顾地踏上通天河之行的每一步里，都有母亲对我的祈盼和愿力，我也将代她，以及代因业力牵引不断流转于世间的受苦灵魂寻求解脱之道吧，当然也包括我自己……一念及此，心中阵阵热血翻涌，眼中不知不觉流下泪来……久违的爱与慈悲自心底涌起、扩散，淹没我身上每一个毛孔，每一寸发肤，每一滴血液，每一刹意识……文扎老师静静地听着，共情着我的悲欣……蓦然，他手指着前方大声喊："看！出来了！"顺他手指的方向，我看到嘎朵觉悟峰顶最后一小片灰色薄云正在散去，神山终于露出灿烂的真容，在那一瞬，嘎朵觉悟和我彼此相认……

山上山下顿时一片雀跃，欧萨、索南尼玛和布多杰也快速赶上来，大家围着食子甘露文的石碑兴奋地又叫又跳，反复咏叹祈祷，在山间、在水间、在草间、在岩石间，像小动物般欢快地跳跃奔跑……

下山的路上文扎老师跟我讲："其实我对嘎朵觉悟仰慕已久。一个是精神的角度，另一个我们这次通天河考察，我想看看嘎朵觉悟的态度，如果没意义的话，它不露出来也可以，如果还有点意义的话，就给我个笑脸呗！昨天我有点失望，做了祈祷，刚开始嘎朵觉悟要出来了，然后不知道是那些旅游者大声叫了以后，还是我自己的虔诚度不够，嘎朵觉悟又回去了。今天我本来还有点犹豫，看着天一直遮着半个脸好像没有云开日出的那种感觉，要是今天再没见着嘎朵觉悟的面就离开，我会觉得此行非常不成功，就算下次见到也不一样，必须这次见到！沿着观景台的栏杆上去的时候，有一只灰兔子一直在前面领着我，走到观景台尽头它才跑下去，还有一只喜鹊也在前面飞，我当时想，这可能是嘎朵觉悟派它们来给我引路的。后来，我们谈到了《菩提道次第广论》，谈到修行次第啊，菩提心啊，你说着你对母亲的感情，那个时候，我们的心就打开了，经文里说，什么修炼也比不上发菩提心，佛法讲实证，所以我今天也相信，这个慈悲的力量是非常大的！"

文扎老师说的那只灰兔子其实我也见到了，它接引上我们之后，就从侧边的栏杆跳了下去，喜鹊和兔子让我不由想起在巴干寺见到的和睦四瑞兽，莫非它们真是佛祖派来点化我们的吗？引领我们的精神之路、启发我们众生一体的菩提之心……就如同昨夜，文扎老师带领我们做的无分别心观想……

我们本就一体，我们终将一体！

嘎朵觉悟显真容

二、解密嘎朵觉悟

终于可以没有遗憾地出发了！傍晚时分，到达嘎朵觉悟神山的幼子、赛康达泽脚下的赛康寺——这也是接下来我们中转嘎朵觉悟的起点。

从空中俯瞰赛康寺全貌（第十五世才芒活佛供）

生生之水

起点赛康寺

《第十九世秋吉活佛自传》中曾提到过：相传当年仲·秋吉慈诚邦巴大师创建了夏日寺后，继续沿通天河北岸东行。一日，他来到了嘎朵觉悟神山的地界，这时候他右脚上的鞋忽然脱落，掉在一个叫"加乔"的山沟里。正要前行时，头上的法帽又被风吹落，当行到一处叫"欧乔"的地方时，左脚的鞋也脱落了。因为这样的缘起，据说不久之后，"加乔"和"欧乔"两处分别出现了一座寺院，再后来这两座寺院合并，就在曾经大师法帽落地的地方，兴建了"赛康寺"（ཟིལ་དཀར་即白露之意）。这是赛康寺起源的其中一个版本，按照这个说法，这里创建的第一座寺院应属噶举派。

后来，我在北京又遇到赛康寺的第十五世才芒活佛，就赛康寺的渊源，他给出了另外一个版本："很早以前，赛康达泽脚下的可钦沟里曾经有一座专门供奉嘎朵觉悟山神的苯教寺院，第四十一世赞普赤祖德赞（赤热巴坚）到这里时，把苯教寺院改宗为宁玛派，这是最早的佛教寺院。当时赞普还兴建了一座佛学院，培养了很多僧才，后来在可钦沟里出现了噶举派寺院，之后又有了萨迦派，到五世达赖时期，秋吉·南伽查巴大师创建了格鲁派寺院。当时这里有三座寺院，每个寺院都有自己的名字，其中一座就是格鲁派寺院'赛康寺'。20世纪80年代初，'文革'后恢复寺院时，要把附近的三个寺院合成一个。

那时我的上一世十四世才芒活佛就想，是从原来的三个寺名中选一个，还是重新再起一个新名字呢？佛家讲求缘起，那时候是夏天，有一天他从寝宫里出来，看到寺院后山赛康达泽顶上有一圈白茫茫的雪光直冲云霄，心想这是嘎朵觉悟示显的吉兆，所以就以'赛康达泽'为缘起，将寺院命名为'赛康寺'。"

在赛康寺宾馆带有游泳池的气派大厅里，我们和文扎老师与一早联系好的，对嘎朵觉悟颇有研究的赛康寺江文索南喇嘛座谈。今年六十岁的江文索南从二十几岁起就开始研究嘎朵觉悟，上一世才芒活佛在圆寂前特别嘱咐他，一定要好好写写寺院的历史。在搜集整理寺院历史的过程中，自然牵涉寺院周围的环境，于是他就更加关注嘎朵觉悟的文献和民间传说，我们的交流从远古时代开始——

转山前夕与江文索南喇嘛座谈

"嘎朵觉悟"按藏文字面理解，就是"嘎域通天河上游的至尊佛"的意思，其实，在佛教还没有传到这里之前，嘎朵觉悟已然是原始苯教信仰中创世九宗神山之一了。在古印度的佛教密宗谱系中，嘎朵觉悟被列为世间二十五大神山之一。据《大集宝冠陀罗尼经》记载，于过去九十一劫时（那时我们现今的宇宙还没有形成），嘎朵觉悟就在第一佛毗婆尸如来处发菩提心，到贤劫拘留孙如来时，已经修炼到不退地菩萨（八地以上菩萨的总称）的嘎朵觉悟在拘留孙佛前发愿，在大闲劫中，愿以"杀羊形"现身做夜叉大将，"成熟"住八难中的众生脱离轮回。及至释迦牟尼佛的娑婆世界，嘎朵觉悟发愿化身成为一座集三界宝藏于一身的夜叉山神，解救六道众生脱离贫穷苦厄，得到自在安乐。嘎朵觉悟在宗教上地位尊崇，不论原始苯教时期还是后来各个教派的佛教时期，都有很多大修行者专程来敬转嘎朵觉悟神山，并写下了珍贵的煨桑文，在这些古老的经文中，嘎朵觉悟常以三个化身出现——觉悟觉钦顿热（大意为人身羊首大王）、觉悟色本多杰（含渴爱金刚）、觉悟旺青供扎（引申为威德远扬的将军），因此民间有"三面觉悟"的说法。

嘎朵觉悟神山历来受到吐蕃赞普们的推崇，"祖孙三圣王"时期，与冈仁波齐、梅里雪山和阿尼玛卿并称为藏传佛教四大神山。公元 8 世纪，莲花生大师在西藏建的第一座剃度僧人出家的寺院桑耶寺落成时，吐蕃第三十七世赞普赤松德赞敕封嘎朵觉悟为雪域十三座神山之一。到了四十一世赞普赤祖德赞时期，藏汉之间因为边界问题经常起冲突，后经双方协商在唐穆宗长庆元年（公元 821 年）促成了历史上著名的长庆会盟，相传赤祖德赞在前往会盟途中经过嘎朵觉悟，并亲自给嘎朵觉悟煨桑，后来，在赞普举行祈请仪式的地方，设立了长期供奉嘎朵觉悟的机构和仪轨，赛康寺老经堂身后至今还供奉着赞普的王座。从那以后，嘎朵觉悟在藏族聚居区受到更广泛的推崇，据江文索南喇嘛推断，当年赤祖德赞到达此地时应该是冬天，赞普很可能曾经沿通天河大转过嘎朵觉悟，因为嘎朵觉悟南面山脚下至今还保留着赞普曾经坐过的石头。

在《格萨尔》史诗中，嘎朵觉悟作为岭国的主要圣山之一，是嘎域神山之首。据《大食财宝宗》记载，格萨尔王征服了大食国后，获得了殊胜的大食七宝，君臣商量后决定将宝物献给嘎朵觉悟、阿尼玛卿、卡瓦格博等九位护佑雪域的山神，其中嘎朵觉悟获得的是点石成金的一座金佛塔和一个金曼陀罗。从那时起，嘎朵觉悟神山上就到处是黄金。据说马步芳的军队就曾在附近大肆挖采金矿，20 世纪 90 年代初开矿热的时候，外来淘金者把嘎朵觉悟周边的土地都翻了个遍。不过幸运的是，由于当地人对神山的虔诚信仰和自觉保护，以及外来人的盲目贪婪，嘎朵觉悟神山的主体峰群从未受到过人为的破坏和污染。

传说中转路上有一个叫玛超谷的地方，进入山谷的某一段后，人的皮肤、衣服、马匹以及周围的山石等都会变成蓝绿色，而且只有佛缘深厚的人才能看到。一千多年前，莲花生大师曾到过嘎朵觉悟朝圣，在大师所作的煨桑祈祷文中，称赞嘎朵觉悟是殊胜的胜乐金刚坛城。江文喇嘛认为玛超谷中的这种奇异现象应该是胜乐金刚的坛城发光造成的，因为胜乐金刚的本尊为湛蓝色，坛城放射出的多彩琉璃光主要呈现青绿色。后来我听十五世才芒活佛讲，当时莲花生大师还给嘎朵觉悟做了马头明王的灌顶，并赐予嘎朵觉悟他的法帽，自此之后，唐卡上嘎朵觉悟的头上就都是戴着莲帽的形象。据说由嘎朵觉悟的属将铁匠七兄弟打造的马头明王像至今还供奉在赛康寺中呢。

文献中记载，第一次以官方名义正式给嘎朵觉悟煨桑并撰写祈祷文的是元朝时做过帝师的萨迦派高僧阿尼胆巴，第二世阿尼胆巴活佛时正式开启了嘎朵觉悟的转山传统。从那以后，每年藏历五月十五，嘎朵觉悟的煨桑日，赛康寺都会组织僧人们去嘎朵觉悟煨桑转山。

不过，在开启官方转山活动之前，信仰嘎朵觉悟的民众早已世世代代走在这条朝圣路上了……人们相信转嘎朵觉悟神山的功德可以净除一切业障，在轮回中免遭堕入无间地狱之苦，甚至能与我们的光明本体相应，跳出六道轮回解脱成佛……民间认为嘎朵觉悟的圆满转法是顶转二十一圈，中转十圈，外转七圈。

我的一位民俗学家朋友，目前担任玉树州博物馆馆长的尼玛江才先生，对藏族聚居区的转山传统曾做过这样的诠释："尽管藏族人转山与神佛信仰相关，但最初却并非如此。在藏族人心中，雪山决定整个生态链条，雪山上如果没有雪，就不会有冰雪融水，山泉也就不会存在，没有山泉山下就没有花草生长，动物也不会出现在这里，人类的畜牧业也无从谈起，而人的生存就成了问题。藏族人对山的感恩，肇始于这种寻找生存方式的经验，这种感恩再慢慢升格为崇拜，最终上升到精神的高度。所以转山的过程中，藏族人的情感是经过世代累积的。"

这当然是一种基于理性逻辑，运用逆向思维推导出的人类学阐释方法。但我也暗自思忖，如果真如神话及传说中所揭示的，在某个古远的世代，于某个平行的时空，嘎朵觉悟的确显现过它超然的真身、释放过神秘而巨大的能量，为有缘的众生所感知、被"看到"，再通过秘密的路径暗暗流传，那这种"神佛"崇拜就不仅是一种思维上的推理和想象，而是一种更高维度上的"眼见为实"！

当然，这也不过是另外一个方向上的思维推导过程罢了……

如今，每年的公历8月8日，嘎朵觉悟转山节上赛康寺的僧人们都要跳嘎朵觉悟金刚舞敬献神山（第十五世才芒活佛供）

才芒活佛和"嘎朵觉悟研究中心"

晚餐吃到一半时，赛康寺年轻的十五世才芒活佛来到了我们的包房，他身后跟着一只全身黑亮、颇有贵气的拉布拉多犬。这位面如满月的童颜活佛1994年出生，三岁时就被认定为赛康寺第十四世才芒活佛的转世，七岁时十九世秋吉活佛亲自为他主持了出家仪轨，取法名桑巴成林兰舟求吉，八岁起离开赛康寺前往拉萨色拉寺佛学院学习了六年，后面十六年都在青海隆务寺学习，现在是赛康寺新一任的寺管会主任。年轻的活佛告诉我们，这几天台湾来的志愿者正在为附近的牧民做义诊，他负责接洽工作，并组织寺院的僧人们配合志愿者的工作，所以抱歉来晚了……交谈中，那只叫"鲁嘎森嘎"（忠心耿耿之意）的黑色拉布拉多犬自始至终神情专注又超然地蹲坐在主人脚边，丝毫不为桌上的饭菜所动。我问才芒活佛去转过嘎朵觉悟吗，他遗憾地说小时候转过，但那是去拉萨学习之前，回来之后一直忙于寺务还没来得及去……"这几天忙过去就要去转转。"活佛最后说。

2020年元旦前一个寒冷的冬日午后，和赛康寺十五世才芒活佛又在北京重逢，彼时他正为赛康寺"嘎朵觉悟研究中心"奔走。坐在酒店大堂温暖的咖啡间，裹在绛红色僧袍中的年轻活佛有些风尘仆仆，他谨慎地端起面前的咖啡杯轻轻喝了一口，缓缓开口道："我回寺院之前嘎朵觉悟研究中心外观已经做好了，里面还没有布置，我询问了很多人，大家觉得如果用油画的话，是不是可以更形象地表现这座山。你知道的，传统的藏传佛教寺院里只有唐卡，没有油画。我们希望不仅是画环境，还要画上嘎朵觉悟和他的眷属、大臣的人物像，这是一楼；二楼是藏族聚居区农牧民生存方式的展示，把那些古老的技艺都画出来，把我们收藏的很多物品展示出来，以后学者们来了，可以通过这些油画和物品进行研究——比如藏传佛教对嘎朵觉悟什么看法，古老的苯教对它什么看法，其他宗教，其他的民族对它有什么看法……不同宗教、不同文化，怎么去保护环境……这个'中心'是希望通过研究嘎朵觉悟神山，找到我们藏族文化里古老的环境保护思想，和全世界的文化环保事业一起交流对接……"

　　"出家人不是修来世、求解脱吗？您正在做的事情'很入世'啊……"
我借机问道。

　　才芒活佛稍稍停顿了一下，对我说："宗教是要创造更完美的世界，
佛教相信来世，相信六道轮回，相信成佛……这一生能修成人身是非常
来之不易的，是前世甚至累世做善事，修善法得到的大福报，这一生的
机会难得，我们要抓住这个机会，继续做善事，修善法，造福人类，造
福地球，造福所有生灵，来生才会有好的果报，甚至成佛……就好比一
座房子的一楼和二楼，我特别想去二楼，但首先要从一楼进去，再一步
一步上到二楼。这其中的每一步都是过程中必须经历的，从佛教信仰的
角度，都关系到来生，关系到最后能不能成佛……比如'人类文明共同
体'，这是一个入世的题目，核心的内容就是地球是一个大家庭，为了包
括人类在内的所有生灵组成的大家庭能和谐共处，为了人类的文明朝着
更好的方向发展，我们要共同去努力、去沟通、去保护，所有的宗教、
所有的文化也要交融，共同面对地球大家庭面临的问题……如果各顾各
的话，很多很多问题解决不了。所以虽然寺院的僧人修行的不只是这一
世，修来世或者成佛，关系到地球的生死存亡的事也必须要做……"

　　赛康寺上一任寺管会主任是在公益环保圈里名气颇大的索昂·贡庆
喇嘛，他因常年拍摄嘎朵觉悟神山，尤其是神山上的植物花草而被外界
送了一个"花和尚"的诨名。文扎老师本来想请贡庆喇嘛做我们转山的
向导，不巧他正在称多县赛马会上做翻译。作为弥补，负责接待的喇嘛
给了我们贡庆喇嘛拍摄的《圣地嘎朵觉悟威光》和《嘎朵觉悟植物乡土档
案》。之后两天的转山途中，这两本画册就成了我们的现场指导……

三、仰望众神

第二天一早，灿烂朝阳中，我们一行踏上了中转嘎朵觉悟神山之路。遗憾的是欧萨因为脚痛风没能跟我们一起来，于是他执行了另一项特殊任务——把我们两辆车的装备打包到一辆车上，直接运往今晚的宿营地……

远古遗音

微风中，一朵薄如蝶翼的绿绒蒿摇曳着蓝中带粉的娇容绽放在山崖的拐角处，"漱正阳而含朝霞"，欣欣然招引我们的朝圣之路。经过有藏文字母"ᠬ"的巨石岩，朝拜过天然形成的动物岩画和白海螺，经过嘎朵觉悟的东门护法山，清莹澄澈的库庆曲宛如一位喝醉酒的白衣仙人，摇摇摆摆把我们带入碎石密布的库庆陇。慢慢溯流而上，斑斑点点的雪迹

"漱正阳而含朝霞"

岩石上显现的藏文字母"ᠬ"

生生之水

中，嘎朵觉悟主峰巍峨的一角在右前方与我们遥遥对望，尽管从这个角度他呈现出与昨日完全不同的新面貌，但他超然的气势还是让人不容错认。记得江文喇嘛曾经讲过，嘎朵觉悟身侧有四大臣守护，对照画册，我们辨认出那座尖顶红褐色的山头儿就是他的老管家念更东冉，旁边隐约可见向着嘎朵觉悟仰望的三座平缓山峰就是他的另外三大臣：东赛昂腾、塔拉东禅和阿塔。如果径直往上，过不多时就会直达嘎朵觉悟的后身，但古老的中转路线引领我们继续右转向西，翻过一座小山后进入了玛超陇，汀汀泠泠的拉仁曲自山顶逶迤而下。文扎老师指着左前方两座并连在一起如钻石顶般的秀丽山峰，说那是嘎朵觉悟的两位妃子悟嘎和悟玛，传说她们一位来自天界，另一位是通天河中龙王的女儿……

在玛超陇宛转上行的途中，一座巍峨粗壮的、接天连云的白褐色岩峰不时出现在我们右前方视线的最高处，早听说嘎朵觉悟山系的群峰特别像人形，但当转过几个山坳后，她最前端赭白相间、如史前巨人般的侧颜赫然挡在我眼前时，还是震惊到呼吸暂顿！这就是传说中嘎朵觉悟的老祖母阿伊·俄赛！（我有点好奇，如果嘎朵觉悟是创世神山，那他的祖母又来自何处？）站在她身下，顿感自身的微小，那如天工开物般巨大扁平的朝天鼻、微闭的细长目、棱角粗犷的厚唇、前伸的下颌、粗硕的脖颈、刀琢斧劈的肌肉、半仰向天空的嶙峋头颅……

就在此时，一片柔丝般的细白云朵飘移到阿伊·俄赛巨大侧脸的斜上方，远远望去，就像老祖母从远古呼出的第一口气息……

嘎朵觉悟神山的老祖母
阿伊·俄赛

正要向前，脚下突然被绊了一下，低头看时，原来是一块一肘来宽边缘翘起的楔形长石。赭青的表面上隐约有嵌进去的白色纹理，我蹲下身仔细辨认，像是一条鱼脊椎骨的形状，斑驳处还沾着小贝壳的残片，一边细数鱼骨的数量，一边寻思，这莫非是远古海洋鱼类的化石？虽然科学家早就考证出青藏高原在五亿年前曾是一片汪洋大海，但亲自发现一块鱼骨化石还是让我非常兴奋，这条"鱼"总共有 24 根侧骨，其中有几根还特别长，超出了长石的边缘。我呵了口气闭上眼，在想象中还原它在大海中一天到晚游泳的样子，脚下的拉仁曲仿佛也在我的意识之海中不断壮大抬升，直至将整个嘎朵觉悟浸没……一场逆向的沧海桑田。

临行之前文扎老师嘱咐我们，不能拿走神山上的任何东西。我在鱼骨化石前眷恋了好一会儿，才依依不舍地重新上路……

转山路上的鱼骨化石

继续沿玛超陇上行，右边忽然出现了一整面镶嵌着大量古币、老贝壳的宽阔岩壁，凑近细看，高处的凹槽部位还藏了几枚天珠和三件成套的玉璧，也有些凸起的地方挂着一串串菩提念珠……原来这是传说中嘎朵觉悟的酥油箱。眼见岩石面润滑光亮，似是涂了油脂，文扎老师告诉我，牧区来的朝圣者会在这里供奉酥油和曲拉，农区来的一般供奉炒面

或糌粑，如果实在这些都没有，供奉洁净的干牛粪也是可以的，重要的是心中虔诚……岁月久远，这些古往今来供奉给嘎朵觉悟神山的信物，如今已然成了微生物们的乐园，在斑斑驳驳的苔藓群落中与这一方山石共生，加持着一世又一世有缘在此相逢的同路人……

　　绕过挂满五彩经幡的酥油箱，只见布多杰的背影正朝着一块兀立在路中间的大石攀登，文扎老师和索南尼玛早已在上方等候了，我快步走到近前，原来这就是传说中的业障窟，当地人也叫它善恶窟。这块一人多高的灰白巨岩，两侧各有一个不规则的圆洞，中间贯通。相传若人不知自己心中业障几何，钻此洞便见分晓。业障轻的人，很容易钻过去；业障越重，钻洞越难。还没等细看，索南尼玛背着包已经第一个钻进去了，不知他在里面经历了什么，出来时小心翼翼地整理着背包；我一身轻装，手无余物，很容易就钻进钻出，不过出来时，头被洞口上方的石头磕了一下，后来我暗自寻思，是不是嘎朵觉悟通过这一下提醒我，要摒弃头脑理性的阻障，回归无挂碍的自在本心……接下来是文扎老师，他背着相机在里面费了点时间，出来时脸上若有所思，或许对于他来说，知识、工具既是种方便也是种业障吧？最后是布多杰，眼见他后背一边背着文扎老师的摄影包，另一边背着我的背包，好不容易挤进入口，在里面腾挪了好一会儿，试了不短的时间，调整变换过好几个角度才钻出洞来，唉，难道他的业障是替他人负重前行吗……

亲临幻境

过了业障洞，继续沿玛超谷上行。路越走越陡，越来越颠，也越来越滑，不知不觉脚下的碎石滩上多出了许多层层垒起的石堆，最高的有十几层，高矮错落，越往上越密集。这些被当地人称作"拉确"的石堆，是虔诚的朝圣者们供奉给嘎朵觉悟的供品，垒砌这些"拉确"不仅需要巨大的虔信、静心，还需要高超的力学技巧。听说藏族聚居区有一种祖辈传下来的古老砌墙手艺，不用任何黏合材料，只用青石板层层叠加，就能建成一座坚固的塔或房，从此处这些"拉确"可见一斑。

正午的阳光从头顶的玛超山口流泻下来，人在其中蓦然显现迷离的幻觉

还像以往那样，一旦我心里有了某种强烈的愿望，脚下的路就好像自己会移动，裹着我的腿脚不知不觉向前……

拉仁曲在此时像是背着家长偷偷跑出来的顽皮幼童，细细浅浅地藏在乱石缝中，一会儿冒出来，一会儿又钻回去，不断地和我们捉着迷藏。我既想要接近它，又不忍打扰它，于是踏着泉水的边缘小心翼翼地继续往上攀登。此时，正午的阳光从头顶的玛超山口金光闪闪地流泻下来，反照在时隐时现的泉流间，倾注于高高低低的"拉确"上。突然，就刚才那一脚，就在那一瞬间，我似闯入了一个异度空间，身边似有黏稠柔密的暗物质在生息涌动，不间断地成形和分解，周遭空间的密度骤然上升。虽然肉眼看不见，但身体的触觉和精神的知觉能明确感知此时力场的变化，眼前的景物也仿佛脱离开刚才阳光下清朗明亮的色调，蓦然显现出青灰迷离的幻觉，犹如突陷梦境……我有些晕眩，有一种马上要醉倒的感觉……

　　正在此时，走在前面的文扎老师回过头问我："看到青绿色了吗？"我恍恍惚惚地看着他，摇了摇头，又点了点头……

　　莫非这里就是莲花生大师煨桑祈祷文中提到的，胜乐金刚坛城的显现之地吗？

　　后来我问了几十年来转嘎朵觉悟神山无数次的"花和尚"贡庆喇嘛，据他本人讲，他有过好几次在玛超谷见证奇迹的经历。他回想出现那样的情形好像一般都是在春天或夏天，下过雨马上出大太阳之后会特别明显，那时候山谷中水汽还很重，雾蒙蒙的。贡庆回忆二十多年前第一次亲临异境时的情景——当时他正和另外一个青年和尚转山到这里，突然发现自己的手变绿了，本来两人穿的都是红色的袈裟，这时候也被涂了一层薄薄的绿颜色。他觉得不对头，再看看同伴的脸也浮上了一层半透明的青绿色，同伴也正好奇地看着他的脸。他俩再看看周围的石头、水、植物，似乎都蒙上了一层青绿色，他们上上下下走了好几个来回，一边走一边观察，发现只有从碎石路开始往上到山口差不多1千米的这一段出现了这个情况。

　　尚未谋面的贡庆喇嘛是个理性的实证主义者，后来他带着疑惑几次检查这一片周围的石头、植物、水，甚至包括一朵朵开在碎石坡上的雪莲花，结果都没有发现任何异常。

守护着秘境的双生雪莲

　　迷迷糊糊中我抬起头展望四周，这一片碎石坡上，贴着地面远远近近盛开着许多株雪莲花。7月初我们前往嘎朵觉悟头盔的路上，同伴们把雪莲花送给我作生日礼物那天，我并没有亲眼见到它长在地上的样子，眼前的这些绿茸茸的花芽从深紫的花托中涌出，一层层棉絮状的莲瓣捧着圆鼓鼓的白色绒球，静静地开在如此神异之地、如此奇幻之时，似是守护着那个神圣幽微的秘密……

一刻永生

　　幽幽茫茫一路往上，终于出了山谷，登上海拔 4980 米的玛超垭口，这一天最高险的部分终于过去了。两膝酸软的我正要坐下来休息，只见文扎老师、索南尼玛和布多杰站在巨大的五彩经幡阵中，手捧着一沓沓五色风马旗已等候我多时……一起逆风撒出风马，这些信仰的使者载着人间的虔信在猛烈的山风中几个盘旋，倏忽飞去……垭口之上，天地之间，铺天盖地的五彩经幡阵下，漫天飘飞的风马旗中，只有我们一行四人朝圣的身影。最远的远处，最高的高处，在我们看不见的上方，在那里，众神都在……

　　下山的路脚步变得轻快，快到半山腰时再转身回望，嘎朵觉悟主峰仅露出两个尖尖的斜角，倒是东南方向，被称作嘎朵觉悟佛堂的那面山壁就在极近的空高处威然凛立。从这个方向看，它犹如众多手指组成的一只中心微微拢起的巨掌，就如《西游记》神话中孙悟空跳不出去的那座佛陀幻化出的五指山，如果将视觉更深入，隐约能看到每一根手指也由更小的手掌组成。古往今来，这只半握的巨掌像一张慈悲的怀抱，迎候着一路艰辛攀登至此，从轮回中走向解脱的众生……

嘎朵觉悟佛堂如一个张开的巨大怀抱

　　我一个人默默地走在最前面，渐渐转入新陇深处。山坡上、悬崖间、溪流畔，到处都是盛放的花朵，黄的、红的、蓝的、绿色的绿绒蒿、蓝鸢尾、紫菀，还有许多叫不上名的小野花贴着地面延展而去，一只蓝尾橘腹、黑色翅膀上有一朵小白云的俊俏小鸟一路伴在我左右，不时发出啾啾的探询声……有那么一刻，时空仿佛凝固了，前尘去路皆不见，也失去了此刻……过了许久，耳边忽然泉水隆隆，右侧有一股山泉不知何时从何处而来，身前身后，前不见古人，后不见来者……这仿佛从梦中涌出的流水把我带到一块平整的大石前，平躺在温暖石面上，面朝太阳，

翅膀上有一朵白云的小鸟伴我左右

闭上双眼。渐渐地，周遭的一切都不存在了，连潺潺的泉水声也遁隐而去……终于，有一种更清晰的声音从心中升起……

蒙眬间，似是有人影在晃动，睁开眼时，布多杰已在身前，原来他一直悄悄地远远跟在我身后，护卫我的安全。我俩坐下来一边抬头看云，一边等文扎老师和索南尼玛，当天上的云朵三开三聚时，文扎老师和索南尼玛也赶了上来……

下山的路上，仿佛脚下的路卷曲着自行朝我走来。古老的民谚中说："转嘎朵觉悟者犹如动物受惊，转卡瓦格博者宛若盗者轻步。"以此来形容嘎朵觉悟转山者身心轻盈、步履轻快的感受，就如此刻我的切身体会。不一会儿就到了山谷的出口，此时已是下午六点，我们竟然已经在嘎朵觉悟神山上转了九个小时……时间在山谷里仿佛是不存在的，意识中刚刚还在玛超陇的入口，此时已在新陇的出口了，欧萨早已准备好食物和水在等候了……

今晚的帐篷搭在水面清阔、欢快奔流的塔栋曲旁

番茄炒蛋

　　欧萨载着我们沿拉琼曲一路往西北，经过前两天露营的塔琼陇口，又看到那天的煨桑台和嘛尼石堆，文扎老师告诉我白玛诺布的煨桑文后来被寺院刻在石碑上，就在这个嘛尼堆下面。

　　今晚的帐篷搭在水面清阔、欢快奔流的塔栋曲旁，明天我们将从这里出发，开始第二天的转山之旅。刚搭好帐篷，六位戴着同款白色遮阳帽，身穿户外装的年轻女孩儿鱼贯出现在对面山坡上，女孩儿们兴奋地喜笑着，掩不住蓬勃而出的青春气息，在她们的户外服内，隐隐露出传统藏服的美丽一角……文扎老师说她们可能是女学生，趁着放暑假来转山，应该是和我们一样刚刚转完第一天，因为没有带行李和帐篷，必须连夜赶路，第二天一早到达转山的终点赛康寺。看着她们青春欢快的背影，我一边庆幸我们的安稳周全，一边向往她们夜游嘎朵觉悟的自在惬意……

连夜赶路的藏族女学生

女孩儿们的背影消失在塔栋陇的转角，从那里，一条欢快如小鹿般的清泉淌下来，一层一层漫过如千层饼般的岩石层，蹦蹦跳跳地来到我们的帐篷前，捎来明日的秘闻……

男士们已经在冰清的塔栋曲里幸福地泡脚了，我怕泉水太凉不敢过去，感叹要是能在嘎朵觉悟怀抱里美美地泡个热水脚就太幸福了……过不多会儿，布多杰从泉水的地方端着一盆水走上来，欧萨提着热水壶跟在他身后，他们竟然给我端来了洗脚水！幸福感猛地爆棚，感恩之情亦油然心生……我暗暗下决心今晚要为大家做一道菜。泡完脚，回到帐篷，我找来五只红透的西红柿，在简易案板上切成小块儿，又切了些葱花，然后在我的水绿色野餐盆里打好了五只黄澄澄的鸡蛋，布多杰帮我一起拿到外面的炉灶旁。我在锅里放上清油，等清油热了倒进去鸡蛋，炸好蛋盛到盘子里，再放清油，爆葱花，放西红柿翻炒，刚把炸好的鸡蛋放进去准备翻炒，一路负责伙食的索南尼玛果断地抓了一把盐放进锅里，等我发现时已经晚了，只好又放了勺糖赶紧出锅装盘。端上来时大家真诚又浮夸地大赞了一番，这个说颜色好，那个说闻着香，又一个个边放进嘴里边说味道好……吃着吃着，欧萨小声说："是不是盐放多了一点点……"文扎老师若有所思地点了点头："好像有那么点咸……"然后

怀着感恩之情准备西红柿炒蛋

他还笑着说为给我捧场忍着咸也要吃光，布多杰也跟着没心没肺地附和，倒是索南尼玛冲我笑了笑什么也没说。我自己就着米饭尝了一下，是有那么一点点咸，可还是很美味呀！后来我才知道，这段时间，索南尼玛炒菜时盐老是放多，大家也不敢抱怨，忍耐了好久，好不容易以为我能改善一下大家的伙食，没想到还是咸了。又吃了几口，文扎老师又忍不住揶揄了几句，欧萨和布多杰又随声附和，我又气又窘，太伤自尊了！站起身出了帐篷，在黑暗中借助流水的微光，踏过乱石堆，逆着塔栋曲里往上游走去，夜色茫茫，万籁俱寂，突然一阵委屈……过了一会儿，有个黑乎乎的身影往这边追过来，我加快脚步，找了块岩石藏起来，但还是被他找到了，原来是布多杰受文扎老师的委派来劝我。我让他自己回去，他不动，也不说话，闷闷地在我旁边的石头上坐着，我更生气，推搡着把他赶回去了……过了一会儿，欧萨又寻来，他见劝不动我，就说："我先去给你铺床铺，十五分钟后回来吧……"欧萨的话让我没法反驳，独坐了一会儿，起身慢慢往回走，微弱的灯光下，隐隐约约看到欧萨在小帐篷里弓着腰正在给我铺被，我心头一酸，多少天了，从源头一路走来每一个露营的夜晚，欧萨都是这样给我铺被……

钻进小帐篷，我叫欧萨拿酒来喝，欧萨又叫来布多杰，布多杰欢天喜地地跑过来，手里拿着他父亲窖藏十几年的青稞酒。昏黄的夜灯下，拥挤的小帐篷中，心骤暖，酒更醇。过了一会儿，欧萨提醒我们，明天要转山，不能喝多，于是大家各自安寝……

人与人之间，总有那么些个时刻，如金子般璀璨！

一杯青稞泯恩仇……

尘世的一天终于结束了……

四、谷中悟空

一宿无话，吃完早餐后，继续第二天的转山之路。尽管不忍，还是只能把欧萨一个人留下来收拾帐篷，然后再把我们的行囊转运回赛康寺宾馆。我在心中默默发愿，就算是为了欧萨，我也要圆满完成这后半段的行程。

清晨的日光经昨夜的星辰洗礼，在塔栋曲的清波间荡漾出梦幻般的金晕，路边的石头、草与花、土和泥也都亮晶晶地涂上了一层金粉，我们走在金光大道上，朝着太阳升起的方向前进……

朝着太阳升起的方向前行

昨晚的番茄炒蛋风波和帐篷夜酒后，今早起来腰有些酸疼。文扎老师为弥补昨晚的"过失"很是殷勤，我刚一开口，他不由分说让我趴在一块大石头上就要给我按摩，吓得我赶紧说："好了！没事儿了！不疼了！"

作为创世神山之一，嘎朵觉悟不仅是得道不退的菩萨，也是一位护卫八方的盖世英雄，因此它的主峰四周环绕着由四组七兄弟组成的二十八将才。早餐时我们又仔细研究了贡庆喇嘛的画册，大体了解了今天的转山路线要依次经过铁匠七兄弟、铸造七兄弟和裁缝七兄弟，也会经过嘎朵觉悟的宝剑和药箱。如果条件许可，还能有望亲睹在塔栋陇和塔珍陇交角处的咒师七兄弟。

三个七兄弟

在塔栋陇中转转折折盘桓半小时后，前方绿茸茸的两山之间突然出现了一个垭口。此时天空突然转暗，青白的太阳高悬在垭口上方，清冷得没有一丝人间的气息，一座寸草不生的红色砂土山豁然出现在垭口中间，像是挡在尘世与众神之间的巨大屏风，山顶上嶙峋地耸立着一排如天外来客般深褐色尖顶的岩峰群。没有任何疑问地，我们同时认出那就是嘎朵觉悟的铁匠七兄弟，晶白莹亮的塔栋曲从垭口处逶迤而来，原来它在上游这么细弱。此时，它与冷峻的铁匠七兄弟相偎相伴，竟然有那么一点儿小鸟依人的意味……

嘎朵觉悟的铁匠七兄弟

热艳的大红色绿绒蒿

穿过垭口，刚刚还遥不可及的青白日光骤然临近，放射出耀眼的金光，转身回望，逆光之下，一大片丰茂的高原花草恣意地在垭口之间迎风招展，粉紫、鹅黄的马先蒿，一丛丛猩红的红景天，比罂粟更热艳的大红色的绿绒蒿……一丛丛一束束，似是把太阳给予的光能无保留地全盘释放，这画面像极了丢勒的名画《大片草地》，只是笔触更狂野，细节更丰富，生态更多样！

文扎老师和布多杰还趴在草丛里拍那朵亭亭玉立、红艳欲滴的绿绒蒿，索南尼玛又早已走得不知去向，我一个人探索着向前……不多时，布多杰也赶了上来，我们一起来到嘎朵觉悟铸造七兄弟跟前——同样是在一片绿草茵茵的环抱中，同样是一座不长任何植物的孤兀的红砂石山，同样是一排深褐色的尖顶岩峰群，只是这铸造七兄弟相比铁匠七兄弟更集中，单体更高大雄拔！对于不太了解藏族聚居区古老生活方式的我，

一大片丰茂的高原花草恣意
地在垭口之间迎风招展

铸造七兄弟

分不清铁匠和铸造师有何区别，据布多杰分析，可能铁匠七兄弟是负责给嘎朵觉悟山神家族铸造盔甲兵器的，而铸造七兄弟或许负责制作供奉神佛的圣器以及日常用品……

落在后面的文扎老师这时也追赶上来，他说刚才一路上都在看云，此时他手指着天空中如轻纱织就的云彩对我和布多杰说："刚刚在路上，我看到天上的云像嘎朵觉悟山神骑着狮子，后来又变成骑着老虎，再后来变成野牦牛……嘿！你们看，现在又变成孔雀了……"我和布多杰瞪大眼睛努力辨认，看看天，再看看文扎老师，然后彼此面面相觑，摇了摇头表示对自己和对方的遗憾……

《楞伽经》里讲"了境如幻，自心所现"，在转山的途中，文扎老师心心念念嘎朵觉悟，所以在他眼中的云彩才会出现嘎朵觉悟现身的幻境。而我们，由于还达不到那样的专注和虔诚，所以也就只能望云兴叹……

不知不觉中，我们已经过了嘎朵觉悟的北门守护法狮，再抬头时，一大排黑色尖峰如天神下界般横亘在迎面的红砂山和湛蓝的天空之间，尖峰与尖峰之间的沟槽处，一道道积雪附在黑黑的山石缝隙里，与天上俯冲下来的白色云团交相辉映，显得天更蓝了，山也更黑了！这一组岩石群比之前的两个七兄弟还要长阔，但每个兄弟峰的造型看起来要更活泼一些，有了转身、低头、侧旋的姿态。这就是我们今天转山途中经过的第三组七兄弟——为嘎朵觉悟缝制战袍和新衣的裁缝七兄弟。

此时此刻，我们三人正并排坐在对面的山坡上，看裁缝七兄弟上空的云卷云舒。眼角余光里，右侧的斜坡上，影影绰绰有十几头牦牛散落在褐色岩壁和葱茏绿草间，在影子和真身之间，仿佛构成了一座座只有四柱和顶梁的小房子，从我的视角看过去，犹如一座座中空的庙宇……

远处这些牦牛的影子和真身之间，犹如一座座中空的庙宇……

这些"赛喀"是朝圣者供奉
给神灵居住的宫殿

献给神灵的"赛喀"

又遇碎石堆，又见雪莲花……

和我们在玛超陇经过的直接用石片垒起来的"拉确"不同，这里的石片被垒成小房子的样式，最高的有五六层。文扎老师告诉我，这是"赛喀"，是朝圣者供奉给神灵居住的宫殿，人们在神山上修"赛喀"，祈愿来世可转生于此；另有种说法是人死后，往生的过程需要经历无数的坎坷和风雨，如果生前在神山上垒建了这样的石房子，就会成为往生路上遮风避雨的临时住所。而在此间一起转山的同伴，不但是今世同受佛法恩泽的共修，更是死后在中阴漂游之时可以相互照应倚赖的伙伴……

我因为技术不好，只修了一座地基很宽阔的二层"赛喀"，布多杰修了一个两层，一个四层的。文扎老师不但自己修了一座三层的"赛喀"，还一边走，一边尽量把那些前人修建现在已毁坏的"赛喀"用心修补好……

生生之水

正在这时，身后赶上来一列转山的队伍，五女两男好不热闹！女士们都戴着同样款式的草帽，身穿庄重的黑色藏装，腰间围着磕长头专用的围裙，长长的耳坠鲜艳灵动，念珠有的挂在颈上，有的拿在手里。两位男士却都是牛仔帽牛仔裤T恤衫的现代打扮。彼此问答的过程中，文扎老师和布多杰惊喜地发现竟然遇上了他们家乡治多县上的乡亲，有一位女子竟然还认出了文扎老师，真是有缘千里来相会！此时，我仿佛更加体会到了刚才修"赛喀"的深意……

文扎老师感叹藏传佛教的伟大和对藏族人精神世界的塑造和升华，同时也对大多数信徒只是盲目信仰，缺乏理性思辨所导致的思维方式固化和精神世界被束缚表达了隐隐的担忧……对于文化的开放性和包容性，以及被重新活化的重要性和紧迫，一直是近些年文扎老师思考的题目。作为精通藏汉双语的文化研究者和实践者，他也尽力在探索，如何能在藏族文化和汉族文化之间建立起深层对话的桥梁。

我想起凯伦·阿姆斯特朗在《轴心时代》中提及的，两千多年前的孔子、释迦牟尼、耶稣等先贤，建立新的思想文化体系、宗教的肇始，都是以对以往旧的思想、文化、宗教的溯源、扬弃、活化和更新为基础，冲破当时或混乱或僵化的思想天花板而形成的。在雪域高原，藏传佛教

路遇乡亲

曾经作为一种激活和再生的力量，作用于当时古老固惰的苯教；六百多年前的宗喀巴大师，又以其不世出的超人智慧和才略，清除教弊，创立新派，中兴了藏传佛教，那么在这片土地上的今天，是不是需要开创一种新的聚合文明，以藏传佛教为基础，囊括并超越其自身，给这片土地一种新的激活和更新呢？

冥冥中我参与的这趟通天河考察之旅，难道不是一种微观形式的汉文明和藏文明的对话吗？同时不也是两种文明的个体之间，一次彼此的激活和再生吗？

翻过一座小山坡，再穿过一片开满黄色小野菊的滩地，远远看去，迎面又有一排高耸的黑岩山峰。没有之前三组七兄弟们的簇拥，但更高拔，据说中间那一座最细最高最尖的岩峰，就是铸造七兄弟亲手为嘎朵觉悟打造的智慧火焰剑。可是此时，在我眼中所呈现的，却是两位独自面壁的修行者，隔着中间高大的石壁相向而坐。左边高座这位，俨然是释迦牟尼佛入深禅定中；右边的一位，却是汉族地区寺庙中常见的显女身的观世音菩萨相……

所谓"色不异空，空不异色"。

智慧火焰剑（近景）　　　　　　　　智慧火焰剑（远景）

"不能说话"山口

不知不觉间，我们已走到一处被经幡和哈达层层包裹的长方体的高大山石前，贡庆喇嘛的画册上标注这里是嘎朵觉悟的药箱。文扎老师告诉我，在通天河边，大转嘎朵觉悟的路上，还有一座嘎朵觉悟药库巴拉神山，那里生长着许多珍贵的药材，据说整个藏族聚居区所有的植物在那里都能找到。

转山路上的
嘎朵觉悟药箱

再往上就是我们今天转山的制高点——海拔 4870 米的雅玛改郎了，它还有一个更为人所知的别名——"不能说话"山口。在我们以往的考察行程中，见识过很多座海拔比它更高的山，但，从没有哪个山口令我如此惊心动魄——一条细长的鸟道挂在悬崖峭壁上，下面就是万丈深渊，据说这一带的地质可能形成于侏罗纪，岩石的成分是油页岩，质地虽然坚硬，但却非常松脆易碎，一个轻微的震动就有可能将山石震落，而人也将葬身深谷，所以经过这里的人们不约而同地屏息静气，不敢说话。或许也正因为如此，民间才有传言：如果一个人能平安经过雅玛改郎，他在死后往生的路上就能够战胜各种困难和恐惧……

小心翼翼地走上这条极狭极滑极险的小路，每走一步，都有碎石应声落下深谷，我侧过身，一点一点地往前挪移，大气也不敢出……终于有惊无险地通过"不能说话"山口，心中充满自豪感！此时站在山体之间宽阔的台地上，有一种会当凌绝顶的快意！尽管已在山中转了两天，尽管已游历过许多名山大川，但眼前的情景还是让我极度震撼——我站立的脚下，以雅玛改郎为界，这边是孑然孤立的红棕色光秃秃的碎石山，那边是一层层青绿山峦如绿浪般荡漾开去，再如一张巨型扇面缓缓展开。你看那荷叶皴的峰顶、刚柔相济的线条、淡墨、赭石、花青、石青、石绿罩染的幽岩邃谷、高峰平坡，莽莽苍苍无穷远处，又被天上的青天白云接引，融入无尽的存有之根中……

　　索南尼玛一直走在前面，此时已在山口等候多时，大家一起在山口虔诚地撒风马，庆祝我们顺利通过了转山路上最艰险的一关。索南尼玛把一个娇红欲滴的大苹果递到我手里，原来他一直悄悄背在身上，就待此刻犒劳我。

　　往后都是一路下山了，文扎老师和索南尼玛先行而去，布多杰照往常一样因看护我落在后面，刚刚转过一个山坳，惊见两只白色旱獭赫然人立在右侧的阳坡上，待我们想走近细观，它们倏忽一下钻进了洞里……

以雅玛改郎为界，这边是红棕色光秃秃的碎石山，那边却是如绿浪般的青绿山峦

　　　　　　　　　　　　　　　　　　　　　　生生之水

终于有惊无险地通过"不能说话"山口，心中充满自豪感

布多杰说他看到了三只，而我确定只看到了两只……晚上和大家讲起时，欧萨说白色旱獭很少见，能看到是极大的福气，"非常非常吉祥！男的看到单只，女的看到双只是最好，最有福气的，如果是换过来就不好了……而且两个人一起看到，就是说这两个人有很大的缘分……"

尽管将信将疑，但不得不说，欧萨是个很会讲故事的人。

再转过几处清泉，在快到出口处的岩壁上用麻绳挂了许多小石子，据说这是朝圣者转山圆满的见证，也是一个人行愿的开始——"由于我今天圆满转了嘎朵觉悟神山，已经清洗了之前所做的恶业，我将此次转山所得的功德回向给众生，从此刻起，我要诸恶莫作，诸善奉行……"

我也从泉水中拾起一枚红褐相间的圆石子，小心翼翼地放在岩壁的凹槽处。

到此刻为止，两天一晚的嘎朵觉悟中转圆满完成，总行程55千米。对我来说，这是一个有开始和结束的轮回隐喻，更是一场螺旋式上升的行修之旅……

出口处悬挂在岩壁上的小石子，是朝圣者转山圆满的见证，也是一个人行愿的开始

五、"花和尚"的智慧和孤独

转山完成后的第二天一早，传说中的"花和尚"索昂·贡庆喇嘛从称多县的赛马会上赶回来。他之前做过很长时间赛康寺的寺管会主任，寺院周边的环境和寺藏如数家珍，今天专程来给我们做向导。

之前听说赛康寺的几位僧人一直在大经堂里做六字真言闭关，要昼夜不间断修七天七夜，任何外人都不得进入，即便外面过来的活佛都不行。本以为寺院里的几个重要文物我们这次无缘见到了，没想到今日正好是出关日，文扎老师认为这是我们转山所得的福报。

在赛康寺的文物室，我被十四世才芒活佛灵塔前的一块光滑黝亮的大黑石吸引，明黄色的哈达包围中，一只清晰完整的和真人右脚掌几乎一模一样的肉色脚印深深地嵌在黑石正中，几乎能看到上面的脚纹。贡庆喇嘛告诉我，这是印度大修行者弥底大师在嘎朵觉悟修行时留下的脚印，之前一直珍藏在嘎朵觉悟神山附近的一个牧户家里，后来，这家人把它赠送给了寺院……后来的行程中我才意识到，从这里开始，弥底大师的脚印将遍布整个通天河两岸……

吾布达泽的无奈

从赛康寺下来，顺溪曲（从嘎朵觉悟流下来的玛超曲、库庆曲、玛宗曲都先汇入溪曲，再注入通天河）行车一个小时左右，贡庆喇嘛带我们来到娘错部落古老的煨桑台，这是一片在半山腰上的开阔台地，许久之前，整个嘎朵觉悟周边都是娘错部落的牧场，每个藏历的大年初一，部落首领都会带领部落中的青壮男子来到这里，面对神山煨桑祈福。原来嘎朵觉悟有三个煨桑台，一个是我们第一天到达的嘎朵觉悟主峰下面的那座，一个在赛康寺，这是第三个。贡庆喇嘛说这是唯一能完整见到嘎朵觉悟三个山峰的地方，所有的嘎朵觉悟唐卡都是从这个角度描绘的。接着他手指东方说，从这里往下有一个美丽富饶的山谷叫杂荣谷，据说很久很久以前，阿尼玛卿看中了嘎朵觉悟第二个儿子杂荣吾布达泽的法力，请求嘎朵觉悟把儿子过继给他。嘎朵觉悟卜算出如果把这个儿子过继给阿尼玛卿，会减损本地域的福祉，就把吾布达泽藏在一个深深的山谷里，怕儿子被阿尼玛卿偷偷带走，还专门给他安排了一位守护大将阿古东泽，以及一只凶猛的藏獒切姆麻木把守山谷的入口，吾布达泽从此再没有出过杂荣谷……

曼琼宗雅（索昂·贡庆摄）

曼琼宗雅的爱情

娘错部落煨桑台正对面，有一座柔缓的山峰，传说那是嘎朵觉悟的妹妹，掌管着嘎朵觉悟珍宝库的曼琼宗雅。一条细长的灰白岩石带弯弯

生生之水

曲曲地绵延在曼琼宗雅的阳面缓坡上，传说那是嘎朵觉悟的护宝白蛇。

就在此时，大半天没说话的欧萨，忽然转到我身侧，给我讲了一段让人心酸的爱情故事……

"传说，掌管珍宝库的曼琼宗雅和掌管药库的巴拉神山产生了爱情。曼琼宗雅本是少年出家，是一位尼姑，因为和巴拉相爱还了俗……嘎朵觉悟知道后非常愤怒，找巴拉理论，最后就动上手了……嘎朵觉悟扔了一块石头砸在巴拉的头顶上，到现在巴拉神山的顶上还有一个大坑呢！巴拉也不示弱，传说他和龙族关系密切，一下扔过来很多毒蛇，把嘎朵觉悟脖子缠住了，嘎朵觉悟主峰正面一节一节像宫殿的石山上，有一道一道灰白的垂下来的那一块，据说就是那些毒蛇。嘎朵觉悟中了蛇毒，赶紧请七咒师念咒吹气，那个时候，毒蛇的克星大鹏鸟也飞过来了，帮着啄食毒蛇……听说现在转嘎朵觉悟上转的僧人们，还能看到神山颈部的位置有一道红土，有时候红些，有说法就是伤口发炎了，七咒师就给他吹气念咒（远古的神话还在两个时空间共时上演），有时候淡些，人们就说伤口好了。嘎朵觉悟的妹妹后来生下来一个儿子，转山路上有一个小小的石堆，小山丘，就是这个男孩儿。嘎朵觉悟强制妹妹不许嫁给巴拉，就这样巴拉也没办法，永远爱着曼琼宗雅，还有他的嘎娃（小男孩儿）。男孩儿生下来就没有父亲，在悲愤中一天一天长得特别快，嗖嗖嗖嗖长上来了。嘎朵觉悟越看越生气，一巴掌把他打下去了，说外甥太强大了之后，将来会变成舅舅的敌人。这个说法后来成了藏族人的一句谚语……"

欧萨的故事引起贡庆喇嘛的不适，他认为既然佛经上讲嘎朵觉悟在创世之前就已经是八地菩萨了，怎么可能还有这样残暴的行为和睚眦必报的想法呢？所以他判断这是两边村子的村民为了争夺对神山的话语权自行编造的故事。

然而，对于从通天河源头一路走下来的我们来说，听惯了通天河两岸神山大战的传说，也并不觉得这个故事特别突兀。我暗自揣测，或许它产生在佛教传入之前，那时的嘎朵觉悟还没有拜师学佛开始修行，还过着快意恩仇的世俗生活呢……

作为对照，贡庆喇嘛给我们讲了另外一则传说——

传说嘎朵觉悟最早本来在通天河的南边。那里的村子和村子之间，个人和个人之间经常争吵不休、打架斗殴，嘎朵觉悟百般教化却收效甚微，于是他心灰意冷，摆渡到通天河北边，准备离开嘎域去圣地拉萨。正当嘎朵觉悟带着干粮、盘缠，骑着马已经在路上的时候，他的舅舅嘉荣冉嘎急急地赶上来用身体挡在马前，嘎朵觉悟见势急赶紧一把拉住马头，但因为后挫之力太大，马的后蹄深陷在岩石之中，据说那块有马蹄印的石头至今还在。最后嘎朵觉悟听从了舅舅的劝告，把干粮倒在地上，在通天河北岸留了下来……据贡庆喇嘛讲，嘎朵觉悟当年倒干粮的地方，方圆许多里内都没有沙子，只有那个地方有，到现在路都修不好……

巴拉神山

生生之木

巴拉神山

顺溪曲一路往南，掠过通天河畔的第一块青稞田，来到一座顶部凹进去的大山前，这就是嘎朵觉悟的药库巴拉神山。从这个角度看，嘎朵觉悟的妹妹曼琼宗雅在西面露出雍容柔美的一角，和她心心念念的爱人遥遥相望。

文献上记载，巴拉神山上岩石林立、泉湖幽幽，终年云蒸雾绕，其间遍布数个修行洞，作为天然的修行圣地，几百年来吸引着藏族聚居区各地的隐修士。而每逢盛夏，附近邦夏寺的僧人们就会集结在巴拉神山上结夏研佛。

贡庆喇嘛说巴拉神山上植物特别丰富，几乎藏族聚居区所有的种类在这里都能找到。从 2006 年起，每年公历 8 月 15 日到 20 日之间，贡庆喇嘛必定来一趟巴拉神山。

传说巴拉神山的顶部是印度一座殊胜的药山直接搬过来的。山下科玛村著名的老藏医金巴达哇曾说过，巴拉山上所有的植物没有一种是没有药物作用的，其中有一种叫巴拉牙吉的珍贵药材，唯这里独有。"巴拉牙吉长在海拔 4500 米左右的山阴面，那里有很多特别大的花岗石，水特别充足，总是湿漉漉的，巴拉牙吉的产量特别少，要非常有福气，非常仔细寻找辨认才能偶尔遇到，外面一些做药材生意的商人，因为找不到真正的巴拉牙吉，就时常弄一些形状类似的药草冒充。"

巴拉牙吉（索昂·贡庆摄）

"本地民间有一个不成文的规定，挖多年生的药材的时候，不能连根拔起，只能切半个。比如红景天，切完之后三年不能切，三年之后只能切三分之一，据说这样分三次采集的药草会获得不同的功效。现在很多外地人过来，他们不知道这些植物的生长规律和药性，就连根一起挖掉，对植物和环境的破坏都很厉害！"贡庆喇嘛不无担忧地告诉我们。

在路上听故事总是不知不觉忘记了饥渴，当我们在尕朵乡一个四川小餐馆坐下来吃午饭时，已经快下午四点了。饭桌上贡庆喇嘛仍兴致不减，他说这里的一些植物有三种命名："比如我们见到最多的一种汉名叫红花绿绒蒿的花。它的藏文植物名叫吾巴玛布，这是学名，藏医药上的，很少人知道；小名叫阿达玛布（红色丝绸）；本地土名（也是物候期名字）叫阿达西达，意思是白唇鹿出生期间开放的像丝绸一样的花。"最近两年贡庆喇嘛又开始专门找当地老乡搜集植物的外号。比如"勒格麦道"意思就是小羊羔断奶期间长的一种草，一般小羊羔在一二月份出生，4月份羊妈妈刚好没奶了，小羊羔只能自食其力找食物，这个时候它长出来，给小羊羔充饥；还有一种叫"治沃麦道"的，是牛产奶最多的时候长的一种植物；"夏乌麦道"，就是白唇鹿换角的时候长的一种植物；还有汉语中的藏族聚居区雪莲花，藏语叫"贡拉麦道"，它还有一种本地土名叫"恰羔索巴"，就是像老鹰腿上的绒毛一样的花，非常形象。如果赶上不好的年景，牛羊产崽可能晚一点，植物也可能生长晚一点，但它们的时间是配合的。

这就是自然界物物相生的奇迹……

或许正如一位动物学家所言，每一种植物和动物都有其独特的"内在秉性"，它会深深地渗透进它的周围世界中，并将时间和空间内在化了……与之相似，我们人类的潜意识也以种种不为我们所理解的方式与我们周围的环境协调一致，它通过梦的启示、心灵的召唤、重大或微妙的契机，为我们解决内心生活和外部生活的问题，并将我们带向个体生命的真实……

在花草间修行

现年五十六岁的贡庆喇嘛，从小勤奋好学，尤其痴迷于嘎朵觉悟神山上的植物，又喜欢摄影，嘎朵觉悟的山山水水转了多少次他自己也数不清，由于藏文、汉文都还不错，前些年和来这里调查的环保组织有相当多的互动，也落了个"花和尚"的美名。我们转山路上参考的画册《圣地嘎朵觉悟威光》就是几年前贡庆喇嘛和"北京山水自然保护中心"合作的，藏汉英三语，另外还有一本《嘎朵觉悟植物乡土档案》，里面收集了200多种植物，其中有许多珍奇的物种。

"20世纪90年代初的时候，我和我们寺院一个七十多岁的老喇嘛，还有一个和我差不多大的和尚，我们找上一匹马，第一次转嘎朵觉悟，转了三天。那时候条件差，也没有照相机，老喇嘛说这个神山是什么，我就画下来，把地点坐标记下来，手稿现在我还保存着，差不多2006年开始用照相机拍植物。我们这里科玛村有一位特别有威望的老藏医拉杰增达老人，我每次拍完照片都给他看，虽然他不懂一点摄影技术，可能从来没见过相机，但是他会告诉我，'你这个拍得不对，不能只拍花，要整个连叶子一起拍，不然认不出来；这个颜色没拍好，和另一个植物分不出来！'要在什么季节，什么光线下拍，人家说我是植物摄影家，其实全部都是跟他学的。"

贡庆喇嘛对植物的收集整理还在继续，如今已经搜集嘎朵觉悟的植物300多种了，除了之前的珍稀药用植物，近年他有感于天然草场的破坏，也开始关注和记录各种草类，跟老牧民学习辨别每种杂草适合哪一种动物，生长季节，等等。"比如今年4月份开始下雨，正好是豆科植物生长的时候，它是杂草，它多了，供牛羊吃的草就少了，外面的人不懂，看着满山花花绿绿的，以为今年草长得好，牛羊的食物多，其实不是的；再比如，羊喜欢吃草尖，马喜欢吃河边的草根，牛喜欢吃中间的，尤其喜欢吃草蒿，不知道的人好像是牛马羊都吃草，但其实区别是非常大的；后来草原上围栏一围，牛羊马只能圈在这一小块地方，愿意吃也得吃，不愿意吃也得吃……"

他希望通过自己的记录和研究，能找到更好地保护雪域高原草场生态的方法——"我把嘎朵觉悟神山上的水泉都记录下来：一年四季都存在的有多少个，只有夏天三个月存在的有多少个，五个月存在的水泉有哪些。比如从嘎朵觉悟流出的大大小小的泉流，汇聚成的四条长年有水的大河拉仁曲、拉琼曲、玛宗曲和库庆曲，它们都汇入通天河……神山上有很多水，很多动植物生灵，很多宝藏，藏族人的观念是神山不仅养育了我们这方人民，还养育了众多生灵，是比母亲更大的养育之恩。只有把草木山川万物生灵保护好了，我们才能有可持续的生存，所以我们朝拜它，喊它，供它，心中感恩，不知不觉会流眼泪……只有这样才能真正认识神山。现在很多外面的生态保护机构的思路是，给老百姓钱，认为他们有生存的可持续，生态保护才可持续。如果都用钱解决了，以后就没有这种自发的感恩的感情了，和神山的关系就变质了……"

来之前听说赛康寺是这附近流浪狗最多的寺院，但是除了几天前看到的十五世才芒活佛那只黑色的拉布拉多犬，我没注意到还有其他的狗。贡庆喇嘛为我们揭开了谜底："之前有一些地方的做法，把流浪狗集中到一个地方，给五十、一百斤粮食，给点儿钱，让老百姓养。有些就直接拉到内地去了，不知道怎么弄了。在我们看来太造孽了……喇格活佛当寺管会主任的时候，他看到流浪狗特别多，卫生也很差，带来了很多疾病，就想了个办法，号召寺院的僧人们领养流浪狗，然后送到他们各自的家里，每家最多两只，养到死。僧人们都很愿意，家里人也都很愿意，把它当成一个修行的功德……"

贡庆喇嘛说下一步打算拍一拍动物，更重要的是把动物的原始藏文名字告诉世人。他举了一个例子："'雪豹'本来在藏语里有对应的名字叫'萨'（ གསའ ），汉族人来后把它翻译成汉语'雪豹'，后来藏族这边又把汉语的'雪豹'翻译回藏语，变成了'刚色'（ གངས་གཟིག ），最后藏族人自己都不知道它原来叫什么了……"

这位贡庆喇嘛，他对事物的看法、他的思辨能力、他的实证精神，还有他对"此岸"世界的关注，都进一步刷新了我对藏传佛教出家人的认知，因此我很想知道，他是几岁来的寺院，当时的初衷到底是怎样的……

"我二十一岁到赛康寺出家，原来想两年、三年学学佛，学学藏文，那时候也不想在寺院待这么长时间。刚开始也不懂什么佛法，不知道什么六道轮回的苦恼……然后三年、五年，学到第六年的时候，虽然我学得不多，但是隐隐约约知道了一些——一个人有家的话他有苦恼呗，每个人都不喜欢苦恼，要脱离苦恼咋办？只能出家，尽量把世间的苦恼避开。刚进寺院的时候，年纪小，不知道什么烦恼，但最后想了想，如果还俗回去成个家，然后有那么多的孩子，然后再去上学啊，会碰到各种各样的事情，我又是这么一个文化人我就受不了了……只能就这样，和尚做定了。现在很多人以为出家挺舒服，没什么事干，但其实很忙。早上七点上早课，十二点下课，下午三点再开始，六点下课。要学五部大论（般若、中观、释量、戒律和具舍），每天念经、背经、学习，还要做寺院的一些杂务，赶上大的节庆日就更加忙碌，这可没有毕业的时间，一直到老。比如你是喜欢吃肉的一个人，天天给你吃肉，可能你吃三天就不喜欢了，这个也一样。很多人学了三年，觉得太苦就离开了，但我是岁数越大越想学，以前早上七点上课，总想着最好八点、十点，现在想比七点早一点更好……"

"那在你看来什么是修行呢？"

"修行……我理解的修行，就是要不断修理自己的心……"

六、布由嘉果——通天河大鱼怪终结篇

一路伴我们同行的溪曲，在巴拉神山的东南角顺势一拐，就扑向了从西北方赶来的通天河的怀抱，布由嘉果就坐落在巴拉神山的脚下，通天河畔。巴拉神山到了这里，当地人为它起了个新名字——布由巴拉。

延续千年的布由嘉果

很久很久以前，布由家的祖先，一位母亲和她年少的儿子从通天河下游一路逃荒至此。那个时候，这个地方还没有人居住，母子俩就在山坳里挖了个洞当作栖身之所，在洞口挂了块牛皮当作大门。一开始缺衣少食，儿子经常要到附近的村庄去讨饭、借粮食。有一天，儿子又要出去讨饭，母亲就跟他说："人家要问起来，你不要说我们是'膏果'（牛

皮门，指穷苦人家），你就说你从'嘉果'（大宅门，指大户人家）来，刚刚来到此地，借些青稞种子明年春天种，秋天再加倍还给人家。"儿子听完母亲的嘱咐就出去了，他按母亲吩咐的话，这一天果真讨得了一大袋青稞。正当他喜滋滋地背着青稞沿通天河北岸往回走的时候，河里突然出来一条特别大的金鱼。（这一次终于确认它是条金鱼，巧合的是《西游记》中从南海观世音处偷偷跑出来的灵感大王也是条成了精的金鱼）。小伙子见这条金鱼已经饿得有气无力，眼巴巴盯着自己背上的袋子，心中充满了一种同病相怜的感情，就从袋子里拿了些青稞给它吃，大鱼一口吞下青稞，又眼巴巴地看着小伙子。就这样，小伙子不断拿出青稞喂大鱼，最后大鱼把整袋青稞都吃光了……吃下青稞后，它立即精神抖擞，突然开口对小伙子说："我吃下了你的青稞，你有什么愿望，我都会帮你实现！"小伙子听到大鱼竟然说起人话又惊又怕，虽然半信半疑，还是诚恳地回答："我的愿望就是，从今以后，我和母亲再也不用挨饿、再也不要讨饭了！"大鱼说："你放心吧，你们再也不会挨饿了！"说完一摆尾巴就钻进了通天河里。小伙子一路恍恍惚惚地回到家，见到母亲，把遇上大鱼的前因后果给母亲讲了一遍，母亲听了不但没有责怪儿子，反倒赞许他"助鱼为乐"的善举。这样过了一段时间后，奇迹出现了，母子俩的生活越来越顺，想做的事情都能做到，生活也变得越来越好。慢慢地，家里的财富越积越多，房子也越建越大，仆人也越来越多，后来他们还有了自家的马帮和牦牛驮队，跟远方的商队做起了茶叶生意。家族最鼎盛时期，长长的茶马古道上，布由家的茶马队伍最先到达的茶叶已经入库，最后一批茶才刚刚放上马背……最后，布由家成为通天河这一带最富裕的家族，最发达的时候，光上缴的赋税就相当于一百五十亩地上产的青稞，是名副其实的"布由嘉果"。话说兴旺起来的布由家族，从当初的母子二人起，到一代代的后世子孙，都秉承着乐善好施、信佛尊僧的传统，任何时候来讨饭的穷人上门都不拒绝。有的人早晨来过了，晚上还来讨，有的已经在前门讨过了，又绕到后门继续讨，布由家的人也有求必应照样给他，因此人们都口口相传，说这个家族已经戒掉了"不"字。

布由嘉果的后人传到今天已经是第十三代了，虽然中间几经世事变故，但家族乐善好施的传统和卓越的生意基因都很好地保留了下来。第十二代的男主人如今在结古镇做生意，他的母亲和妻子儿女此时都住在这里。我们刚一进院子，一位五十岁上下的藏族女士就迎上来，只见她身穿月白缎束领长袖上衣、酱色传统藏袍，脖子上戴着珊瑚绿松石项链，手里捏着一串貌似象牙质地的念珠。这位叫才让的女士是布由家上一代的女主人，也就是这一代男主人的母亲，她见到贡庆喇嘛非常高兴，虔诚顶礼之后，热情地把我们迎进布由嘉果的碉楼内……

布由碉楼最初始建造的时间已不可考，据有些专家考证要追溯到吐蕃王朝甚至可能更早。这座碉楼占地 2000 平方米左右，位于布由古村的中心，共四层楼，呈前二后四的结构。一层的大门西北朝向，是仆人、兵士和商旅进出的地方，三层入口的门在南侧，专供主人和贵客进出。整栋碉楼总共有四十多间房屋，每一层都有厨房和独立的卫生排水系统。这座高大的碉楼，完全是由一片片青石手工垒砌而成，据说砌石匠从地面往上一层层垒砌的过程中，不需要用墨线、垂球、平衡尺之类的工具来校准，完全用肉眼的观察和丰富的经验来掌握垂直与平衡。这是藏族

这间保存完好的小土洞就是布由嘉果的前身

在布由嘉果的圣地，文扎带着我一起虔诚祈祷我们的通天河之行圆满

生生之水

人世代传承的古老技艺！据说直到今天，藏族人形容协调好一件事时还常说，"要像垒砌石头一样把事情协调好"。

才让领我们先到布由嘉果碉楼的二层，再左转右转来到最里间的一个角落。这里貌似是个小土洞，门口极窄，挂着半张老牛皮，透过缝隙往里张望，看不到一丝亮光，原来这里就是当年那对母子住过的膏果（牛皮门），也是整个布由家族最初发家的起点。这整栋碉楼就是以这间保存完好的小土洞为核心兴建的，而整个布由村又是以布由碉楼为核心形成的，百千年来，一代代布由家的后世子孙都珍视和守护着这方家族圣地。才让用藏语给大家介绍着这座小屋的过去，虽然我听不懂她说话的内容，但她从容的气度、机智又有些俏皮的神色颇令人心仪。我的思绪正随她话语的顿挫忽近忽远，文扎老师已弓背低头钻进了小土屋，我也忍不住好奇，随后钻了进去，打开手机电筒四下观察——这是一间不足五平方米的小土洞，没有窗，只有一扇窄窄的门，我和文扎老师两个成年人在里面腰都直不起来，右侧墙根堆着大大小小的十来个老陶罐，左侧墙根竖放着几个犁地的犁头，也年代久远……我心内感慨，这个充满智慧与

慈悲的小土洞，就像藏传佛教的圣物吉祥右旋海螺的中心，以慈悲喜舍的愿力最终旋转出一个盛大圆满的世界……文扎老师带着我一起虔诚祈祷，唯愿我们的通天河之行就如这座小土屋于之后的布由嘉果一样，从最初的虔诚发愿，经过中间的艰难跋涉，直到最终的广结善缘，蓬勃圆满！

从二楼下来时，我注意到一间房屋向阳的房梁上，有一个看起来年代久远、硕大精巧的灰泥燕巢，斜上方小小的开口就是燕子们曾经每日飞进飞出的家门。多少年过去

这个留存下来的燕巢见证了主人家曾经的鼎盛

了，"旧时王谢堂前燕"如今早已"飞入寻常百姓家"，但这个留存下来的燕巢见证了主人家曾经的鼎盛，还有，燕巢曾经的主人似乎也在向我们这些后来者宣示：与那些人类中建造房子的能工巧匠相比，它们造房子的技术也不差！

才让女士领着我们一层一层继续参观，从佛堂到主人居室，从厨房到仓库，从瞭望口到武器库……据贡庆喇嘛讲，那时候碉楼的主人经常从藏族聚居区各寺庙请高僧大德来家里讲法，四层的佛堂就是高僧们起居和讲法的所在，据说现在底层一间封闭的房子里还存放着大量的古代经卷。

从布由家的碉楼三层平台望过去，滔滔的通天河水正自西北方穿山越岭而来，嘎朵觉悟的药库巴拉神山在一片午后金光中散发出神秘的气息……尽管布由村的村民们供奉的主神是巴拉神山，但文扎老师告诉我，布由嘉果碉楼内一直秘密供奉着通天河里的龙族，他听才让讲，家族供奉龙族的那个地方老是有很多蛇盘在那里，家里人都见过，不过龙族怕光，这两年游客太多，一次次开门关门，家里人怕龙族见光太多会影响家族运势，所以今年把门封上了……在藏族人古老的信仰体系里，世间的财富以及财富的分配都掌握在龙族手中。如果它不让水落到地面上，万物都生长不起来；但它也有邪恶的一面，比如老百姓一旦冒犯了河流尤其是水源，龙族就会发起残忍的报复，轻则让人患皮肤病，重则甚至

从布由家的碉楼三层平台眺望通天河

生生之水

穿肠破肚而死……文扎老师说在藏族聚居区供奉龙族是很少见的，他和欧萨之前在别的地方从没听说过。

虽然才让没告诉我们家族一直供奉的龙族到底是什么，但根据故事里的前因后果，我判断很可能就是那条金鱼精。布由嘉果缘起故事里的金鱼精，也就是我们通天河考察故事里的那条大鱼怪，作为通天河里龙族的代表，在这里已经是第五次现身了……后来我才知道，从这里再往下游走，我们的故事中就再也不会出现它的身影了……难道，嘎朵觉悟就是这条大鱼怪逆流向上的起点吗？想到上一回故事里，嘎朵觉悟因不满妹妹曼琼宗雅和巴拉神山相爱，和巴拉神山大打出手时，通天河里的龙族帮助巴拉神山大战嘎朵觉悟的情节，虽然故事古远线条粗糙，也没有提及龙族的具体形象，但作为龙族首领的金鱼精肯定不会缺席，难道那次大战的后果之一，就是金鱼精被嘎朵觉悟山神赶出自己的故居，被迫逆流而上，才有了前面那些"通天河大鱼怪"的传奇？前面讲过，考古学家论证嘎朵觉悟这一带在远古时期曾经是一片古海，而《西游记》里那条原本在观音座下浮头听经的金鱼精灵感大王，是由于一次南海海潮泛涨才来到了通天河的，那片古海与西游故事中的南海，莫非……

时空仿佛突然裂开一个缺口，恍惚间一切还原到远古的神话现场……然而，就在这样起心动念的刹那，那些不知从何处飘过来的记忆碎片迅速灰飞烟灭，两个神话时空也就此戛然关闭……

据说布由家有一条祖训，若想家族繁盛，子孙不得离开这个祖屋。布由嘉果如今已是远近闻名，越来越多的人慕名而来。当地政府为了保护文物，也为了让布由家的后人生活不受打扰，近年在院子里给他们建了新房子。从碉楼出来，正要上车的一瞬，碉楼右侧新建的房门前，出现了一男一女两个幼童，七八岁年纪，穿着传统藏服，衣饰华丽，面貌清秀、气度雍容，犹如传说中的金童玉女。原来这就是布由嘉果新一代的小主人，面对我们无声的惊诧和探询，眼前这两个有着满月般脸颊的小儿女，嘴角悠然浮现出一丝若有若无的笑意……

七、神鸟与佛缘

过了布由嘉果，沿通天河再往东，走不多远就来到了同在通天河北岸的固察卓木齐村，这里曾是玉树二十五族之一固察部落的驻牧地。据说，忽必烈继任蒙古大汗后，考虑到青藏高原交通不便，对政府管理、军队后勤供应以及商旅往来都造成严重影响，因此决定建设通往西藏的驿站。在当时的帝师也即萨迦派第五代法王八思巴的支持下，从青海到后藏的萨迦，一共修建了二十七个大驿站，固察卓木齐就是其中之一。

右前方通天河谷地中一排排的白色小房子，就是佛缘深厚的固察卓木齐

贡庆喇嘛领我们来到村口的固察拉康（经堂），看守拉康的老僧人用钥匙打开陈旧的木门，这是个一里一外的套间结构，风格和拉萨的昌珠卓玛拉康相近，听说这座拉康已经有一千多年历史了。一进门的正中供奉着一尊鎏金的观世音菩萨像，左手托净瓶，右手结触地印，面相慈悲沉静，听闻这尊观世音菩萨在当地威望很高，人们都相信它具有神奇的加持力，而且这还是一尊"会说法"的菩萨，据传历史上固察拉康面临三次重大劫难时，它都曾开口说法……贡庆喇嘛告诉我们，当地人都说观音像的莲座底下有一眼和通天河相连的泉水，泉水的入口处，由一黑一白两只青蛙把守，人们把这个入口看作是龙族赐予后代子孙的财富通道，所以要特别小心供奉和保护。

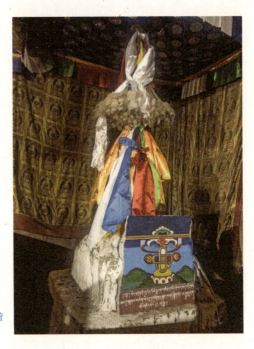

层层哈达包裹内，是象征嘎朵觉悟管家化身的一只神鸟

观音像右首的供台上，有一件用哈达包裹着的神秘物件儿。由于包裹得太严太密，我只看到最上端的一圈白羊毛，正好奇着，老僧人走上前，小心翼翼地将哈达一层层打开，里面竟然是一只羊毛做的大公鸡！老僧人告诉我们，这里最早是一座苯教的祭祀场所，里面供奉的主神是

嘎朵觉悟的管家雍仲江才，他的形象是一只神鸟。传说这只神鸟的脖子上挂着一长串钥匙，用这些钥匙可以开启嘎朵觉悟神山的宝库。这雍仲江才本是固察部落的土地神，但他不同于一般的土地神，法力非常厉害，本地的雨水降落、谷物生长、牲畜兴旺，甚至村民的生老病死都由他一手掌管。千年来，每年的藏历二月二十二日，卓木齐村的村民们都要把固察拉康里供奉的神鸟抬往村后的神山举行祭祀活动。迎请神鸟时，人们一边走一边齐声高喊向神灵祈福，同时往天上撒糌粑，祈求来年风调雨顺、人畜兴旺。在最早的仪式中，咒师先念颂咒语祈请山神，然后要在祭坛上宰杀一只白公鸡献祭，据传在黑苯教时期，每年祭祀时都要杀一只活的白公鸡供养给山神。后来到了白苯教时期，人们摒弃了活祭的传统，用白羊毛做一只大公鸡的模型来代替，再后来倡导不杀生的佛教传到通天河流域后，公鸡模型替代活牲的做法得到了进一步的发扬……后来，这一日也逐渐演变成了每年的春耕祭祀节日。

无独有偶，用白公鸡祭祀山神的传统，在汉族地区也自古有之。《山海经》北山首经、北次二经、中次三经等多篇都有"祀鬼神皆以雄鸡"的文字，其中西次四经中更有"自阴山以下，至于崦嵫之山，凡十九山，三千六百八十里。其神祠礼，皆用一白鸡祈。糈以稻米，白菅为席"的记述，明确记载了用白公鸡祭祀的传统。后来，"白公鸡辟邪，白公鸡血可以驱鬼降妖"的观念逐渐在民间传播开来，人们将其普遍用于祭祖祭神的仪式之中，清道光年间顾禄所著《清嘉录》中就有"欲传为关神诞，士大夫家宰白雄鸡以祭之"的撰录。

卓木齐村至今仍保留着这个在通天河流域流传了几千年的独特信仰……随着老一代人的逝去，大多数参与者都只知其然而不知其所以然了，古老虔诚的祭神日正在慢慢演变成一个颇具娱乐性质的狂欢节。尤其是近年外地来的游客增多，人们在当天更多的是相互追逐嬉戏，比赛往对方身上撒糌粑，听说最多的时候一天能撒几千斤糌粑……

我心中暗想，那些曾活生生存在于一个民族、一个部落、一个人血液里、心灵深处的活体信仰，如果不能从源头复活其内容和形式，挖掘其意义和价值，终将会不可避免地荒腔走板、徒剩其表……

固察拉康还素有"玉树小敦煌"之誉，拉康的里间四壁和顶梁上都绘满了层层彩绘的壁画，大部分是佛教经变的题材，也有一些似是民间神话。从大部分剥落得深浅不一的墙皮痕迹粗略辨认，这些壁画至少出于三个不同时期匠人的手笔，一层层叠加，这一点和敦煌壁画类似。从笔触到着色再到服饰，除了有藏传佛教不同时期唐卡的艺术风格，也有一部分具有明显的蒙古族特色，其中更有一些样式格外古拙的，考古学家认为可能来自古老的苯教时期。正北面的墙上有一幅占了整面墙的密宗五方佛，这幅壁画采用了敦煌壁画中常用的粉绿、灰绿、土红的配色和勾线晕染笔法，尽管岁月久远，色彩斑驳，但依然能感受到画者高超的技法和虔诚的用心……

固察经堂里间四壁和顶梁上都绘满了层层彩绘的壁画

要说固察卓木齐这个小村子，最令人震惊的还是它的佛缘深厚、大德辈出。据资料记载，在第一到第十八代固察百户期间，这里共诞生了十几位有名的高僧大德，其中就包括旁边邦夏寺的第十三世嘎尔活佛。当然最著名的要数八思巴的弟子、曾任元朝帝师的嘎·阿尼胆巴·贡噶扎巴，也就是嘎藏寺第一世洛荣活佛。

但这所有的转世大德中，故事最具有传奇色彩的还是我们前面反复提到的贡萨寺秋吉活佛的转世系统。据秋吉活佛自传记载，从第九世到第十八世秋吉活佛都转世在这里的固察百户家里，而且据传第十九世秋吉活佛原本也要转生在这里的，却因为一个小差错失之交臂——相传当时的第十八世秋吉活佛在圆寂前，希望调停这里江赛部落和百乎部落延续几百年的世仇，于是命令两个部落的百户在当月 25 日前来，另有固察部落的老百户才昂多杰也要来取活佛的亲笔认证信函，所以活佛就命他们三人在同一天一起赶到座前。但在来的路上，三人均被邪魔外道所困，直到 26 日晚上才赶到，因此错失了缘起，活佛心里预感此地的福报不足了，就对三位百户说："我的下一世将不再转生在这里，要转生到一个距离此处很遥远的地方……"这就是第十九世秋吉活佛转生在西藏山南琼结的缘起。

真没想到，我们匆匆拜访的这座通天河边不起眼的小村落，竟然隐藏着这么多的线索和秘密——它不仅是嘎朵觉悟故事线上重要的一笔，也是通天河流域古老苯教文化的活化石；不但是藏传佛教几个转世系统的交会点，也是贯穿几个世代藏族壁画艺术的集结地；更不用说它作为元朝政权与西藏和朵康地区连接的政教枢纽的历史坐标……对我来说，更重要的是，在这里，我第一次意识到，曾经以为千差万别的两种文明——青藏高原雪域文明与远古华夏文明之间，在经过年湮世远和千山万水之后，竟然在某些个神秘的节点上，有了超时空无缝衔接的同一性……

生生之力

八、缘起当果佛舍利

这是我们通天河考察经过的第一座萨迦派寺院，也是嘎朵觉悟往东下来的第一座寺院。从半山腰的广场俯瞰下去，夕阳西照下，通天河向北扭了一下腰，又向东甩了一下胯，继而裹着金黄色的斗篷一头扎进莽莽苍苍的崇山峻岭中……青山绿水之间，刚刚那座传奇小村落固察卓木齐就像一排排白亮的小贝壳镶嵌在通天河的北岸。

刚进邦夏寺的山门，就见到正在等候我们的昂旺多杰堪布。这位堪布看起来四十来岁年纪，戴着茶色太阳镜，个子不高，非常精干，手里的转经筒一刻不停地摇动着。他和赛康寺的贡庆喇嘛看起来像是老相识，文扎老师对他也是一见如故，似有他乡遇故知之感。三人一边往客堂里走，一边用藏语聊得不亦乐乎，文扎老师也顾不上给我翻译……

蒙古王室普遍信仰藏传佛教，到忽必烈主政时更是独崇萨迦派。萨迦五祖，时任忽必烈帝师的八思巴为藏族聚居区僧俗的福祉，曾两次长途跋涉经通天河流域往返于元大都和拉萨之间，邦夏寺正是在这个时期由其弟子嘎·阿尼胆巴·贡噶扎巴亲自主持修建的。有元一代，通天河两岸的大部分寺院都曾属萨迦派，包括我们刚刚经过的赛康寺。到了清朝初期，五世达赖进京觐见顺治皇帝时，所经路线上的寺院又大多改宗为格鲁派，但邦夏寺是个例外，从建寺之初到如今，一直是萨迦派的传承没有变过。

邦夏寺近些年也被称作藏族聚居区的那烂陀寺，这是因为在寺院里供奉着释迦牟尼佛殊胜的八颗舍利子……

当果佛邸

第二天一早，披着漫天的朝霞，昂旺多杰堪布领我们从邦夏寺一路下山，去朝拜佛祖舍利最初供奉的圣地——当果佛邸。沿通天河走了十几千米，堪布手指上方半山腰的经幡密布处，说那里就是曾经的当果佛邸，民间也叫它"当果王宫"。很久很久以前，那里曾有个修行洞，有一位法名为香巴雍仲的大师在洞里闭关修行……他就是当果佛舍利的第一位守护者。

抬头往山上望去，曾经的圣地已被一片长满柏树的绿茵覆盖，只有层层叠叠的旧经幡提醒着我们它往日的气象……

本地民间有一个传说：相传贤劫人寿两万年时，在距嘎朵觉悟神山30千米处有一座甘朵拉经堂，释迦牟尼佛成佛前的某一世曾安住于此。当日空行母曾授意经堂的管家，未来将释迦牟尼佛的舍利子从印度迎请到嘎域的"当果"。

接下来，昂旺多杰堪布给我们讲起当果佛舍利的渊源……

"传说当年龙树菩萨在修缮菩提伽耶金刚座佛塔时，在佛塔的最顶上装藏了十一颗释迦牟尼佛舍利子，伊斯兰教进入印度后，佛塔佛像被大肆破坏，菩提伽耶也未能幸免。当时一位名叫阿杂然·辛德嘎哇（白眉瑜伽师）的大班智达（佛教的大学者）得到空行母授记，让他把佛舍利取出来，送往北方藏族聚居区保存。这位班智达悄悄将金刚座佛塔中的佛舍利子取出，装在一个象牙做的小盒子里，再藏在头发中，然后用包头巾包好，带着它到处躲避，好不容易逃出印度，辗转来到藏族聚居区。当时空行母曾对阿杂然班智达授记，在北方藏族聚居区有一个名叫'当果'（老虎头）的地方，在那里他将会碰到一位有未来佛名字的人，到时就把舍利子交给他保管。阿杂然班智达先是到了西藏，从前藏到后藏，二十年里不间断地四处寻找，始终找不到那个有未来佛名字的人。于是他又来到朵康地区，顺通天河一路跋山涉水走到这一带，当他经过'当果'这个地方的时候，没有任何发现就走过去了，到了前面，就是我们面前这座山往北过去一点的地方，他打听到那地方名叫'当久'，意思是老虎尾巴，阿杂然班智达心想：'有老虎尾巴就该有老虎头啊，而且老虎头也不会太远啊！'于是又往回走，到了差不多现在我们站的这个地方，遇到一位拿着酸奶的老人，他就问老人：'您能不能跟我讲讲这里的地名啊？'老人指着这座山说就叫'当果'，这一下阿杂然班智达才明白，空行母预言的地点就在这里，当时他真是太高兴啦！就把自己随身带的两枚针送给那位老人家，一枚白色的象牙针，一枚红色的干针，就是藏医里治头疼的东科。一般的东科都是金属做的，但这个很特别，放在水里能浮上来。阿杂然班智达谢过老人，一路上山就来到这个山上的闭关房，上前一问，原来闭关修行的那位大师就叫香巴雍仲（藏语里弥勒佛叫香巴佛，是慈心的意思）。他这次知道终于找对了！就把藏在头发里象牙盒子中的十一颗舍利子给了香巴大师，告诉这位大师当年空行母的预言。从那天起他就开始伺候香巴大师，一直伺候了很多年……"

再说这位阿杂然班智达，在印度时已经是一位很有成就的大修行者了，这些年一个人护送佛舍利的日日夜夜中又精进了许多。"他自从伺候了香巴大师，每天都去通天河里打水。香巴大师发现他每次打水的速度特别快，差不多一转身就打完水回来了，久而久之觉得有些奇怪。有一次他就从闭关的石屋小孔中偷偷地往外看了一眼，正好见到阿杂然一只脚踩在通天河南边的山上，另一只脚踩在通天河北边的山上，拿桶这么一舀，水就拿过来了……"昂旺多杰堪布暂停口中的故事，给我们指认阿杂然班智达曾经脚踩的地方。那是一块巨大的岩石，正中间盛满淡奶茶

在当果佛邸下的通天河边，寻找大师留下的足迹

阿杂然班智达每天横跨通天河打水踩出的脚印

色通天河水的凹槽，就宛如一只右脚的形状。堪布说通天河北边那块印着阿杂然脚印的大石头，就镶在前面曲登纳贝白塔的墙上……

堪布接着上面的故事讲道："香巴大师看出这位印度来的班智达不是一般人，就对他说，'你不应该伺候我，我应该伺候你才是呀！'阿杂然说：'不行，我是作为释迦牟尼佛舍利子的护法来的，它归属谁，我就伺候谁！'然后他就在香巴大师面前显出本来的样貌：一身印度吠舍装束。告诉香巴，'我原来在印度的时候就是这样的。'香巴为了感恩阿杂然的托付和照顾，就照他现身吠舍的样子塑了一尊泥像。据说泥像刚塑好，阿杂然就突然融入塑像里不见了……"

许多年后的一场浩劫，据说这个泥像被人破坏掉了，只剩了下半身……

往后的许多年里，香巴雍仲大师和他的传承者们，一直虔诚地护佑着阿杂然班智达千辛万苦从印度护送来的佛祖舍利子。堪布告诉我们，佛舍利从印度迎请过来到现在，已经将近一千年了，那时候邦夏寺还没有建立。因为"当果"这个地方供养着佛舍利，而且也供奉着保护佛舍利的护法阿杂然班智达，所以后人就叫这里"当果佛邸"或"当果王宫"。再后来，邦夏寺建立后，这里也从一个最初闭关修行的地方，变成了邦夏寺的一个拉章（"拉章"藏语本意是佛宫的意思，就是大喇嘛的住所，西藏历史上拉章逐渐演变成以某个大喇嘛为首的政教合一的组织）。

据说佛舍利是1988年才请到邦夏寺的。堪布故事中佛舍利有十一颗，但是我们昨天见到的却只有八颗……这个问题当时我没有来得及细问，后来文扎老师告诉我，另外三颗听说辗转到了通天河南岸的拉则寺，好像"文革"之前就分开了，更奇异的是据说那三颗佛舍利后来增殖成三十多颗，为此拉则寺还专门建了一座佛塔供奉……

昂旺多杰堪布并没有带我们去半山腰的"当果王宫"遗址，而是径自攀着岸边的岩石往下走，我们也只好跟随着他一起下到通天河边。这里有很多古老的大岩石，水痕幽深，参差嶙峋，上面有许多孔洞。堪布指着一块大石头上的椭圆形凹槽道："那位阿杂然班智达以前在印度的时候因为天特别热，每天要洗两遍澡，所以他到通天河边后，每天也在河里洗两遍澡，洗澡的时候就坐在这块大石头上，这个凹槽就是他长年累月坐出来的……"我见旁边还有一道细细长长的顶头宽圆的凹槽，刚要开口询问，堪布就说那是阿杂然班智达放他吃饭的长勺的，看凹槽的形状，那位大师吃饭的勺子比我们通常所见的勺子可大许多倍……

此时，天突然起风了！脚下的通天河也澎湃起来，挥舞着浑黄的巨臂狂飙地拍击着两侧的崖岸，雪浪翻飞处，眼前的孔洞都被激流填满，真正是大江东去浪淘尽，千古风流人物！

曲登纳贝

昂旺多杰堪布领着大家沿通天河往南转过一个弯，就看到一黑一白两座藏式佛塔，几位手持念珠的老阿奶正一边转塔一边口中念念有词。随老阿奶的脚步转到白塔的正面，堪布把我们引到塔的入口处，只见棕红色的墙围上镶嵌着一块和转经筒差不多大的黑色石头，上面有一只清晰的凹陷下去的大脚印，脚趾内扣，显出持续用力的样子。原来这块石头上印的就是阿杂然班智达的左脚印，和刚刚我们在通天河边看到的脚印正好是一对。

堪布介绍这座白塔叫曲登纳贝。"曲登"是"塔"的意思；"纳"，是"黑色"；"贝"，是"远远看去很多东西堆在一起的样子"。合在一起大意就是"黑黑的堆在一起像塔一样的东西"。

我很好奇，眼前这个不是白塔吗？怎么又是"黑黑的塔一样的东西？"

堪布说民间传说这个塔是自生的，它本来是黑色的，现在看到的白塔是后来盖上去的。

曲登纳贝佛塔处嵌着阿杂然班智达左脚印的大石头

"你看河对面有一个黑黑的石头堆，据说那里曾经住着一些乡民，有一天早晨，曲登纳贝悄悄地慢慢地从通天河里升起来，一开始黑黑的、小小的，一边升高一边长大。正在这时候，村里有一位老阿奶，一早起来抖了抖身下牛皮垫子上的土，藏族人特别忌讳抖那个垫子，被视为不吉祥。所以可能是机缘不成熟，当时已经长到一人来高的佛塔就不长了，停在了那里。远远看过去的时候，黑黑尖尖的一团，形状有点像佛塔，但没有这么清晰的十三层石级呀，基座呀，宝瓶啊什么的……"我暗自惊奇，又觉得这个故事很可爱，原来自生的佛塔也有自己的婴儿期！

自打这座黑黑的神奇小佛塔诞生后，附近的乡民们就都赶来朝拜它，每每有什么烦恼和病痛就悄悄来转塔，向它祈祷，据说非常灵验。这样又过了许多年，藏传佛教的开创者莲花生大师来到雪域高原，顺着通天河来到此地，大师亲自为曲登纳贝开光加持。到了公元 11 世纪的时候，为了保护曲登纳贝，大成就者米德甲那大师在它的四壁和顶上加盖了遮棚，我们如今看到的白塔是在遮棚的外面加盖的。据说最初那座黑黑的小佛塔当地很多人都见过，遗憾的是今天看护佛塔的管理人员没在，不然，或许我们也能亲眼见证传奇了……

在本地人的心目中，曲登纳贝和藏娘佛塔、白塔渡口的曲登嘎布白塔并称嘎域三大佛塔，供养及转曲登纳贝能清洗人的罪业，并能使人从今生以至于往后的生生世世都充满智慧，甚至最终解脱六道轮回。据说曲登纳贝还有祛邪除疾的功效，堪布自己就亲身体验过转这个塔的威力。他原来有很严重的胃病，有一天早上胃病又犯了，疼得特别厉害，那天他从上午开始转塔，转到下午时就开始感觉越来越好，然后到现在就再没犯过……堪布说从那时起他确认到三宝的加持力真的是太大了。

斑驳古旧的白塔旁边，矗立着一座崭新的黑色石块垒建的大佛塔。起先它并未引起我们的注意，这时听堪布讲起，这座塔是当地村民为了回报曲登纳贝带给他们的福报，也为了更多的人能来此转塔积累功德而自发建起来的。村民们自发上山采来这些独一无二的黑色石头，一块一块亲自手工打磨，再精心垒建成塔，中间没有经过任何机械加工，也没有用任何涂料，眼前这些黑石就是它的本来面目。在堪布看来，这座凝

生生之水

斑驳古旧的曲登纳贝旁边，是藏族聚居区恢复宗教信仰自由政策后人们自发建起的一座黑石佛塔，在堪布看来这两座佛塔都极其殊胜和珍贵

聚了信众们巨大愿力的黑石佛塔，特别殊胜珍贵。

　　大家一面转塔，一面感慨，此前一直没发声的文扎老师和贡庆喇嘛开始和昂旺多杰堪布一起回忆起曾经的岁月……至今他们都还记得，从他们小时候起，直到 20 世纪 80 年代前，整个藏族聚居区都不允许转山，他们这三位 60 年代出生的藏族人，二十几岁前都没听过"佛"这个字。当禁锢放开，世世代代埋藏在民众心底的精神能量经过几十年的压埋发酵，一经点燃，骤然释放出不可思议的巨大热度和强度……这让我明白了一个道理：如今看来很常态的事情，其实大多是从非常态演变而来的；而那些看似不那么常态的事情，可能就是曾经岁月里的日常，一切都要看站在怎样的时空尺度上去衡量。就如在藏族聚居区如今如此普遍的佛教信仰，在四十年前竟然完全销声匿迹，而在更加遥远的两千五百年之前，佛祖还没有降临到我们这个世界时，佛法在这里也还无从谈起……

　　茫茫的多重宇宙里，有佛法平常，没有佛法也很平常……

第四部

一泻千里　生生不息

　　"历史成为传说，传说成为神话……世界已经改变了，我从水中感到……我从土地中触到……我从空气中闻到……"这是电影《指环王·护戒使者》的开篇旁白。就我们的通天河考察而言，从源头一路顺流而下，随着时日的流逝和海拔的降低，从高原的初夏来到初秋，上面这段话也要被重新演绎："神话重叠了历史，传说照进了现实……世界改变了，我从水流里感到……我从花木间看到……我从天空中默观到……"

　　从这里开始，我们通天河考察的故事将要进入下游叙事了。虽然它还保留着整个流域特有的魔幻、传奇以及浓厚的神话氛围，还有无处不在的宗教印记，但，它也越来越呈现出更人间、更写实，也更接近历史真实的风貌……

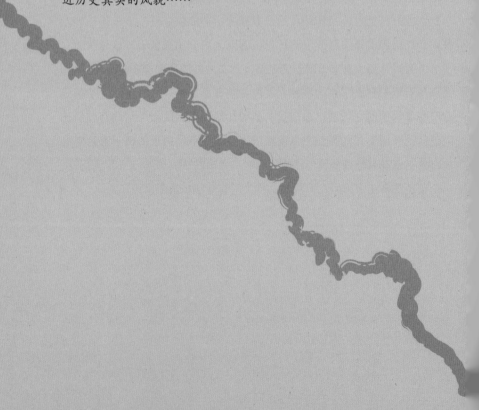

一、四季游牧调查实记

前几日嘎朵觉悟转山结束时，我收到尼玛才仁的信息，邀请我们参加正在举行的白丁帐篷赛马大会。从曲登纳贝离开，在通天河畔吃过简单的草地午餐后，贡庆喇嘛和昂旺多杰堪布和我们一起出发前往称文镇。一路行进中，晃过一块又一块绿中泛黄的青稞田。昂旺多杰堪布说这里地理条件优越，如果没有冰雹，不降霜，青稞 80 天就可以成熟，其他地方一般要 100~130 天才能熟。我说很想到青稞田里走走，于是大家陪我一起下了车，走进青稞田。此时，风吹麦浪，推波助澜般送来一层层幽幽渺渺的清香，尖细的麦芒如针刺般不时掠过我裸露的手腕，伸手触摸麦穗的小颗粒，硬挺饱满，传递出厚德载物的大地之力……再上车的时候，堪布手掌心里已经有了一把刚搓好的青稞米，正小心地轻轻吹去黄色的浮皮，然后摊掌伸到我眼前。刚刚长成的嫩绿的小米粒娇嫩地躺在堪布粗大的手掌上，愈发显得娇柔矜贵。我轻轻地拿起几粒放进口中，软糯香甜，有一种柔韧的质感。这就是世世代代养育藏族儿女身体和精神的植物精华！我猜堪布的家乡应该也是在有青稞的地方，因为这熟练亲切的动作流露出毫无矫饰的对土地和青稞的天然感情，出家亦有情，有情才能有愿力抚慰有情众生……

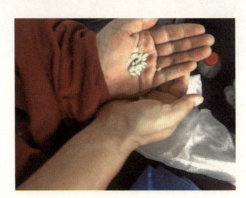

出家人手中的青稞

到了称多县城，经过嘎朵觉悟广场，与前来接迎我们的宣传部部长扎西汇合，直奔称文镇的白丁帐篷赛马大会。远远望去，珍秦镇嘉塘草原上密密麻麻的白帐篷一眼望不到边。扎西告诉我们，这些天周边三州八县有六七万人聚集于此，各类帐篷有三千多顶，只餐饮摊点就有一千多个。玉树赛马会由来久远，据说吐蕃时期就已盛行，《格萨尔》史诗中就专有一部《赛马称王》的专著，详细地描述了英雄格萨尔在赛马会上一举夺魁，被拥为王，迎娶嘎嘉洛草原上最美丽的姑娘珠牡为妃的故事。称多赛马节就像康巴草原上典型的赛马节一样，以古老传承的赛马竞技、康巴歌舞为主，近年又增加了赛牦牛、原生态畜牧业展演、民间体育竞技等项目。可惜今天是赛马大会的最后一天，所有赛事都已经结束了……青藏高原独有的青天朗日下，穿着传统康巴盛装的男男女女欢快地穿梭在帐篷阵中间，略带慵懒的神情中透露出一种狂欢后的满足。在扎西的

游牧民族的理想……

引领下，我们走进中央的金色大帐篷，尼玛才仁书记和一干称多县的工作人员正等着我们。尼玛才仁四十来岁年纪，高大威武，性子豪爽，兼有儒雅之气，作为青藏高原的牧民代表，2018 年他应邀参加了在波兰卡托维兹举行的第 24 届联合国气候变化大会。因为几年前在北京举办的一个关于"三江源生态保护"的讨论会，我和他有过短暂交流，今天也算是故人重逢……尼玛才仁对文扎老师慕名已久，今日机缘巧合相见甚欢，寒暄间，不断有赛马会上丰盛的美食端上来。等我们享用过盛情餐点后，尼玛才仁热情地跟我们分享他近些年通过走访草原上的老牧民，获取第一手资料，制定新政策，恢复传统牧业的新尝试和阶段性成果。这个过程中，文扎老师与我偶尔和他也有互动，但他激情的讲述占了大多篇幅，而且思路相当连贯又趣味十足，在此，我把它整合成篇，供读者分享——

分包到户的遗患

"传统的藏族人会根据地缘关系组成一个群落，随着季节，随着草的长势四季游牧，是一个真正的生态民族。后来国家想着这些老百姓山里转着，寒风里走着，太辛苦了，说不要这样了，把草场分配到户，给他盖房子，让他在草场旁边定居，像农田旁边的房子一样，再把草场用围栏一围，让牧民在里面放牧。我们藏族人，本来世世代代草场是公用的，牲畜是你自己的，夏季一块儿赶着牛羊去山上高海拔的夏季草场放牧，再随着季节的寒冷，慢慢下来，冬天到最低最暖的冬季草场放牧，一年这样循环。现在联产承包，一分到户以后，比如本来是四户一起用的草场，如今就分给他一个。有的户分到夏季草场了，夏天的三个月、四个月一点问题没有，草好，牛羊吃得饱，但冬天来了，山头开始变冷，积雪，待不下去了，又没别处可去；分到冬季草场的人呢，本来是四户的草场，就给他一户了，而且他也用不了，分到夏季草场的就只能在他家里租上一块草场，但因为成本高，草场又有限，原来比如有200头牛，现在差不多全部要卖掉，就养着20头牛，牲畜数量急速下滑，称多县原来有100万头牲畜，现在只有26万了，减少了近80%。国家的政策是善意，但我们经过调查研究，发现这里的牧业急速下滑的最大原因就是学了农业的联产承包，而且最可怕的是把草场分配到户了。"

生态移民的隐忧

"再说生态移民。原来搬迁时带下去的移民很多，一进城四不像，连话都说不通。原来说教他们炒菜，教他们修摩托，教他们理发，我说炒菜能炒得过四川人吗？修摩托能修得过内地人吗？技能又高，服务又好，配件渠道又熟，你能赚到钱吗？能有自信吗？国家看着又好像不好，又要把他们赶回去，说你必须进山，给你草管员补助，但是他已经没有那种文化的支撑了。现在赶回来的这些人，进山做护理员，他有工资，可以拿护理员的补助，但已经没有那种文化了。他看看林间的鸟，还有水里的鱼，满脑子想的是清炖了好，还是红烧了好啊（笑），绝对不去想怎么保护一下。甚至他想土地下挖一挖，是不是会挖出金子，他已经变了，原因是他的文化没有了。本来我们藏族文化厉害的一点就在于，它让人和生态的关系达到了禁止你的欲望，禁止了欲望之后还能让你觉得高兴的境界，与生态达到了一种最佳的协调性。所以我们的游牧生活产生的这种文化，对整个青藏高原，对国家，起着绝对生态修复和生态维护的作用。如果不保护文化，生态会非常危险。

"还有，一对父母，在一个家庭中是有责任的，而且要有生活的负担，这样自然而然我能生几个，能养几个我自己明白，我自己控制。然后上个学，家庭教养、家庭教育，父母祖辈的链条没有断，那这个家庭很健康，而且素质很高，有社会的参与能力和就业能力。现在国家大包大揽，这种善意已经达到了连他都想不到的程度。房子我给你盖，小孩我安排去上学，你就使劲睡就行了，那父亲没有负起责任，链条就断了，家庭这种最起码的权利义务关系没有了。再加上任何产业没有，天天闲着，就拿国家的救济，就大面积地繁殖，但是这些新增的人呢，人口素质非常低，没有文化，没有学过任何知识，没有产业，全部在移民区天天打台球。

"我在这边做书记，我的老百姓不是工人，不是商人，是纯纯的牧人。不能让他去做生意啊，去做工人啊，所以我们一切的精力要为牧人做服务。去年我们精准扶贫有些资金，可以去玉树州上买商铺啊，可以贷款。我说称多县一分钱不能贷，全部要买牲畜，一共买了两万四千头牲畜。"

老牧人的启示

"那天我和一个老牧人聊天，他说：'小孩儿，草原上不能没有牲畜，牛羊和草的关系就是鲜花和蜜蜂的关系，不能冤枉牲畜破坏了生态。'然后他就和我说，'原来是四季草场的地方，现在用围栏围上，大面积的人集中到低洼地段乡政府附近，这些地方慢慢会严重过载，好多户已经搬到冬季草场了。这样下去，国家后面的政策就要禁牧，原因不是老百姓不放牧，是我们的游牧方式出问题了。什么叫农业？什么叫牧业？什么叫游牧？为什么要四季游牧？你家门口种农田，所以哪里都不愿意去，可以吃饱，就可以定居；我们这里不能定居，因为草不够，这边草不够吃，那边草长得好，所以他要游牧，必须去游牧。游牧不是为了你舒服不舒服，而是要尊重生态的自然法则。不是我们这边老百姓傻，不愿意待在一个地方，不游牧，总是可着一个地方吃。牲畜多了，草场过载，生态就退化。'

"我就问老人家：'用围栏围上不让放牧的地方怎么破坏生态了？按理说围上十年二十，草长得更好呗，当时我们的专家都是这么认为的。'但事实上根本不是这样，老人说：'每平方米的草场可能是由十几种、二十几种草组成的，原来是有鹿啊，羊啊，牛啊，各种动物平衡这个草的生态系统，每种动物喜欢吃的草种不一样。你现在用围栏一围，什么都不让进了，草也是活的，既然没有平衡它们的人和动物，草跟草之间开始形成竞争。这里面吸收的养分最多的，吸收水分最多的，生命力最强的，它会把所有那些弱的草种的空间全部挤占掉，原来多样化的草场会慢慢走向单一化。即便有最强生命力的草也要依存于它身边的物种，它周围的草种慢慢都没了，它也就慢慢消失了。草都不长了，草场就会慢慢沙化。'有专家还在说，'青藏高原气候变暖了，所以就不长草了。'我问那位老人，是这样吗？老人说：'小孩儿，根本不是气候问题导致沙化和黑土滩。不信的话你拿上一把种子，黑土滩里面撒，如果专家说的气候问题的话，它不长，你第二年再看一下它长成什么样了。长得非常非常好，原因是这个土地上缺种子了，没有种子。'我问他为啥缺种子呢？老人说：'我们走了两种极端。一个是低洼地段牲畜过载，草刚刚露出来它就要吃掉，再露出来又要吃掉，如果这个土地是农田，你连种子都不撒的时候，第二年绝对长不出青稞的，草来不及结种，草场绝对会沙化，根本不是专家说的气候问题，原来人民公社时期的牲畜是最多的，70年代末达到历史鼎盛（88万头），根本不是草原牲畜多的问题。但越往后越不行，现在只有二十几万头，专家们还在说严重过载，还要禁牧，还要减畜，还要把这些牧民全部移走。另一个就是把草场围起来，二十年不让进。四季游牧本身就是在禁牧，不需要专门禁牧，他每个季节的牧场只用三个月，其他九个月是禁牧的，根本不需要我们把网栏一

围，二十年不让进。四个季节的草场只用三个月，牧人就走了，意味着每个草场可以休息九个月。'

"牛对生态是有好处吗？它是破坏生态的吗？牧人们做了一个检测，结果发现原来牛是为草服务的：种子落地，开花结果，整个干枯，种子再落地、干枯的时候，牛就过来了，干枯的枝叶种子是吸收不了的，必须牛来嚼碎它，吸收它，进入牛的肚子，元素重新组合，化学反应，然后牛粪是种子来年的养料。牛的蹄子是专门压种子的，马的蹄子是专门往前爬的，牛来回地吃草，蹄子来回地踩，把种子夯实。如果没有牛的话，我们青藏高原的土地，会像可可西里，动物越来越少了，从远处看的时候，好像是草原，真走近看的时候，像沙子一样，半个脚可以陷进去。因为太阳暴晒，狂风暴雨，土质慢慢松动，上面的种子抓不住根，抓哪里都松，风一刮一晒干，飘走了。只有牛把土地和种子来回地夯实，再给它来年的养料，然后牛默默地走了，我们怎么怨牛呢？要想保护青藏高原真的不能没有牛，不能没有牧人。"

恢复传统的尝试

"所以这两年，我们称多找回了几千年的游牧传统，我们要为国家负责，为生态负责，让牧人过牧人的生活，再不要强迫他们进城了。我们这两年开始尝试以血缘关系的组合恢复四季游牧，五到二十户一个小组，把所有草场进行整合。去年刚开始的时候，很多老百姓都担心他的牲畜归到整体，大户不干，小户也不干，所以县委县政府决定牲畜不整合，草场必须整合，必须四季游牧。开始了之后，有一次人代会上，底下几个支部书记就和我说：'书记呀，你这样一弄非常正确，我们现在的牛啊都笑着说！'我说：'你把我捧一下就捧一下了，牛怎么还笑着！'他说：'真的书记，我从小跟牛长大的，牛的表情我知道，牛的心里想法我知道。原来网围栏的时候，吃的也就那么多，牛就好像得了抑郁症，就在那儿待着一天都不动弹。现在一会儿换一个草场，一会儿换一个草场，哎呀，牛们都是蹦蹦跳跳，笑得非常开心！'就半年，全部实现整合，四季游牧，老百姓自发的力量是无穷的。我们就是给他们了一个政策，让老百姓真正找到了归宿，他是雪地里的一只鸟，给他放到雪地里去了。

"今年（2019年）遭遇二十年不遇的大雪灾，又很好地上了一堂课。先前的那个老牧人曾经给我讲：'我们牧人，一旦单户一家经营牧场的时候，五个灾害扛不住。第一是雪灾，一家人孤苦伶仃，在荒野里面，不下雪也没啥，一下雪连出都出不来，扛不住的；第二抗不住偷盗和抢劫；第三牲畜发生疫情扛不住；第四鼠害及狼、豹子、熊这些猛兽抗不住；第五一旦主要劳动力病了死了，人都拉不出来。'

"有了这种合作社，这五个灾害都能扛住。这次雪灾，走合作社的这些四季游牧的牧民，大的雪灾来的时候，他们二十户、三十户，一下可以整合资金，一下可以整合劳力，一下可以有搬迁的地方，抵御能力加强了，雪灾是可以扛过去的，我们老祖宗也是这样过来的。但你单户、散户，脖子上套几套玛瑙珠珠一点用都没有，因为你没有人力。你想出去买草料吧，回不来，牲畜断草就能存活四五天，你去买草再回来，牲畜才不会等，大面积牲畜死亡的全部是散户。这些散户到雪灾的中途，就强烈要求加入合作社。

"而且合作化之后资源得到了优化，留下来的都是壮劳力。老人们这时候就富余出来了，让他们到寺院去转转经念念经去，小孩儿让他上学去，各得其所，吻合了现在的国家政策。这几个壮劳力以前隔着山，谁都不认识谁，之间没有感情交流。现在把二十户组合到一块儿，第一天他们搬到政府确定的草场的时候，很不情愿，大家各自搭帐篷；第二天二十户开始放牧了，一开始二十人去赶牛，你说需要吗？牛才没有多少，根本不需要！第二天晚上就出现了奇迹，放牧回来在帐篷里他们就开始讨论，出现了牧业发展史上'伟大'的分工，必须加上'伟大'！都是自发的。讨论的结果就是：这三户先放三个月，然后往下三户三户轮流；接着又开始人的力量的一个优化，人力的解放，把自己的产业更好地去发展。我们在旁边看着，又发生什么了，真有原始社会的那种感觉。后来又发生第二次分工，一家的女主人挤牛奶手艺非常好，原来隔着山看不到。现在其他家的女主人看到了，就发现这个女主人挤牛奶的速度怎么那么快啊，量也大啊，对牛的身体也怎么怎么好啊，大家都学会了。

那家的男主人做酥油做得又快，质量又好，其他男主人又学会了。他们群体的技能在成倍地增长，生产力也成倍地提升！这是第二个伟大。第三个呢，开始他们的牛根本不放在一块儿，后来在经营中，逐渐发现这个人品行好一点，能力也可以，大家都开始公认，我们这么多人都去放牧干什么呀，让几个最会放牧的男人放去，让最会弄牛粪的这三个女人弄牛粪去，我们要选一个最信任的人，他当了头儿的话，这个牛敢交给他，不然不敢。他们已经找到了自己的领路人（就像曾经的部落领袖），你挡都挡不住，然后牲畜开始整合了，草场已经整合了，人力也整合了，第二年开始分红，老百姓开始尝到甜头，现在这个趋势挡都挡不住。（这是重走了一遍人类文明发展史啊！）

"我们刚建合作社的时候，什么都准备好了，但老百姓（经验和意识）没到位，他答应了，但不知道怎么做，所以必须让他先上一年级，才能上二年级，我们想让他直接上高中，就算他听你的跟着走几步，也走不远，再往前走几步就又散了，整合不起来，只有让他们从头来……"

不知不觉中，四十分钟过去了，刚进来时帐篷顶白亮的天光，此时已转为柔黄，渐渐移到西侧。我深深感受到尼玛才仁思考的凝重和解决问题的迫切，还有对成果初现的自豪，以及，对我们的信任……

二、诺泽女神与当代觉母

距称多县城不到 1 千米的地方，有一座叫诺泽的神山，相传诺泽神山的山神叫诺泽拉姆，是位女神，这在我们以往走过的行程中还相当罕见。一直以来，诺泽神山都由嘎藏寺管理，嘎藏寺的僧人、《诺泽神山历史》的作者江永桑培告诉我，诺泽神山的煨桑经文里有"八大诺泽女神"的说法，可惜年事久远，关于女神的故事早已消逝在时间的迷雾中……

诺泽神山

从称多赛马会上出来后，贡庆喇嘛和昂旺多杰堪布都已经返回自己的寺院了，我们的考察队伍又恢复成了最初的五人小团队。

到达诺泽神山脚下时，太阳刚好从一团浓云中挣脱出来，照耀在半山腰一段土墙断壁上。斑驳的金光中，看似曾经是大门的地方竖立着三块石板，每块板上都刻有蒙汉两种文字，汉文显示的是智、嘎（噶）、丹三个字，下方还横放着一块刻有藏文的石板。我记起在江荣寺夸加让灰长墙下时，文扎老师曾提起过"智嘎丹"这个名字，说他是格萨尔三大将帅"隼雕狼"中的"金雕大将"，也是岭国的黑袍护法，夏日赤哇活佛就是智嘎丹的转世。莫非这里也和《格萨尔》史诗有关？正犹疑间，文扎老师转头对我说："在《格萨尔》史诗里，称多这一带是智嘎丹·秋君柏纳的属地，这段土墙，就是他的宫殿琼卡牟玻（意为紫金玉殿）的遗址，'智'和'嘎'都是姓，是他直接统辖的部落，'丹'在这里是族群的意思，秋君柏纳是他的名字。史诗中，秋君柏纳不但是一位勇猛的将领，还是一位神奇的咒师，他使用的武器是注入咒语后威力无比的神奇炮弹。传说秋君柏纳率领将士对敌时，会让士兵们唱诵特殊的咒语，对敌人的铠

诺泽神山

甲、刀、箭、矛等施咒，士兵们边唱边缓慢地跳出阳刚雄健带有降神性质的武士舞，以此来祈请神灵和蛊惑敌人。据说被施了咒的敌人和他们的武器再也没有一点抵抗的能力，因此秋君柏纳的军队总是不战而屈人之兵……"

上千年过去了，历史和神话的烽烟渐渐消散，但这一身戎装唱诵及舞蹈的形式被保存了下来，在诺泽神山一带的民间千年来唱演不衰。这就是闻名遐迩的玉树武士舞，现如今，它已被正式列入第四批国家级非物质文化遗产名录。

自古以来，诺泽神山都是远近闻名的修行圣地。相传，莲花生大师就曾在东侧半山腰的洞穴里闭关，那里有一块岩石据说现在上面还有释迦牟尼佛的像，从显现佛像的下方流下来一股泉水，当地人叫它莲花修行泉。江永桑培说古老的煨桑经文里也有记载，他听长辈们讲，佛像只有特别有福气的人才能看到。据江永桑培介绍，诺泽神山上有三股神泉，除了莲花修行泉，还有两股分别是仁增命泉和堪卓药泉。我们脚下这条被称为"诺泽神水"的嘎德曲宗，就是山上三股神泉合流而成的。嘎德曲宗畔，在本地人叫作擦擦赤康（存放擦擦的小房子）的微型小土房子前，供奉了好多酥油灯，还有许多铜制小杯子，里面装满了"诺泽神水"。文扎老师用指尖挑起"神水"对着天空轻弹三下，礼敬天地神佛后，自己缓缓地喝了一小口，然后轻轻拿起一只塔形的铜擦擦模具，轻轻放在水里，然后快速拿出来，再放进去，再拿出来，再放进去，这样重复了好多次。我看着有意思，也学着他先洒水礼敬天地神灵，然后拿起小擦擦放到水里。刚要从水里拿起，欧萨快速走上前按住，说我这样动作太快，做不成完整的水擦擦，然后他一边说一边给我做示范："要这样慢慢地扣下去……让水倒灌满……然后慢慢提起来，接触空气，让它透气……做成一个完整的水擦擦，再慢慢放下去……"我学着欧萨的样子，动作缓慢下来，心中默默祈愿，完成了一个又一个圆满的水擦擦供养……心灵渐渐澄明……

方形擦擦模具　　　　　　　　　　　　塔形擦擦模具

　　据传，最早的擦擦是从古印度佛塔内装藏圣物演变而来的，是一种用凹型模具放入软泥等材质，压制成型脱模而出的小型佛塔、佛像，梵语发音为"萨擦"。大约3世纪的时候，有一位印度高僧带来佛身语意三所依法物送给当时的第二十七代吐蕃赞普拉陀陀日宁赞（松赞干布的五世祖），其中代表"身"的即是一副檀香木擦擦模具，代表"语"的是《宝箧经》等两卷，另有代表"意"的金佛塔一尊，这是"擦擦"在官方文件中最早的记载。但当时的藏族聚居区还是苯教盛行的时期，佛法在藏族聚居区传播的机缘还未成熟，据传拉陀陀日宁赞对这三件神秘的佛教圣物非常感兴趣，将其秘密供奉在王宫的密室中……最早把制作擦擦的工艺传到康巴地区的，相传是11世纪初在通天河流域传法的印度大成就者弥底·孟德加纳大师，也就是我们在赛康寺的文物密室中所见，嵌在黑石上的大脚印的主人。自那时起，擦擦作为信众积攒善业功德、禳灾祈福的圣物，在通天河流域盛行起来……

欧萨拿起刚才的铜擦擦模具翻过来给我看，只见它的内壁从顶到口密密麻麻阴刻着八圈精致的微型小佛塔。我又随手拿起旁边一个印章样式的方形模具，翻起它的底部，却是呈"品"字形排列的三尊阳雕小佛像，神态竟然非常传神！欧萨说也有刻着经文的模具，以前他们治多家乡的习惯，人死后都要打擦擦。小孩儿，尤其是小婴儿死后，必须打很多这样的水擦擦，让他尽快轮回回来。另外还有风擦擦、火擦擦，就是拿模具对着空气和火焰扣压制作出来的擦擦，这两种也是轮回比较快的……以往我在藏族聚居区能看到的大都是泥土做的土擦擦，有的里面还会混合药草，但欧萨说在他的家乡，人们认为土擦擦因为还要和泥再往里面装，费时费力，所以轮回转世的时间会比较长……

当代觉母

琼卡牟玻宫殿遗址正上方高高的山顶上，有一座看似汉地阁楼式的藏红色小佛塔。从山脚仰望，只能看到它饰有飞檐的塔顶，江永桑培说这座佛塔就建在智嘎丹宫殿正殿原址的位置，是嘎藏寺拉巴活佛亲自主持建造的，今年春天才竣工。虽然诺泽女神的故事已不可考，不过据说诺泽神山上历代都有"觉母"（女性成就者）在山上闭关修行。我们的向导，神山脚下达哇村身着簇新黑色西装的年轻村主任告诉我们，现在山上就住着一位"觉母"，叫纳夏卓玛的，就出生在他们村子里。据说她本来在山顶佛塔的位置修行，后来为了供养她的父母上下山方便，就从山顶搬到琼卡牟玻宫殿遗址的右上方，但搬下来之后她晚上总睡不着觉，常常半夜听到特别异常的声音。民间的说法就是她镇不住那个地方，后来又搬回山顶去了……

我顺着欧萨手指着的右上方张望，见那里有一座孤零零的破旧小石房子，应该就是那位"觉母"曾经的闭关房。小石房子边上，一块块赭红色的岩石连成一排，往山下延伸，欧萨说那里有一股泉水流下来（不知道是仁增命泉还是堪卓药泉），这个泉水的位置是个勒赞，就是勒族和赞族（山中岩石里的生灵）结合的地方，藏族人认为这样的地方风水特别凶险……

问明了情况，我提议去拜访这位"觉母"的"家"。同行的男士们除了文扎老师，好似兴趣都不大，索南尼玛、欧萨和布多杰选择坐在车里不出来。那位年轻的村主任领着文扎老师和我一起走进了一所院子……这是一个老式的藏族人家，房间里的摆设至少是二十年前的风格，正面靠墙一整排是在藏族聚居区常见的红绿底色嵌花的组合柜，橱柜上层摆放着佛像、花瓶、香炉等供佛用具，正中间是电视，最醒目的就是传统藏式家庭里常备的三层各式大小锅具。家里只有一对八十来岁的老夫妇，也就是那位"觉母"纳夏卓玛的父亲母亲，老母亲穿着藏族妇女的传统服饰，老父亲除了一根系头发的细红绳，装束是比较现代的衬衫和裤子，腰腹间宽宽地围着一块护腰布，看起来行动有些吃力。虽然对我们的来访并没有表示出明显的排斥，但老父亲的眼神和语气里多少带了些警惕和审视。因为语言的障碍，我尽量以表情和肢体表达着心里的尊敬和善意。慢慢地，老父亲逐渐放下心中的戒备，讲述起女儿当初出家的往事……

以下是那位村主任的翻译转述："纳夏卓玛在十八岁的时候就有了出家的想法，那时她父亲想着要把她嫁人，要嫁的对象是一位国家的公务人员，条件在家里人看来也是特别好，家人觉得以后生活会比较有保障。但她自己觉得已经看破了红尘，拒绝了家里的安排。通天河对岸玉树那边他们家有一个亲戚，是她的一位姨娘，也是位修行者，刚开始她在姨娘身边修行了两三年，打下了基础和功底，然后回到这边家里，从二十一岁起，就彻底进入出家修行这样一种状态。当时父亲还是希望她

山顶的佛塔

能嫁人，就去请教附近嘎藏寺里的洛荣活佛该怎么做——女儿她自己想要出家，父母为了她以后的生活各方面，认为嫁人的话比较好一点。——活佛告诉纳夏卓玛的父亲，'看这个女儿，还是不要嫁人的好。要是嫁出去的话不但对你们家，对整个你们这个村庄都会像宝物流失或者损坏一样不利，要是一直留在你们村庄里面出家，对这里一方百姓都会带来好处。'那时候刚刚经过'文革'不久，之前佛法被禁止，很多人都没听到过这些词，家里人也不知道让她去什么地方修行，这时候父亲就又去问嘎藏寺的洛荣活佛，活佛就告诉他，'就去这个神山（诺泽神山）上面！'可是父亲觉得神山上面地势比较高，又是一个非常殊胜的地方，加上又是一位女性，会不会镇不住，会不会冒犯山神，但活佛说：'没问题，就在这个地方修行。'这位觉母从二十一岁正式出家修行，现在已经五十八岁了，已经在诺泽神山上修行了三十七年。"

听完父亲讲述女儿出家的过程，我对这位"觉母"产生了极大的敬意和好奇心，同时也很想知道，作为一位传统藏族妇女，在女儿出家这件事上，眼前这位饱经风霜的老母亲心里的真实想法……

　　老母亲带着慈爱又羞涩的神情欲言又止，过了好一会儿，才慢慢讲起她最初的担心……以下依然是那位村主任的翻译转述："一开始也希望她嫁人，一来是女儿年轻，修行的地方又高，又是一个人，还担心刚开始出家容易，但后来的修行，那么长的路，中间也可能有很多事情……担心她一个人在山上，还想过要不要上去和她一起，女儿说不用，母亲心里就特别高兴……现在她非常非常欣慰，也非常高兴，为女儿感到骄傲，已经修到这个份儿上了，很多劫都过了，也有了自己的成就……"当我问到纳夏卓玛的修行成就时，父亲把母亲的话头打住，沉默了好一会儿，他才谨慎地，似是字斟句酌地开口，只说女儿只是在家里，对着父母，或者兄弟时，如果会有什么灾难，她会讲一些，都特别准，然后他们家提前预防，做法事，避灾。去年发生大雪灾，她之前就有过这些预言，但也没敢向全村所有的人说。村里其他人家看到他们家做法事，就慢慢传开了……老父亲再三叮嘱女儿，不要在公众场合公开谈论这些，外面的事情少谈，不到万不得已别说。她自己性格本身也比较孤僻，也不喜欢说，就比如有信众想来拜，想供养她，她是无论如何也不会见的。她对父亲讲自己的看法是，和人接触得越多，对自己的修行越有障碍，没有什么好处……

　　不过据年轻的村主任透露，近几年这位"觉母"下山和群众交流得比以前多了些，"村里人有什么大病、灾难啊，哎哟，她说得准确得不得了！"村主任说她会用一种特别的善巧方式讲。"比如她想传递什么消息，正好看到群众在开会，或者人群集中的地方，就会趁机讲今天到哪个神山开会了，托梦把这些话带给你们，把这个话带出去，意思是也不是她要说，自己只是一个代言人，不得不说，然后，有些信仰比较虔诚的人，会接受这个东西，也有些说她疯疯癫癫的……"村主任说这就像有些高僧大德，"他们也知道什么时候灾难来临啊，但他们和世俗比较接近，知道全说出来很难被接受，知道世俗的人接受这些的心理限度，会克制自己不说。前几年结古地震的时候，很多人都骂，活佛那么厉害，为什么不知道地震，其实很多人都知道，但是说出来，会造成民心恐慌，整个社会秩序会混乱。但是这位觉母因为一直单独修行和世俗社会接触少，她是比较超脱的，不会为了自己的安危去控制……"

对女儿未来生活的担忧一直是老父亲最关心的问题，父母现在都八十多岁了，女儿也快六十了，原先他们两个能走动，能干活，能养活女儿 (还有两个儿子，一个在嘎藏寺出家，一个在牧场)，"之前这位觉母的食物、水、取暖都是家里供养，也没有什么信徒，也没有寺院去供养，问题是户口都在一块儿，如果户口能分出来，女儿现在是尼姑，可以纳入特护供养，或者五保户里面他们就放心了。"村主任对我们说。这是个现实问题，村主任讲乡里也在逐步解决这个问题。"特护供养或五保户有个年龄限制，六十岁以后才能纳进去，除非是身体或精神残疾的……"年轻的村主任话锋忽然一转接着说，"话又说回来，既然选择修行这条道，得靠个人，修行在个人嘛!"

从纳夏卓玛家里出来后，我本来想去山上拜访一下这位觉母，村主任告诉我，纳夏卓玛最近几天在四川的五明佛学院学习，机缘不巧……

离开诺泽神山前往嘎藏寺的路上，我心里一直在想，作为一名藏族女子，纳夏卓玛在那个大多数人连佛法都不知道是什么的年代，在社会系统和传统习俗之外，竟然能执意做了这样一种人生选择，而且能够被成全，得到当地最有影响力的大活佛的印可，得到父母几十年如一日的供养，使其心无旁骛地修行，不得不说，这是她的福泽深厚，更是佛缘深厚。特别是嘎藏寺洛荣活佛准许她到世代有觉母成就的诺泽神山上修行，给了她巨大的信心和克服修行路上业障的勇力，也因为大活佛的印可和支持，她的家人和乡人对她也确定了一种信心。这种信心，又增强了她自己的信心，而修行，最重要的，就是信心……

三、阿尼胆巴与嘎藏寺

在《西藏王统记》等藏族古籍中，都记载了这样一则神话：相传普陀山上的观世音菩萨，给一只神变来的猕猴授了戒律，命它从南海到雪域高原修行。当神猴不断修习菩提之心，对于甚深佛法生起胜解之时，有一名被业力驱使的罗刹魔女每天到修行洞前诱惑他，要与他结为夫妇。潜心修法的神猴拒绝了罗刹女的百般诱惑纠缠，最后罗刹女无计可施就威胁神猴："如果我与你不成眷属，后必随魔做伴侣。一日即可伤万灵，一夜即可食千生。若产无量妖魔子，则此雪域净土内，悉将变成罗刹城，所有生灵将被魔吞。"神猴唯恐造成大罪业，自己无法做出决定，就去拜见观世音菩萨。菩萨听后开示道："善哉，繁衍雪域子民，是大善之举。你依了她便是……"于是，神猴和罗刹女被菩萨加持，结成夫妇，遂衍生出了雪域的先民……相传由此开端的雪域藏族人，也被赋予了神魔两种秉性，尽管观世音信仰在雪域高原盛行多世，但罗刹女的魔性始终未能清除殆尽……

拉萨觉悟与嘎藏觉悟

相传当年，精通堪舆的文成公主入藏时，用《八十种五行算观察法》一路勘察，观测到整个青藏高原的地形呈一具仰卧的罗刹女状，头朝东，腿朝西，显人形，为大凶之兆。为了彻底镇压罗刹女的魔性，文成公主建议在藏族聚居区修建十二座镇魔寺院，分别压镇住罗刹女的头、心、手、脚、肩、肘、膝和髋等重要部位，这就是传说中的"十二不移之钉"。其中最先建成的是位于罗刹女心脏部位的大昭寺，现今大昭寺内供奉的就是文成公主从唐王朝带来的释迦牟尼佛十二岁等身像，这尊"当今世上佛教界最神圣、保存最完整、信徒最崇拜的佛像"，世称"拉萨觉悟"。

六百多年后，元世祖忽必烈时期，萨迦五祖、忽必烈的帝师、掌管天下释教的八思巴，在领受"珍珠诏书"第一次返回西藏期间，授意他来自康区通天河畔的弟子，也是后来的国师及帝师嘎·阿尼胆巴·贡噶扎巴在康区修建 108 座萨迦派寺院。坐落于扎嘎神山脚下、白玛伊措湖畔的嘎藏寺就是其中第一座，也是规模最大的一座。作为萨迦派在康区的主寺，也是阿尼胆巴的住锡地，嘎藏寺中最殊胜的佛宝就是现供奉于释尊殿的一尊八思巴亲赐释迦牟尼佛像，世称"嘎藏觉悟"。

本地向来流传着嘎藏寺就建在罗刹女胸口上的说法……

嘎藏觉悟流转史

前来接应我们的是嘎藏寺佛学院的森加堪布，围拢在佛学院四方广场高大的纪念碑前，堪布给我们讲起佛学院的过往："嘎藏寺十三世洛荣活佛时修建了这个佛学院，后来 1958 年，再到'文革'，佛学院的传统就中断了……'文革'后恢复宗教信仰自由政策后，十四世洛荣活佛时又重建起来，刚开始只有中间的佛堂、几位堪布，后来学生的宿舍也慢慢修起来了，其他寺庙里的僧人也慕名来这里学习……佛学院里目前有学生五十多个……"

正在这时，佛堂里隐隐约约传来整齐洪亮的诵经声……几位身穿绛红色袈裟、手握经卷的年轻僧人，正步履轻快地从西侧走廊中穿过，往佛堂方向走去……一股开放的、清明的、昂扬的、好学重教的气象，自这些年轻学子身上，自身旁的森加堪布身上，自这方形广场及纪念碑之上，慢慢升腾蔓延，直至萦绕于通天河畔浩荡的青山绿水之间……

在佛学院的食堂用过素净的午餐后，嘎藏寺的管家接我们去释尊殿参拜嘎藏寺最重要的佛宝——嘎藏觉悟。刚迈入高阔明亮的释尊殿，立时有一种似真如幻的眩晕感，这是一尊头戴金冠、身穿法衣的报身佛像，据说和拉萨大昭寺供奉的佛祖十二岁等身像形质相当。正午金白的日光浩荡地洒落在佛祖的金身上，更映衬出上方这尊释迦大佛的神圣超然，一抹金光凝注在佛像双唇似有似无的笑意间。突然，正在虔诚顶礼的我被这笑意深深攫住，心中涌起从未有过的欢喜满足……从源头走下来这一路，我们已拜访过好几座寺院，虔诚礼拜了不少佛像，但都未曾有过此地此刻的精神状态及生理感受……我就这样怔怔地仰头凝视着，浸润在这无上佛光的至福之中，嘴角的笑容不知不觉与上方佛祖的笑意慢慢重合……

文扎老师他们早已退出去了，寺院的管家又回来接应我，看到我的神情，管家脸上露出慈悲且会心的笑容……

需要说明的是，我在嘎藏觉悟前有如上种种觉受时，尚未听闻如下的故事……

关于这尊释迦牟尼佛像的渊源，除了确定无疑是建寺之初八思巴亲赐给嘎藏寺的之外，就它更古远的历史，寺院里流传着不同的说法。

传说之一：当年文成公主入藏时，从唐朝长安带去了释迦牟尼佛的十二岁等身像，也就是拉萨觉悟。在唐王朝原来供养的地方，当时的皇帝李世民又命人重铸了一尊与拉萨觉悟同形同质的佛像。后来这尊佛像辗转到了元朝皇室，再由忽必烈赐给八思巴，八思巴再转赐给萨迦派在康区的主寺嘎藏寺，也就是这尊"嘎藏觉悟"。

传说之二：这一种说法更早，相传释迦牟尼佛在世时，这尊佛像就已经有了，而且和拉萨觉悟一样是佛祖亲自开光的。波斯帝国入侵印度时，当时印度一位邦国的国王向西域的一位国王求救，承诺如果帮助其打败入侵者，无论提什么要求都会答应。西域的国王出兵帮印度邦国击退了入侵者，在兑现承诺时，西域国王说只要该国最殊胜的两尊释迦牟尼佛像，于是就将两尊佛像请到了西域。两尊佛像其中之一就是后来归唐王朝所有，被文成公主带到拉萨的释迦牟尼佛十二岁等身像。另一尊在历史更迭中落入了元朝王室的手中，再后来忽必烈将其赐给帝师八思巴，八思巴再转赐给了嘎藏寺。

在森加堪布看来，这两个传说虽然来源不同，也很难再去考证，但也都证实了嘎藏觉悟的非比寻常和殊胜性。在萨迦派最鼎盛时期，嘎藏觉悟不仅是嘎藏寺的主供佛，也是整个康区一百多座萨迦派寺院共同供奉的一尊觉悟佛，从这个意义上讲，嘎藏觉悟和拉萨觉悟的地位是相当的。

　　就这样，嘎藏觉悟在嘎藏寺供奉了七百多年，直到"文革"前夕。森加堪布给我们讲了一段僧俗混杂、颇为离奇的往事——"'文革'时期整个寺院都受到破坏，嘎藏觉悟也不知去向，80年代初，寺院恢复重建的时候，嘎藏寺的主事们就到处打听这尊镇寺之宝，却一直没有下落。当时四川色达寺有一位叫喇嘛丹巴的活佛，和色达县政府准备共同修复一座古老的佛塔（一说是格岗佛塔），佛塔里面原来装藏有释迦牟尼佛的舍利子等各种各样加持力特别大的圣物，但'文革'时期都流失了。佛塔建筑外形修复起来后，色达那边就开始寻找和它相匹配的有加持力的佛像、舍利子等。一天，一位来色达工作的汉族女士刚好路过这里，听说了之后就对他们说，'我在成都的一个仓库里，看到过废铁厂拉过来的好多佛像，可以带你们去那个地方找找看。'当时这位女士工作在一个比较艰苦的地方，海拔高，条件艰苦，天气又冷，她就提出一个要求，想调到条件好一点的地方。当时色达的县长就跑了一下关系，把这位女士调到了她想去的地方，于是她就带活佛和县长去了成都……

　　"去之前，喇嘛丹巴做了一个梦，梦中见到那座仓库里面有一尊特殊的佛像，感觉是从康巴那边流失过来的，而且不一般的是，那个佛像还有一个专门保护它的特别厉害的护法神，其他佛像都没有。在梦里，那个护法神对喇嘛丹巴说：'如果不赶紧把佛像迎请到佛塔去，护法神我就会对色达这个地方降下大灾难！'醒来后的喇嘛丹巴既震惊又兴奋，赶紧出发随那位汉族女士到了成都，一进仓库，只见里面东倒西歪堆得满满的都是佛像，仓库的管理员就拿给他们看。看了十几尊，喇嘛丹巴一直觉得不对，不是他梦里面的那尊佛像。最后就要放弃的时候，就看到刚进门的墙根下，有一尊大佛像被头朝下扔在那里，喇嘛丹巴二话不说就让人把它抬出来，当时跟随的人就问：'这么多佛像，很多都很标准庄严，为什么就拿这个？'他也没有多解释什么，只说'就要这个！'佛像请过来以后，就直接装藏到刚修复起来的佛塔里……

　　"嘎藏寺的主事们那时候不也正在到处打听嘎藏觉悟的下落嘛，慢慢就有传闻说好像色达县那边有这样一尊佛像。当时的第十四世洛荣活佛就找来以前侍奉觉悟佛的老僧人，问他：'如果你见到我们的觉悟佛，能认得出来吗？'老僧人说：'一定认得出来！'于是洛荣活佛就带着他出发了。到了色达，先去参拜佛塔，又去拜了觉悟佛，老僧人当时看了一下，就说有点像，但也不敢确定。晚上回去他就做了一个梦，梦里记忆突然就复苏了。他想起寺院被破坏前的几天，有一晚他梦见觉悟佛对他说：'我明天要走了，这一世你还能见到我一次。'第二天早晨起来他有点紧张，再去佛堂的时候，那尊觉悟佛真的就不见了！那几天寺院里已经乱成一团，大家也没有特别留意到，就这样二三十年过去了……

"第二天，洛荣活佛又带老僧人去参拜觉悟佛，他怔怔地盯了佛像几分钟，突然号啕大哭：'哦，是真的！觉悟佛曾经跟我说，这一生我还能再见到他一次，绝对就是他！'洛荣活佛就请来色达寺的一位大堪布晋美彭措，跟他说：'这个真的是我们嘎藏寺的觉悟佛，请您出面协调一下……'晋美彭措说这个他可能也不好协调，这座佛塔是当地政府和老百姓一起重建起来的，觉悟佛也是一起请回来的，他说了也不算，再说觉悟佛已经到了这个地方，也许你们那边他所要做的事业已经完成了。最后晋美彭措也没有帮上忙。

"这个期间洛荣活佛又找了很多关系，都好像没有能请回来的这种可能，没有办法就带着老僧人回到嘎藏寺。这件事一传十十传百，称多这边很多人都知道了，很多血气方刚的青年人就说：'既然他们不给，就和他们打一架抢回来！'最后洛荣活佛考虑到可能要发生的一些冲突，就安抚信众们说：'看来看去，那个不是我们原来嘎藏寺的觉悟佛，是另外一个……'信众信了活佛的话，也就不再争了……话说四川色达那边也听说称多那边准备要抢这个佛像，很多人也有准备为了保护觉悟佛和称多人干一架的态势，最后这件事就这样不了了之放下来了，觉悟佛还是没请回来。

"再后来，洛荣活佛又带着他的一众弟子悄悄去了色达，说这一次我要拜一拜那个觉悟佛。到了之后，前两天活佛都没出门一直在房间里念经，第三天的时候，他说，'今天我们去拜吧！'到了佛塔，洛荣活佛在觉悟佛跟前念了很多经，当时觉悟佛的胸部现出了佛光，弟子们拍了一张照片，正好拍到了那道佛光。"森加堪布说这张照片放大后就供奉在大经堂法台的正中间……

"洛荣活佛就这样在觉悟佛面前念了三天的经，什么也没说，就带着人回来了。回到嘎藏寺后，活佛就主持重塑了一个觉悟佛，体量、面貌、质地和原来那尊一模一样，后来活佛就说：'这个和我们之前的觉悟佛加持力是一样的，大家不要争，他在那里也是为了利益众生，我们原来的觉悟佛亲口和我说了三遍，这个和他是一模一样的，你们要相信我。'信众们听了活佛的话，对这个觉悟佛就有了信心。"

"再说色达寺那边知道了他们这尊觉悟佛的历史渊源、价值所在后，就开始往佛像身上、脸上涂金，年年涂。但也有人私下传言，自从嘎藏寺的洛荣活佛在那里念了三天的经回去以后，他们心里感觉好像是把觉悟佛的加持力都带走了，没有原来那么厉害了，为什么这样说呢？原来佛像供奉在新建的佛塔里，本来是面向东的，自从嘎藏寺重塑了觉悟佛以后，有一天佛像突然朝西，朝着嘎藏寺这边，自己转过来了……"森加堪布说这些都只是传言，他也没有亲自见过，不过这边的信众对这个觉悟佛越来越有信心了……

故事就在这里停下来，我和文扎老师彼此对望，心中都充满了无限感慨……这尊嘎藏觉悟真可说是身世离奇、饱经沧桑、命途多舛。于它一身，见证了多种文明的交流与碰撞，数个王朝的兴衰，十几代人的生灭，而它，始终面带微笑、心怀悲悯地俯视着芸芸众生……

阿尼胆巴与八思巴

时已近秋，我们一行参拜完大经堂，亲见了从胸部放出佛光的觉悟佛像照片后，又穿过佛学院，来到一大片宽阔的草滩间，高原初秋金亮的阳光下，高高低低的茵绿间已隐约泛出苍茫的棕黄……草滩尽头是八思巴和阿尼胆巴师徒的纪念馆，门前大理石龙纹碑上刻着元代"楷书四大家"之一赵孟頫所书的《大元敕赐龙兴寺大觉普慈广照无上帝师之碑》，也就是著名的《胆巴碑》。

循着荒草漫天的入口，我们一脚踏进八百多年前八思巴和阿尼胆巴的雄阔世界……

传说阿尼胆巴就出生在嘎朵觉悟神山脚下，通天河畔高僧辈出的格查卓木齐村，本名功嘉葛刺思，又名"庆喜称"，父母早逝，从小由叔父教养。据传他面相独特，"两颗门牙外露，常不能闭合口唇"，状似萨迦派主供护法神大黑天。不知是不是因为这样的缘分，胆巴做了元朝国师后，极力推崇大黑天护法，致使大黑天最终成为元朝的护国主神。胆巴从小就表现出聪慧、好学善思的品性，幼年起跟随叔父学习佛法。叔父发现他根器殊异，于是在十二岁时，将他送往后藏的萨迦派祖寺，在萨迦派第四代法王、精通大小五明的西藏第一位班智达贡嘎坚赞座下受教，受沙弥戒，取法名贡嘎扎巴。求学期间，胆巴的天赋异禀和学习热忱深得萨迦班智达赏识，曾预言"此子宿积聪慧异，日后当与众生作大饶益"。在萨迦班智达座下受教的两年间，胆巴与班智达的侄子，小他五岁的八思巴·罗追坚赞结下了深厚的友谊，后者即未来的萨迦派第五代法王，大元帝师八思巴。

其时正是蒙古帝国大举扩张之际，窝阔台的次子"西凉王"阔端意图进军西藏，于是派遣部下多达那波带领一支蒙古骑兵作为前锋入藏。一路上，这支蒙古兵遭到西藏僧俗武装的激烈反抗，在发生了"热振寺五百僧人遇难、嘎当祖寺遭焚毁"的惨剧后，阔端方面与西藏各方势力均意识到要避免双方走向武力对抗的局面。阔端因此听取部下建议，召请当时西藏的宗教领袖、佛学造诣最为深厚的萨迦班智达前往凉州商量议和。于是，当时已届六十三岁高龄的萨迦班智达贡嘎坚赞带着两个年幼的侄子——十岁的八思巴和六岁的恰那多杰，历经两年艰苦跋涉，抵达甘肃凉州（现今的甘肃武威），与阔端商谈西藏归附蒙古事宜。阔端与萨迦班智达会面后，被他深厚的佛学修养及智慧德行深深折服，答应不再进攻西藏，并奉班智达为上师，留请班智达长住以便为自己及蒙古王室传授佛法。这次史上著名的"凉州会谈"催生了影响深远的《萨迦班智达致蕃人书》。从后来的事态发展看，会谈以及之后颁发的文书在客观上使整个藏族聚居区避免了生灵涂炭，也促成了萨迦派的辉煌崛起和独尊地位。

此时的胆巴已经奉师命返回通天河畔的家乡，为家乡的信众传法，

八思巴、阿尼胆巴纪念馆（左）
《胆巴碑》局部（右）

这也是他在康区弘法的开端。

　　萨迦班智达与两个侄儿自此就留在了蒙古王室，直至六年后圆寂，萨迦班智达再也没有返回过故乡。之后，年仅十七岁的八思巴接任了萨迦法王，也就是历史上的萨伽五祖。此后不久，八思巴写信给胆巴，要他赴西印度学习佛法。在西印度求学期间，胆巴遍参高僧，受经律论，博采显密经要，并在高僧古达麻室利处学习梵文经典，西印度之行的学习及历练，为胆巴后来接任八思巴成为元朝国师及至后来的帝师打下了坚实的知行基础。

　　忽必烈即蒙古大汗位后，八思巴受封国师并统领天下释教。四年后，八思巴奉"珍珠诏书"第一次返回西藏，途经康区时，与已从西印度学成归来在家乡弘法的胆巴重遇。胆巴将八思巴的仪仗迎请到一座叫嘎哇隆巴的山谷，并恳请八思巴在康区弘传萨迦教法。消息传开，远近僧俗奔走相告，据传当时整个玉树二十五族也不过十几万人，但前来朝拜的僧俗就多达一万多人，如果考虑到交通和通信的不便，就更能说明当时的盛况空前。因此，从那时起，八思巴为万人灌顶讲法的嘎哇隆巴就以"称多"命名。"称"是"万"，"多"是"汇集"之意，引申为"万众一心之地"。

现如今玉树称多县的命名，就是沿袭了这一渊源。

　　我们此时就站在当年"万人灌顶大法会"的遗址现场，一座独立的金顶小佛殿端坐在阳光里。森加堪布告诉我们，这里面就是当年八思巴灌顶时的莲花法座，藏语称"曲称白玛嘎宝"。初秋的凉风自扎嘎神山方向飘荡而来，缓缓拂过"曲称白玛嘎宝"的金顶，掠过尘烟，漫过荒草，轻轻抚过我的面颊。闭上眼，再睁开眼，眼前仿佛再现车马辉煌，万众俯首，一代帝师端坐在高高的莲花法座上开坛讲法的盛况……

　　万人灌顶大法会结束后，胆巴随八思巴同往后藏的萨迦祖寺，成为八思巴的亲授弟子，受比丘戒，八思巴为他儿时的学伴、如今的弟子取法名为嘎·阿尼胆巴·贡噶扎巴，"阿尼"有威猛之意，"胆巴"即为圣贤。

　　三年后，阿尼胆巴奉恩师之命返回通天河畔的家乡，在万人灌顶大法会的原址之处创建了如今的嘎藏寺。寺院建成后的第二年，八思巴在返回元大都途中再经此地，赐给阿尼胆巴象牙图章和白檀木图章各一枚，授命阿尼胆巴全权管理康区政教事务，并命其以嘎藏寺为主寺，在康区创建108座萨迦派寺院。与此同时，八思巴将一尊殊胜的释迦牟尼佛像亲赐给嘎藏寺，作为整个康区萨迦派寺院的主供，也就是前文故事中的嘎藏觉悟。

　　六年之后，已受封帝师的八思巴将阿尼胆巴召到大都，并将其推荐给忽必烈，忽必烈册封胆巴为金刚上师，随后派他前往五台山主持寿宁寺，这也是藏传佛教在五台山设立的第一座寺院。阿尼胆巴到五台山后，"建立道场，行秘密咒法，作诸佛事，祠祭摩诃伽剌，持戒甚严，昼夜不懈，屡彰神异，赫然流闻，自是德业隆盛，人天敬归"。(引自《胆巴碑》原文，其中"摩诃伽剌"为大黑天护法) 在阿尼胆巴的勉力操持下，寿宁寺逐渐成为享誉整个元朝的藏传佛教寺院。在此期间，胆巴还参与了在元大都长春宫举行的《老子化胡经》真伪辩论大会，并在其中发挥了重要的作用。这次辩论大会后，道教遭遇重大挫折，在相当一个时期内被元廷冷落，直至元成宗继位后，才得以慢慢恢复。而佛教，尤其是藏传佛教，则取得了全面胜利。

　　1280年，年仅四十五岁的八思巴在后藏萨迦寺圆寂，五十岁的阿尼胆巴正式被册封为国师(帝师由八思巴另外一个弟弟继任)。两年后，阿尼胆巴因与当时的宰相桑哥（桑哥曾在康区受教于胆巴）政见不合请辞西归，史载忽必烈曾一再挽留，但胆巴返乡之心甚决。在西去的途中，胆巴一路讲经传法，兴建了许多萨迦派寺院，并力主供奉大黑天护法神……随着阿尼胆巴在康区的威望越来越高，宰相桑哥在处理涉藏事务时越来越受到掣肘，于是阿尼胆巴被桑哥设计召回元大都软禁起来，之后又被流放到潮州（今广东省）开元寺。在流放期间，阿尼胆巴将潮州城南废弃的净乐寺重建为一座藏传佛教寺院，并以此为住锡地，一如既往地就地弘法利生。

几年后，桑哥获罪被处死，忽必烈诏阿尼胆巴回大都。再次归来的阿尼胆巴因佛法的修为愈发精深，以及为年老多病的忽必烈数次祛病消灾，而深受忽必烈的推崇和倚赖。忽必烈病逝后，阿尼胆巴继续受到元朝后任皇帝的尊崇和倚重，政教地位愈发尊崇："武宗皇帝、皇伯晋王及今皇帝、皇太后皆从受戒法，下至诸王将相贵人，委重宝为施身，执弟子礼，不可胜纪。"（《胆巴碑》）元成宗大德七年（1303 年），七十四岁的阿尼胆巴在元大都弥陁院圆寂，遗体被迎请到大护国仁王寺举行火葬仪式，"现五色宝光，获舍利无数"（《胆巴碑》），后葬于仁王寺庆安塔。元仁宗皇庆二年（1313 年），仁宗下诏追封阿尼胆巴为"大觉普惠广照无上胆巴帝师"，并命时任集贤侍读学士、正奉大夫的书画大家赵孟頫为文并书，刻石于寺内。三年后，仁宗皇帝又应龙兴寺僧之请，敕赵孟頫为文并书，刻石于真定路龙兴寺内。这就是后世广为流传的"大元敕赐龙兴寺大觉普慈广照无上帝师之碑"，即《胆巴碑》。

我们面前的胆巴碑是嘎藏寺于 2018 年新刻制的，碑帽饰有龙纹，碑前的香炉表面也雕刻着生动的飞龙图案，我不了解这个制式所缘何来，总而言之，这也是阿尼胆巴另一种形式上的流芳后世、荣归故里吧……

嘎藏寺的管家这时给我们讲了一段往事，是关于阿尼胆巴圆寂前后的，在我听来颇为神奇……话说阿尼胆巴最后一次离开嘎藏寺到元大都赴任时已年届六十二岁，当时寺院的僧人们预感到这次分别后可能再也见不到恩师了，就纷纷痛哭祈请开示，于是胆巴就在嘎藏寺的六柱经堂里亲手为自己塑了一尊铜像，并预先建好了灵塔，临行前他嘱咐弟子说："未来我圆寂后，会有舍利子出现在六柱经堂灵塔里我的塑像头部右侧。"据说特别神奇的是，就在阿尼胆巴的遗体在大护国仁王寺举行火葬仪式的当天，嘎藏寺六柱经堂胆巴自塑像的右耳边果真出现了舍利子，寺院的僧众们这才确认师尊已经圆寂，开始在嘎藏寺里为尊者举行盛大的超度法事……

　　不久之后，阿尼胆巴在他的兄弟家转世，取名荣·更嘎仁青，从那时候起，嘎藏寺即开始了洛荣活佛的转世系统，阿尼胆巴也即为洛荣活佛的第一世。（据说阿尼胆巴在玉树地区还有另外一个转世系统，即上赛巴寺的阿尼胆巴转世系统。但因这次没能亲自到寺院拜访，手边也没有具体的资料，因此暂且不详展开。）

　　阿尼胆巴的事迹在《元史·释老传》《佛祖历代通载》《神僧传》《释氏稽古略》等汉文古籍中均有记载。这位从通天河畔嘎朵觉悟神山脚下走出的一代高僧，终生弘扬佛法，利教利民，在当时以及后世都有着极大的影响力。史载他也为藏族宗教艺术如唐卡、塑像等传入汉族地区做出了突出贡献。六个世纪之后的 1955 年，斯里兰卡佛教信徒为纪念释迦牟尼佛涅槃 2500 周年，发起编纂英文佛教百科全书的项目，要求当时各国佛教界给予支持和协助，中国佛教协会遵照周恩来总理的指示组织编写的条目中，元代藏族僧人收有阿尼胆巴、八思巴和布敦·仁钦朱三人。自此，阿尼胆巴进入世界释教名僧之列。

　　通天河作为佛法传播的通道，数千年来高僧大德辈出。他们有的来自外部，最后归于通天河畔的大山深处；有的生于斯长于斯传教于斯也归寂于斯；也有的生于通天河的神山圣水之间，因缘际会，承接使命，从深山大河中走来，走出通天河，走出康巴，走出藏族聚居区，在更广阔的天地间传播佛法、饶益众生，在人类信仰史上留下了光辉夺目的一页。

生生之

四、弥底大师与藏娘佛塔

8 月份再次从北京返回通天河时，我的愿望只有两个，一是转嘎朵觉悟神山，二是转藏娘佛塔。转完嘎朵觉悟之后，我的心是充盈而轻松的，那个曾经天遥地远对我来说不可能完成的任务，一朝实现，有一种从此脱胎换骨的跃迁感。如果说转嘎朵觉悟神山之前，我清楚地知道它在藏族聚居区尤其是通天河流域的神圣地位，也大致了解其为何如此，那么藏娘佛塔在我最初的印象中是模糊的，甚至因为网络上浮光掠影不得要领的描述一度让我产生过厌离之念……直到这一次漫长的行程中，我们不断走过弥底大师的信仰之路，听闻他和藏娘佛塔的故事，无声无息中，它渐渐成为我心灵深处的念想……

这些日子以来，我们一直在通天河北岸活动，今天还是第一次跨过通天河大桥来到它的南岸。此刻，就在我视线的正前方，黛绿色的通天大河穿越葱郁的重重山峦，正自西北往东南浩浩汤汤一路奔来，在此形成了一个深深的 U 形大拐弯，藏娘佛塔就坐落在 U 形弯起始处的台地上。这是一座典型的水口建筑，距今已有近一千年的历史了。公元 1030 年，来自印度的大班智达弥底·孟德加纳大师在通天河流域弘扬佛法时，亲自建造的这座佛塔，在通天河流域乃至整个藏族聚居区都有着殊胜的地位，在《大藏经·丹珠尔》（西藏大藏经二藏之一，主要收录的是佛弟子及后世学者对释迦牟尼佛语录的注疏）、《青史》、《红史》等藏汉经史中，都有关于藏娘佛塔的记述，并且将它与印度的金刚塔、尼泊尔的巴耶塔并称当今世上最殊胜的三座佛塔。在它之前，藏族聚居区的佛塔基本仿照印度覆钵佛塔的样式，自它之后，才有了真正意义上的藏式佛塔。而藏娘佛塔的修建，也标志着藏传佛教在康区"后弘期"的开始……

藏娘佛塔坐落在通天河U形弯起始处的台地上，这是一座典型的水口建筑

生生之水

最初我也先入为主地以为藏娘佛塔和藏族聚居区的某位"娘亲"有关系，直到我们今天的向导、旁边桑周寺的管家日昂喇嘛一边陪我们转塔，一边讲解藏娘佛塔的渊源，这才解开了长久以来我心中的误会——原来，这里的"藏"，在藏语中是"全"的意思，引申为十全福地，"娘"的意思是垭口，合起来就是坐落在十全福地垭口之上的佛塔。

转塔的过程中，管家日昂光着脚走得很轻，文扎老师解释说他是怕踩坏地上的虫子，这是从两千五百年前，释迦牟尼佛时期就留下来的传统。在古印度，佛陀制定四月十六日至七月十五日为安居之期，在此期间，出家人聚居一处精进修行，禁止外出，也叫"结夏"或"结制"。这是因为此时正值印度的雨季，是草木、虫蚁生长繁殖最旺盛的季节，以慈悲为怀的佛教徒唯恐外出时踩踏生灵，所以禁足。这个传统被藏传佛教的僧侣们保留了下来，日昂喇嘛说这个时候差不多整个通天河流域的寺院都在结夏。

虽然藏娘佛塔和"藏族的娘亲"没有直接关系，但它确实又是一座和"母亲"渊源甚深的佛教圣地……

为母超度

自吐蕃末代赞普朗达玛灭佛以后，卫藏各地政权分立、盗匪横行，经历了长达一百多年的"黑暗时代"，在此期间，佛教的戒律传承——口传教诫以及修行的教诫等几乎完全中断。在历经百余年的黑暗之后，佛法在藏族聚居区再度弘传，史称"后弘期"（历史上把佛教在朗达玛灭佛之前传播的时期称为"前弘期"），但由于之前的种种破坏，此时的修行者们在讲学修习上往往是各凭己意，妄自揣测经论的含义。为了在藏族聚居区恢复正统佛法，当时统治后藏阿里地区的第三世古格王耶协沃（古格王国是吐蕃王室后裔吉德尼玛贡到阿里开创的绵延六百多年的王国，耶协沃就是后来的智光法师）选派众多有志青年到克什米尔、印度等地学习，并委派自己的御用译师玛如则携重金到印度寻访，希望把精通佛法的大师迎请到后藏。

弥底·孟德加纳，公元 10 世纪下叶出生于印度中部的一个诸侯邦国，具体出生年份不详。传说他是一位王子，天资聪慧、生性喜佛，又勤奋好学，遍访名师，终成为掌握佛学精髓、精通密显二宗的一代大师，西藏后弘期最重要的人物阿底峡尊者就曾在他座下听过法。话说玛如则译师到达印度后，一路寻访到学问渊博和声望崇高的弥底大师，并恳请大师进藏。大师为了弘法的大愿，与另一位班智达查拉热瓦为伴，正式踏上了进藏弘法之路。经过长途跋涉，两位班智达和译师玛如则到达了尼泊尔，在尼泊尔境内，玛如则因吃了一块腐坏的肉，不幸中毒身亡。弥底大师和查拉热瓦在悲痛之余毅然决定仍按原计划赴西藏传法，由于都不懂藏语，两位班智达后来也走散了……故事到这里开始出现了分叉，一是按官方提供的版本，弥底大师一个人流落到后藏的道那，由于语言不通，迫于无奈给当地人放羊。

隐在角落里的古老转经筒，仿佛一位洞悉尘世的故事老人

另一个民间的版本是这样的：原来弥底大师的生母作为诸侯王的妻子本是一位很有权势的女人，也因此她生前造了很重的业，心里也有大烦恼。弥底大师在印度修行时，在一次禅定中，发现他的母亲变成了一条虫子转生到旁生地狱里（冷热地狱的边缘，个人别业所感，独在虚空或山野间，很短的时间就要转生），这个旁生地狱就在后藏一个叫"道那"

的地方，在一户牧民烧水做饭的土灶中的一块无缝的石头里，他的母亲在石墩里被烧得很痛苦，大师非常痛心！就带着徒弟查拉热瓦从印度找寻过来，正好碰到玛如则译师，就一起结伴同行。在路上玛如则译师中毒身亡，弥底大师和查拉热瓦师徒二人走散……没办法弥底大师就只能一个人前往后藏，经过一路数不清的艰辛，最后在日喀则一带，即今天的扎什伦布寺附近一个叫道那的地方，找到了那户牧民。弥底大师为了解救母亲，请求那户人家让他留下来放羊做工……一晃三年期限过去了，要结算工钱时，那家主人就问他需要什么东西可以用工钱折算一下，他就说我什么都不要，请把你们家土灶里那块石头给我吧！那家人听说他只要那块石头，心想是不是我们家那块石头是个值钱的宝贝！或者是什么了不起的东西？！因为当地人都认为从印度过来的这些人什么都懂，所以就犹豫着不想给他。到了晚上，趁主人熟睡时，弥底大师就把土灶拆掉，把那块石头取出来砸开，把那条虫子（也就是他转世的母亲）从里面放出来，持诵仪轨将母亲接引到净土后，就连夜离开了。据说如果不是弥底大师超度的话，他的母亲可能还有好几辈子的地狱报应……

民间流传着弥底大师在这户人家放牧时"三哭三笑"的故事：相传这家的女主人特别凶狠，有年夏天，下雨后到处都是烂泥巴，女主人怕自己的衣服弄脏了，就让弥底大师跪在泥巴地上，她坐在大师的背上挤牛奶，大师当时就伤心地想："我在印度的时候，是一位众人敬奉的班智达，现在落到这么个下场！"想着想着就哭了。弥底大师白天放羊，晚上回来女主人还要他磨青稞，有一次磨青稞的时候，他又累又困顶不住，倒下来头碰到磨青稞的磨面石上，特别疼，但女主人没关心他疼不疼，反倒说你是不是把磨面石给磕坏了？！把面都弄掉地上了！臭骂了他一通，他想着难道这个石头比我的额头还重要吗？越想越伤心就流下泪来……还有一次，弥底大师放牧的时候，遇到一只金雕抓住了一只黑颈鹤正准备往高空飞，他大叫了一声，金雕一惊就把黑颈鹤放下来了，黑颈鹤正好落到他的腿上，大师摸着黑颈鹤的背说："你是流浪在外的一只可怜的鸟，我是流浪在外的一个可怜人，咱们两个是一样的。"说着眼泪就掉下来了……

这就是弥底大师的"三哭"。

下面还有大师的"三笑"：传说有一天在放牧时，弥底大师想着自己在印度是精通三藏的大师，可到藏族聚居区这么长时间了，都没有时间好好地修行，会不会已经忘了呢？于是他就坐下来打坐回想，竟然一个字都没忘，并且比以前记忆更深刻！他就开心地笑了。从那次之后，弥底大师每次放牧就在野外打坐，一般人看他就是一个流浪汉，但是龙宫里的龙族知道他是个大修行者，所以每次龙族都用牛奶供奉他，这时候他就开心地笑了。还有一次放牧的时候天气比较冷，大师就架了个火堆，这时候不知道从哪里忽然跑过来一只兔子，也坐在火堆前烤火，这时候忽然刮过来一阵风，火苗就燎到了兔子的胡子上，把胡须烧掉了，看着兔子惊慌逃开的样子，大师就忍不住笑了。

这几个故事都特别简单生动，尤其是那"三哭"，实在不符合人们对一代佛教大师的想象，而更像是一个平凡的小人物在生活遭遇变故后的本能反应。也正因为此，我反倒觉得这些故事可能是真实的，因为如果是后人编造的大师传奇，一定会利用人类的想象力把故事编得更离奇、更殊胜、更有象征意味，而这么平凡的小故事是创作者不屑于编造的。

建塔开示

弥底大师就这样一路从后藏走到前藏，一边以为人家放牧为生，一边暗自修行。但由于语言不通，还是没有办法传法，无奈之下，他在雇主家的门框上用梵文写下了一首讲述自己亲身遭遇的诗，期待有缘人能够认出。一天，有一位叫索南坚参的康区译师路过此地，他也曾前往印度求法，并且在弥底大师座下听过法，索南坚参看了这首诗后赶紧找到大师，用黄金把他赎回，并把他迎请到了通天河流域，跟随大师学法，

生生之水

千年来，一代代虔诚的信徒从四面八方赶来藏娘佛塔绕塔祈愿

这样弥底大师就开始传法了。在索南坚参的协助下，弥底大师在很短的时间内就掌握了藏语和藏文。那个时候，通天河流域也和其他藏族聚居区一样，佛陀正法已经中断多年，所以大师在很多时候也只能一边放羊，一边偷偷地传法，慢慢就在如今的藏娘佛塔附近聚集了一些弟子，附近的乡民也慢慢发现他不只是一个普通的牧羊人，慢慢地接纳了他……弥底大师预感这里将成为一方佛法的福地，于是发愿要在这里修建一座佛塔。白天，他一边放羊一边甄选地点，有一天，他用抛石绳卷着一块大石头（现供奉在藏娘佛塔的经堂里）抛出去，心中发愿石头落在哪里就要把塔建在哪里。传说就在石头落地的瞬间，一节闪闪发光的佛塔即从通天河龙宫里升起，一边升还一边慢慢长大，据说那是几千年才形成的珍贵金沙制成的佛塔。也就在同一时刻，空行母也从弥勒净土兜率天请过来了一座一肘高的水晶佛塔。附近目睹这场神迹的乡民们都惊呆了，一传十十传百，很快周围就聚集了很多人，弥底大师就组织乡民们把这两

座佛塔保护起来，在它们的外面用土木石块建了一座佛塔。当藏娘佛塔建到塔身的宝瓶位置时，弥底大师为佛塔举行了开光仪式，并对信众们说了一个偈子。大意是藏娘佛塔和印度的金刚塔、尼泊尔的巴耶塔是世上三座最尊贵最殊胜的佛塔，它们的加持力是相等的，并对乡民们开示，他的下一世会把这个佛塔建完。说完就拿着抛石绳下山离开了……

弥底大师此后一路顺通天河而下，随走随传法，晚年到达了四川甘孜的隆塘，并在那里创建了詹唐寺，在此讲经说法直至圆寂。传说大师圆寂前曾亲口嘱托弟子，把他的法体头朝下埋葬在如今詹唐寺尊胜佛塔塔座的地下，并授记五百年后转世。

很多年过去了，藏娘佛塔附近渐渐有了一些小的寺院，后来，元朝统治西藏时期，上文提到的藏传佛教萨迦派高僧、蒙古帝国的国师、帝师阿尼胆巴将这些寺院合并成了一座大寺院，也就是现在的桑周寺，它主要的职责就是保护藏娘佛塔。弥底大师圆寂五百年后，在桑周寺出现了一位大成就者嘎然江巴·贡嘎意西，在他的主持下，藏娘佛塔开始了续建工程——从宝瓶之上的基座和十三级佛塔，一直到塔顶上代表空性的"日、月"部分，传说当时的十三级佛塔是用极珍贵的紫檀木雕成的。就这样历经五百年的时间，藏娘佛塔这才最终建完，贡嘎意西因此也被认为是弥底大师的转世，从此开启了弥底大师五百年一世的转世系统。

塔内珍藏

据说藏娘佛塔内部有很多回廊、暗室和暗道，塔底还有一个很大的地宫，那里有一个很大的湖泊直通通天河。湖中心有座幻彩坛城，是用极微小的七色沙石制成的，日昂喇嘛说每当桑周寺做完大法事，都要把法事上用的坛城彩粉撒在湖里作为供养。

早听说藏娘佛塔回廊上绘制了许多精美绝伦且保存完好的壁画，而且据说其中最早的一些，是弥底大师亲手绘制的。后世经过不断的维护和修缮，壁画的规模也越来越大，且都保持了非常高的艺术水准。有学者推测，这些后期的绘画有可能是按照《大藏经·丹珠尔》中，弥底大师所制定的壁画绘制标准绘制的。早在 2001 年，藏娘佛塔就被国务院批准为"国家级文物保护单位"，这也是整个通天河流域唯一获此殊荣的佛教文化圣地。因此，如果想要进入塔的内部，需要经过层层审批。由于我们今天来得匆忙，管家日昂很遗憾不能领我们到藏娘佛塔内部参观，我不禁遗憾地望塔兴叹！文扎老师向我回忆起他 20 世纪 90 年代末来朝拜藏娘佛塔时的情形："那时候人还可以自由进去，我有幸目睹过那些精彩绝伦的壁画……"

　　传说藏娘佛塔里面装藏了许多珍贵的佛教圣物，最殊胜的当然是那两座分别来自龙宫和兜率天的殊胜佛塔，还有弥底大师从天界请来的七世佛（"七世佛"是指释迦牟尼佛及其以前出现的六位佛陀，即过去庄严劫末的毗婆尸、尸弃、毗舍浮，现在贤劫初的拘留孙、拘那含牟尼、迦叶以及释迦牟尼佛）的舍利子。来之前我就听说过藏娘佛塔中珍藏着一种以弥底大师直接命名的"弥底擦擦"，据说那是一种极珍贵的微型纺锤形的小擦擦，做工极精细，小塔上还刻有八个小塔，轻巧到能在一根小草上站立而不倒。传说那是弥底大师用龙宫中的七色沙亲手制成的……关于"弥底擦擦"，在藏族聚居区的民间流传着这样一种说法：传说当年弥底大师在后藏道那时，把拘禁母亲的那块砸碎的灶石也连夜取走，用碎石屑掺了细泥和药草，做成数个佛塔形的擦擦为母亲超度，这就是"弥底擦擦"的缘起……当代学者们一般认为藏传佛教僧俗制作擦擦的缘起，就是由弥底大师始创的。藏娘佛塔建成后，弥底大师又带领乡民们用当地的黑土掺和药草做成擦擦供养佛塔……日昂喇嘛听寺院里的老僧人讲，这类"弥底擦擦"在很早以前还能在转塔的路上捡到，现如今几乎已经绝迹了。近些年来，在雪域藏族聚居区以及世界各地，许多贵族、政要及名人都想尽各种方法欲祈请一枚而不得……

殊胜珍贵的弥底擦擦（文扎供）

弥底大师流传下来的藏娘壁画、唐卡艺术和擦擦艺术都达到了极高的艺术水准，由于弥底大师的影响，藏娘附近的村民在后世大多以制作佛教艺术品为生，听说近五十年来，仅藏娘村就涌现出上百名民间艺人，其中包括在藏族聚居区最著名的拉俄拉凳。专门研究佛教艺术的专家普遍认为，藏娘的佛教艺术珍品在尺度、线条、规格、立体感、色泽等方面都能与青海黄南州的热贡艺术相媲美，因此也有传言认为，和弥底大师一起入藏的查拉热瓦班智达后来到了热贡，闻名于世的热贡艺术就是出自他的传承。我心中暗暗感叹，尽管在千年前那一世，两位班智达一生离散，但，在艺术的超时空里，他们又完美地重逢了……

我们转到佛塔的东面，只见一尊巨大的弥勒佛坐像金光闪闪地矗立在通天河边，文扎老师说他 20 世纪 90 年代来时，这尊佛像还没塑起来……弥勒像的后面是一座小佛堂，佛堂正中供奉着弥底大师的束发鎏金坐像。文扎老师告诉我，因为大师长期流落在民间放牧，不方便剪发，所以就把长发盘在头上，没有僧衣可穿，就以白衣示人……我们面前的塑像外面，被后人披上了华丽的外衣，由于光线的反射，我看不清到底是僧衣还是藏服，但终究不是原始的样子了。我能理解后人对大师的崇敬，也理解为尊者讳的良苦用心，但一代大师艰辛跋涉传播佛法的无畏与慈心，已经不需要任何外在的修饰了……

这时日昂喇嘛蹲下身，用钥匙打开了弥底大师塑像右下手的一个铁

弥底大师的手印（左）
弥底大师的脚印（中）
弥底大师穿过的鞋子，据说有缘人能从鞋底的纹路中看到佛像（右）

生生之水

箱，里面并排供奉着几块大黑石，仔细看时，一块楔形石面上显出一只脚跟深嵌进石头里的大脚印，五只脚趾肚清晰可见。本以为这只脚印会和赛康寺文物密室中的那只是一对，再看时却仍是右脚……另一块方形石的正中央，有一只生动的右手掌印，手指直长、掌心有力，昏黄的灯光下，显现出一种梦幻般的金黄色光泽……

日昂喇嘛指着旁边密封在玻璃罩子里的一件黑黢黢的物事解释说："这是弥底大师曾经穿过的布鞋的鞋底，如果你的愿力足够大，福报足够深的话，就能从这个鞋底的纹路中看得到佛像……"又指着供奉在佛堂显眼位置的一块布满白色斑纹的大青石告诉我们："这就是当年弥底大师为藏娘佛塔选址时，用抛石绳甩出去的那块大石头……"

我久久注视着一代佛教大师留下来的实物见证，透过这些曾经充满生命热度的圣物，时空仿佛一下穿越回一千多年前的通天河畔，那些风餐露宿的日日夜夜，那些常人难以理解的心中困苦、那颗怀有光明不惧黑暗的心灵、那些重重叠叠坚定前行的背影……

欧萨的秘密

今晚，我们就住在藏娘佛塔边上的小宾馆里，晚饭后，文扎老师又去转塔了。欧萨和布多杰到房间找我，手上捧着一个大纸盒，布多杰让我自己打开，我狐疑着掀开盒盖……天哪！里面竟然是一件簇新的康巴藏袍！墨绿呢的料子，领口、袖口和下摆镶着红边，还有一顶同样配色的帽子，下面还有一件白色印花的束领上衣……原来在我中途返回北京的那段时间，文扎老师他们找人做了一套治多当地女子穿的那种传统藏袍给我……本来转完嘎朵觉悟就要给我穿的，直到今天……欧萨和布多杰开始帮助我穿藏袍。我发现欧萨的手法非常专业，对材料、款式，怎么穿、怎么叠放，都特别细心讲究。本以为只是因为他是老一辈的康巴人，比较熟悉传统又心灵手巧，没想到布多杰无意中透露，欧萨曾经竟然还做过裁缝，而且最擅长做藏袍！欧萨说他很久没做了，"现在眼睛不大好了，那一年做黑帐篷，把眼睛熬坏了"……后来我从文扎老师口中了解到：九年前，他在治多县组织了第一届"全国嘎嘉洛文化学术研讨会"，为了向全国的格萨尔研究学者展示嘎嘉洛家族的游牧文化精髓，他组织复原了嘎嘉洛家族的"龙宫蓝羽九扇窗式"巨型黑牦牛帐篷，当时这个黑帐篷就是欧萨带着一些手艺人一起，昼夜不停地用了二十三天手工缝制完成的……据说帐篷搭起来后，很多上了年纪的牧人纷纷从各处赶来朝拜，他们见到黑帐篷后，不由自主双膝跪地，泪流不止……9月的一天，我已回到北京，有一天欧萨发给我一张照片，那是他刚刚获得"非物质文化遗产传承人"的获奖照片……

穿好藏袍，我、欧萨和布多杰一起去转藏娘佛塔。在靠近通天河的一侧遇上文扎老师，他见到穿上藏装的我假装很惊讶，然后退后几步打量了一番，点头表示"像个康巴女子了！"我们一起继续转佛塔，文扎老师说佛经中有云：造塔、绕塔、顶礼佛塔甚至只是见到佛塔或被其影子触及身体的众生，都能得十八种大饶益，而且藏娘佛塔尤为殊胜，听到、

欧萨不愧是个细致的手艺人

这就是欧萨带着手艺人昼夜不停用了二十三天手工缝制成的嘎嘉洛巨型黑帐篷

生生之水

看到、亲临藏娘佛塔，未来都会得到解脱，不过要想功德圆满，需要转3700圈……我想起之前一直想问的一个问题，问道："那发愿和回向是什么关系呢？"文扎老师一边脚步毫不松懈，一边耐心地给我讲解："发愿和回向是对应的，发愿是还没有行动之前的动机，也就是发心。回向是把自己的善根、福田回向给众生。比如我今天发愿转这个塔，是为了众生最后脱离苦海，得到佛的境界，但是按我目前的能量，还没有能力把众生度脱到佛的境界，所以我要转塔，比如我转了3700圈，通过转塔得到了善根，再把这个善根回向给众生……"

今天正好是文扎老师的生日，此时，超大的满月在东方天空缓缓升起，投映在通天河幽深的河面上，微波潋滟，照亮世间虔诚的信仰之路……

索南尼玛的发现

第二天一早，转完藏娘佛塔回来吃早餐的时候，索南尼玛神秘兮兮地对我说他刚从宾馆老板那儿打听到一个好故事……

原来这个老板就是藏娘村的人，他小时候去过藏娘佛塔上面的宝瓶位置，亲眼见过里面的那些壁画。他说通天河对面有一个叫揭格的村庄，那边山崖上的一块大岩石上有一处显现出佛塔轮廓，据说藏娘佛塔建成后，每到太阳落山时，佛塔的倒影就会映在通天河上，这个倒影又从水里折射到对面的山崖上，久而久之，山崖的石壁上就出现了藏娘佛塔的轮廓。据那位宾馆老板说，以前到了冬天的时候，其他地方都结冰了，只有显现佛塔那个位置的整段通天河不结冰，但佛塔倒影的地方会结一块小小的佛塔形状的冰！所以远远望过去就出现了一幕奇异的景象：一段冰清的河水围绕着中央的一小块冰不停地旋转。这位店老板说他小时候还亲眼见过，后来拉布水电站建成后，把通天河拦腰截断了，从此以后到了冬天那个地方的通天河就全部结冰了……

据宾馆老板讲，"文革"期间几个红卫兵来到了藏娘佛塔，准备把塔拆掉。据说他们先是放了一把火，把那十三级紫檀木塔身烧了，再用斧头砍下面的石质宝瓶，因为那些石头特别坚硬，这些人拆了几片后，累得吃不消就扔下走了。所以不幸中的万幸，藏娘佛塔中的珍贵壁画和装藏都得以保存下来。20世纪80年代初国家恢复了宗教信仰自由政策，要复建藏娘佛塔的时候，当时的人谁也说不清楚塔的形状到底是什么样的，这时通天河对面揭格村的人就说："扎巴益西（弥底大师的藏文译名，藏娘佛塔附近的乡民为了表达对建造这座佛塔的弥底大师的尊敬和喜爱，都习惯以大师的藏文名字称呼佛塔）在我们这边。"最后负责恢复的几个人去看了，发现刚好岩石上有显现的佛塔轮廓，回去后就按照那个形状和比例用水泥浇筑了十三级佛塔。据说十年前玉树地震的时候有一些地方裂开了，裂开的地方后来又用黄铜在外面涂金进行了修补，如今在我们眼前的藏娘佛塔，已然成为诸多历史的见证物……

我不由暗自嗟叹，藏娘佛塔的遭难不足为奇，但，一代大师留下的

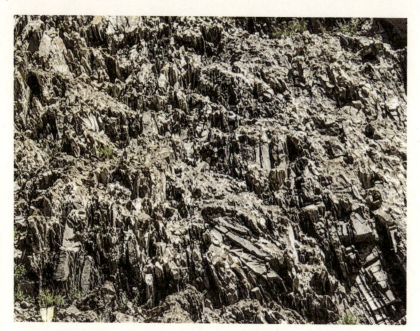

传说显现佛塔轮廓的山岩

信仰的种子，他所开创的璀璨的佛教艺术天地，却如我们脚下的通天河水一般，源远流长，生生不息……

　　附：弥底大师是从上路（卫藏地区）进藏的印度人，但他的活动范围又主要在康区，对"下路传法"（阿里一带）的重要人物枯敦·尊追雍仲等也有重要的影响，所以学者们把他单独列出来，不归入上、下两路之中。弥底大师翻译了很多佛教经典，并运用藏文撰写了一本《语言门论》，这是一部著名的藏文文法著作。弥底大师很多译著和论典都收入大藏经《甘珠尔》和《丹珠尔》之中。他的著名弟子如赛尊、仲敦巴（噶当开派祖师）、枯敦·尊追雍仲等人，都成为藏传佛教后弘期举足轻重的人物。藏传佛教弘传期间，以弥底大师进藏为标志，将前后密宗密法划分为"旧密"和"新密"，弥底大师被尊为"新密"的开创者。

五、归寂——慈诚邦巴与阿朵扎西寺

清川带长薄，车马去闲闲。流水如有意，暮禽相与还。
荒城临古渡，落日满秋山。迢递嵩高下，归来且闭关。

——王维《归嵩山作》

一早，文扎老师深情地对我们讲，今天要去的地方，就是第一世秋吉活佛仲·秋吉慈诚邦巴在通天河流域兴建的最后一座寺院——阿朵扎西寺。八百多年前，慈诚邦巴心怀宏愿，从格萨尔伏藏白海螺的扎西拉山口一路向东，沿通天河流域脚不停歇地弘法利生，先后主持兴建了贡萨寺、夏日寺、巴干寺、赛康寺、邦公寺，以及这座阿朵扎西寺。至此，仲·秋吉慈诚邦巴大师也终于停下他远行的脚步，长眠于他钟爱的这片土地……

青稞田的尽头即是慈诚邦巴长眠的阿朵扎西寺

生生之水

又回到了通天河北岸，一条蛇行的小路将我们引入一大片金灿灿的青稞田中，清风徐来，太阳光暖融融地临在万物之上，人也被熏得懒洋洋的似入幻境。空谷寂寂、木叶萧萧，循着由粉、白、紫色格桑花簇拥的野径缓步登高，遥见一座绛红色的寺院如梦幻泡影般悬浮于白亮的高坡之上。走近时，却见一座仿欧式风格的双层尖顶小木屋如童话般出现在寺院入口处，以一座玻璃顶的回廊与寺院大经堂无缝衔接。我猜想这可能是某位汉族地区或者海外供养者想出来的"创意"，奇怪的是这么奇葩的混搭竟然也没什么违和感。这是我们一路走下来最有野趣的一座寺院，但它几乎也是现状最困窘的……如今回味起来，我的鼻尖仿佛依稀还能闻到那股弥散于空气中的霉菌气味……

上山路上由粉、白、紫色格桑花簇拥的野径

八十一颗佛舍利

当我们左等右等，终于等到唯一的留守僧人罗周喇嘛出现时，我竟被他的样子逗乐了——只见他左右肩上分别斜挎着一条土黄色褡裢，红色僧帽斜仰过头顶，僧袍下摆沾满尘土，捯着小碎步气喘吁吁地跑到我们面前，笑嘻嘻的脸上流露出掩饰不住的兴奋……不过他好像兴奋过了头，刚刚站定又一路小跑回去，再跑回来时，背上多了一个大包袱。文扎老师低声告诉我，阿朵扎西寺的和尚数量本来就少（最多的时候也不到两百人，现在可能只有十几个人），今天刚好大家都去一户人家做法事了，罗周喇嘛本来也要去的，见我们来了就推到了第二天。我们随他进了千尊无量佛殿，殿里一进门供奉着直贡噶举派开山祖师仁钦贝尊者坐像，再往里走，一尊头顶有七头蛇造型的佛祖龙宫说法像供奉在佛龛的正中。这两尊像的样式这一路上我好像都没见到过。文扎老师解释说，阿朵扎西寺自从第一世秋吉活佛建寺之初，一直是直贡噶举派的传承，后来虽然几经变故，但这个寺院始终保持着最初的传承没变……这在通天河流域的古寺中实属罕见。因为这期间无论是八思巴时代萨迦派的强盛期，还是五世达赖时代格鲁派的扩张期，都很难不受波及。一开始我们推测，这其中最主要的原因，或许就是因为它地处幽僻，但从后面了解到的情况看，也不尽然……

这时只见罗周取下他身后的大包袱，轻手轻脚地一层层打开，小心翼翼地取出了一个镶嵌着各种藏族聚居区名贵宝石的方木匣，再一层层打开，终于！一座造型古朴精巧的金顶佛殿式佛龛赫然展现在我们眼前。单就佛龛本身来看，它比之前我们在邦夏寺见过的那座更古意盎然，出乎意料的是，佛龛正中竟然也供奉着一个镶满了舍利子的玄色泥胎！只是这个看起来数量更多……我默默细数，竟然足足有八十一颗！其中最大的一颗在正中间，犹如众星捧月……

八十一颗舍利子

生生之水

一开始我本来以为这是仲·秋吉慈诚邦巴大师的舍利子，但它竟然不是！这个秘密容我们稍后慢慢揭晓……

礼拜了阿朵扎西寺的另几件珍贵文物后，罗周喇嘛非要拉着文扎老师去看他的僧舍，盛情难却，我们也跟着过来。小小的两间僧舍的内间，整个十平方米左右的小空间被他布置成了一个佛像的大千世界。各个年代、各个寺院、各个年龄的活佛和大成就者，有和他合影的，有单独的，照片贴满了整面墙。文扎老师悄悄告诉我，罗周喇嘛觉得寺院里的规矩多，与他的心愿不符。他是一位摄影爱好者，喜欢到处走走，拍过好多这附近通天河的风景，他好像找到了一个特别有利的拍摄视角，能看到通天河的九道弯……文扎老师认为他一定程度上已经是个悟道者了……

也是机缘凑巧，我后来在一个朋友那里见到过罗周喇嘛拍的一些照片。他镜头下的通天河既壮阔苍茫又变幻迤逦，有云雾、有初雪、有日出、有彩虹，也有烂漫的花季……我想，这又是一位隐藏在通天河寺院中的山水行者，一位以修行人的精进和艺术家的细腻洒脱，自创出一种修行门道的奇和尚……

"扎西沃巴"水晶塔

文扎老师一心想去第一世秋吉活佛创建的阿朵扎西寺旧址朝圣，罗周喇嘛尽管意犹未尽，也只得陪我们出门。从寺院往东南方向歪歪扭扭开车出去足有四十分钟，才在一处隐秘的山坳中，找到阿朵扎西寺的旧址废墟。废墟就坐落在贡布达泽山上，罗周喇嘛说这个山上有许多珍贵的药草。从正北方赶来的阿扎曲，与从东北方赶来的贝松曲，以及从东南而来的玉绕曲在阿朵扎西寺旧址前汇集成幽阔丰沛的贡茸曲，目标确切地往西南方的通天河奔去……八百多年前，仲·秋吉慈诚邦巴大师怀揣着恩师巴绒·达玛旺秀亲赐的那尊青铜释迦牟尼佛像，顺着通天河载愿而来，到达这片"布谷鸟清脆鸣叫、地形如堆积的曼札"（曼札是藏传佛教供器名，一般在做法会时，用各种金属珠宝装饰而成，其形亦如佛经形容的须弥山）般的绿茵谷中。相传，大师一落地，他怀中那尊上师赐予的释迦牟尼佛像就开口说道："我就在这里，不走了！"这就是后世传说中"释迦启口不走"佛像的由来。

"扎西沃巴"佛塔遗址

就这样，慈诚邦巴大师遵照佛祖的开示，在此建寺传法，并以愿力和神通从兜率天请来了一座水晶佛塔，也就是"扎西沃巴"（金光闪闪的水晶塔），以及塔中装藏的七世佛舍利，然后在水晶塔外修建了土木石结构的藏式佛塔。"扎西沃巴"在这个山谷中静静地安驻了几百年，直到20世纪60年代，红卫兵来到这里，佛塔被砸掉了，舍利子也倒出来撒了一地，由于红卫兵们不了解也不感兴趣，这些舍利子才幸免于难，但其中相当一部分还是丢失了，只有少量被埋在了阿朵扎西寺旧址的土层里……当时的一些老人偷偷把这些舍利子捡起藏好，等80年代初重建寺院时，老人们又把这些舍利子贡献了出来，寺院将其集中在一起，就是我们刚刚拜过的那八十一颗舍利子，据说当时从兜率天请来的时候要比现存的多出两三倍不止……

不久前，我们刚刚在邦夏寺朝拜了八颗释迦牟尼佛舍利子，时至今日我都还没从当日的震撼中回过神来。可如今又出现了八十一颗七佛舍利子，我感觉自己的认知系统正在崩溃，不知是这故事太久太远，以至于代代讲述者增加了自己的诸多想象和发挥，还是这片土地上的信仰本就如此超凡入圣，不是一个外来者所能理解和领会的……总之，我确信我的认知系统需要升级重启……

沿贡茸曲右岸，我们随罗周喇嘛一路向上攀爬，来到一大片仅剩地基和几面围墙的遗址处。罗周喇嘛介绍说最前面这块如广场的地基的正后方，就是曾经的"扎西沃巴"所在地，佛塔曾经有三层楼高，当时动用了四十二头牦牛来运输所需的建筑材料，佛塔旁边还曾经有一棵从龙宫里长出来的大柏树，叫作"阿朵哲贝中贝戈"，是龙宫派来守护"扎西沃巴"的。如今，塔和树都已随尘归土，隐遁于时间的幽秘处了……慈诚邦巴大师自己也觉行圆满，如那尊"启口不走"佛像般心满意足地长眠在这片土地上了……

故影沧桑

阿朵扎西寺是一座因塔而寺的寺院，"阿朵"是曾经驻牧在这里的部落名称，"扎西"就是"扎西沃巴"。据《称多山水文化》中记载，阿朵扎西寺在最兴盛时，曾经包括上中下三座寺院，元朝时期萨迦派兴盛，附近信仰萨迦派的部落头人攻占了寺院，致使寺院被部分捣毁继而被拆分，同时失去了许多庄园寺产，逐渐衰落……所谓世间法总是祸不单行，到了清朝统治时期，整个玉树地区发生了一次特别强烈的地震，这次灾难将上、下两座寺院直接陷于地下，只有"中寺院"劫后余生。从那时起，上下两寺院的僧人只能分散居住，后来各自重建，顺应当时形势接受了格鲁派的传承，而中寺院一直保持着纯正的直贡噶举派传承没有变过。罗周喇嘛给我们指引河对面的草滩，说那里就是曾经的上寺院，本来是阿朵扎西寺的主寺院，据寺院里熟识历史的老僧人讲，那次地震之前，那里还曾经有蒙古驻军的城堡，大地震之后，上寺院、下寺院连同蒙古城堡都毁了，阿朵扎西寺的主寺院也从那里搬到现在遗址处的中寺院，据说民国时期无恶不作的马步芳部队也来这里扫荡过，1958年时寺院又被毁坏，到了20世纪80年代初重建时，就搬到了离通天河更近的现在的地址。

罗周喇嘛介绍这里曾经是寺院跳神舞的广场　　文扎在仔细辨认着残缺的碑文

中寺院遗址的左边有一块被残存的地基围在当中的空地，罗周喇嘛告诉我们那里曾经是寺院跳神舞的广场，据说 1958 年之前，每次法会都有近百位僧人身着黄袈裟，从西北面的曲奇茸神泉肃然列队而来，就在这个广场上表演神舞。循着阿扎曲溯源往上，在一面长草掩映的缓坡下，我们找到了曲奇茸神泉的泉眼，几块青石板堆起的"拉确"将泉眼围在中央……世事苍茫，人间流转，只有这股清泉还是那么无挂无碍、清净无染地汩汩涌动着……据罗周喇嘛讲，很久很久以前，从这口泉眼的位置还掘藏出来一口可以同时为几十位僧人供饭的铁锅……

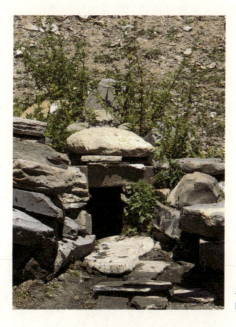

与寺院息息相关的
曲奇茸神泉的泉眼

我见对面山上有一处挂着经幡的地方，随口问了一句，没想到竟引出了一个骇人听闻的故事——罗周喇嘛告诉我那座山叫拉日南加达泽，那里曾经有座古老的闭关房，旁边有一眼泉水，以前闭关的修行者都从这个泉里打水喝。但不知从什么时候开始，出现了一件怪事，一到太阳快下山的时候，方圆几百里的秃鹫都聚集到这个泉水边，拍打着翅膀清洗当天它们在天葬台上吃了尸体腐肉后沾在身上的血迹。这些秃鹫在泉水里洗完羽毛后并不马上飞走，而是就在旁边把羽毛晾干，干了以后再飞走……这样的事情发生后，这个闭关房就再也没有被使用过了，人们迫不得已，经过时也都远远地避开……据罗周喇嘛讲，本地民间有个说法，如果秃鹫的粪便从天上掉下来，掉到某个人头上的话，是非常不吉利的。这个人必须向各家各户要饭，再把要来的饭菜全部拿到下面三条山谷交会的谷口，坐下来，吃得饱饱的，吃完了以后把他拿的那些锅啊，碗啊，全部砸在这儿，就说从此以后这个人就不存在了。要作这样的法，才能避免秃鹫带来的灾祸……

下山时文扎老师告诉我，原来罗周喇嘛的舅舅——也是在阿朵扎西寺出家的一位僧人，就曾经被秃鹫的粪便掉到了头上，当时就是在那个谷口做了这样的法事，所以他记得特别清楚……

在一路登山踏坡的途中，我的腿和胳膊不断地被微微刺痛，由于之前一直在爬山、讲故事，我也没有特别留意。此时坐下来，在高原烈日的恍惚间，那种森森麻麻的刺痛感不知不觉扩散开来，细看之下，皮肤上显出许多极淡的小红点。这时我脚边刚好有一大蓬深绿色长得特别蓬勃茂盛的植物，叶片上坚细的白毫泛着亮光，文扎老师小心地用手指轻触了一下叶片对我说："你刚才肯定是不小心被它刺到了！这是一种长着

阿朵扎西寺遗址远景与它对面山上的古老闭关房

生生之水

细刺的蕨菜，我们治多那边叫夏曲格，有轻微毒性，传说噶举派第二代祖师米拉日巴尊者苦行时经常以这种植物充饥，以致他全身的肤色都显出夏曲格的颜色……"听文扎老师这么一说，我心里竟然有了那么一丝小窃喜，在直贡噶举派大师仲·秋吉慈诚邦巴功成圆寂的圣地，被噶举派最具传奇色彩的苦行大师米拉日巴尊者用来充饥的植物刺中，想来这也不是一般的缘分吧……

正当我好奇又谨慎地观察夏曲格时，欧萨从坡下赶上来（欧萨因为脚痛风所以走得比我们慢很多），了解了情况之后他神秘兮兮地对我说："告诉你一个不被夏曲格刺着的秘诀，被刺了也可以缓解一下，你就和它说：'我跟你是好朋友，白石子是我的敌人。'不过只能你自己念，别人代替不管用！"我照着欧萨告诉我的秘诀用汉语念了几遍，感觉没怎么管用，我想可能是它不懂汉语吧！这时候酥酥麻麻的热疼又一阵阵袭来，难受极了。转头只见布多杰正用一个小石块在一块白色大岩石上仔细研磨，正好奇着，他捧着磨下来的白色粉末递给我，让我敷在刚刚刺痛的位置……咦？刚一放上白石粉，疼痛的地方就感觉一阵清凉，我觉得好了很多！如欧萨所言，白石子的确是夏曲格的敌人，不过光用好话哄它

米拉日巴尊者苦行时用以充饥的植物夏曲格

也还不管用，还是直接用它的敌人治它比较见效，正所谓"敌人的敌人就是朋友"嘛……

此时此刻，无风的午后，炽热的天空和大地，空寂的山河与岁月，似是被密密编织进一张肉眼看不见的黏稠巨网……年代久远的，刻着六字真言的一块块青石板散落在脚下的断壁残垣间，如蜜蜂般超大的蚊子像一群天外来客般嗡嗡嗡嗡地四下逡巡，仿佛用密语警示我们——别再去打扰那个尘封已久的异度空间……

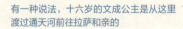

有一种说法，十六岁的文成公主是从这里渡过通天河前往拉萨和亲的

生生之水

六、古渡·白塔

　　不知为何，每当我想起通天河上的白塔渡口，都不由联想到沈从文《边城》里的碧溪古渡……照理说，一条川湘边境的小溪流，和一条养育华夏文明的大河根本不可同日而语，但在我潜藏的意识里，它们同样是古渡，同样有白塔，同样悠远苍茫，河畔同样伫立着一位花季少女，同样让我心生悲怆……但，相对在爱恨生死幻境中愈陷愈深的"边城"小镇，唐蕃古道通天河畔上演的，更是人类竭力突破生死迷局、虔诚追寻信仰的壮阔史诗……

自生缘生

通天河从源头下来，到了白塔渡口，已经走过近五分之四的流程了……历史上，这里是唐蕃古道的必经之路，也是汉藏交通的关键枢纽，是与楚玛尔七渡口重要性相当的通天河上最重要的古渡。有一种说法，一千多年前，十六岁的文成公主就是从这里渡过通天河前往拉萨和亲的，一旦跨过这条大江，从此以后，家园万里再无归期，从此以后，山河岁月都将独自面对……

三山环抱中，眼前的通天河水被海螺形的滩渚分流成一大一小、一明一暗两股。小的那一侧安静、随顺，水静流深，大的这一侧先是被海螺头部旋出一个圆鼓鼓的弯弧，继而又被从东面山谷赶过来的一股急流搅和，显现出犹如人体脊椎骨般一节一节的凸起，顺直匀称地向前推送着翻腾的波峰和波谷，以波粒二象性的表象传递着长江后浪催前浪的事实……

我一个人从巨石嶙峋的河岸慢慢下到水边，一层一层的水浪噗噗地

嘎曲登嘎布白塔仿佛天造地设般超然凝立在渡口北岸的三角地带上

卷向此岸，一种迫切要亲近的强烈渴望引诱着我慢慢蹲下身。顿时，清凉的水汽随推进的浪花一阵阵间歇袭面，双手掬一捧这滋养万物的生命之水……正想仔细端详它的真容时，水线却从我指缝间迅速流走，只剩下掌底的细砂……

嘎曲登嘎布白塔（以下简称"嘎白塔"）仿佛天造地设般超然凝立在渡口北岸的三角地带上。相较于通天河畔被几经摧折和重建的佛塔和寺院，人世的动荡和自然的风霜对这座白塔仿佛都格外善待——这是一座真正历劫成功的千年古塔，昂扬的雄姿和古朴的质地早已与沉积的岁月互为表里……

据说本地流传着这样一种说法，凡是从康区前往拉萨朝圣的人，拉萨本地人都会问："你们康区的嘎白塔是天然自生的，拉萨觉悟佛是人为的，你们为什么不远千里来朝拜我们的觉悟佛，而不去拜你们的自生佛塔呢？"这个传闻是否属实我们也不便去考证，但也从另一个角度说明嘎白塔在整个藏族聚居区信众心目中的地位。关于嘎白塔的缘起有几个版本，其中流传最广、情节最完整又最不可以思议的，来自一位被称作世间自在王的伏藏大师。他在道歌中唱道：相传人寿两万岁时，第三佛迦叶如来出世，因当时众生的善根成熟，种种因缘和合迦叶佛的心轮放射出无量光芒，光芒化成一千零二十二座透明无瑕的五智（指大圆镜智、平等性智、妙观察智、成所作智、法界体性智）宝晶塔。其中有一座水晶塔，先是在天界被天人保管了五百年，后又被非人供奉了五百年，之后又被龙族请到龙宫供奉了五百年。贤劫第四佛释迦牟尼佛开演佛法一千多年后，有"藏族聚居区马蹄应许之地，师足无余皆踏遍"之称的莲花生大师于公元 822 年亲临此地，大师以神通力悉知此通天河三角地带乃是百万空行（藏传佛教中一类特殊的存有，属于非人，包括空行勇父和空行母。空行分为世间空行和出世间空行，世间空行主要起护持佛法的作用，出世间空行可以作为众生修行依止的对象）的聚集处，发愿将在此地修建镇魔佛塔，于是龙王把水晶宝塔供养给了莲花生大师，大师将其安置在地底空行坛城宫殿的中央（传说空行坛城内有无量宫殿一座，由五百根柱子支撑）。到此水晶宝塔在人间的利生事业时机已成熟，在一个殊胜的日子，经莲花生大师开光后，宝塔从空行坛城中自行升出地面（在地面上的人看来，水晶塔是自己生长出来的）。于是，莲花生大师以往昔松赞干布在卫藏修建镇魔宝塔为榜样，派遣天龙、非人等，以水晶宝塔为内藏，修建了嘎白塔，并任命"妖龙格尼庆波"守护白塔。据当地人讲，如今每逢初一、十五，还能听到地底下空行坛城宫殿里咚咚咚敲锣打鼓的声音呢……

神秘老阿奶

藏族人有句谚语：在经堂要多说话（祈祷），转塔时要多动手（旋转经筒）。我们刚开始转白塔，天上就下起了大滴大滴的太阳雨。吉祥福雨中，我一边用力拨动经筒，一边默默祈祷……

顺时针绕塔三匝后，天空突然收起了雨幕，清浅的日光下，一道辉煌的彩虹桥乍然出现在大江来处的灰蓝云空中。就在此时，一位挂着拐杖身着绛红长袍的老阿奶从彩虹桥中央向我们走来，脖子上围着一条天蓝色的围巾，腰间系着一条彩色抛石绳当作腰带。正疑惑间，她紧贴头皮的短硬白发和熟悉的绛红色衣袍让我突然醒悟这是一位比丘尼……比丘尼老阿奶一见到文扎老师就像见到了老朋友，伸出厚实的手掌紧握着他的手连连问："你叫什么名字？从哪里来？""我叫旭日·文扎，从通天河源头来。"文扎老师诚心诚意地回答。"我们自己人呗！"老阿奶说。与此同时，我感到他们之间似乎同时感应到了某种神秘的巧合……

和文扎老师亲切地行过碰头礼之后，比丘尼老阿奶给我们讲了一个当地版本的嘎白塔传说：相传很久很久以前的一天，大概是黄昏时候，一名具有空行种姓的女子在这一带拾牛粪，天上突然下起了细雨，随着一阵异香扑面，一道彩虹悬空乍现，伴着天上隐隐传来的吉祥乐音，地面上兀然升起一座晶莹剔透的水晶宝塔，神奇的是这塔一边升高，一边长大，那个拾牛粪的女子惊呼不已，连忙伏地祈祷，当宝塔长到一肘高时，为了怕被人破坏，情急之下她将放牛粪的背篓罩在水晶塔上面，而同时宝塔也停止了生长，各种祥瑞也消失了。第二天一早，当她领着村里人再去看时，发现以水晶宝塔为中心，周围已经建起了一座白色佛塔，当时人们都传说那是天龙八部和众山神夜叉一夜间建成的。据这位比丘尼老阿奶讲，她就出生在旁边的兰达村，一辈子没离开过嘎白塔，她说她知道这个白塔每天还在长，一天比一天大……

老阿奶还告诉我们：前几年来了几个搞科学考察的人，他们有一个仪器，能看到佛塔底下有什么东西，"最后他们让我看，看了以后，好神奇啊，地下有五百根柱子的一个佛堂，四周是金子、水晶、玛瑙、翡翠四个佛塔，闪闪发光……"文扎老师说其实我们知道现在的科学仪器也没有这种透视功能，或许这位有修行的比丘尼是在用一种善巧来示显她的神通，让外面的人对嘎白塔升起虔诚的恭敬心吧……

至此，从曲登纳贝、藏娘佛塔到扎西沃巴以及面前的嘎白塔，我们已经在现实、神话和民间传说中走过了通天河流域四座装藏有"水晶宝塔"的佛塔，它们各自独立的故事也逐渐走向一个总体的统一——单独来看，这几座佛塔都有其各自的不同凡响之处，同时也都有各自的不圆满：曲登纳贝和嘎白塔都是在"自生长"过程中，遭遇到一位虽则虔诚向善，但又愚痴莽撞的妇人（我们暂不去讨论主角为何总设定成"无知妇人"）的弄巧成拙，致使它不能完全长成；而扎西沃巴，不只内藏的"水晶宝塔"，连带外面的佛塔也已经被捣毁不复存在了；现在看来，就只有弥底大师从兜率天请来安置在藏娘佛塔内的"水晶宝塔"，没有被迫停止生长和遭遇人为损坏，但，弥底大师自己，不也是早有预知，将佛塔建到一半就拿着抛石绳远去了吗……或许，这就是末法时代众生善根不足，福报不够吧……

　　相传，莲花生大师修建完嘎白塔后曾预言："将有一仁青名者，出现于康区佛地，于白塔空行处，兴盛无上密法。"又一个千年过去了，在嘎白塔旁的东科村，果然出现了一位法名叫仁青·秋英多杰的大成就者，在距离白塔2千米的土登寺出家。20世纪80年代初，国家落实了宗教信仰自由政策后，这里一时中断的佛教信仰又重新恢复，秋英多杰在经过十几年闭关精进修行后终于出关，在嘎白塔附近举行了多次大法会，为通天河两岸的僧众传授了很多殊胜的法门和灌顶。为了打破各教派的隔阂，秋英仁波切还在嘎白塔处组建了民间石刻艺人小组，雕刻了寂怒百尊、各教派的祖师大德等塑像，并修建了一座小经堂和几间朝拜者临时落脚的房屋。

　　此时，比丘尼老阿奶已经把我们领到了白塔东侧的小经堂前。这是一座只有一个开间的萨迦派风格小经堂，一进门的正中供奉着莲花生大师的鎏金坐像，侧面最显眼位置，有几幅哈达包裹着的彩色大照片或挂或摆。照片上的这位长者面相和装束都有些奇特，有在法事上头戴着五佛冠身披法衣的，还有身穿宁玛派红白蓝装束在野外布法的。尤其是那一头洒脱的花白卷发，状如醒狮，清癯的面容既坚毅又慈悲温柔，笑起来的样子很纯真，有那么一丝雌雄同体相。文扎老师告诉我，这就是上

　　　　　　　　　　　　　　　　　　　　　　　　　　　　　生生之水

经堂内莲花生大师像　　　　　　土登寺的大成就者秋英仁波切

一任土登寺的住持法师，信徒遍布藏族聚居区和内地的大瑜伽士仁青·秋英仁波切，也即莲花生大师预言中的"仁青名者"。

　　比丘尼老阿奶这会儿已经走上前，先是恭敬顶礼了莲花生大师，然后侧过身对着秋英仁波切的身像俯身顶礼，闭上眼默默祈祷。过了好一会儿，她才睁开眼，接下来，老阿奶摇着手上的转经筒，缓缓给我们讲述了一个本地的传奇往事：八十多年前，在白塔渡口旁边兰达村的一户牧民家里，诞生了一个小女孩，这个小女孩天生不会说话，是个哑巴。家里人到处求医问药，都没有一点效果，就这样小女孩长到了十岁。那一年，土登寺在白塔这里举行了一场很大的灌顶法会，小女孩的父母就请土登活佛为她灌顶，灌顶当场小女孩突然晕了过去，土登寺的一位老僧人就用袈裟将她包裹起来留在寺院诊治。第一天过去了，小女孩没有醒过来，第二天又过去了，到了第三天，小女孩还是没有一点要醒过来的迹象。老僧人以为她死掉了，就来请教土登活佛该怎么办，土登活佛却说："你好好看护她，她没有死。"到了第十四天，小女孩突然醒了过来，而且一下子什么话都会说了，她对喜极而泣的父母说"我要出家"。因为这样的机缘，小女孩的父母就送她在土登寺的尼姑庵出了家……这样又过去了很多很多年，后来土登寺在白塔旁边建了一座经堂和朝拜者临时落脚的房屋，当初的那个小女孩也已经长成了一位颇有修行的比丘尼，经堂建成后，她就恳请寺院让她去守护经堂。自那时起，日复一日，年复一年，那位比丘尼就一直守护着经堂和白塔，帮助前来朝拜白塔的信众。如今当年那位小女孩已经八十九岁了，一直守护着白塔和经堂没有离开过……

是的，那个曾经的小女孩就是我们面前的比丘尼老阿奶……

从这位比丘尼老阿奶的眼睛里，既能看到饱经世事的人间智慧，也能体会到修行多年的人才显现出的慈悲与超脱。我发现每个见到她的人都表现出不寻常的亲近感。我们一行五人，文扎老师、欧萨和我自不必说，包括平时不爱说话，也不爱表达情感的布多杰，以及总是扛着摄像机忙着拍摄的索南尼玛，都不由自主下意识地抢上前去搀扶她，不由自主地亲近她……经常是她的两只手一边牵住一个，余下的三人则在身后随时等待换班……

此时老阿奶左手扶住欧萨、右手牵着文扎老师，往白塔下方的石阶走去。原来这里有一处石壁，从石壁深处缓缓流下来一股清泉，泉水的正下方，有一只半人来高的大陶罐，里面蓄满了清泠泠的泉水，泉水旁陈列着各种法器。相传，当年莲花生大师开启空行坛城大门的同时，从这里自然涌出一眼具八功德的甘露泉水，老阿奶告诉我们："这个甘露水什么病都能治，还能消除人心里的烦恼，病人喝了这个甘露水，完全好了的例子也很多。"本来我们想自己舀水喝，但见老阿奶快步上前，敏捷地拿起水瓢舀满水，接着慢慢地、专注地、虔诚地在我们每个人的头顶上轻轻细细地淋洒……于是我们不由自主肃然低头，接受洗礼……

从泉水处上来后老阿奶显得特别高兴，红扑扑的脸上喜形于色，围着我们雀跃地手舞足蹈，快乐得犹如一个调皮的小姑娘……听说我们不久前刚转完嘎朵觉悟神山，老阿奶的语气更亲热了！她骄傲地告诉我们，她中转已经转过二十五圈了，大转也转了十九圈，在转山时看到过嘎朵觉悟的好多随从和大将……

临分别时，彼此都有些眷恋难舍。老阿奶随手从地上拔起一把叫作"藏茵阵"的药草，说可以治胆囊炎和感冒，说完不由分说塞到我手里，又用她温软厚实的手掌把我的双手紧紧握在掌心，久久不肯松开……

此时，已落到西山顶的红日在渡口的水面上投下一片巨大火热的红影，宛如从通天河底涌出的一团烈焰……放眼南山外，有极细的青烟袅袅上旋。

"渡头余落日，墟里上孤烟"，今日终于亲见。

七、那隆修行谷——空行的圣地

这一天感觉太长了，从早到晚，似真亦幻……今日想来，没有亲自去拜访土登寺，没有缘分参拜秋英仁波切的肉身不坏金刚法体，心中实在是遗憾，可缘分使然，也只得如此……

路边，一只断了两条后腿，尾巴上沾满了苍耳的藏獒，笨拙地一蹦一跳在艰难地觅食。我心中不忍，下车打开后备厢想拿块肉给它，但，行囊空空，竟然没有一点适合它吃的食物……也只得转开眼不忍再看……

秋英仁波切和那隆祖师

在前往那隆修行圣地的暮色中，文扎老师给我讲起土登寺秋英仁波切和那隆祖师的缘分——秋英仁波切本名诺慈，七岁时，他跟随母亲和亲戚第一次前往那隆圣地拜见祖师桑杰松保尊者。祖师见到小诺慈的第一面，就对他表现出了特别的关注，并为他起了法名秋英多杰。在仁波切所著《我的修行经历》一书中，详细描绘了那次殊胜的会面："我初次见他老人家，是在那隆沟的一个三岔路口上。当时，我和母亲等人一同前去拜见上师，上师见到我时，口中喃喃自语：'要灌很多殊胜的灌顶，要灌很多殊胜的灌顶……'然后边重复边慢慢地走回了他的闭关洞。我和母亲尾随其后到了闭关洞，上师拿了一根木棍放在我的头顶加持，做了灌顶的表示，并说道：'你已获得了殊胜的灌顶，获得众多殊胜的灌顶……'这是上师做的第一个授记。他老人家要我在那隆沟闭关洞中闭关，那是上师修行成就的闭关洞，也是前辈大师们获得殊胜成就的圣地，上师将这个授记重复了多次，并让我和母亲等人当晚住在上师的第二个闭关洞中，以此作为我将来闭关的缘起，这是上师对我的第二个授记。同时，上师还做了第三个授记，上师说：'我会派吉祥天母护持你。'当天的下午，我和母亲等人到了闭关洞住下后，来了一只黄狗，就守护在洞口。上师的修证已经和怙主本尊无二无别了，他周围的狗都是护法神，正因为有这样的因缘，有他老人家大悲的摄受，时至今日，还常有人和幻化的护法神来护持我，帮助我消除违缘障碍。"

那隆桑杰松保尊者成为秋英仁波切修佛路上的根本上师。

文扎老师说秋英多杰仁波切被认为是即身成佛，就如同当年的米拉日巴大师一样。但据仁波切自己讲，他的前世就是一个普通老百姓，而且是个女人，不是以前的活佛转世。他当年学佛法的时候，是藏传佛教各个教派的教法遭遇严重打击中断，刚刚恢复起来的时候，也导致他走了一条不寻常的修行之路。他不是先学念经，而是先磕头行大礼拜祈请佛祖，据说行了十几万次大礼拜之后，他发现自己的身体和精神都有些异常的感觉和状态，就去请教一些活佛，想把自己身体的特殊反应和心理的特殊境界让活佛们给他解释解释。当时拜了很多寺院，但也都没能完全解释清楚他遇到的状况。后来他自己看了一些书，萨迦派的、宁玛派的、格鲁派的、噶当派的，有天晚上，他突然在一本书里找到答案，书里记载的达到一定功夫之后，出现的身体和精神上的一些现象，和他自己的一模一样，而且是达到比较高境界时的反应。据说那天晚上他就把那本书抱在胸口，狂喜地痛哭了一个通宵……

在往后数十年的闭关修行过程中，秋英多杰愈发体悟到：藏传佛教各个教派的法要窍诀，对自己来说，都是不相违的，而且个个都是不可缺少的殊胜法门。到这时，他才明白了七岁时那隆祖师所授记的"得到了灌顶，得到了很多灌顶……"的密意。

一座幻影般的彩虹门突然出现，似是来慰藉行色匆匆的旅人

空行佛母的圣地

到达白玛隆巴的入口时，一位身穿红色藏服的康巴姑娘正从清澈的溪流中打水上来，车子经过时，她不经意将头转向山谷的深处……山谷深处，一座幻影般的巨大彩虹门乍然高悬在丝絮般的云团间……炫目不可直视！看来这里刚刚下过雨，是在清洗尘世染污吗？是来接引我们的上升之路吗？为世间这些行色匆匆的旅人！

前方的路越走越窄，天也渐渐暗下来，谷深人寂，愈显幽僻……据传当日莲花生大师在此修行时，从空中观摩到这里的地形犹如一朵盛开的莲花，因而赐名"白玛隆巴"，也就是"莲花谷"。我们将要探访的那隆修行圣地就在白玛隆巴的深处，是一座堪称世外桃源的"谷中之谷"。据以往密宗大师们描述，那隆谷从远处看是一座空行度母的刹土，而近看则如同金刚亥母的坛城，印度八十大成就者之一、金刚瑜伽母修行法门的开创者那若巴尊者曾预言："此谷是空行母金刚瑜伽师证悟得道的殊胜之地。"

关于空行母的法门，在藏传佛教各个教派间流传着这样一则掌故：相传萨迦派在创立之初，曾经用重金从印度请回十三个修行法门，其中之一就是空行母法门。原本这些法门只在萨迦昆氏家族内部传承，但一位宁玛派的高僧不知从何处得知了这个信息，就前去求法，求了几次都没有成功。当又一次求法被拒绝后，这位高僧就用了一个神变，把空行母法门的经文从昆氏家族的密室里"取"出来，交给路边正在打水的一个姑娘，对她说："这个交给你的主人萨迦贡嘎·宁布。"不知情的姑娘把经文交给了她的主人、萨迦派第二世法王贡嘎·宁布，法王一看非常震惊，心想这个经文平常是不打开的，而且外人也不知道，就厉声问打水姑娘："你是怎么偷出来的？"姑娘吓得赶忙说："不是我偷的，是刚才有'这么这么'个人要我交给主人你的。"法王听后暗自思忖："噢……既然是这样，那个人一定是位大师级的人物！"于是派人把他请回来，把空行母法门传给了他。从此以后，藏传佛教的萨迦、宁玛、噶举和格鲁四大教派慢慢就都有了空行母教法的法脉传承……

"疯子普囊"

那隆修行圣地曾出现过不少伟大的空行成就者，而最具传奇色彩、最有影响力的当数那隆圣地的创建者祖师桑杰松保。关于这位传奇大师的转世，秋英仁波切曾在他的自传中提起："我的上师那隆桑杰松保，是古印度大手印祖师萨拉哈大师的化身，他老人家早已获得了金刚亥母的成就。"

1871年，桑杰松保出生在白玛隆巴的一个普通牧民家庭，本名普布囊嘉，人们都习惯称他为"普囊"。据当地的老人们听他们的老人们回忆，普囊小时候就行为怪异，非常与众不同：作为牧民的孩子，他竟然从不看护自家的牲畜，任牛羊在山间随意乱跑，他却独自一人发呆或遨游梦乡，经常是放牧归来却发现把牛羊忘在了山上，还时常躲进山间岩洞中夜不归宿……当地人都晓得牧民不看护牛羊迟早都会变穷，因此都叫他"疯子普囊"。

随着年纪的增长，小普囊想要出家的愿望越来越热切，于是家人把他送到附近的岗察寺。在寺院里学习了初步的佛法知识后，他求法的心愈发如饥似渴，于是十七岁时，普囊只身踏上远赴西藏圣地求法的道路，并在日喀则的萨迦派大寺俄尔寺受了三戒，取法名桑杰松保。据说从西藏返回家乡的途中，桑杰松保在路边的一块岩石上捡到了装在网袋里的萨迦派祖衣和一件新法衣，他认为这是自己虔诚皈依三宝的吉祥征兆。返回家乡后不久，桑杰松保又前往四川德格的宗萨寺拜见萨迦派利美法王蒋扬钦哲旺波，利美法王为他传授了秋吉林巴大伏藏师的《消除一切障碍密修法门》的完整灌顶、传承和讲解，还传了勒噶巴、那波巴和哲吾巴大师的《胜乐金刚》法门，尤其详细传授了那诺巴的空行法门。

得到了这一切传承以后，桑杰松保依利美法王的吩咐回到家乡，在康区四大成就者之一的桑丁松保曾经闭关的圣地那隆谷，修建了一座小闭关房，这就是祖师创建那隆修行圣地的缘起。从此，桑杰松保在此闭关修行十八年，终于获得神通自在的大成就。

"那隆谷主"

到达那隆谷时，已是晚上八点，尽管太阳还白亮亮地悬在天上，但白日的热气已经消散了，山谷中寒意渐起……

一开始我们把车开过了，再返回来的时候，布多杰让我们在车上别下来，他和欧萨先上去看看。眼见他俩循着山泉淌下来的河谷边缘往上攀缘，经过层层叠叠十几层绛红色的小闭关房，快接近顶部时，突然转进一间小房子不见了……过了一会儿，布多杰站在门口招呼我们上去。听到呼叫，索南尼玛迅速从后备厢中拿出几条哈达，待文扎老师我们赶上山来，布多杰已经下到一半来接应了。一边走他一边告诉我们，当时只有这个房子的门开着，有一个尼姑在里面，他和欧萨就问那隆仁波切住在哪里，尼姑指着里间的门说："就在这儿呀，你们今天去一下呗！"

欧萨说怕今天太晚了仁波切不方便，是不是"明天早上好一点？"尼姑说明天有法事仁波切抽不开身，"今天可以的！"

这是一座里外两间的闭关房，外间像是兼作厨房和杂物间，我们低头弯腰进入里间。确切地说，这里间不应叫作房间，而更像是一个石洞，那隆蒋扬罗周威农仁波切就盘坐在墙面与山体形成的交角间，双手结禅定印微笑地迎候我们……这间小小的"洞屋"里除了闭关所需的法器外一片空净，能真切感应到大修行者充沛的能流鼓荡其中。给尊者献上哈达后，我们在地上临时加摆的小木凳上坐下来。眼前这位那隆圣地的现任"谷主"，看起来四十岁左右（文扎老师说应该有五十几岁），身穿内黄外红的僧衣，面容温峻，虽然是坐姿，依然能看出他身形修长，由于常年闭关，分披在两侧打着绺的棕黑色长发已经长到了胸口处。尊者今天下午才从山上的闭关室下来，据说是明天有几位内地的信徒要来做供养，为佛塔、佛像涂金，邀请他下来主持。

那隆蒋扬罗周威农仁波切是后藏俄尔寺大堪布蒋扬丹布尼玛的弟子，生于 1968 年，本名元丁丹周，自幼亲近佛法。据说他七岁随家人首次朝拜那隆圣地时，便生起非常强烈的欢喜心和虔敬心，十七岁时出家成为岗察寺的一名僧侣。十九岁上，元丁丹周前往四川五明佛学院，系统地学习了五明学及五部大论经典，二十岁时在凯珠桑杰丹增大师座下得到金刚瑜伽师系列的法脉灌顶，并得到大师授记："若在那隆圣谷闭关修行，将能利益众生。"

之后元丁丹周又只身前往卫藏求法，在此期间，在萨迦寺堪布勒哲嘉措、禄顶堪布隆·嘉洋琼绝加措、它泽堪布隆阿旺索南求登、萨迦达钦阿旺更嘎索南、至尊当巴拉等大德前接受灌顶，五年后返回故乡时，与正在结古寺讲法的萨迦俄尔寺大堪布蒋扬丹布尼玛结缘，受比丘戒，取法名蒋扬罗周威农。之后，蒋扬罗周威农在蒋扬丹布尼玛等诸多堪布和活佛座前接受《道果》等重要法经灌顶，并得到萨迦派修行仪轨的传承；在顶果钦哲仁波切及诸多宁玛派上师座前接受《大圆满》灌顶，并学习了宁玛派经典法经；在大宝法王和司徒班禅桑杰念巴坐前接受噶举派《大手印》灌顶；在纳仓活佛和索南赞幕活佛以及一些大格西跟前学习格鲁派的修行法要。二十六岁时，蒋扬罗周威农回到那隆圣地，从此轮转在山上的四个修行洞，开始了长达三十几年的闭关修证。在此期间，蒋扬罗周威农与前来那隆修行谷闭关的秋英仁波切相识，因为与那隆修行圣地都有甚深的缘分，两位仁波切一起筹划并实施了那隆修行圣地的重建。

近年来，随着那隆蒋扬罗周威农仁波切修行实证的深入，越来越多的信众从不同地方赶来朝圣那隆圣地，向仁波切问道求法、求医测卜。每当有人问及尊者的修行成就如何时，尊者都会诚恳地回答："顶礼大恩众上师！虔心修行三十载，不觉悟道至何处，但知能利患病者，今后如若得证悟，利益众生信心增。"

若"前世"若"生死"

此时此刻，蒋扬罗周威农仁波切在问候了我们远道安好之后，授意我们可以向他提问。由于我是从北京来此又是座中唯一的女士，仁波切微笑着示意我先问……在此之前，来的路上，文扎老师说过这位仁波切给人看前世非常准，于是我怯怯地问出了藏在心中许久的一个困惑："我的前世是怎样的？是什么缘分让我来到这里，和他们几位藏族人一起走这条通天河考察之路？请您给看看我们几个前世是什么关系……"等待谜底揭开的这一刻，我的心中蓦然涌起一股神秘的微波，呼吸也开始紧张起来，意识中还有一丝不想让其他人知道的小心思。没想到仁波切用他超凡的智慧以一个寓言故事解构了我的妄心……

这是《莲花生大师本生传》中的一段往事——

大意是公元 8 世纪中叶，吐蕃三十八代赞普赤松德赞从印度请来莲花生大师和寂护法师，为藏族聚居区建造了第一座剃度僧人出家的寺院——桑耶寺。在工程竣工后的庆典上，赤松德赞向莲花生大师祈问建造桑耶寺的缘起，莲花生大师讲起赤松德赞、莲花生大师和寂护法师三人在前世本是亲兄弟（还有一位兄弟后来做了雅砻的王），曾一起帮助母亲修建尼泊尔的满愿塔，塔建成后四兄弟在诸佛面前曾发愿，后世愿一同转生在雪域藏族聚居区，共同护持兴盛佛法。这就是藏族聚居区唐卡中"堪洛却松"三尊的缘起。["堪"是亲教师堪布寂护，也译作静命法师，

["洛"为轨范师（洛温）莲花生，"求"即法王（却杰）赤松德赞，"松"是三个的意思。]

作为寓言，尊者点到为止，故事讲述得非常简短。大家听完后都默不出声，似是从故事中受到启发，每个人或许都在想，我们的通天河文化考察也是在"建塔"吗？是何种天意，在何世何地，将一种共同的愿力灌注于我们的内心，这个小团队中，自己又承担了怎样的必然使命？！

在善巧地回答了每一个人提出的问题后，仁波切让我们把每个人的电话写在他递过来的小本子上，这个主动的行为令我们有些诧异。后来文扎老师告诉我，一般尊者不主动的话，我们不能那样做，那是对尊者的一种冒犯。

不知何时，仁波切和文扎老师讨论起密宗修行中"心"与"灵魂"的话题，因为用的是藏语，我也不明所以。过了好一会儿，尊者转过头来问了我一个问题："你觉得人死后有灵魂吗？"当文扎老师转述给我时，我竟然被这突如其来的问话定在当场，不知该如何作答……关于死后"灵魂"的问题，在古今中外不同文化里都有或多或少的涉及，甚至现当代实验科学领域也做过诸多尝试，但，就我个人而言，因为缺乏亲验或实证，其中的任何一种倾向或结论都不足以让我确定无疑回答这个问题……最后，我讲述了许久以来心中的一个意象——很久以来，每当我想起这个话题时，意识中总会出现一个画面：那是一个背对着我的黑黑的人影，沿着一条又直又长的两边都是高墙的路径直往前走，越走越远，背影也越来越小。快走到路的尽头时，被一面看不到顶的高墙挡住去路，作为旁观者的我本以为前面没有路了，但那个黑影还是直直地往前走，已经走到墙根底下，眼看马上就要撞到墙了。就在这时，在左侧高墙和正面高墙的夹角处，突然闪出一道暗门，门开着一条缝，里面透出白色的强光。直觉告诉他也告诉我，穿过这道门就是死后的世界了……

我知道这不是佛法对人死后的看法，但这的确又是我直觉中的念头。当文扎老师把上面我描述的画面翻译给尊者后，他先是沉思了一会儿，再通过文扎老师转告我："你的思维很特别，看来是深入思考过这个问题的，很多汉族人可能一辈子没接触过佛法，但是你很有见地、很有修养，帮起人来比藏族人还要好……"

　　告别了蒋扬罗周威农仁波切，临出门时，文扎老师转头对我说："刚才仁波切说如果你有机会的话，可以过来在他身前学一些佛法，你可以带个翻译。如果不太方便，他可以给你找一些翻译的人……"

　　下山的途中，伴着泠泠的流水声，我的心中一片宁静清明。在相距闭关房几百米处的山谷里搭好帐篷，从谷中流泻下来的山泉到这里汇聚成溪，在清新的夜里，发出曲调轻柔的哗哗声……

　　这一夜，我的小帐篷搭在大帐篷里面，在四周此起彼伏的鼾声中，在帐篷外哗哗的流水声中，我仿佛进入前世的幻境……

古老的满愿塔经文

生生之水

寻访那隆修行洞

第二天清晨，太阳出来后，我们从那隆谷口溯着弯弯曲曲的山泉再次一路往上攀登，谷口处的河滩上有一座萨迦派的小寺院桑杰寺。据说当年秋英仁波切曾预言，这处河滩将会成为一个讲经说法的圣地，由此机缘，那隆蒋扬罗周威农仁波切在这里兴建了桑杰寺。这是一座尼姑寺，现有尼众十余人，属岗察寺管理，据说尊者建寺的初心是为了遇到罹难、患有疾病、肢体残疾的女性信教群众前来寻求帮助时，有个方便的落脚之地。

清早，在那隆谷口煨桑

路边不时冒出来一大丛野生枸杞子，繁茂的绿叶丛中，亮晶晶的小红果子如星子般灵动闪烁。初秋温煦的朝阳从正对面的山顶垭口透过来，为整个山谷镀上一层蛋黄色的光晕，那隆祖师桑杰松保巨大的束发镀金坐像就端坐在这光晕中……正上方祖师的灵塔处，几位当地的老阿奶正慢悠悠地一边转塔一边念颂佛经，脸上的神情肃穆怡然……再往上就到了那隆谷的正中心，这是由前二后一三座山峰组合而成的上窄下宽的复合型山体，外轮廓犹如佛像的背光，正面是一块超大巨岩。据在此修行得道的大师们观察，这面岩石上是一尊金刚亥母的显现，因此人们称其为度母山。站在度母山的山顶往下望去，那隆谷上舒下窄，看上去状如一只巨大的海螺，最下端细长圆柔，曲线婉转，最细处只容一脉清泉从中流泻。昨晚我们拜会那隆仁波切时经过的那十几排红色小房子，此时已全部笼罩在宛如朵朵莲花交织的一大片五彩经幡海中，从远处看几乎没有任何痕迹……

我们小心翼翼地从刻着莲花生大师雕像的巨岩下穿过，右侧红色小铁门内就是传说中的空行母修行洞，洞门紧闭着，文扎老师说应该是有人在里面闭关。我们蹑手蹑脚地经过门前的小径继续往上攀登，在莲花生大师雕像的左上方，有一扇小红木门向外半开着。文扎老师说那里应该就是莲花生大师曾经闭关过的莲花修行洞，大家站在洞口好奇地向内观望。只见在这个仅容一人的三角形岩洞的地面上，铺着一块简陋的花格子坐垫，上面堆着绛红色的一团像是僧袍，角落里有一把烧水壶，岩石夹角的位置悬空搭出一块三角形小木板，一只沾满灰尘的白瓷缸不知在木板上放了多久。令人意外的是，这个小山洞的左前方竟然还有一扇小小的玻璃窗，散漫的光线透进去，愈发显得它幽闭狭小。文扎老师猜

这面岩石据说在修行者眼中是一尊金刚亥母的显现，因此称其为度母山

传说中的空行母修行洞

生生之水

测此处的修行者刚离去不久，我们不便久待赶紧顺着山路下来……

后来我才知道，那隆圣地五处修行洞中有三处都在这座度母山上，而当时我们只看到了两处，据说一般修行者们会根据自身修行的境界转换适宜的修行洞，以避免遇到修行不适或障碍。

在一处如镜面般的硕大岩石旁，欧萨的痛风又犯了，倚在大石上走不动了。布多杰也顺势坐了下来，文扎老师和索南尼玛说要去爬右侧更高的那座经幡最盛的山峰。当时我还没有知晓这么多那隆圣地的故事，也并不知晓那里有那隆祖师修行得道的金刚瑜伽师修行洞，否则，无论如何我都会同行直上……

靠在大石上休息了一会儿，我转头看见南面半山间，有一座高高突起的楔形巨岩被葱葱茏茏的几百株翠柏拢在中间，一道道经幡从巨岩中心向四面八方垂下来，犹如一顶自天而降的伞盖。趁欧萨和布多杰闭目休息，我一个人偷偷往翠柏中心走去，越往上路越窄，脚下长满小刺的杂草几乎遮蔽了小径，四周静得听得到心跳的声音，终于在几番左旋右转之后登上山顶，翻过半米高的碎石堆，刚要在避风向阳的山坳处休息一会儿，竟骤然发现旁边岩石上有个绿色的小木门，门上还挂着军绿色的棉门帘，门上了锁，表明至少此时里面没有人在闭关……于是我放松

葱茏的翠柏和经幡间，是那隆"璁叶庄严刹土"　　那隆祖师得大成就的"变化金刚瑜伽师修行洞"

地坐了下来，头顶的阳光静静地凝固在门前葱茏的绿树长草间，周身被熏得暖洋洋的如在云端，空气中洋溢着清净、甘醇、喜悦的气息……

闭目凝神，沉入忘境……

唯望此行身心圆满，唯愿此生觉悟解脱。

两年后的一天，为了写作这篇文章我再一次求证那隆圣地的细节时，才知晓当年我一个人攀登的那座山，就是那隆"璁叶庄严刹土"，我所亲见的修行洞，就是那隆祖师得大成就的"变化金刚瑜伽师修行洞"。

失之东隅，收之桑榆。

八、最后的邦布寺

这是我们通天河考察经过的最后一座寺院，也可以说是通天河畔最后一座寺院，从这里再往下 5 千米，万里长江就将进入它的中段金沙江了。眼前的邦布寺就建在通天河往西弯出的一片三角洲上，背靠仲吾神山。相对晚上九点才落日的高原，下午六点半的阳光还正当好时候。20摄氏度的山谷中空气和花草都是暖洋洋的，整个邦布寺就静静地浸润在这暖阳中。空阔的广场和道路间看不见一位僧人、一条狗或一只飞鸟，好似整个世界没有一丝阴影，无风亦无故事。

前往邦布寺路上经过的古老水磨房

水磨房的运作原理

寺院正中是大经堂，两边是僧舍，布局对称规整，其实风格有些现代，看不出一丝古寺的痕迹。文扎老师一边用手机联络管家，一边领着我们向西侧的僧舍走去。每排僧舍前都种植着深红、粉红，以及白色的蜀葵或格桑花。文扎老师领我们到第二排第一间，寺院的管家已经站在门口迎候了，他说寺院里的僧人们还处在结夏期，其间不许出寺门一步，此刻大家都在自己的僧舍里静静地做功课。

叔侄僧舍里的对话

这间僧舍竟然有一种安稳居家的气象

在文扎老师和管家在僧舍内用藏语长篇大论交谈的时候，我悄悄走出门，信步来到僧舍的最后一排。离老远就发现其中的第二间与众不同，不但门前摆满了盆栽的鲜花，屋舍前的平台上还做了一个乌顶红檐的小凉棚，平台上也铺上了草绿色的毡子，竟然有一种安稳居家的气场。我走到近前正默默端详着，扎哇从僧舍走出来，我连忙表示抱歉，他却对我说"你可以进来……"

原来这是他和叔叔的僧舍。

"吃个饼子吧!"当我被获准进入这间特别的僧舍坐下时,此间的主人,温厚精干的青年和尚桑杰用标准的普通话对我说。藏族人待远客之道,不论牧民家庭还是寺院,大都是这样开场的。我用手指小心地掰了一小块面饼,放在口中一边细细地咀嚼,一边打量着整个房间——这是一明两暗的套间,南、西两面的皮沙发上都盖着藏族纹饰的彩色粗布,靠墙的长书桌上台式电脑的屏幕打开着,看得见满屏的藏文。房间内除了桑杰以及刚刚把我领进门的扎哇,还有一个圆圆脸戴眼镜的扎哇,此时两个扎哇都笔直地站着,训练有素的肢体仪轨流露在不经意间。原来他们都是桑杰的侄子,在此和叔叔同住,看到桑杰的两个侄子,我就像又见到夏日寺里的那些扎哇,天真、纯挚,沉静中有一丝羞涩,显得很有智能,玩耍起来又很快活。

"我是十七岁出家的,到现在十三年了,现在三十岁(看起来也就二十岁),他俩都已经出家三年了,一直跟着我学习,家里人都相信我呗!"桑杰告诉我。

我对在通天河深山里的僧人用电脑还是有点好奇,于是问道:"你平时用电脑都做什么呀?""就是打字啊,把经书都打出来,比如……"桑杰说着给我看他之前打印剪裁装订好的《皈依经》。"没有现成的书吗?"我对用如此方式制作经书感到不可思议。"寺院里有一本很旧很旧、已经几百年的,只有一本,不随便借呗,每个寺院都是。"桑杰解释说,"现在打出来很方便啊,需要的那些和尚我给他们打呗,你们早上来的话,(会看见)我这里还有很多和尚来念经呢……"

"你是他们的老师?"我惊讶地问。

"不算是老师,怎么说,家教?比如有和尚要出家的话,他的家长拜托我早起教他念经,但是一到九点钟的时候,他们都要到经堂,正式去上课!"

"那你主要教他们什么?"

"经文啊,比如《皈依经》,现在他们也不懂,先要背熟,(给他们讲)为什么要修行,然后再念经、修行,他们就不觉得困、不觉得累了,就能慢慢慢慢修下去了……"

桑杰还告诉我他们这个寺院的老和尚最多，"他们都在房子里坐着（打坐），不出去，也不会说普通话，和你不好交流，我们的住持桑巴洛松活佛在呗，他汉语不错，你可以找他……"

…………

从桑杰的僧舍出来，和文扎老师他们会合，文扎老师要带大家去看看后山上的邦布寺遗址。我想起刚刚桑杰说桑巴洛松活佛能讲汉语，和管家打听，他说活佛出去了，正在赶回寺院的路上。我心下暗动，决定留下来等。

七点五十分整……突然，僧舍、经堂里同时响起一片嗡嗡嗡低沉清远的诵经声，整个寺院都鼓荡着这音声的磁场。

晚课开始了……

住持活佛讲故事

这时管家过来接我，说寺院住持桑巴洛松活佛已经回来了，正在接待室等我。活佛一见我就谦逊地笑着说："我国语也不行，心里有，嘴巴里讲不出来呀！""我可听说您是邦布寺老一辈里讲汉语最好的！""不行，以前我小的时候没上学的地方，没读过汉语呀，都是到寺院里一点一点学的……现在寺院里这些青年和尚汉语都不错！"尽管活佛谦虚，我们的对话依然在和谐的互动中愉快地进行着……

据桑巴洛松活佛介绍，邦布寺是由噶当派开派祖师仲敦巴尊者创建的，距今已有千年历史。据传，仲敦巴先是在邦布寺的后山仲吾山中，跟随喇嘛香秋勇尼研修了十年的显密教法，后又在印度大班智达弥底大师处听闻声明和梵文，因缘成熟时，首先在仲吾山上建了这座邦布古刹，随后又建了五座附属的小寺院。

在直贡噶举派强盛的"天直贡，地直贡"时期，邦布寺也曾被改宗为一座噶举派寺院；15 世纪宗喀巴大师的大弟子丹玛·堪钦雍丹巴尊者曾在此广授五部大论的讲辨，传授显密教法，摄受弟子；到了 17 世纪中期，五世班禅进京觐见顺治帝时，邦布寺改宗为格鲁派；后因有西藏下

　　　　　　　　　　　　　　　　　　　　生生之水

密院堪布到此，法轨又改为下密院仪轨。1958年前，邦布寺内有一尊两层楼高的宗喀巴大师药泥像，一尊等身高的仲敦巴尊者像，护法殿中还有一尊高一层楼的极密马头明王像等。十年动乱期间这些圣物全都被毁，仲吾山上的古寺也被夷为平地。

桑巴洛松活佛十九岁出家，"那是1982年，刚刚恢复宗教信仰自由政策不久，我是先在嘎拉寺出家，那是座噶举派寺院。一般来说，僧人刚出家都是先学习经文，熟悉寺院生活，我那时刚一进寺院就跟着挖地、修房子、盖寺院，插空才能学习佛经……二十五岁上来到邦布寺，当时重建的寺院已经从仲吾山上搬下来，在西边的山谷里。1997年又搬回之前山顶上，现在的这个寺庙是2008年开始盖的，后来地震的时候有很大损失，经堂也都裂开了，国家给了维修费用，现在还有一些地方开裂没有修呢……"

我想起之前听到的一个传闻，趁机询问桑巴洛松活佛："听说邦布寺历史上有很多学者僧人，辩经传统很厉害？"

"很久以前有的……一九八几年初重建寺院的时候，我们寺庙里还有一位格西的，他教得很好，我们寺院的辩经也很好。他圆寂后，邦布寺就没有教辩经的老师了，到现在就一直没教，有想学的，就去其他佛学院去学习……之前我们寺院各方面的条件很差，现在还好，还可以……以后我们打算请一个格西来寺院里教。这地方安静，是学佛的地方，夏天的时候气候也好，也没有那么多人来……"

一路走下来，在探访通天河沿岸这些古老寺院的过程中，我发觉虽然每个寺院都有自己的渊源和历史，但在几次时代剧变来临时，也都有着相似的轨迹……比如寺院最初选址都在山上，且多为苯教徒古老的修行圣地；最早是一些宁玛派的寺院；后来噶举派兴盛时，大多数寺院改宗噶举派，同时也新建了一批噶举派寺院；再后来萨迦派兴起，尤其是八思巴往返西藏途径通天河的途中，又有大批寺院改宗萨迦派，同期又兴建了许多新的萨迦派寺院；宗喀巴大师创建格鲁派后，又有一大批格鲁派寺院建成，五世达赖进京觐见顺治帝时，通天河沿途的寺院又有一次大规模的改宗。1958年以后，僧寺均遭劫难；20世纪80年代初寺院重建时，大部分寺院从山上搬到通天河边；"4·14"玉树大地震后，寺院又都遭到不同程度的破坏，然后是新一轮的修复与重建……

佛法兴衰，僧寺沿革，宗派流转，在相对短窄的时空中，曾激起巨大的世事风云和人心波澜，然而，放在更大的时空尺度上，在亿万年间，通天河始终自源头西来东去，奔流到海生生不息，虽历尽沧桑，却依旧不留不住，随顺清净……

…………

晚上，管家安排我们住在寺院东侧新建成不久，还没投入使用的敬老院里。互道晚安后，我关上房门准备休息，可刚一关灯，就有许多拇指盖大的飞蛾在屋顶上乱飞，集体发出嗡嗡嗡恐怖的声音，一开灯它们又不动了，我只好一次次开灯关灯，一次次用纸巾捏着蛾子，一只只投到窗外，反复十几次，终于筋疲力尽……最后索性不再理会，关了灯，心中默念"心无挂碍、无有恐怖……"

不知何时已入深梦中……

梦里，我看见自己站在通天河边的一株老柏树下，目光穿过水面清阔的河道，远远地望见靠近水岸的岩壁间，有隐隐约约的金光涌动……

九、惜别——动以及不动的时间

今天是 2019 年 8 月 18 日。自我从北京重返通天河已经过去十三天了，自 6 月中旬出发已经过去五十天了，诀别的日子终于到来……

清早，细雨中，先去参拜邦布寺文物室中的阿底峡尊者像。刚进入密室，窸窸窣窣的小雨突转狂暴，黄豆粒大的雨点迅疾紧密地击打在半透明的屋檐上……管家双手合十先念了一段经文，然后小心翼翼地请出用哈达和法衣包裹着的尊者像。这是一尊阿底峡尊者坐式宣法像，约 20 厘米高，内塑尊者棕泥色身像，外塑绛红色梵式班智达冠袍。据说整个塑像都是用各类珍贵的草药混合泥料秘制而成的，当年仲敦巴创建了邦布寺之后，就起身前往卫藏追随阿底峡尊者。后来，他将这尊阿底峡尊者的药泥像送给了邦布寺，成为邦布寺最殊胜的佛宝之一。阿底峡尊者作为藏传佛教后弘期最重要的人物，上承印度显密诸师的传统，下启藏传佛教噶当派的端绪，如果没有他，或许我们这一路所见寺院的历史都将要被改写……

当我们从文物室走出来时，雨又转为细密轻柔，仿佛刚才那番疾风骤雨只是我的心相……

邦布寺珍藏的阿底峡尊者药泥像

弥底大师和老柏树居士

从邦布寺逆行而上，又来到通天河边，刚下过雨的河水似乎颜色清浅了些，文扎老师说又像他母亲熬的奶茶了。此刻两岸青山云雾缭绕，河畔的青稞田呈现出一片水润的金黄……

路过巴热村时，大家下来问路，一位叫昂旺索南的村民说要带我们去看弥底大师的供奉处。昨天听邦布寺的桑巴洛松活佛讲过，邦布寺的创建者、噶当派开派祖师仲敦巴尊者曾在弥底大师处听闻声明和梵文，我当时就猜测这附近可能会有弥底大师的足迹，果不其然！不过……如果不经人带领，我们绝对想不到在这条平平无奇的村庄小路的尽头，竟然藏着这样一处神秘的所在——这是一座土石结构的小房子，有一扇玻璃窗，门上的锁已经生了锈，玻璃窗上有一个茶杯口大小的破洞。昂旺索南解释说可能是最近棕熊来过撞破的，透过破洞，里面弥底大师的镀金坐像亲和庄静，尤其是一双又圆又长的眼睛，眼角的微粉和眼底的青白处理得特别细腻，金色的眼珠灵动而笃定。即便在佛像如云的通天河流域，这尊塑像的造型也显得非常特别。昂旺索南用藏语讲了一段话后，欧萨拉着我看大师坐像前地上的那块大石头和几颗小石子："刚才他说弥底大师在附近放山羊的时候，不像其他羊倌一样赶着羊到处跑。他把这块大石头放在有草的地方，再把那几个小石子放在上面，大师把这些小石头展开，山羊们就分散开各自去吃草了，他自己就坐在原地打坐修行。到了晚上，他再把这些小石子往一起一收，山羊们就自己回来了……"

在绕着外围的转经筒一圈一圈转经的途中，我想着欧萨的话，陷入沉思……

弥底大师的慈悲，他的苦行，他的佛学成就，他对母亲的至爱和救赎……还有，他为了弘法的大愿，一次次放弃已经成熟的道场，一次次独自踏上陌生旅程的决心……我心中的某处似是突然被解开了封印，有一股细细的气流自小腹处慢慢往上涌动……

在昂旺索南的带领下，不知不觉间，我们来到通天河畔的一株老柏树前，只见它干硬的树干上虬枝斜出，大多虬枝都中断了，唯有中央的一枝直直向天，蓬勃地顶着又大又圆的绿冠，几条被岁月洗白的经幡缠

传说文成公主曾坐在这棵老柏树下午餐

在树根处，连接着地下石堆上的小小经幡阵……这孤零零兀立在山水间的苍茫形象我竟然如此熟稔……呀！这不就是我凌晨梦中的那棵老柏树吗！一种奇异的开阔之感油然而生，心仿佛从内往外一层一层地打开……

昂旺索南管这棵老柏树叫"巴热修根格尼"，翻译成汉语就是"巴热村的老柏树居士"。据他讲，文成公主进藏时这棵树就已经在这里了，传说公主曾经在它下面歇息午膳过。此后一千多年间，附近的村民们、来往的商贾们都虔诚供奉它，

感念弥底大师的慈悲苦行

敬献经幡向它祈福，年复一年，代复一代，直到近年经幡越积越厚，快要把树压倒了。听说前两年几个内地信徒经过这里，其中一个说这么重的经幡会把柏树压死，他说他来做一个功德，把柏树保护起来，后来就把经幡取掉了，可是那个人后来再没回来……

现在这棵老柏树几乎又恢复到唐朝公主没来之前的样子，或许这才是尘归于尘、土归于土、树归于树吧……

再见！嘎朵觉悟

告别老柏树居士，继续沿通天河右岸往上游走，几百米后，昂旺索南忽然停下来，手指着对面那座高山喊道："那是觉悟卓伊！是嘎朵觉悟山神吃干粮的地方。"又指着对岸碎石滩处的一块方中带圆的大石头，说那就是嘎朵觉悟拴通天河的地方。竟然在这里又遇到嘎朵觉悟！原来这里依然属于嘎朵觉悟的领地，或者说职权范围！文扎老师忽然看着我说："你还记得在转嘎朵觉悟神山前，赛康寺的江文喇嘛给我们讲过，'嘎多觉悟一路铺设金垫子把通天河从源头迎请过来'的故事吗？嘎朵觉悟把通天河引到他自己的驻地后并没有歇脚，而是一直将通天河护送到了这里。""接下来……"昂旺索南这时接过话头儿，"嘎朵觉悟把通天河引到了对面觉悟卓伊山的脚下，正好到了吃午饭的时间，嘎朵觉悟就把通天河拴在对面那块大石头上，坐下来吃饭……等嘎朵觉悟吃完午饭，发现通天河不见了！原来趁他不注意，通天河自己偷偷解开了绳结，从觉悟卓伊东边的'点达阿伊棚'山那里往东跑掉了……'点达阿伊棚'那里是魔鬼聚集的地方，我们这边的老人们都说是魔鬼趁嘎朵觉悟吃饭的时候，用魔法迷惑了通天河，它才脱离开嘎朵觉悟保护的……"

从这里向对岸看过去，"觉悟卓伊"和"点达阿伊棚"这两座山中间隐隐约约有一道山谷，远处几座皑皑的雪顶若隐若现，一条浅浅的河流沿山谷边缘汇入通天河，昂旺索南说这个谷叫"德新考"，（又一阵熟悉的感觉袭上心头，怎么看起来和我梦中涌动金光的地方如此相近！）"本来嘎朵觉悟是要把通天河引向德新考的，也就是现在玉树结古镇的方向，通天河跑掉之后，嘎朵觉悟一气之下把他拴通天河的那块大石头一劈两

　　　　　　　　　　　　　　　　　　　　生生之水

半！你们看对岸那块大石头，现在还能看到中间白白的一圈像刀劈一样的……"我们踩着岸边的石块下到水边，再跳跃着站到浅水间突出的岩石上，往对岸看去，只见迎风招展的一层层风马旗下，那块灰白色的大石块的半腰间，有一圈清晰整齐的裂痕……清澈的德新考巴曲在"点达阿伊棚"山的边缘与浑黄的通天河交汇混合，边界消融处，波纹清晰可见……

前面的故事中讲到过，嘎朵觉悟在通天河要流经的地方都预先铺设了金垫子，而这次自行改道的后果，就是以后通天河再不能从金垫子上流过了。可是令人费解的是，从此下去 5 千米（我此时认为，这个 5 千米也是一种时空滞后，其实从我们这里往下的通天河，已经不再是原来的通天河了），巴塘河汇入之后，长江的中段竟然就叫"金沙江"，这是不是多少有些"此地无'金'"呢？或者那所谓"金沙"，不过是曾经通天河从金垫子上沾黏的残渣吧……从享受神级的待遇，由"不动地菩萨"嘎朵觉悟亲自铺金垫迎请而来的"通天"之河，到费力标榜的"金沙"之江，如此，是不是也令它从"神格"直接降到了"物格"呢……

如果当年通天河从德新考流经，应该会有个纯金的未来吧！但现在，它也只能臣服于被修改的命运了……或许是因为神话里偷偷逃跑的桥段，以及亿万年来的悔恨和羞愧，让眼前的通天河流得特别静、特别慢，畏首畏尾、蹑手蹑脚，几乎听不到一点点声音，也看不到一丝丝波澜……

老藏医的心愿

往回走的路上，经过一个叫玉热的村庄，文扎老师听人说过，西藏安多拉布林寺的住持活佛江洋伊巴就出生在这个村子里，于是我们下了车，想找人问问究竟。随喜敲开一户人家的院门，没想到却引出另一段不同寻常的故事……这是一位叫索南格莱的老藏医之家，老人年轻时走村串户为乡民看病时，机缘巧合得到两本古籍经卷，经过多年的研究，他有了一些心得。听文扎老师自我介绍后，兴奋地非要留我们吃午饭，盛情难却。吃过午饭后，老先生把珍藏的古老经文小心翼翼地拿给文扎老师看，泛黄的印刻在古老藏纸上的经卷已经被翻破了边。文扎老师和这位老先生就这样在通天河岸边，阳光明亮的玻璃窗前，趴在一堆古老

文扎研究古经卷

经文、法器和绿色植物之间沉浸地研究起来。时间一点点过去，奶茶喝了一杯又一杯，文扎老师不时从桌上抬起头来，给我讲刚刚从主人口中听到的新讯息……透过正对着通天河的窗户，对岸半山腰的位置，隐隐约约有一些刷着白墙的院落，最顶头的位置好似一座金顶喇嘛红的建筑，那是座小寺院吗？我好奇正想着。"那里是沃宗村，玉树有史以来唯一一位班智达——沃宗班智达就出生在那里……"文扎老师猜到了我的疑问，"这位老先生手里的两卷古籍就是从那里搜集来的，上面的内容就是煨桑村后玉热神山的古老祈祷文……"

老藏医索南格莱非要带我们去看村子后面玉热神山岩石上的壁画……走在村子里，竟然在几家院落里都看到了苹果树！枝叶茵茵、青果莹莹，竟然在这里见到苹果树！太让人震惊了……索南格莱老人自豪地宣称："整个通天河边上，只有这个地方能长苹果！"

不一会儿来到村子的后山，凑近细看，只见岩壁上有许多图案——牦牛、羊、鹿；也有许多深深浅浅的佛塔造型，笔画简单形象却极为传

玉热神山上的佛塔

神；也有看起来很古老的六字真言，文扎老师指着其中一个藏文字母，说这个元音是反写的，应该是佛教后弘期的写法，非常古老。

老藏医索南格莱看起来非常舍不得文扎老师走，我隐隐约约觉得他是把平生的困惑以及多年的研究成果都一次性地和文扎老师分享了，这场相遇在他生命中意义重大！文扎老师也是路遇知己，恋恋不舍、言无不尽……我们的车子已经走出好一段路了，回头看时，老人还一动不动地站着，像是种在了青稞田里。

神秘瑜伽士

再上路已经是三个小时后了……此时我们每个人都好像处在一种不同程度的眩晕中。当那位穿着卡其色西装上衣，蓝色泛白牛仔裤，脑后留着一条小辫子的精壮康巴汉子出现在路边时，文扎老师那种神秘的直觉又出现，他立刻停下车上去攀谈。这个人的眼光沉静、热烈、温柔，脸部连同身体，似乎每一部分都经过锤炼，没有一分赘肉。从源头走下来，这是我所见到的最像传说中的康巴汉子的男士，不知文扎老师和他交流了些什么，然后他带着我们往左侧峡谷走去……

幽谷深深、绿草萋萋、山泉淅淅，涓涓流淌的山泉从草间哗哗淌过，似是弹奏亦是放歌……就在这清泉边的巨幅岩壁下，六株同根生的大柏树像一只巨大的孔雀开屏般豁然出现在我们眼前，六颗巨大丰茂的树冠连成一体遮天蔽日，条条经幡缠绕其间宛如一座壮观的树的坛城。据这位神秘的男子介绍，很久很久以前，一位活佛在此圆寂，一年后，这六棵同根的老柏树同时长出来，当地乡民将其视作圣物一直虔诚供奉。文扎老师告诉我，这位神秘的男士是一位颇有修行的瑜伽士，很多年里，他就坐在这六株连根的老树下打坐观想，据他自己讲，效果特别好……

从六根连株的老柏树离开，这个神秘的瑜伽士又热情地邀我们前往另一处所在。在细窄的山路上七拐八拐后，终于爬上一座独立的小山顶，原来这里竟然有一座宁玛派的小佛堂！从外面一看就知道已荒废很久了，破破烂烂的似是一处遗迹，只有两间房，外屋是一间闭关室，地上卷着的像是一床被子，看起来许久没打开过了。进到内堂，只见角落里随意放置着几件破旧的法器，正中供奉着唯一的一座莲花生大师像，萧简孤独，整个佛堂简陋狭小，光线阴暗，但却有一种说不出的能量充盈。原来这里就是这位神秘的瑜伽士长年秘密修行的地方……后来文扎老师告诉我，这位瑜伽士可能修的是宁玛派的大圆满法，而且已经修行到相当高的程度了，他在路上一见这个人就感觉不一般……

这时我忽然意识到，我们从源头走过来，一路经过多处格鲁派、萨迦派的寺院，噶举派的也有，唯独没见过一座宁玛派寺院。作为前弘期的代表，这个古老的宗派似乎在通天河流域绝迹了……而没有想到的是，到行程的最后一刻，它竟然以这样不可思议的方式，向我们见证了它的薪火不息……至此，我们通天河考察的行程中，藏传佛教四大教派就都聚齐了！再有，这最后的一刻，嘎朵觉悟、莲花生大师、文成公主、弥

最后的触摸

六根连株的老柏树

底大师、阿底峡尊者、各色人物、各方故事、各种神迹齐聚一堂……莫非是先知先觉、有情有义的通天河，为我们特意奉上的一场超豪华告别盛宴……

历尽艰辛，结局圆满。

第五部

回归本源　还诸天地

"把你的神经末梢伸展到整个大自然，而不是都压缩到自己的心灵……"

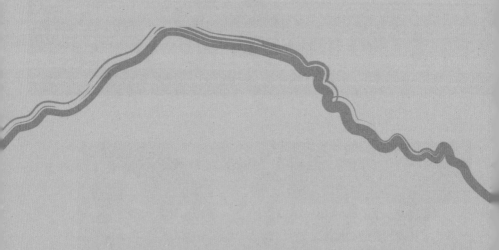

一、接续善缘

两年后，8月末的一天，正在为书稿结尾踌躇的我，突然接到文扎老师的信息："你想去烟瘴挂吗?!"原来他还记得我曾两过烟瘴挂而不得入的遗憾，一直惦记着给我补上。就这样，没有任何犹豫地，做完核酸检测24小时后，我已落地玉树巴塘机场，再见面的文扎老师剪短了头发，大胡子也修剪一新，精神抖擞，人也仿佛年轻了不少。

在结古镇休整一晚后，直奔300千米外的三江源国家公园腹地——烟瘴挂大峡谷。

中途路过治多城，得到消息的欧萨、布多杰和索南尼玛早早点了我喜欢的菜等候在熟悉的餐厅里，见了面来不及喝茶，我就把厚厚的一沓书稿拿出来给他们看："你们全都在里面!"索南尼玛和布多杰抢着接了过去。索南尼玛一边翻看一边说："写得可真细呀，把我们真实的考察经历都写下来了，这才叫'源与缘'!"不善言语表达的布多杰，一边低头看书稿，一边认真听着索南尼玛的点评，脸上不时显出若有所思的神情……欧萨看不懂中文，隔着餐桌伸长脖子急得一会儿问："钻洞的写了没?"一会儿又说，"嗯，那个也一定得写上……"

"你们会在我的书里永生的!"最后我在热气腾腾的饭菜面前郑重总结道。

在洁白的哈达簇拥中，在久别重逢的热烈中，还来不及细辨桌上的美味，出发之箭已离弦……

又一次踏上两年前出发时的路途，车后座上除了文扎老师，还多了一位身材瘦高的三十来岁康巴汉子，文扎老师介绍这是索加乡新上任的书记，名叫五一，是他曾经的学生。

太阳下山前，进入了今晚的宿营地——位于方圆千余平方千米的烟瘴挂山系的核心区烟洛陇。因为中国环保事业的英雄先驱杰桑·索南达杰曾在此生活过，这个山谷如今已被命名为"英雄谷"。我们的帐篷就搭在索南达杰曾经生活过的石头房子前。终于站在传奇现场，心神一阵激荡！在帐篷门口，竟然和两年前同行数日的格萨尔说唱艺人拉布东周迎面相遇，没穿格萨尔艺人行头的拉布，比两年前胖了些，也壮实了些，乍一见我竟然没认出来。

这时，一群身着户外装的当地青年男女簇拥着一位身板硬朗、面颊清癯的长者已迎候在帐篷前，这位长者就是掌管着千里烟瘴挂地界的莫曲村传奇老书记香巴群培。帐篷里炉火正旺，奶茶飘香。众人围着火炉一边吃着鲜羊肉、糌粑和酸奶，喝着奶茶，一边热烈地交谈着。突然，我的头痛得欲裂，眼皮越来越沉，渐渐昏昏睡去——两日之内突然从海拔四十几米的北京，上到4600米的江源还是让我无法消受。不知过了多久，缓缓睁开沉重的双眼，耳边响起一个长者低沉温厚的声音："吃点东西吧……"我接过长者递过来的一块果热（当地的烤面食），勉强吃了一小块，又喝了几口奶茶，转头发现那人正是香巴老书记……

夜深了，告别众人，走出暖烘烘的大帐篷，回到专为我搭的墨绿色小帐篷中，烟洛陇曲自帐篷门口哗哗淌过。今夜，我又将枕着流水入眠，一如两年前那些个夜晚……

夜宿英雄谷，索南达杰生活过的石头房子前

　　　　　　　　　　　　　　　　　　　　　　　　生生之水

二、探秘烟瘴挂大峡谷

清晨的梦中，一只被囚禁的蓝羽小鸟刚刚挣脱牢笼，为我捎来通天河的消息："我已在此等候你多时了……"

群山的盛宴

这一天，莫曲村的香巴老书记要带领我们深入烟瘴挂大峡谷。吃过早餐后，越野车载着我们往西驶入新修的沙石路，路旁，两只藏野驴悠然地低头吃着草。进入烟瘴挂山系，就犹如走进了一座盛大无比的天然远古剧场，一座座、一排排高大奇绝的棕赫色岩峰彼此错落扭曲、交叉变形，组成一场场连绵不断的多幕剧。来的路上，文扎老师跟我讲，烟瘴挂的山石造型特别逼真生动，不同文化心理的人会看到属于自己潜意识中的物相。此时，将头探出窗外的我，在迅速移动的光影中，仿佛逐次掠过"盘古开天地""女娲补天""孙悟空大闹天宫"等神话场景，我猜格萨尔艺人拉布东周应该看到的是《格萨尔》史诗中格萨尔大王和他那些神勇的大将征战沙场的画面吧，至于文扎老师，他的心眼中是不是诸世如来以及密宗修行的一尊尊本尊像呢？我想如果苏格拉底和柏拉图此刻与我们同行，他们的眼中所见说不定就是"盗火的普罗米修斯"和"出题的斯芬克斯"呢……

进入烟瘴挂山系，就犹如走进了一座盛大无比的天然远古剧场

岩间剧场

生生之

眼前这些巨幕中的人相及物相，仿佛前一秒钟还活跃生动，却不知骤然遭遇怎样的弥天大力，被瞬间凝固在这方圆千里之间，外围的时空已流逝亿万年，而此间的天地仿佛自那时起便纹丝未动……我不由想，莫非，"原型"从来在此，从前在世上所见所知所痴迷的一切皆是幻象，都不过是此处的一个镜像或分身？！就如同被当世最强大的天文望远镜捕获的亿万光年外的恒星图像，在事件发生与传送到人类视域之间，早已又流逝了亿万年！我们永远处在无奈的后知后觉中！永远看不到真相，更别说感知……除非，除非我们的"心"能与"风"合一，如此，就能即时回到世界的原点……

生生之水

勒造家族的祖坟

　　穿过两侧漫长的岩间剧场，香巴老书记把我们带到勒仁日纠山脉中的一条山谷中，格萨尔艺人拉布东周说十八大城堡中的骡子九堡"穆格阁宗"就在它的后面，从我们这个方向看不到。在这背山面阳、视野开阔的斜坡上，茵绿的草滩间，一大一小、一上一下两处白粼粼的长方形石阵相隔十几米彼此呼应，我看这些石块大小几乎一致。据香巴老书记讲，这些白色石块都是从几十千米外的通天河边运来的，经过石匠们的精心打磨，再刻上经文和图案。我猜这里可能曾经是个祭祀场所，文扎老师告诉我："这是游牧部落处理死亡的方式，一般游牧部落的人死去后，会选一个背阴朝阳的草坡，在石头上刻嘛尼然后摆成长方石阵，石阵的一侧会留一个小廊道作为出口，象征死后灵魂超升的去处，四个角上会各

这片嘛尼石群落即是雅拉部落勒造家族的祖坟

放一块刻工最精致的阳刻嘛尼石，从这里可以看出石刻匠人的水平以及他对信仰的虔诚程度。在相隔不远的下风方向，再摆一个小一些的长方形嘛尼石堆，人死后的尸体就摆放在上面，然后用刻嘛尼掉下来的碎石屑撒到死者头上，再用刻嘛尼石的小凿子轻轻触摸一下死者的额头，以示超度。嘛尼石的摆放也有讲究，一般都朝地下。如果是朝向天的，就说明死者是因天上的灾祸致死的，比如雷劈……眼前这个坟墓的气派、它的风水，刻的嘛尼石的规模，绝对不是平常百姓家！"

随着文扎老师的脚步，我们走到长方石阵南向长边的正中央，一块阴刻着小字的方圆形嘛尼石引起了他的注意，他蹲下身摩挲着上面的藏文对我说："你看其他的嘛尼石都是阳刻的，就这一块是阴刻，类似墓碑，刻的是死者家族的名称和死者的名字……这里的六字真言最后一个字母'ཱ'上有'那达'，这是生圆次第的密宗术语，表示生死轮回的一种过程。灵魂通过'明、增、得'后出现空性，从蚂蚁蝼虫到未成佛的十地菩萨，死亡时都会出现这三个过程，都会有'空性相'，进入这个阶段，外呼吸就停止了。一般凡夫到了'得'阶段后，就会不由自主投胎到六道，修行生圆次第的人，在'得'阶段出现一切空性的光明现象后，就此可以选择生命的存在形式，大德们在这个阶段入定修行三天、七天，甚至一个月，这个阶段内呼吸也停止，心跳也停止了，只是'灵魂'未出窍……到了这个阶段，大德们只靠意念来修行。"

这块阴刻的嘛尼石上是死者家族的姓氏和死者的名字，类似墓碑

香巴老书记这时也走过来，俯下身说道："本地人都说这是雅拉部落勒造家族的祖坟，这个家族本来是烟瘴挂这边的大贵族，后来搬到了拉萨，西藏土改时被批斗的三大家族之一就有勒造家族，另两个是十三世达赖喇嘛的家族和那曲的噶氏家族……"

文扎老师忽然想起一件往事：原来 20 世纪 90 年代的时候，拉萨的勒造家族出了一位特别有名的格萨尔艺人，可以说唱一百二十多部《格萨尔》史诗。"当时青海省格萨尔研究所给他录音下来有一百二十多盘磁带，都是用我们这边的治多方言说的，但是研究所大都是安多的藏族人，听不懂他的话，后来青海省的格萨尔研究所就让我去整理，我就把那一百多盘磁带拿过来了，整理出来以后发现，他说的就是烟瘴挂！这可能是我和烟瘴挂的一种缘分吧……他说的其中有一部《征服南魔国》，一会儿我们要去的烟瘴挂上峡口，就是当年格萨尔大王征服南魔的时候，岭国部队和南魔部队发生激烈战斗的地方！"

穿过这片广阔的草滩，前方就是烟瘴挂的上峡口

又见通天河!

再上路感觉周围的一切都笼罩着神话气息,我的心也被鼓胀得似要冲破胸膛!越接近通天河,峡谷越宽、越平,草势长得也越鲜茂,穿过一片广阔的由黄、褐、赭、灰绿、中绿、草绿、黄白铺就的草石滩,穿过犹如竖立在戏台两侧帷幕般的赭绿色带状山脉,就到了烟瘴挂的上峡口——浓厚的铅白色云团如狼烟般从高远的天空滚滚而来,犹如为众神开道的愤怒天使,快垂到对岸山峦的顶端时戛然而止,横着撕开一层薄淡的蓝白晕染的狭长缝隙,似是天神窥视人间的巨眼,通天河在此处安享着众神的护持,平静得犹如一面广阔的天空之境,凝烟冻玉般从容不迫地感应着上界的气息……

突然出现的通天河犹如一面平静的天空之境

我举足疾奔追不及待跨过草滩，掠过沙石，径直奔到通天大河的身边，跪坐在水石间，俯身贴面，任棕绿的水流浥湿我的双膝与指间——幽凉深邃、洗骨沁心……心潮汹涌中缓缓闭上双眼，两年来，那些时时刻刻在笔端心间、醒时梦里与它相偎相伴的心绪一瞬间全都涌上心头，心脏都要炸开了！热血也突突往上涌，有什么东西突然哽上咽喉，欲吐难出，欲咽难下……本就疼痛不已的头颅此刻更是一阵紧似一阵……

治洛钦大峡谷，近处的嘛尼石墓葬和远处的老虎堡、豹子堡

　　忽然，一只低飞的蓝羽小鸟轻盈地滑过水面，小脑袋侧过来的一刹那，眼角的余光中，仿佛今晨的梦境再现……

　　从上峡道口起，通天河的水面陡然变窄，水流猝然湍急。香巴老书记说这一段叫章岗常贡玛，是上狭道，下面还有中峡道和下狭道。从这儿往下到下峡口十几千米的峡道就叫通天河大峡谷，通天河在这里遇上的山最高、河道最窄，因此河水最深，水流也最急，没有修路前，只有一条特别狭长的便道，仅能容一人一马经过。

　　我发觉这一段通天河的水势，仿佛是不断被两股大力牵引着，在东倾和北转中不断艰难调适着自己不偏离方向……被激活的记忆中，欧萨的声音在我耳边回响："传说通天河从源头一口气流到第五个渡口嘎哇才塘然卡，在那里休息了三个晚上……那时候烟瘴挂附近的山神们都来了呗，雅拉达泽呀，嘎哇达泽呀，还有昆仑山，都聚集在一座最高的山峰上开会……本来通天河接下来是要向西北面的可可西里流过去的，当时可可西里的山神已经过来迎接了，但是这边的山神们想着最好把它留在自己的地盘上……经过三天争吵，谁也说服不了谁，尤其是可可西里山神和雅拉达泽山神，一个想把通天河拉向北面，一个要拉向东面，最后的结果就是通天河必须从烟瘴挂东北面流过去，尽量往北流远一些，这样可可西里山神和雅拉达泽山神都没意见……那时候烟瘴挂东北边全是山，没有路，山神们正着急着，从黄河源头过来的雅拉达泽山神拿起一块大石头，放在指甲上就这么轻轻一弹，就把山给劈开了呗，通天河就顺着劈开的豁口流过去，就是这个通天河大峡谷……"

我正想着欧萨的话陷入遐思，车子往右一转，进入一片布满白色嘛尼石的宽深谷地，在芥末绿的草皮和褐色的泥土之间，一条叫治洛钦曲的河流从山谷中缓缓流出，平静地往通天河汇流而去。这是从东南方辗转而来的治洛钦大峡谷的出口，拉布东周手指着大峡谷最深处那两座仿佛伫立在天边的灰白色岩石山，自豪地告诉我们那就是十八大城堡中的老虎天堡"岛姆南宗"和豹子天堡"色姆南宗"。在欧萨的故事里，当雅拉达泽和可可西里山神争执不下时，作为地主的烟瘴挂山神就把通天河先安排在治洛钦大峡谷里住下，治洛钦里本来有一个湖，烟瘴挂山神也把它贡献给了通天河。据说他那时窃想着，没准儿这样一来既成事实，通天河就顺着治洛钦大峡谷直接往东南方流过去了……

治洛钦出口的嘛尼石阵比我们刚刚经过的勒造家族祖坟的规模更大，风水更好，等级更高，而且是一组墓群，占了整整一大片向阳的山坡。香巴老书记带头儿走在前面，文扎老师和拉布一边辨认一边给我们后面的人讲解，文扎老师嘱咐大家，在这些长方形墓地间穿行时要小心，不能从上面直接踏过，要循着边缘走。一开始拉布和文扎老师都认为这里或许是一座古寺院的遗址……后来又猜测可能是马步芳时期留下来的。当年，玉树四族遭马步芳军队残酷屠杀，尤其是整个雅拉部落几乎被灭族，本来的五百多户人家，最后只剩下七八户，剩下的有的逃到烟瘴挂这边，有的逃到冈底斯山脉的主峰冈仁波齐神山脚下……如果是这样，那些嘛尼石很有可能就是逃到烟瘴挂的雅拉部落的幸存者，为惨死在马步芳部队屠刀下的族人安放灵魂的地方，灭族之痛如此惨烈，竟需要以眼前如此庞大的墓葬群来超度和慰怀……

据香巴老书记讲，治洛钦大峡谷的东南入口处也有一片嘛尼石墓地，规模比这里稍小些……巧的是，在我离开烟瘴挂十天后，欧萨陪着文扎老师和拉布又一次来到了这里，他后来告诉我，治洛钦峡谷两个口上的这些嘛尼石上，有很多刻了女人的名字，其中一块石头上还刻了三个女人的名字，后面还包括三个嘎娃（男孩儿）。照欧萨的看法，这里很有可能发生过一场大战，战胜的一方对敌人不分男女老幼进行了大屠杀，人死得太多了，后人没有办法为每一个死者刻嘛尼石墓地，就只好用这种方法让亡者安息……我在心里默祷，希望不是马步芳的军队吧，一想到其人其行，以及其对女性的态度，一阵不寒而栗……

十八大城堡巡礼

两年前在烟瘴挂下沟口第一天露营时，晚饭后在大帐篷里，拉布就给我们说唱过《格萨尔》史诗中的十八大英雄城堡，在本地雅拉部落古老的传说里，在东北走向的通天河与西北走向的牙曲交汇形成的半包围圈内，恰巧也有十八座以动物命名的城堡。文扎老师认为，格萨尔祖先的十八大英雄城堡与雅拉部落十八大城堡之间，有不少可以交叉互证的部分。

今天，拉布又回到了自己的家园，热切地要与我们分享家乡的故事……

从此往下，几乎每隔十分钟，我们就要停下车来，由拉布为我们指认十八大城堡中的某一座。其实，这些城堡几乎都隐在群山深峡中，从通天河岸边看过去，并不能窥其全貌，但如果真要深入一座座山谷亲临其境，对我

拉布在主场演说《格萨尔》史诗中的十八大英雄城堡

短暂的行程来说，又几乎是不可能的任务，所以香巴老书记想出了这个以乡村公路巡礼的方式供我管窥的主意。这不，刚刚认出了有黑鸟腾飞之意的"夏奈登宗"，以及远远掩在几座山峰后面的格萨尔大将智噶丹的智氏金堡"治卡赛宗"，掠过麝香谷，再经过了雪鸡谷，车子又停下来，远处朦朦胧胧的云雾中，一座如梦如幻的山峰犹在仙境。拉布介绍说那就是女神仙觉姆道拉居住的"觉母南宗"，"上面有个修行洞，就是觉姆道拉闭关修行的地方，下面还有条山谷叫觉母道拉峡谷……"我想起两年前那个风雪之日欧萨的喃喃自语："我就生在烟瘴挂呗……那个里面故事多，有很多洞，四五个差不多修仙洞那样的……有个女神仙住过的洞叫觉母道拉……"两年前我们来的时候，烟瘴挂大峡谷里还没有通车，在那样风雪交加的时刻，欧萨跟我说起大峡谷里的行路难，当时我心中充满了苍茫的震动和神圣的敬畏，以及近在咫尺又遥不可及的遗憾！此时我心里异常激动，恨不得马上见到欧萨告诉他："欧萨！我终于进入了烟瘴挂大峡谷！终于见到了'觉母道拉'！"

欧萨故事中有女神仙居住的觉姆南宗

文扎老师遥望着云雾缭绕的觉母南宗，转头对我说："觉母南宗的对面，通天河对岸有一座叫佐哲日纠的山脉，上面有一个苯教时期留下来的修行洞。1958年闻名江源的'悍匪'赤绍甘久（宗举部落当年三个分支之一的赤绍百户）逃到烟瘴挂一带，藏在这片大山里好几年时间，就在这个山洞里躲避过。他在洞里发现了很多写在树叶、树皮上的古老经书，出来后给十九世秋吉活佛说了，1981年秋吉活佛主持重建贡萨寺时，派了两个人去找，发现大部分已经损坏了，他们把剩下的拿回来，经过秋吉活佛辨认，据说是苯教古老的贝叶经……"

拉布说烟瘴挂每座石头城堡都有一条峡谷相配，峡谷是女性的，城堡是男性的，这是阴阳结合。"万物负阴而抱阳，冲气以为和"，造物果真诚不我欺！遥想鸿蒙之初，阴阳二气在天地间鼓荡，不知经过多少年月，最终形成这十八大城堡和十八条峡谷阴阳匹配天造地设的格局……文扎老师认为，这也可以看成是生态平衡的烟瘴挂版本解读！"十八大峡谷中，每一条峡谷都有溪水流出，而每一滴水都流入了通天河……"他最后总结道。

此处为猎人石子桥，现在是丰水期看不到河底

在峡谷中穿越了十几千米后，两侧山的间距慢慢变宽了，通天河的水势也渐渐和缓下来，我猜烟瘴挂的下峡口就要到了！果然，翻过一座介于赭红与棕红相间悬崖顶端呈圆弧形的岩石山后，文扎老师指着前面河水间隐隐约约的一道红说："你看前面那里就是烟瘴挂的下峡口，那里有一座石桥叫'拉姆石子桥'，也叫'巴姆石子桥'，这两个名字都来自格萨尔唯一的女将阿达拉姆。在《格萨尔》史诗里，这一片都曾经是阿达拉姆的狩猎区。"

我原本以为，所谓的"石子桥"，只是河道中的几块大石头而已。文扎老师却告诉我："这个地方两岸山崖的岩石红色很特别，其他地方没见到过。水里的石头也是这种红色的，水底下的石头是一块完整的平平的大石块，上面密密地铺着大大小小的石块。现在是丰水期看不到，石桥在水里大概四五米的样子，到两头岸边又都延伸出好几米，就像从通天河的这一岸直接铺到了对岸一样。到了枯水期的时候，身手矫健的人可以踏着石头跨过通天河到对岸去。整个通天河大峡谷也没有这种情况……"

香巴老书记说当地人也称这个地方为"猎人石子桥"，这里面还有一个流传很广的老故事："刚才那座山叫吉萨·塔玛依。'塔玛依'是圆形红色的悬崖，'吉萨'是从前这里一个很厉害的猎人，这座山就是用他的名字起的。烟瘴挂这地方岩羊多，岩羊最喜欢青盐，猎人们都把青盐撒在岩石上，让猎犬赶岩羊过来，岩羊见到青盐就用角顶来顶去互相争抢，很多被挤下悬崖摔死了，猎人们就能坐享其成。传说这个吉萨最会猎岩羊，就在这个山下，一天最多的时候能收获十几只摔下来的岩羊……就这样他猎的岩羊越来越多，有一天，只剩下最后一只公羊了。吉萨正要让他的猎犬去围猎，就在这个时候，只见这只公羊对着他的身体直冲过来，一路用角顶着他和猎犬摔下悬崖！同归于尽！从那之后，人们为了警告后来的猎人，就把这座山叫吉萨·塔玛依，这座桥就叫作'猎人石子桥'。"

据香巴老书记讲，狩猎人虽然以打猎为生，也不忌讳杀生，但其实也是有很多禁忌的——"曾经在猎人们中间流传着一些残忍的方法，比如在半山腰给野牦牛铺一条石子路，当它们沿着这条石子路向雪山深处走时，突然大声呼叫，受惊吓的野牦牛就会从积雪的冰川上滑下来摔死……还有冬天下雪后，在藏野驴的必经之路上，用带刺的骨头或铁器插满冻牛粪球围成一圈，再用绳子圈上埋起来，等藏野驴的腿被套上后，绳子就收紧。藏野驴走路的时候都是排成一列的，被套中刺伤的野驴来回疯跑、到处冲撞，往往整队藏野驴都会被殃及，血流成河，特别残忍！"

香巴老书记说在当地人看来，这种方式的杀戮是会被山神惩罚的，也会被其他狩猎人看不起，"而且这样做的后果，大量的野生动物被杀死。长此以往，猎人们就猎不到猎物了，自身的生存也就没有保障了……"

人类古老的生存智慧，都是在一次次与自然和神灵的残酷博弈中逐渐获得的。无论局外人看起来多么不可思议和不可理喻，在当时都有着不得不臣服的充分条件和实用逻辑。没有滥用的温情，没有矫饰的旁枝末节，没有大而无当的歌功颂德，有的，只是最节约资源、最直击要害、最合乎本能的选择。

终于从烟瘴挂大峡谷出来，低头闭目回想，通天河果真不愧是通天河，注定波澜壮阔！注定不同凡响！在这短短的十几千米内，神话、史诗、历史、民间传说，神仙、英雄、强盗、悍匪、猎手，魔与神、生与死密集分布、超时空联结、殊途同归。这自几重高维空间展开释放出的高能令我一阵阵眩晕，胸口、头脑以及心灵都被塞得满满的，感觉脚下的地面都有些发软……与此同时，通天河也是一条慈悲的河流，它的存在就是天降使命，汇聚百川、滋养生灵、包容万有。

继续沿顺时针转烟瘴挂山系，不知不觉已经来到了它的北侧。在这个方向上，拉布又依次给我们指认了"治格南宗"（线团天堡）、"夏日南宗"（鹿角天堡）、"扎嘎拉宗"（白石神堡）和"巴姆夏宗"（阿达拉姆猎肉城堡）。传说"巴姆夏宗"就是阿达拉姆还没有归附格萨尔王前，做北方魔地的女魔头时用打来的野生动物的骨头堆积起来的，据说现在上面还有她在此打猎时观察猎物的哨孔。

由此往西北方遥望，隐隐可见牙曲和通天河的交汇处，那里有通天河从源头下来的第六个渡口——荣由然卡，我心中一阵悸动。那就是两年前懵懵懂懂的我，被命运之神带到溯源通天河的路上，在第一晚露营的地点，站在大雪纷飞的山坡上遥望的地方。七百多天过去了，我竟然又回到了这里！

心思辗转间，一条名为曲果嘎冈曲的涓涓细流将我们引入右侧的一条山谷中，山谷西侧的半山坡上，又是一大片垒砌整齐的长方形嘛尼石堆，这也是我们今天探访的雅拉部落第三个大型墓地——"俄格却赤纳"，"俄格"有"刻嘛尼石回向"之意。香巴老书记说这里其中一大部分嘛尼石是为雅拉族百户的儿子刻的，文扎老师和拉布一如既往地仔细辨认，以期找到更多早期江源狩猎部落生活和信仰的蛛丝马迹。而对于我这个非专业的外来者来说，这些不同的嘛尼石堆之间，除了所在地理位置的不同，其他都大同小异……于是，坐在向阳的草坡上，从俄格却赤纳四下展望：西北方，峡谷的尽头，经拉布确认过的十八大城堡之一的回浪雄堡"洛钦景宗"隐隐约约露出北侧的一角；西南方那座山峰的背后，就是我们昨晚露营的烟洛陇了；对面，往北，再往北，那有着一个婉约名字的小柏树天堡"秀格南宗"披银戴彩的峰顶，就深藏在如孔雀开屏般展开的峡谷的尽头，据说此峰阳坡上有一棵小小的千年老柏树——整个烟瘴挂山系千里之内唯一的一棵小柏树！而正东方，就是传说中的黑夜峡——木奈荣，本地有句谚语，"需要白天掌灯的地方，是烟瘴挂的黑夜峡"，传说那是一条极狭窄的幽谷，宛若一线天，只能单人步行，每天只有三个小时能看到太阳……

往日重现

返回烟洛陇的路上，一直氤氲不定的天空突然迸射出万道霞光！将晚上八点钟的烟瘴挂遍照得一片辉煌，不经意间回头，我们的左后方突然出现了一座圆圆的长满青草的小山包，在周围都是沼泽的低地中显得格外突兀。拉布告诉我，它叫障挂赛道，是金顶的意思，据说这里富含金矿，太阳光特别充足的时候，会发出耀眼的金光。尤其是到了秋天，

往日重现

整座山上的植被衬着金色的山石犹如金灿灿丰收的谷仓。据说在过去，雅拉部落的族人每年都要来祭拜障挂赛道，给它煨桑，围着它祈祷，祈求来年风调雨顺，水草丰茂……

此时，金顶之上，层层叠叠、绵绵延延，交错变幻出重重金光……文扎老师的目光越过金粼粼的牙曲河面，向着对岸光影斑驳巨石林立的一处所在说："你看，那里就是雅各然玛仓孔——母山羊修行洞。"

完全没有心理准备，雅各然玛仓孔竟如此突兀地出现在我近前！这是我们通天河考察路上遇到的第一个修行洞！在这明晃晃的落日余晖下，两年前进入它时的景象犹如细雪纷飞顷刻间洒满了我的心与脑！尽管还隔着一段距离，但它与我秘密而强烈但不对等的能量纠缠，诱使我疾速被它吸入，眼前的世界又一次起了变化……

良久，耳边才浮起文扎老师的声音："两年前我们去的时候，那里像是还没被人发现，去年我和欧萨又去了一次，母山羊头上已经被挂上了哈达，底下还供养了好几百块钱，现在大家已经开始供养了。后来欧萨打听到，这个修行洞是一个苯教的修行洞，很久以前的一些老猎人啊，还有专门从事念咒语的一些人在洞里闭过关……"

恍恍惚惚中，文扎老师的声音再一次浮起："从母山羊修行洞再往东，我们在邦曲流域又发现了一大片刻在白石头上的八字苯教咒语'嗡嘛智牟耶萨列德'，藏族人叫'嘛智牟耶'（大意是'救度六道众生苦，消除贪嗔痴慢妒，激发精进、空性慧'）。你还记得蛇鼻龙女泉吗？从那里往东走不远，有一座山崖，就在那面崖壁上，我们发现了一个非常大的摩崖石刻，是阳刻的八字'嘛智牟耶'，一个字大概有两米高，非常古老的，肉眼看还很清晰。可以说牙曲汇入通天河这一带，以母山羊修行洞为中心，是苯教文化遗迹现存比较完整的一个地带……"

蓦地，太阳隐去它最后一抹光晕，夜幕如潮水般漫山遍野袭上来……

这是障挂赛道，传说雅拉部落的族人每年都要来祭拜煨桑，祈请风调雨顺，水草丰茂

三、深入白莫荣

又是一夜的雨，直到天明都没有停……
这是我心灵的雨声吗？从早到晚……
文扎老师说："那就给心灵搭个帐篷吧……"

清晨，趁大家还在帐篷中熟睡，我独自穿过沼泽地，在斑斑驳驳的冷雨中，踱步到云雾弥漫的森格南宗狮子天堡脚下。静默的经幡前，十几头健美的骏马正低头啃食着初秋青黄的牧草，不时甩甩尾巴，嘴里发出噗噗噗心满意足的声音。

清晨的狮子天堡脚下

生生之水

狮子天堡

我们宿营的这片烟洛陇山谷，位于整个烟瘴挂山系的东南方，因坐落着烟瘴挂十八大城堡中的四座——西南方的玉珠达宗（青龙绸堡）、西北方的囊杰琼宗（天铁鹏堡）、正北方的岛姆久宗（猛虎堡）以及东北方的森格南宗（狮子天堡）——龙鹏虎狮俱全而被当地人所尊崇。狮子天堡森格南宗又是这四大城堡甚至整个十八大城堡中最为殊胜的，传说它属于格萨尔大王最骁勇的战将之一"人中之狼"森岱阿当。和独享盛名形成反差的是，狮子天堡比起它周围的其他三座城堡并不算高大，或者还可以说比较矮小，这是座由两层红白相间的巨岩筑起的独立山峰，顶部方平，像极了一个巨大的立体"凸"字，因此它直觉就给人一种承天达地的圣坛感觉。如果别的一些城堡要被行家指认你才会认同那是一座"城堡"，狮子天堡就是那种即使仅凭肉眼也会认出它是与众不同的存在——形神兼备、不怒自威，就如同古今中外历史上那些身材矮小但功勋卓著的英雄人物。当地有狮子天堡"一堡三盛名"的古谚，据说下雪时它犹如被白绸缎包裹着的玛瑙石，美其名曰"白缎卷柱堡"；夏季植被青翠它又宛若青铜装饰的莲花，因此又称其为"莲花青铜堡"；至于"狮子天堡"名称的由来，据说是因为它在炽烈的高原阳光下，犹如舞动身姿的金鬃巨狮。

站在经幡前，面对着狮子天堡进入冥想，任凭逐渐拉长的雨线自我的头顶滑落……

过了许久……微微转过身，只见大帐篷顶上袅袅的青烟已然升起，该回去吃早餐了……

暖融融的大帐篷里，拉布正坐在垫子上手舞足蹈地给文扎老师讲述他昨晚的梦，文扎老师趁热分享给我："昨天晚上，拉布梦见一位拖着长长辫子的、胡子有点发白的、面貌黑黑的、浓眉大眼的、穿着氆氇（传统藏族服装）的中年人。那个人跟拉布说他是狮子天堡的主人，还带着拉布顺昨天我们转山的路线把十八大城堡整个又转了一圈，其中有几个名字他还给纠正了一下：这个山谷最里面那座昨天说的是康巴久宗，那个人说叫岛姆久宗；还有斜日'囊'宗不对，应该是斜日'达'宗，那边治洛钦山谷里的洛钦'景'宗应该是洛钦'南宗'，巴日'南'宗改成了巴日

'达'宗。"我问狮子天堡的主人叫什么名字，文扎老师转头问拉布，然后回过头对我说，"拉布说太兴奋了！忘了问了……"

吃完早餐再从帐篷里出来，外面的世界竟然已是白茫茫一片！这么短的时间内，烟洛陇竟已被突降的暴雪完全覆盖，我往狮子天堡方向张望，影影绰绰的，那几匹马似雪雕般依然低着头一动不动。而上方的狮子天堡却在我眼前，呈现出至上主义绘画大师马列维奇的"白上白"效果，此刻，我理解了这位大师把白色视作"无限自由之海"的意境，白色，是"空间"的终极标志，是"有"和"无"之间的最后边界，那细极的，难以辨认的边缘，就是涅槃留下的唯一尾迹……

两年前的那晚，听拉布讲过，在《格萨尔》史诗中狮子天堡森格南宗在末法时代将化成一座天然的佛塔，那里未来会成为人们朝圣的一方净土……眼前的狮子天堡不就已然是一方净土了吗？

暴雪中的烟洛陇

我们帐篷的西侧，索南达杰曾经生活过的那两间红褐色石头房子，本来不起眼地躲在如巨大屏风般的青龙堡玉珠达宗和天铁堡囊杰琼宗脚下，而此刻，在风雪中，这两大城堡奇迹般的隐遁，而它竟犹如浮雕般清晰坚固地凸显出来……

生生之水

风雪中英雄的故居愈发坚固清晰

神魔峡

　　这突如其来的大雪下到中午时分才见停，打乱了我们今天要去穿越治洛钦大峡谷的计划。文扎老师想着昨晚回来时天已经黑了，没能好好看一看白莫荣大峡谷，所以不如"因势利导"或"将错就错"。

两年前我们就是从这里穿行而过

从烟洛陇出发往南，再往东，就进入了白莫荣峡谷，也就是欧萨口中的母沙狐谷，两年前我们就是从这里穿行而过，从烟瘴挂大峡谷的下沟口赶到上沟口的。棕绿清澈的白莫荣曲一路相随，虽然一只沙狐也没碰到，却在岩壁间几次看到成群的岩羊。在拉布的带领下，我们几乎开车穿越了整条山谷，在快到东北出口的几座红棕色岩石山间停了下来。我见这些山簇拥在一起，彼此挤压变形严重。据拉布讲，他十岁时在这几座山的石壁上见到过古老的六字真言，和后来常见的写法不一样，大家分散开来，在附近的崖壁上搜寻。香巴老书记直直地往群山深处走去，几个跟他一起的莫曲村的孩子紧随其后，文扎老师往左面的山走去，我选择跟在拉布身后，在一面巨大的横向石壁间摸索，仔细搜寻完整个石壁，一无所获，又转而斜上，与正赶过来的文扎老师相遇……这时香巴老书记的身影从山后绕过来，和文扎老师、拉布商量了一下，又一起往另一座石壁走去……这时，就在不经意抬头间，我惊见那几个莫曲村的孩子，正在攀上最北端令人望而生畏的最高峰。只见红色、黄色、蓝色的身影左腾右跳，前倾后仰，一个个犹如岩羊般灵巧敏捷，一眨眼工夫已经坐在山巅之上，潇洒地向我们招着手，这是烟瘴挂的孩子！是英雄格萨尔的后代！尽管很多神话传说他们也不甚了解，许多外来知识他们也不见得充分掌握，但身体血脉是最好的传承，毫无疑问地昭显着他们才是烟瘴挂真正的主人！

岩壁间几次看到成群的岩羊

他们才是烟瘴挂真正的主人！

后来文扎老师告诉我，拉布说的古老石刻经文模模糊糊的好像找到了，但没法好好确认下来，或许需要更精密的仪器将其采集还原，如果真能够确认，就可以断定烟瘴挂的早期文化可以推至佛教的前弘期……

正要上车往回返，蓦然间，一只红棕毛发的种牦牛闯入我们的视线。只见它远远地站在草坡上，正竖着匕首般的大犄角，目光炯炯地盯着我们，如绒毯般的毛发从小腿往下如长长的流苏般厚厚地垂向地面……文扎老师告诉我，这种公牛一般都是战胜了它所有的对手后，取得了绝对交配权的王者，不怕狼、不怕棕熊，也不怕雪豹，这个季节交配期已过，因此它才这么特立独行又气定神闲。

特立独行又气定神闲的种牦牛

　　再上车时坐到了香巴老书记的副驾驶位置，趁此机会，我试着向这位饱经风霜的老人小声问询索南达杰在烟瘴挂的往事。一阵沉默后，香巴语气淡淡地开口道："他从小在这边长大……那是一个好人……"之后目光专注地凝视前方，再不言语。

　　往回走的路上，我发现这一带的岩石山造型有些奇怪。除了大多数挤压变形厉害，稍微成形些的仔细看时，无论人形还是动物形，也多是头身比例失衡，面部扭曲严重的恐怖形象。比如右前方的这一座，就像是一个细脖大肚的蛤蟆怪，面部狰狞；后面的一座长长的峰顶犹如一个巨大的人形面朝上仰躺，从侧面勉强辨得出似被重物压平的五官，但脖子下却空无一物，在稍远的地方才接上长得不像话的扁平细瘦的身躯；就连河边的石头也多是白森森的，有头没脸令人恐惧，就像把毕加索的《格尔尼卡》从画布上直接平移到这个山谷中，使其三维化，看得我毛骨悚然……

令人毛骨悚然的魔鬼峡

终于在谷中的一块宽阔的平地停下来，从这里可以看到白莫荣谷左右两侧的景象，白莫荣曲在此一转弯躲到了对面的一座圆锥体小山包后面。大家下了车，跨过水面，香巴老书记和文扎老师率先往小山包走去，莫曲村的姑娘小伙子们紧随其后。其次是拉布，我自然又落在后面，慢慢地攀上半山腰，在极狭窄和极陡峭的岩石间辗转腾挪，一步一步慢慢转起山包来。不知何故，一转起山，刚刚还紧张急促的心一下子又回归久违的清静，仿佛有一种无形的力量在空气中鼓荡，不由分说沿山体的切线方向顺时针温柔地包裹着我的双腿前行。正这样一边默观一边往前走，一抬头看见拉布坐在岩石的一角，一边口中念念有词，一边用手机对着对面的山拍照。我顺势陪他坐下来，拉布脸上红扑扑的，眼里满含笑意。这次故人重逢，我能感觉到拉布对我有种"咱们自己人"的亲切，听他嘴里念叨了句什么，然后举起手机给我俩自拍了张合影。又坐了一会儿，拉布说："走吧！"我让他走在前面，慢慢地转到山的东侧。没走几步，突然一股特别猛烈的阴风袭来，我不由自主浑身打了个冷战，身上厚厚的鸭绒服似也抵御不住这刺骨阴寒……

这是要吹醒我！还是要再次封冻我……我是谁？为什么会在这里？为什么要一次次千里奔赴？我的现实身份和精神实质又是什么？如果真有轮回，那么前生我是谁？在哪里？和这片土地又有过怎样解不开的渊源……

冷风中，站在原地默默沉吟良久，抬头看见拉布远远地在前面等我，于是快步赶上他……

显现出藏文最后一个字母"ས"

　　文扎老师和香巴老书记早已在滩地上等候了，直到这时我才知道，刚刚转的这座灰白色岩石的小山包，就是昨晚的夜色下，文扎老师亲手指认给我的"空行母供品山"，藏文叫"喀卓措本"。它的正面右下角位置有一块明显的棕褐色图案，昨晚莫曲村的女孩用放大的镜头给我看了，那是藏文最后一个字母"ཨ"。此时日光下再看，反倒没有夜色下清晰。我想起两年前在母山羊修行洞里，也见到过这样的图案，但那时因为初来乍到的种种惊奇，我没有想起一问究竟。此时我赶紧拉着文扎老师，让他仔细讲讲，为什么江源的山水间，会反复出现这个"ཨ"字。"你知道一般认为藏文是由梵文演化来的，这个'ཨ'音是印度梵文中的第一个字母，也是藏文三十个字母中的最后一个。佛经《大般若经》六百卷中，最广的有《十万般若经》，有十二部长卷，最短的叫《一字般若经》，佛祖只说了一个‘ཨ’字，它代表的是空性智慧，整个藏传佛教也可以浓缩成这一个字母……”文扎老师缓缓讲道。

原来如此，我忽然记起朱大可先生在他的《华夏上古神系》中，将世界上主要神话谱系中的各类神祇名字的发音（音素）总结在一张表格上，从中发现大部分最高神（创世神、始祖神）的名字首字母都发“啊”音。朱先生因此推断：有一个人类史前的共同文明，这个文明已经破碎了、死掉了，但是在那些碎片上面长出了苏美尔、波斯、印度和中国。

这个侧影像不像1986年版《西游记》中那位慈眉善目的西天佛祖

那么，那个神秘失踪的"文明"到底是什么呢？莫非世上现存的所有宗教、所有神话，都是在对那一种原初"文明"的反身呼告和反向再造……

神魔园

继续沿白莫荣谷西行，走不到 2 千米，文扎老师和香巴老书记忽然折而向北，转眼就不见了踪迹。我正纳闷，却被北侧左右两座截然不同

的山峰挡住了视线，左边的这座，线条清晰、轮廓明朗，我认出那最高处就是昨晚灰蓝夜空辉映中，我眼中 1986 年版《西游记》中那位慈眉善目的西天佛祖的侧身坐像，它面前还有一位双手合十的求道者呢，而右侧，就是文扎老师当时说看着特别恐怖的野牦牛魔扭曲变形的脸，白天看来，它像极了毕加索一百多年前创作的那幅立体派作品《斗牛》，只是这个是在真实的三维空间内。就在这两座山峰交错处，看不见任何通路的前方，竟然有一道极细窄的山谷，一条极细的溪流从里面幽幽淌出来。我小心地踩着脚下的石块，有白色的岩羊角和胸骨散落在水洼间，穿过

两座山的交角，眼前骤然出现一片豁然开朗的山坳，文扎老师、香巴老书记和莫曲村的孩子们已经坐在东面的草坡上喝奶茶了。刚坐下，文扎老师就迫不及待地对我说："这里叫'拉折热哇'，就是'神魔园'，白莫荣峡谷分上下两段，从这里往下是魔鬼峡，往上是神仙峡，我们所在的这一段是正中间——神魔交界处……"直到这时，我才意识到刚刚转"空行母供品山"时，在东西两侧我身心完全不同的强烈感受，这就对上了！

神魔园的入口

展眼望去，这座山坳不足百米长，最宽处也就十几米，尽头有一座嶙峋的高峰挡住去路。回头再看两山交会处，两边同样巨大的灰白色粗砺岩石山体，犹如两颗由无数侧面放大叠加的头颅，面对面的部分都裸露着赭红色的犹如皮下肌肉的纹理。这种红色裸露的质地，在东侧山体的侧后方又大面积出现，仿佛看得到山神的血管和神经。看这阵势，像是刚刚才经历了一场惊天动地的神魔大战，在彼此碰撞撕扯中，双方都被撕去了面皮，而此时正处在双方的战略相持阶段，神魔互相敌视，既势不两立，又有些惺惺相惜。

　　西侧斜坡上，一座石峰面对我们的一面，仿佛由许多巨大的联体身躯扭曲在一起。其中有一处，特别像《圣经》中拥有天生神力却因好色骄傲受难的大力士参孙的脸。另有一处，整个山峰像一只巨大的剑龙匍匐进土里，背上的巨齿被压得变形，痛苦地挣扎着一只惊恐的独眼。这些被突如其来的超自然神力挤压变形的人和巨兽，甚至都来不及做出惊恐的表情，就已定格在永恒的时间和空间里。在这些超自然力的作品面前，那位擅于用扭曲变形和模糊的形象描绘人类暴力与痛苦，以及天性中可悲可怖一面的英国画家培根，就有点小巫见大巫了……

扭曲的岩峰如痛苦的剑龙，惊恐地睁着一只茫然的独眼

东边的斜坡上，几堆看不出形状的岩块之间，一块特别仙风道骨的人形石神态悠然地侧身朝天空凝望着。此时，从西面斜射过来的阳光为东面的草坡洒上了一层耀眼的金光，这位仙人似是要踏着金光飞升而去……

一尊仙风道骨的人形石似是要踏着金光飞升而去

生生之水

眼前的景象我竟然分不清哪边是神，哪边是魔！或许，神就是秩序的极致，而魔就是失序的深渊?！江源就是这样，在满足你的情感需求和认知的同时，又不断颠覆你好不容易建立起来的情感安全地带和层层认知框架。

从"神魔园"出来，刚好碰上索加乡的五一书记在乡上办完事赶回来。后来我才知道，他看我这两天只喝水不敢吃东西，这一次回去，把办公室里所有能搜罗的零食和水果都给我带过来了……

在返回营地的路上，穿越白莫荣谷西侧的整个"神仙峡"，车窗外不时晃过一座座或器宇轩昂或行云流水的峰峦，刚刚才被《诸神的盛宴》惊艳，转眼又被《八十七神仙卷》震撼！快行至神仙峡出口时，本以为这一天的奇遇就此结束，没想到，右前方山体与天空相接处，一座原始巨象般的山峰如天外来客般突兀地伫立在那里，巨象的鼻子在最高处神奇地弯成了一个巨大的中空的圆，犹如一道"通天之门"！它的身后，灰蓝的天幕中，一层一层的云团不断往上往远推升，愈推愈高，愈升愈远……

神仙峡出口的"通天之门"

恍若《八十七神仙卷》的岩群

生生之水

拉伊之夜

经过如此高频度的一天，晚饭后，大伙儿都余兴未消，围着红彤彤的火炉，喝着热乎乎的奶茶，回味着白天的情景。我提议拉布唱段《格萨尔》史诗，关于烟瘴挂的，不知为什么，拉布今晚好像对说唱格萨尔没有感觉，犹犹豫豫地半天张不了口。文扎老师压低声音在我耳边说："拉布今天很累，加上身体状况也差，唱《格萨尔》史诗只要一张口，起码一个小时停不下来，非常消耗体力，他可能有些吃不消……""那就唱段拉伊吧！"我想唱几句拉伊应该不会累着拉布吧。没想到拉布脸上还是流露出犹豫的神色……文扎老师低头和他交流了一下，转过头对我解释说，另外一个帐篷里那个莫曲村的女孩是拉布的亲戚，在治多这边，有异性近亲在时不能唱拉伊的习俗……

正在这时，坐在我右首的香巴老书记突然开口道："我先唱个呗！"说完这位平时严肃刚硬的老书记略显紧张地唱道：

往东流去的河里面 / 我给你寄了一封信 / 如果有洄游的鱼 / 就让它把你的回信捎给我吧……

歌声中充满了柔情，还有点淡淡的感伤……听完文扎老师的翻译，我不禁赞叹："这首词真是含蓄又深情……"

或许是感受到了我话语中的鼓舞，香巴又一次悠悠开口，这一曲他放松多了，而且从语调中感觉比上面的要果敢坚定：

从小我俩就发了誓 / 像刻在这石头上的字 / 就算是下了三年的雨 / 也抹不去它的痕迹……

一曲终了，一位莫曲村的小伙子起身拨弄炉膛里的炭火，红红的火光映照在香巴老书记的脸上，一抹红红的亮光久久未曾退去……

我正奇怪为什么香巴唱的"拉伊"只有一段，那一年拉布和欧萨唱的都是三段啊，还有"赋、比、兴"的结构呢！文扎老师解释道："香巴唱的是'道歌'，这是流行于藏族农耕文化区的情歌，六世达赖仓央嘉措，就出生在藏南的农区，所以他的诗歌就是用家乡的'道歌体'写的，还被很多人误解成是情歌，他的那些诗歌其实是修行者悟道的心法……在游牧文化区这边盛行的就是你熟悉的'拉伊'，一般是三段。"

这时候我听见香巴老书记正用藏语和拉布交谈着什么，稍稍停顿了一下，拉布突然远远地对着我展开他嘹亮的歌喉：

我这个猎人走走走在山坳里 / 今天碰到你这头小野牦牛 / 向你射出一箭是不可避免的

我这个游侠走走走在旷野中 / 今天碰到你这匹青色的骏马 / 搭一次马鞍是不可避免的

我这个男子穿穿穿行于尘世间 / 今天遇到你这个新来的小姑娘 / 和你相爱是不可避免的

拉布这个突然爆发令大伙儿措手不及，帐篷里的空气立刻热烈黏稠起来，听文扎老师翻译完这么赤裸裸的歌词，即便还处于高原反应的轻微眩晕中，我也不免有些耳热心跳……果然是流淌着游牧热血的率直康巴汉子！

拉布看大家的反应越发来了劲儿，开始即兴发挥：

我是康巴汉子 / 你是汉地女子 / 我俩出生在不同的地方 / 相聚在烟瘴挂这个小帐篷里 / 最讨厌的就是眼前的这些小男人 / 如果再让我年轻十岁 / 准让他们马上统统消失

满帐篷的人哄堂大笑，莫曲村的青年男孩们本来相互厮闹着，这会儿一个个笑得蹲在地上都站不起来了！香巴老书记脸庞通红，手里的茶杯倒向一边，奶茶都淌在了草地上……五一书记本来还有些矜持，此时也忍不住把盘坐的腿伸开，笑得身体不住往后仰……我无意中发现他手边放着一本美国作家休斯顿·史密斯写的《人的宗教》，不由对他的学习精神刮目相看。这时候的文扎老师已笑得不住咳嗽，我眼巴巴地等着他翻译，听明白了拉布唱的内容，在好笑之余，心也不禁为之一震……

文扎老师说拉布唱得那么起劲儿，是因为有我在场（在场唯一的女性）。把我当作对唱情歌的姑娘，唤醒了他早年的青春记忆！

是啊，不只是拉布，我猜这帐篷中的人都是如此吧，那些鼓荡在胸间、驰骋在草原上的澎湃青春和爱情！人类的感情就是如此相互碰撞、彼此激发、互相回馈的。异性之间是如此，兄弟之间是如此，甚至人与动物之间，万物生灵之间莫不如此……

此时拉布已经被自己和环境点燃，欲罢不能了，变换了几个调门进入展示才艺阶段，先是来了一段江赛部落的曲子："你若不知道我是谁，我是江赛白骑士……"接着又来了一段娘错部落的长调，以及格吉部落的"三只鸟鸣声"……

我悄悄地问文扎老师，怎么拉布一开始那么扭捏，后来又肯唱了呢？文扎老师低声告诉我，原来前面一开始，拉布是怕被那个女孩，他的亲戚听到，后来香巴书记跟他说，一般异性亲戚之间是不能面对面唱的，那个女孩在其他帐篷里，再说现在她估计已经睡下了，所以拉布就放开唱了……

原来如此……

拉布的唱腔刚刚落下，远远地坐在后面的，这几天一直跟我们在一起，但和我从没有任何交集的，一位身着绿军装的壮硕康巴汉子此时接上拉布的尾音唱起来：

为了不损害东流的河水 / 布谷鸟我俩就喝天上的雨水吧

为了不损害正在生长的牧草 / 岩羊我俩就吃悬崖上的草吧

文扎老师刚给我翻译完前两句，我就忍不住赞叹："看看人家这境界，太高尚了！"等到听完第三句：

为了不招致流言蜚语 / 亲爱的姑娘咱俩就偷偷约会吧！

哎！这……这心机也太重了吧！这是个调情圣手啊！

夜深了，大家还余兴未消。我看拉布和香巴书记还跃跃欲试，想到明天一早还要骑马穿越治洛钦大峡谷，于是我狠了狠心，说："太晚了，我要去休息了！"说完拿起背包和水杯不容分说地走出了帐篷……

帐篷外，寒气逼人，举头向天，繁星如豆，颗颗如晶莹的钻石般发出冷冷的青光。我凝目注视，漆黑的天幕中，突然出现一条宽宽的、长长的，如轻纱薄带般的闪亮云河，密密麻麻的小星星镶嵌其上若隐若现，从西南往东北跨越了整个烟瘴挂的夜空！那是银河！是银河！我惊喜地叫出声来……以更深的念力凝神细看，在不断加深的注视下，那熟悉的星图渐渐从二维深入三维，再不断地于空间中延展，于肉眼看不见的时空中，示显着它无限的广度及深度……

我想起欧萨讲过的那句古老谚语：银河系是天空的脊梁，长江是大地的脊梁。

此刻，我与它们竟然都如此亲近！

四、穿越治洛钦

远古的神话中，英雄之旅总是被设置重重障碍，只有那些最虔诚最勇敢的人，才能穿越外部绝境和心灵的幽暗，获得天启和神力，跨进永生之门……

新的一天又开始了。天空依旧阴晴不定，铅灰的云图和它底下的蓝天不断斗法，但总归是雨停了，那十几匹马儿依旧浑然不觉地在沾满晨露的草甸间进食……

文扎老师和拉布用火炉里的炭和几块石头搭了一座简易的煨桑台，正对着四面八方的山神诵经祈祷，保佑我们今天穿越治洛钦大峡谷顺利。早餐后，空中的云层果然渐渐变浅，也越升越高，薄雾也一点点散去。刚刚还在悠然吃草的那些马儿，此刻已经披红挂彩等候在帐篷外了，所谓"养马数日，用马一时"！香巴老书记给我选了一匹漂亮的橙粉色小母马，说它最乖、最老实，我给它起了个小名儿叫橙橙。

清早的煨桑

骑上橙橙从宿营地一直往北，在岛姆久宗和森格南宗的垭口处被一道铁栅栏门挡住——千禧年初，青海日报社对江源地区曾做过一次比较深入的采访报道。自那时起，在莫曲村老书记香巴群培的带领下，出于保护的初衷，烟瘴挂方圆百余平方千米的核心区均被划归为村里的禁牧区，不但外来人不得入内，本村牧民也不能进去放牧，任何人要进去都必须经过香巴书记的亲笔签字确认。

　　此时香巴书记亲自下马打开了栅栏门，我和橙橙紧随而入。眼前就是治洛钦大峡谷了，从高处放眼望去，四面棕褐色的嶙峋岩峰把整个山谷合围成一个近似陀螺形的凹地，发源于岛姆久宗北坡湿地的治洛钦曲蜿蜒蜓蜓在山谷间，所经之处，棕绿的草甸被阳光与阴影一切为二……

　　骑着橙橙从山坡上下行，骤倾的角度和裂口加大的沼泽地扭得我膝盖酸疼、臀部离位，几次差点从马头甩出去，每到这时，身后的拉布就迅速赶上来，一把拉过我的缰绳牵着橙橙跟他一起走，但他座下的马好像有点不乐意，一边走一边不停地拉粪，还不时用后腿挤对橙橙……就在我们行到山谷底部时，拉布让我往斜上方的山坡上看，呀！两头棕黑色的野牦牛正居高临下直直盯着我们呢，虽隔得远我也依然能感到它们的威严和敌意，然而当我们爬上山坡时，它们却好像变戏法儿似的把自己给隐身了……

进入治洛钦大峡谷

治洛钦的传说

一座峰顶如丛丛火焰伸向天空的威武山峦下，早已到达的文扎老师、香巴老书记和五一书记此时正围坐在一起热烈讨论着什么，莫曲村的青年们从背包里麻利地拿出牛肉和酸奶，一次性纸杯和纸碗，以及装满热奶茶的暖水壶，摆在草地上，招呼大家午餐。我也拿出昨天五一给我的几个小奶黄面包和一个苹果，就着奶茶跟大伙儿一起吃起来……这里真是个背风向阳的好所在，听说以前是个牧场窝子。草地野餐后，香巴老书记和拉布将花色斑斓的马鞍从各自的马背上卸下来，铺在柔软的草滩上，懒洋洋地躺在上面，再用牛仔帽盖住脸打起盹儿来，其他人也跟着卸下了马鞍，将缰绳松开，让辛苦大半天的马儿们自在地去吃草。真个是马放南山、逍遥自在……有几匹马一停下就倒在草地上滚来滚去，橙橙也有样儿学样儿。我问文扎老师它们在干什么，他说马刚出了汗身上痒，但是这样在草地上滚会沾上虫子，很容易皮肤感染，听到我们对话的香巴老书记这会儿已坐起身来，用手拔着草根，口中发出"嚇洛洛"的声音，咦！有两匹马竟然站起来了。文扎老师告诉我这是牧民们的古老方法，一边说着一边手上揪着草，口中也"嚇洛洛"地喊起来，我也学着他们的样子。一阵此起彼伏的"嚇洛洛"过后，那些倒地的马竟然真的一个个都站起来了！真是不可思议……

这时文扎老师手指着侧后方的"火焰"山对我说："这就是十八大城堡中的'洛钦景宗'。'洛'这里的意思是'大江回流、回旋、排浪滔天之意'，'钦'是巨大、盛大，'景'是威风、雄壮的意思"——"大江回流""排浪滔天""巨大""雄壮"我将这几个词按不同顺序在心中排列组合了一番，想到这里就是治洛钦大峡谷，于是，电光石火之间，我找出了它的渊源！还记得前面欧萨讲的众山神争夺通天河的故事吗？那时候山神们为通天河从哪里流下去争吵不休，作为地主的烟瘴挂山神只好把已到近前的通天河安排在治洛钦峡谷中暂住，还把里面的一个湖贡献给了通天河。治洛钦的"治"，不就是通天河在本地的名字"治曲"嘛！"治洛钦"就是治曲在此处"大江回流""排浪滔天"呀！我记得欧萨的故事里还讲过，烟瘴挂大峡谷被雅拉达泽山神的"弹指神通"打通后，通天河就从治

十八大城堡中的"洛钦景宗"

马放南山

洛钦峡谷回流到现在的烟瘴挂上沟口，传说当时通天河在原地回旋得特别厉害，巨浪滔天，像沸腾了一样……神话非虚，此处为证！

可是为什么要"原地回旋"？怎么就"巨浪滔天"？

带着这样的疑问，我随文扎老师和五一下了山坡，向西面两座威猛慑人的大岩石山走去。原来这治洛钦大峡谷犹如杠铃形状，两头宽，中间窄，我们现在所在的位置就是杠铃宽阔的这一端，再往下就是一条狭长的窄道，十八大城堡中令人闻风丧胆的老虎天堡"岛姆南宗"和豹子天堡"色

姆南宗"犹如两员天将般把守在狭道的入口。听文扎老师讲，在两座城堡交错的位置，也就是当地人说的老虎犬牙和豹子犬牙之间，是整个烟瘴挂雪豹出没最多的地方，这个地方非常凶险诡异，没有人敢在这里放牧，牧民们搬家经过这里时，都要把牦牛背上的黑帐篷用白羊毛毡盖起来，怕冒犯了山神。据说很久以前一户牧民赶着牦牛搬迁经过这里，黑帐篷忘了盖上，驮帐篷的牦牛突然原地打转、又踢又跳，拖着掉在地上的帐篷疯跑，听说后来这家人也不明不白死掉了，老人们说这家人是得罪了山神……

　　治洛钦曲不知什么时候已悄悄流过脚边，它无声无息地穿过两山之间的夹道，仿佛引诱着我们前往秘境……

　　　　　　　　　　　　　　　　　　　　　　　　　　　生生之水

老虎堡和豹子堡犹如两员天将般把守在狭道的入口

　　这时我突然解开了刚才的谜题：通天河从这里回流的时候，因为两座大山间的狭道太窄了，回流之势撞上悬崖峭壁，被阻的水龙被自己的反作用力撞击，才会出现"排浪滔天"的奇景……

偏向虎山行

　　从这里进去，就不能骑马了，只能徒步穿越。香巴和拉布他们到这里都不走了，文扎老师建议我也留在这里，他自己准备和五一进去看看，走到中间就回来……我低头想了一想，好奇心和探索的欲望驱使我还是想进去一探究竟。于是，文扎老师、五一、我、莫曲村的驻村干部扎哇和莫曲村的两个小伙子，我们一行六人离开大部队，"偏向虎山行"……

就像《纳尼亚传奇》里的神奇衣橱、哆啦A梦的任意门、《盗梦空间》里的旋转陀螺以及《爱丽丝漫游仙境》中的兔子洞，刚一进入虎、豹两堡之间的狭道入口，我就有一种进入异度空间的幻觉……深深吸了一口气，一股暖流携着水汽扑面而来。由于两侧山高而且间距窄，谷内的阳光在水汽蒸腾中仿佛反复散射和衍射后，又重新聚集，使这谷中光线的密度要比外部强好几个量级，氧气的稠度仿佛也比外部高，或许正是这个缘故，接下来的几个小时里，是我这几天度过的呼吸最顺畅、身体最舒适，也是最乐趣盎然且最充满玄机的一段旅程……

神秘的治洛钦曲此时就在我的脚下。河水初时散漫，越往里走，两旁的山靠得越近，峡谷越窄，水势也越深越收拢，很多地方仅容一人险险地经过，经常是走着走着这一侧的路突然断了，要跨河跳到对岸。这样辗转了几千米，终于在一块巨岩前停下来，巨岩与山体半围出一爿草滩，终于可以坐下来歇歇了！静静地斜卧在暖阳包裹的草滩间，午后暖黄的日光从斜对面山峰间的缝隙洒下来，如无数道爱神之箭温柔地投射

峡谷越窄，水势越急

生生之水

前不见古人，后不见来者

在清波粼粼的治洛钦曲中，浸满光晕的水波轻柔地爱抚着水中或浮或隐的五彩石子，摇晃出天地之初的第一场梦境……

文扎老师站在水边默祷了许久，此时俯下身双手掬水喝了几口。我也学着他的样子，掬两口清泉入口，细细的水流自舌根入喉，缓缓浸透最远处的神经末梢，清凉、甘甜、不燥不湿、不涩不滑、润喉沁心……入梦之水亦是解梦之泉，此时此刻，它将刚刚被梦境盗走的我的心重又还归给我……

回首来时的路，只见两侧的山石重叠咬合，早已封闭了来路，而我们身后的这面巨岩，也挡住了去路……

本来按文扎老师原计划，走到这里就要往回返的，但他自己有点舍不得，又征询五一，尤其是我的意见，说如果我想回去，莫曲村一个男孩儿可以把我带出去。但我的探索欲望压过了前进的恐惧，这条远古时代通天河曾驻留的山谷，激发了我要溯水追源、一探到底的豪情。况且，行走在这人迹罕至的山谷中，被暖暖的午后阳光摩挲着是如此惬意，心中充满了轻柔的喜悦，一点也感觉不到疲惫……于是文扎老师让莫曲村的那个男孩回去向香巴老书记汇报，我们要从另一侧的出口出去，让他们不要等我们，还有，让人开车去对面接我们。

于是，真正的"长征"开始了。攀过眼前的巨岩，再往下走几步，又没有路了，随着谷势走深，路越来越窄，河面却越来越宽，水也越来越深！跳来跳去的频率越来越高……终于，河水的宽度和深度再不是我能跨越得了的，前面五一和扎哇还有莫曲村另一个男孩土登，借着河中几块若隐若现的大石之力，脚尖两三点就潇洒跳跃到对岸，文扎老师也正要如此这般，但见我畏惧不前的样子，停下来说要不我背你吧！说话间他已经脱下了鞋袜，怎么能让文扎老师背呢！于是我一边往上游走动，一边寻找至少浅些的河道。正一无所获时，文扎老师已经蹲下身，我迅速脱下鞋袜，说我自己蹚过去吧，于是就在他的搀扶下，蹚过没过小腿的治洛钦曲，河水冰凉，刺骨淬心……

所以当再一次要跨越到彼岸时，虽然水流湍急、水面深阔，我还是决心挑战一下自己。五一此时已跨到河对岸，不断在对面鼓励我，还热情过头地给我指点脚该先踩哪块石头，接着踩哪一块。我被他搅得头晕脑涨，都不知道该先迈哪条腿了……我让大家都不要出声，凝神屏气静了一会儿，心一横，豁出去了纵身一跃，脚尖先踩到靠近我的一块半大圆石，不等落实马上借势往河中间的石头轻点，再以最大跨度跃向岸边。足尖落处，竟然完美地到达彼岸！对面的五一早已伸出手接过了我的手臂！

涉险成功！

　　　　　　　　　　　　　　　　　　　　　　　　　生生之水

"不用力地专注"，在这个过程中我又一次体会到它的妙处……还好，这是最后一次跨越。

惊魂稍定之际，我不经意间回头往来路上瞥了一眼。骤然间，不知被施了什么魔法，刚刚狭道入口处的老虎天堡"岛姆南宗"和豹子天堡"色姆南宗"仿佛倏忽间近在眼前。红棕和灰白的岩石山体烘托中，从老虎犬牙和豹子犬牙形成的交角处，一路延展向上形成一阙倒三角状的蓝宝石天空，上面团团块块点缀着许多仿佛当年孙悟空大闹天宫时脚踩的筋斗云。我都怀疑之前看不到来路的那一刹那，是山神施了一个障眼法，为了让我不必瞻前顾后，勇往直前……

"悍匪"藏身洞

这时，走在前面的莫曲村小伙子土登停下来，用不太熟练的普通话对我说："小时候爷爷说，这个峡谷里有个山洞……里面都是金子……说那里面曾经住过逃犯，就打山上的岩羊吃……没有壶没办法烧热水，那个人就把羊肚外面抹上羊油盛水放在火上烧，非常聪明！"这个烟瘴挂版的鲁滨逊漂流记听得我有些神往，我问土登："那个人是不是'悍匪'赤绍甘久？"土登说："名字爷爷没告诉……"

赤少甘久藏身洞（文扎供）

这时，离我们几步之遥的文扎老师忽然开口道："前面有一条叫杂陇查霍的山谷，最里面有一个山洞，据说那曾经也是一个修行洞，里面大洞套小洞，总共有六个洞串在一起，洞口很窄，只能容一个人侧身爬行。那一年我和古岳（作家、曾任青海日报社主任记者）过来时，钻进去看过，洞里有许多动物的残骸和粪便。1958年那会儿，'悍匪'赤绍甘久在江源这一片，通天河的南北来回频繁移动，躲藏了三四年，后来到了这个山洞隐藏起来。据老人们讲那是特别聪明的一个人，生存能力也特别强，绝对是个当将军的料。据说那个山洞进去了再往上爬，更高处有一处小洞，能完整地俯瞰杂陇查霍山谷，就像哨孔，抓他的人一进山谷他就能看到，根本抓不住他，最后武警部队就求助于秋吉活佛（十九世秋吉活佛1962年的时候被释放过一次），赤绍甘久特别信秋吉活佛，最后政府派秋吉活佛和赤绍甘久的父亲一起过来，赤绍甘久当时就在这个山洞里，他从望远镜里远远地看着秋吉活佛和他父亲，心里想着：'这个国家科技发达，人也聪明，制造出来一个假的父亲或许还可以，但制造出一个假的秋吉活佛绝对不可能……'于是他从山洞里出来走到秋吉活佛跟前。活佛和他说了一句，'吉尼玛班特藏'。大意是：现在强光灼烧万物，但终归会有一段云雾遮住强光的清凉时光。他就相信了活佛的话，从山洞里出来自首了。到县上之后，没多久又把他抓了，而且是和秋吉活佛一起，用手铐铐在大卡车的横杆上，准备送往西宁。那天他就问秋吉活佛：'原来你说我会有好的前景，有一段幸福的生活，你说的就是这个吗？！'他讽刺秋吉活佛。秋吉活佛当时对他说：'你慢慢往后看着吧……'"

从文扎老师翻译的《第十九世秋吉活佛自传》中，我知道秋吉活佛第二次被抓起来后，在劳改农场度过了二十八年，因此，听到这里我心中也有些疑惑，于是问文扎老师："您怎么看秋吉活佛和他父亲把赤绍甘久叫回来这个事情，尤其是秋吉活佛，是他也没有预料到未来的形势吗？"没想到我以为很为难的问题，文扎老师马上回答我："秋吉活佛把他叫过来是对他的一种关心，把他叫过来的话，活得好一些嘛，一直在山里面转的话，不是饿死被野兽吃掉，就是被别的人抓住打死，每天都生活在恐怖当中，随时被抓住的这样一种环境，那多痛苦……再者，秋吉活佛那时候是治多县政协副主席，又是活佛，他可能看得到未来（形势的发展）……最后赤绍甘久劳改十几年，出来后就当了治多的政协副主席，晚年的生活非常好。这就是秋吉活佛的不一样，大家都看到眼前的，他看得远……"

我陷入沉思……这是个从不同维度会得出不同结论的故事。或许，历史的问题还是要放回历史中去看吧……

"光之谷"

下午五点钟的阳光，倾尽一天的激情将我们所处的这一段山谷镀成名副其实的"光之谷"。在光影凝住、时空凝固的此刻，周围这些高耸、交错、重叠、分散的岩石山体，呈现出或经皴擦或如线描，或用罩染或被点彩的一座座拍案惊奇的三维山水画卷，在广阔深邃的光影中，它们似是渐渐脱离自体沉重石身的窠臼，显现出本然面目来……你看，我左边这座经赭、橙、金、灰巧妙皴擦的，几乎没有一个地方没有褶皱的嶙峋山体，正中偏下位置有一个明显的圆洞，里面因外力挤压过猛，变形错位的脸和挣扎着前凸的嘴，还有那拧到一处的眉眼，不就是刚刚被如来佛祖压在五行山下，正用尽全力振臂反抗的那只猴子吗？此时还自以为是的"齐天大圣"还未曾知晓，未来岁月，他还将有五百年的囚禁之难！

"齐天大圣"的五百年之禁（远望）

"齐天大圣"的五百年之禁（近观）

　　小时候，每当《西游记》电视剧里"五百年桑田沧海，顽石也长满青苔，长满青苔……只一颗心儿未死，向往着逍遥自在，逍遥自在……"歌声响起时，我就不禁泣不成声……青春恣意时，纵情放性、唯我独尊、不可一世！但终究自由是有限的，生命的窠臼无所不在，纵使挣脱出外在的羁绊，也难解内在的痴贪。年轻时代，我们也并不知未来有什么在等待着……直到肉身和灵魂在岁月中展开和沉淀，直到烈火焚烧殆尽，才始见真金……

　　文扎老师此时坐在满目金黄的草坡上，眼光投向水面，身子一动不动，宝蓝色的衬衫和围在腰间的绛红色冲锋衣、花白的头发和大胡子，在与周围景致彼此映衬中，呈现出一座浓墨重彩的"思想者"之相。

　　有阳光就有阴影，或者确切地说，有阳光才有阴影。

野生动物天堂

　　此时回想，刚刚沿着山谷一路过来，竟然一只鸟都没有看到！我询问文扎老师，他也表示没有看到，我们同时想到柳宗元那句："千山鸟飞绝，万径人踪灭。"

生生之水

思想者

　　虽然"人踪灭",但"兽迹"活跃。就在这时,一只比我脚上穿的户外鞋大两圈不止的几乎上下等宽的大脚印,出现在治洛钦曲岸边一块不长草的半湿地面上,"那是野牦牛的蹄印!就是我们在外面洛钦景宗山坡上看到的那两头野牦牛!"莫曲村的驻村干部扎哇停下脚步对我说。之前

野牦牛的蹄印　　　岩羊的头骨　　　雪豹的爪印

　　我和他提起过那两头突然失踪的野牦牛，而这一路上，追踪它们的足迹也是我决定深入治洛钦深处的动力之一。抬头看了看四周，身后群山包围之中，一座如谷仓般的小山峰映着闪亮的斜阳凸显在天空的正中，那正是老虎天堡"岛姆南宗"。正在此时，天象突然变幻，细雨夹着黄豆粒大的冰雹倏忽而至，就在这无遮无避的太阳底下……正当我四处搜寻，不知到哪里躲避时，突然雨停雹歇，天空竟然放晴了。灰蓝色的云浪由深渐浅，翻腾着逐渐升高、远去……一道淡淡的迷蒙着雾气的彩虹横抹过"岛姆南宗"虎头的正中，瞬时托衬的"小谷仓"辉煌又神秘……文扎老师说他之前来过三次，每一次到这里天都下雨，都会看到彩虹……是老虎天堡的主人在考验和犒赏我们的诚意吗?!

　　听说这个山谷里是整个烟瘴挂雪豹出没最多的地方，扎哇刚刚就给我在沙地上指认了一串雪豹的爪印，他说雪豹总是喜欢匍匐在岩石和草坡之间，它们的毛色和周围灰白的岩石山很接近，如果不具备猎人的眼

文扎说他每一次到这里天都下雨，都会看到彩虹……

力，就是近在眼前一般人也发现不了……作为江源食物链的顶端，雪豹以行动迅疾、行踪隐蔽、天性警觉、善于伪装、捕食凶猛著称。我想，这样的青天白日，这么些个人迹，如此狭窄的山谷间，冰雪聪明的雪豹是不会露面的，至少不会在我们能感知的范围。想起那一年"绿色江河"的杨欣老师，组织十几位动植物学、环境领域的专家前前后后在烟瘴挂驻守了一年多的时间，利用远红外摄像的优势，也不过确认了九只雪豹的踪迹。所以要想与这雪山之王的灵兽近身遭遇，几乎是不可能的，还不要说它作为猛兽对人和家畜的杀伤力。尽管如此，当我问莫曲村的小伙子，也是三江源国家公园的生态管护员土登时，他还是颇不以为然地告诉我，他小时候一个人在这个峡谷里玩儿的时候，曾经好几次见到过雪豹，近两年他作为生态管护员在巡视的时候，也看到过雪豹出没，不过它们都会在高高的岩石缝间跳跃，很少下到河边来……

土登平时很喜欢拍照，随身总带着一架专业佳能相机。他说自己也喜欢摄像，不久前才买了一台大疆 2 号无人机，还买了拍摄纪录片的器材，准备拍一些烟瘴挂的短视频，现在已经有几个小伙伴加入了。正说着话儿，土登突然指着斜对面山坡大喊："看岩羊！"我循着他手指的方向努力辨认，果然，不足百米处的灰白色岩石面上，呈扇形分布着差不多同是灰白色的一大群岩羊，足有上百只！

天逐渐暗下来，我们也已快接近狭道的出口。前面我们提到过，治洛钦大峡谷是一个杠铃结构，两头宽中间细，可惜这个知识我是走出大峡谷之后才知道的，所以，在当时，本以为出了狭道就上大路的我，在看到还有一片比入口更长、更宽、路更难走的开阔谷地在等着我们时，沮丧和畏难情绪一下涌上心头。太阳这时候已经落山了，借着还未完全熄灭的天光，我看到曾经让我左右惊魂的治洛钦曲，在此处已延展成一个几乎没有深度的平面，泛着斑斑驳驳的荧光。理论上，我知道它即将和前方的通天河相汇，但，遥遥望去，看不到一丝通天河的迹象……

我的手机已经耗尽了它所有的能量自行休眠，接应我们的车还没到。我忍不住想起，两年前一次次转山的出口处，总有欧萨开着车等在那里，准备好食物和水迎候着我们……

狭道出口处，治洛钦曲延展成一个几乎没有深度的平面

生生之水

天突然又下起雨来，这广阔的平谷，更是没有一点可供遮挡的地方。前方，文扎老师和五一的背影越来越模糊，土登搀扶着我走在河床上方的高岭上，扎哇拿着我的包走在旁边。慢慢地雨小了，前方一只灰羽大鸟凌空飞过，扎哇说它属于鸮形目（猫头鹰），专在夜间飞行……这时我们已经追上了文扎老师和五一，他二位正一动不动地躲在一块大岩石后面。原来前方河对岸有几只白唇鹿，正下到河里喝水。我们也躲到大石后，我瞪大眼睛，捕捉它们活动的轨迹：一只、两只、三只……总共六只！噢不！河的这一岸，我们的正前方，竟然有一只距离我们不足30米的高大公鹿，正面直迎着我们，长长的美丽鹿角沿水平方向往两侧延伸，在终端分出五个枝杈，我永远都忘不了那双眼睛，目光炯炯里，有威严、有审慎、有骄傲，又有一丝怜悯……双方对峙了长达十分钟，那只鹿突然将头上的角往右一转，迈着王者的步伐头也不回地走远了……

　　刚要起身上路，五一在脚下的草滩上发现了许多黄金蘑菇，于是蹲下身采了起来，我和土登、扎哇也停下来跟着一起采蘑菇，文扎老师低声对我说："不要采了，一会儿你就走不动了，趁着天还没全黑咱们赶紧走……"于是我和文扎老师，还有继续搀扶着我的土登，继续前行……

夜的颜色越来越浓，往事即将登场

往事铭心

夜的颜色越来越浓，在这前不见古人，后不见来者的漫漫长路上，在我的殷切追问下，文扎老师讲起了他和杰桑·索南达杰相识相交的往事……

"1980年，我十六岁初中毕业，考上了西藏的藏医专科学校，有一天去县教育局拿录取通知。当时杰桑·索南达杰是县教育局副局长（当时没有正职），见了面，他给了我一张单子，说：'给你点儿钱！'那是一张二百元的现金支出单，他让我先到银行去领钱。那个钱是教育局给我的，但那时候有没有这样一个政策我不知道，像我这样一个牧民家的孩子，去拉萨是非常困难的，家里十块钱都拿不出来，我家里每年给我上学的四十块钱就很多了（这只是来回的路费和零花钱，那时候学费、伙食和住宿都是国家免费提供的），所以那时候他给我的二百块非常多，可能因为我是玉树州唯一考入西藏藏医大专的人，据说当时西藏从玉树这边招收学生主要看藏文分数，我当时考了96分，是玉树州的第一名。

"（钱）领回来再到教育局，他正在电话里跟一个人发脾气，过了一会儿放下电话，他对着我说：'完了，你走不成了！'说是治多这边发现了鼠疫，西藏那边已经设了卡子，所以我没去成拉萨。如果那时候我去了，现在就是一个藏医大夫……这是我第一次认识索南达杰，当时心里非常感激他，那时候他才二十六岁。

"没去成西藏学医，我就到西宁气象学校上学，心里特别有失落感。那时候上课开始学汉语，和我同宿舍的汉族同学捧着厚厚的一本《青春之歌》《红岩》读，把我吓坏了，那时候我连汉语造句都造不好。有一次我们的语文老师看了我写的一篇作文后，鼓励我多看看名著，其实当时我连什么是名著都不知道。那时候商务印书馆出了一套"外国文学名著丛书"，她一提醒我就去新华书店买来书自己读，从那儿以后大部分时间我都逃学在宿舍里看文学书。那时候我最喜欢莎士比亚，还有巴尔扎克，尤其最喜欢他的《人间喜剧》，还有福楼拜和狄更斯。到毕业的时候，班里有什么发言老师都让我来。现在看就像是天命，如果我当初去拉萨学藏医的话，可能会救治一些人，但不会像现在这样，能用汉语为这片土地为藏族文化说几句话。所以我觉得命运虽然给我来了个大拐弯，但这个拐弯现在看来也不错，这条路不是我自己选择的，好像冥冥之中早就铺了条路给我。

"我毕业以后回到治多气象局工作，索南达杰那时候好像在索加乡当书记，在县上见过几次。有一次参加一个婚礼，婚礼结束后爱喝酒的都留下来喝酒聊天，我那个时候也爱喝酒，不知道怎么回事最后就和索南达杰到一起了，大家都叫他老师（索南达杰当过中学老师）。我那天也喝了不少酒，有些晕晕乎乎的，跟着别人称他老师。他说：'你不是我的学生，我没教过你！'不让我叫他老师。那时候我的胡子比较长，他的也比较长，他就跟我说：'咱们俩胡子这么长，你如果后面没有一点作为的话，你这个胡子白长了……'说着还把我的胡子拔了一根过去。"

"他的胡子后来剪了，您的一直没剪？"我想起索南达杰后来的形象随口问道。

"他好像是和州委的书记要见面的时候把胡子刮掉的，不然有点不礼貌。他去见州委书记基本上是为索加要钱，要政策，所以这些他好像比较注重，他和我不一样。我是这种胡子拉碴得不讲究，他还是比较讲究。这是第二次和他交集。

"第三次是在一个从杂多县过来的藏医大夫面前，那个医生比较厉害，我当时手有点疼去看，索南达杰也过来了。后来知道他在西宁和出租车司机打架了，那时候出租车全是一帮一帮的，把他打晕了呗，他那天也没说，后来我才知道。他浑身都不舒服，让大夫给他扎点干针，说需要刺激一下脚。这时候大夫拿出来一张特别薄的像是宣纸一样的人体解剖图，说这个解剖图很珍贵，大概有两千年的历史，据说国外有好多人找过他，如果他愿意提供的话，可以给一百多万元，但是他没给。这个时候，索南达杰用汉语说了句：'这个藏医才多少年，也就一千多年吧，这个藏医的解剖图怎么可能两千多年……'他也没有直接针对大夫说，大夫也听不懂汉语，我正好在旁边。

"这是第三次。

"有一次他去结古，我好像也有事去结古，他那时候开一辆 212 吉普，我坐他的车到哈秀山口，一般人到了这里都撒风马，那时候宗教色彩也还不多，他就把车停在山口，下车撒了一泡尿，我不知道为什么，心里想：'这个人，怎么这么不敬畏神山呀！'后来我才知道，他其实比我还知道，哈秀山顶对面东南方向有一座山，他其实需要男性的尿，这个有古老的传说，以前爬上山顶之后，所有的男子都要在那个地方撒尿，是拜那个神山的一个仪式。我以前一直觉得索南达杰是一个不怎么传统，也不怎

当时豪情满天、指点江山的杰桑·索南达杰（欧萨供）

么敬畏传统的一个人，通过这个小事我发现索南达杰的骨子里还是有传统的基因。

"还有一次就是我们从烟瘴挂出来，往里拐的有一座叫乌归拉梅尼的山，那个山的山根下有个泉水每年冬天都会结冰，把道路都给堵住，车都过不去。他在索加当书记的时候，有一天下车在泉水里面撒了泡尿，为什么呢，一般我们藏族人说泉眼里不能放脏东西，放了不仅对你不利，泉水可能都会干枯，所以他撒尿的目的就是让那个泉水干枯，就不结冰了呗，车就过去了呗，他这一系列做法还是很有自己的一套。

"再后来和他见面是在一个大会上。刚好他竞选县委副书记，我当时在组织部，正好那天选票是我来统计。我记得特别清楚，选票统计出来以后他正好进来了，我就跟他说：'你这次有86票赞成！'只有几个反对票，就等于是选上了，那一次我就发现他好像比较喜欢主持。他当了县委副书记以后，开了一次团代会，会上有很多年轻人，我也在场。那一次他讲了好多的哲学道理，包括马克思主义哲学，年轻人都比较喜欢听，当年我也特别喜欢马克思主义的哲学，我感觉他还是做了很多研究。"

讲到这里，文扎老师不再说话，我也默不作声地陪他在夜雨中慢慢往前走……

生生之水

雨越下越大了……

过了很久，文扎老师低沉的声音重又响起：

"1994年元月份的时候，索南达杰牺牲了！

"当时我还是最前头知道的，他当时的秘书扎多从格尔木发了一封电报，直接发到治多县政府，说索南达杰他们联系不上。政府等了一天还是两天吧，估计可能真的找不着了，就组织人去可可西里……当时县里组织了救援工作小组，我是成员之一，每天就守在电话机旁，从白天到晚上，一直到把索南达杰的遗体运回来。遗体在人大的会议室放了一夜，那一夜我和人大另一个人在门口守灵……那段时间太紧张了，我心里那种感觉也不能叫痛苦，就是我特别地惋惜，如果这个人能再活上几年，能做很多事情……其实我和他当时也没有那么多的交集，主要还是来自扎多我俩的关系。从1992年到1994年，每次进可可西里出来后，他们在可可西里看到了什么，索南达杰说了什么，他们做了一些什么，扎多就全部跟我说，我们之间最大的话题就是索南达杰和可可西里，说得特别详细……每次都这样，他们进了前后十二次，最后一次事故那就牺牲了呗……"

"那您是怎么去的索加呢？"我小心翼翼地问。

"那一年4月份的时候，治多县政府派扎多我们两个去索加搜集整理索南达杰的事迹。那一次在索加听到很多老百姓讲他的故事，我最明显的一个感觉就是，他是特别负责任的一个人，还有一种使命感，这种精神其实一直伴随着我，给了我很大的影响。"

"有没有哪件事特别打动您？"我问道。

"非常多，感动的事情多呗，现在我一时……他是特别体贴人的人，特别关心那些弱势群体那样一个人。有一年大雪灾，索南达杰去走访的时候，有一位七十多岁的老人，家里也没有什么人，看到他的鞋特别单薄，然后索南达杰就把自己穿的大头鞋直接脱下来给他穿上……我听到这些心里特别激动，特别……其实我以前是不喜欢入党的那一类人，自己觉得还不够格，那一次回去以后，组织部部长让我写入党申请书，我二话没有就写了，1994年四五月间我成了预备党员，然后七八月就正式入党了，入党以后给我升了一级副科，1995年的时候，我主动申请到索加去，当时的组织部部长比较看重我，帮助我达成了这个心愿。我先是当乡长，后来是书记……"

"索南达杰当时是一个共产党员，你就入党了，如果他当时是一个和尚的话……""那我就直接出家了！"我话还没说完，文扎老师就接上说。"当时我觉得索南达杰当了党员，干这么好的事情的话，入党可能是一个好的渠道，社会上一个普通平民老百姓，要做一个大事情的话，没有政府的这一层角色，只靠民间的力量是做不到的，从大的角度讲，这其实还是一个人人格的魅力……（对，也是善的魅力，我补充道。）这样以后我就去了索加，到了索加就搜集索南达杰的各种各样的故事，我也非常喜欢听……

索加时期的文扎（文扎供）

"有一个故事特别能反映他的性格。1984和1985年雪灾的时候，索南达杰还是县教育局副局长，当时他正好下乡来索加，那一次我们治多这边救灾的力度还不是太大，物资根本运不进去。他可能听着收音机西藏那边也同样遭灾，而且救援力度特别大，好像是有空投物资。这个

　　　　　　　　　　　　　　　　　　　　　　生生之水

人非常聪明，他就让索加的人把所有红颜色的东西都集中起来，什么条带啦，头巾啦这些，摆出 S.O.S 国际摩尔斯电码救难信号，牧民们也不知道是啥，听他指挥反正就弯来弯去摆了一个图案。刚好那天，空投了很多救灾物资，在飞机上看的话，就这个红色的 S.O.S 最明显嘛，他们认为那就是西藏（索加边界连着西藏那曲的安多县），就投下来了嘛……"

索南达杰是 1987 年到 1990 年担任的索加书记，文扎老师是 1995 年到 1998 年。"三年在索加期间，基本上我就活在索南达杰的故事里……而且我的每一个举动，好像和他有千丝万缕的关系，不知不觉会模仿他做事……我那时睡在他曾经的宿舍里，看见他在宿舍墙面上挂了张地图，1986 年版的青海地图，他在那上面做了很多标记，那个地图我记得在我家里，不知道还能不能找到……反正我记得可可西里的位置他用红笔画了个圈，做了记号，在他的心里，早就把索加和可可西里连接在一起了。后来我就搬到牛头屋，白天在里面办公，晚上睡在里面。基本上，我就没有走出索南达杰的故事，包括现在，好像随时随地都跟他有很多的关系……尤其是 2014 年我去可可西里做地名普查的时候，索南达杰遗留的'可可西里地名记录本'就是我打开可可西里地名之门的第一把，也是最重要的一把钥匙。1992 年，他走马上任治多县西部工委书记时，觉得认识可可西里，要从地名入手，于是采访了许多曾经生活在可可西里的知情人，尤其是有'活着的历史'之称的宗举族百户辖下夏西百长赛尼玛长老。1958 年藏族聚居区发生内乱时，他带着人从可可西里南面进入逃到新疆，索南达杰记录了他出逃的经历和线路……当时索南达杰把这个笔记本给治多县翻译科的一个人整理，他那个字体都是狂草，整理的人看不懂，就来找我，我就帮着一起辨认核对。后来不知怎么回事，这个笔记本就留在了我手里，当时也没留意。二十二年之后的 2014 年，全国进行第二次地名普查，县民政局聘我做地名专家顾问。在去可可西里考察前的最后一天晚上，我在家里的书房翻箱倒柜找资料，竟然就在抽屉里发现了这个原始的记录本……现在看来事情非常奇巧，他的原始记录本为什么会在我的手里呢？怎么偏偏是我去可可西可做地名普查呢？这些都说不清楚的，这个世界从现象上看是解释不清楚的……"

索南达杰手稿"可可西里
地名记录本"（文扎供）

　　我和文扎老师认识十几年了，前几次我和他问起索南达杰，他都给我一种冷淡和不想谈论的印象。或许是时机不对，或许是地点不对，更或许是当时的我不对吧……今天，当我们一起来到索南达杰生活过的烟瘴挂，在我们一起徒步走过治洛钦大峡谷，走向通天河的路上，一切因缘已俱足。

　　"我以前也……不是不想说，反正大家都说得差不多了，索南达杰那么伟大，我再说的话好像也起不了啥作用，那种感觉……"文扎老师最后结语道。

　　从上午出发到现在，这一路，我们走了将近九个小时……我竟然已经感觉不到累了，而且有一种身心自在的感受。当对面接应我们的越野车打着远光灯赶来时，我心中默想，就这样一直走下去也很好……

　　来接我们的是莫曲村的两个小伙子，车上暖气开得很足，踩着湿透的鞋在冰冷的野外走了这么久，一下子被包裹在热乎乎的车厢里，幸福得我眼泪都流出来了！两位小伙子告诉我，他们从治洛钦出口往里开时，在河床上看到了四头野牦牛，扎哇说那肯定就是我们在入口时一直追赶的两头野牦牛和它的家眷，原来它们是赶着和家人团聚来了……

十六只灰兔子的启示

驾驶室位置换上了扎哇，我因跟他在治洛钦徒步了一路，感觉亲切了不少。突然起风了，车的前视灯下，高高细细的高原苇草，垂着沉甸甸的穗子摇曳在猛风中，这是我所见的治洛钦大峡谷的最后一个映像……

隐隐约约一个左转弯，扎哇对我说我们的右边就是通天河，原来已经进入烟瘴挂大峡谷！我将头探出车窗，眼睛往右寻觅，黑沉沉的夜色中，什么也看不见，但已知有通天河做伴，我的心和眼睛顿时涌起一股湿漉漉的气息……这时车前灯晃过乡村公路的正中央，突然看见有一只灰兔子侧身蹲在那里，黑豆一般的小眼珠盯着我们的车子。扎哇猛然踩下刹车，那只兔子嗖一下蹿到路右侧的草丛中，又往前开了不到两分钟，又一只灰兔子蹲在路中央！又是车快到近前时它才嗖一下蹿到路边的草丛中。接下来的二十分钟内，我意识反应的速度，已赶不上兔子们出现的速度，有时一只，有时成对出现，有时三只一组，足足有十六只灰兔子在路中央和我们打过照面后又突然消失在夜幕中……当和旁边的扎哇核实时，他却告诉我看到的是十七只，惊诧之余，我又想起嘎朵觉悟转山的第二天，在出口处看到白色旱獭时的情形，我明明看到的是两只，而布多杰却说看到了三只，当时欧萨的话犹在耳边："男的看到单只，女的看到双只是最好，最有福气的，如果是换过来就不好了……"

我们的左侧是山崖，右侧是河谷，我们的越野车直直向前，行驶在似乎没有尽头的沙石路上。因为天黑，因为关着车窗，看不到，亦听不到下面通天河的动静，但它浩荡的磁场还是把我们的心识不由自主引向它的上方，在看不到的远处，在前行之路的尽头，通天大河将带着我们逐步脱离地心引力，往上升腾，再升腾！冲破苍穹，直达上界……

原本，人类的终极使命是为了努力上升或重回上界，与神合一。在这个器世界里的生活资料、生产资料，不过是维持必要的生存所需，作为上升必要的能量储备，就如同火箭升空所需要的必要燃料。只是，在这个准备上升的过程中，人类及世间万物随时间维度的展开，逐渐迷恋上了在平行维度上的幻象，也控制不住横向拓展的惯性，甚至被下行的快感所诱惑，逐渐遗忘了上升的初衷……在生死轮回里，用血肉之躯，重启永生之门，这是通天大河自她天上的源头携带给世人的启示和奥秘，在她地上的源起处，因为距离原始创生的能量更近，因而更容易与万物的生命频率共振交感。在这里，人们自知或不自知的神秘内心里，那些关于自身本然出处的奥秘以及回而向上的最终使命，还没来得及被遗忘，或又重新被忆起……在这里，你会看到，人和万物因专注上升之力而对水平世界中的匮乏安之若素……然而，越是往通天河的下游走，人在水平方向的拓展欲望越强，对物质世界的占有欲越重，而如今，走得太远的"中下游"，那些个长途跋涉中的先觉者，终于经过漫长的歧路，开始掉转身心回而向上……

突然，车前灯映出的光雾中，漫天的雪花如晶莹的天使般从天而降，一边下落一边旋舞，装点着众神回家的路……

此时此刻，突然有个清晰的声音自我心识的最深处响起："我派来迎接你的那十六只兔子你看到了吗？你把我带给世人，我把你带回原点……"

终于，我与通天河彼此交付。

五、尾声·闭环

昨晚回到帐篷时已是夜深，人困马乏的一天后众人都纵容自己睡了个懒觉。太阳早已高照，拉布第一个起来，他说昨晚又梦到自己在江源看山水……文扎老师给我转述拉布的梦："这回拉布走到了恩钦曲（文扎老师的家乡，通天河一级支流聂恰曲的两大源流之一）的源头，那里的卓然拉泽山神出来对他说：'我记得你上一次来过，今天为什么又到这里呢？'拉布回答说：'我最近一直在转烟瘴挂，十八大城堡不太好确认，我在寻找一些认识十八大城堡的人……'卓然拉泽山神说：'噢，那好说，你先去，我给你找一个人肯定没问题！'拉布就往烟瘴挂这边走了，走到半路，就碰到了我，我俩就一起转十八大城堡，一边走一边聊，拉布说我在梦里跟他讲：'昨天我们走的治洛钦大峡谷里面有五个城堡，我们只认出了老虎堡和豹子堡，漏掉了三个……'然后我就跟他一个一个确认，拉布说我在梦里还跟他保证：'昨天的治洛钦山谷我们还要再走一走才是……'

旭日下的英雄谷

我转头问文扎老师:"那您在梦里和拉布都确认了没有?"

文扎老师脸现难色道:"昨天梦里我出来说,说的啥,我哪知道,拉布的梦又不是我的梦!不过昨天我们在峡谷里的时候,我就感觉应该还有城堡在这里,只是拉布不在,我也没法确认……"

扎哇本来一直在拉布身边,津津有味地听他讲故事,这会儿他把昨天和五一采的黄金蘑菇拿出来,放在炉盖上,精心地一个个仔细翻烤着。差不多都均匀熟透时,他又用刷子蘸了酥油细细地给每个蘑菇抹上油,扑鼻的鲜香马上飘荡在帐篷中。扎哇用小纸碗挑了几个大的,先给我端过来,然后依次端给大家,但他自己却是一个也没吃。真是一个体贴又温暖的人!烤黄金蘑真是太香甜太好吃了!我吃完忍不住抹了抹嘴,转头看了一眼旁边的五一,他很知趣地把碗里几个大蘑菇拣到我的碗里来,还自豪地加上一句:"酥油烤黄金蘑是烟瘴挂美食一绝!"

等待回治多的时刻,听着外面日光下凛冽的风,看着帐篷内旺旺的炉火,感受着热乎乎的谈话,此情此景,我的嘴角忍不住又溢出笑来……感觉特别满足,特别幸福!简直是心满意足!

酥油烤黄金蘑乃烟瘴挂的美食一绝!

最终我发现，这趟旅程是一个闭环接着一个闭环，两年前所发生的，犹如镜像般，在这里以螺旋式上升的方式奇异地再现——烟瘴挂大峡谷和治洛钦的神话、《格萨尔》史诗和十八大城堡、母山羊修行洞、十九世秋吉活佛、杰桑·索南达杰、拉布、欧萨、文扎老师，还有我……起点即终点，终点又回到起点。只不过，这一次所有这一切都在原有基础上升高了维度、延展了深度、拓宽了广度……

至于通天河和我，或许是因为这两年来我心无旁骛地对她持续地探究和书写，以及这一次又义无反顾地重返她身边，通天河终于愿意揭开身上的障眼法，解开笼罩在我心头多年的层层谜团，用心良苦地将她的一个又一个奥秘启示给我……

感恩这生生之水，通天大河！我把我自己作为祭品奉献给了你……而你也终于让我找到了"我"，并最终消解了"我"……

回归本源，还诸天地。

存在如镜

跋

2010年4月14日,我在治多县的家里。

清晨正在打扫书房时,忽然听到一只渡鸦在呱呱鸣叫。按理,开春时渡鸦不常叫,也一般不见踪影。我心里嘀咕着怎么会有渡鸦的叫声呢?如此思忖着继续清扫书房。可那只渡鸦叫个不停,仿佛在诉说着一件十万火急的事,于是我从窗口探出头,那只渡鸦就降落在我家门前的电线杆上,看着我,叫得更加声嘶力竭。我曾读过龙朵大师的一本用渡鸦叫声预示吉凶的书,对此平时也进行过观察,我惊奇于它今早的叫声和姿态,准备出去探个究竟,却突然一声沉闷巨响,我发现房子的角都被拉扭成一条线,像在揉着羊皮那样把房子扭成了超乎平常观念之外的形状。我顿觉是地震,下意识地冲出房屋,但刚到门口时,大地好像安静了,似乎恢复如初。

之后,我毫无觉察地像平常那样去了办公室。看到街上稀稀落落的行人,心里无缘无故地袭来一股悲凉之情。不一会儿起风了,我分明听到风在哭泣……

中午听到一些飘忽不定的消息,说是震灾最严重的是玉树州府结古镇,一座千年的古镇夷为平地,已成一片废墟。

天灾无情,人间有爱。一方有难,八方驰援。

中央新闻每天播送着爱的温暖,玉树人在中华民族的大爱中疗伤、恢复。玉树地震,虽是千古一遇的天灾,但也可以说是中华民族罕见的爱心大爆发、大融汇。

上青女士是这次救援玉树灾区的千万爱心人士中的一员。她从文化的角度切入三江之源,为主持编辑玉树州的《源·三江源生态人文》杂志而奔走。

玉树州委安排我做杂志的本地对接工作。在编辑杂志的过程中,上青和我经常讨论三江源的精神内核,这也激发了我的进一步深入思考——三江源文化散落于山间村落,就像珍珠散落在海滩,若没有一根线串联到一起,就难以形成一条完整的珠链。缘此我心中逐渐浮出"源文化"的概念,并且有了编写"源文化系列丛书"的构想,这个提议立即得到了上青的认同和赞许。

对我来说，挖掘"源文化"最好的方式就是用双脚去丈量大地，让土地发出自己的声音。

2017年，我获得玉树州政府资助，就正式启动了"源文化"调研活动，邀请了一些国内知名的生态人文作家，上青自然在首邀作家之列。按照上青建议，我把"源文化"调研起点放在了新寨村的嘉那嘛尼石城。嘉那嘛尼石城具有三百多年的历史，是三江源文化的标志之一。我们从这里迈出神圣的第一步，寻觅三江源生生不息的文脉。

一路上，在探索"源文化"的艰难行程中，考察团中不断有人因高寒缺氧放弃探源。从结古镇出发时，就有三四人遗憾地退出队伍。路经澜沧江源的杂多县时又有人打道回府。探源队伍的人数一天比一天少。到达地处109国道的雁石坪时，由于此地东出西进很方便，很容易一念之间放弃"探险"而选择平安回程，因此人数几乎减少了一半。

第二天进发长江之源——格拉丹冬雪峰。

前面的路越发艰苦，海拔越来越高，含氧量在递减，不只是艰难而已，大家将要面临的是生命极限的挑战。我作为"源文化"探源队的领队，给队员们讲明了朝圣格拉丹冬雪峰存在的危险和诱惑，让队员们考虑好了，告诉我最后的抉择，好让我安排他（她）们的行程，这时又有好几个人撤出。出乎我意外的是，上青居然做出了继续"探源"的决定。

第二天早晨，我们跟着当地村民顺利通过关卡，向格拉丹冬方向进发。一路上漫天飞舞着雪花。时令虽是初夏，但这里仍然处在冰天雪地的时节，能见度不到百米。在漫天飞雪中到达了格拉丹冬雪峰前的停车场。下车时，我再次强调，距离目的地还有三四里地，只能徒步前往。路途上有冰川消融后的乱石泥滩，坑洼相连，崎岖难行。谁若体力不支，就很难折返到停车点，只能在寒冷的雪山冰川中等待救援者的到来。因此，最安全的方式是，在此优雅地遥望那亭立长江之源的圣洁雪山，想象冰清玉洁的江源肌肤。

雪，还在下个不停，道路泥泞难行，每往前走一步，海拔就升高一些，空气中的含氧量就越稀薄，似乎需要使出全身力气，才能跨出第二步。当我们到达神圣的格拉丹冬雪峰下，我一清点队员人数，核心成员只剩下三人。上青居然带着胜利者的笑容站在雪山脚下，向我们招手致意。

依照藏族人的习俗，我们在神山下要做煨桑仪式。当清香的烟雾弥漫到天空时，居然云开日出了。一抹明晃晃的阳光照到雪山上，格拉丹冬雪峰从渐渐消散的云雾中徐徐浮出，在湛蓝如浩瀚海洋般的天空下，顿显出它冰清玉洁的面容。

大自然的魅力不可抗拒，探源队员们面对如此圣洁的神山，有的在双手合十，有的默然静立，有的叩行大礼，有的默默面向神山，似在祈祷。此时人类的语言似乎失去了交流功能，最有力的表达就是肢体语言。

我注意到上青正注目着圣洁的雪山，将双手缓缓举过头顶，而后在胸前闭合，双膝跪地，叩首敬礼……

2019 年 7 月，我又一次向着那神圣的源头出发了。这次重点是长江探源之行。我又一次向远在北京的上青发出了邀请，她在兴奋之余，爽快地应邀与我们共同"探源"。

我们从朗塘寺出发，逆流而上；又从长江源头折返，顺流而下。逆流而上，是感受汉族文化千年寻源的壮举和艰辛历程；顺流而下，是体验藏族文化确立源头一以贯之的文化习俗。

我们驱车 6037 千米，徒步 222 千米，甚至有时一天步行长达 20 多千米。在五十多天的"通天河文化考察"时间里，几乎每天都搭帐篷扎营，第二天早晨匆匆拔营继续赶路，不厌其烦地重复着游牧人的古老生活方式。

我们沿着治（布）曲溯江而上到了母牛鼻孔山。这是青藏游牧人心中的长江之源。我们驻扎在海拔将近五千米的母牛鼻孔山下，方圆十里只见一户牧人。时令虽是夏季，但看源头植被和大面积冰盖，以及从冰盖底下汩汩冒出的源头第一股泉水，感觉从夏季穿越到了冬天。

寻找到传说中的源头，来到神话发生的现场，听完向导的故事，上青向半山腰的牦牛鼻孔处走去。我看她每往上迈一步都要使出浑身力气不免为她担心。而她每向前一步，就好像离我们祖先的神话传说靠近了一些。对于江源牧人传承千年的神话，上青的态度不是以现代文明人标榜、搬弄所谓的科学观点来质疑。她认同神话是早期人类历史的表达方式，蕴含着祖先的古老智慧，而非无中生有。

从源头顺流而下时，我们在长江源支流当曲河沿的邦荣陀保神山停留了一天两宿。邦荣山是当曲流域最著名的神山，在这片格外开阔的天地，几乎能够看到方圆百里的山水。

沿着当曲西岸向南而行，一路有邦荣峡谷、邦荣泉华台和格萨尔王修行洞。这几处佳景，非去不可。

过了泉华台，距离格萨尔王修行洞还有十几千米时，我们当中有腿疾的人走不动了，就准备返回营地。我担心上青也走不了那么远的路，就让她适可而止。但是她想挑战一下自己的耐力和意志，当然她也被一路上格萨尔的传奇故事吸引，想一探究竟。结果又出乎大家的意料，她在海拔将近5千米的地方，居然徒步走了20多千米，她为这一路看到的独特自然奇观和神奇的文化现象感到兴奋和满足，还笑我因为我喝了格萨尔王神泉（咸水）后渴得在被誉为"中华水塔"的长江源头寻找淡水的窘相。

我们返回到出发地，天上下起了太阳雨，一道半圆形的彩虹，以低矮的姿态出现在我们的眼前，仿佛是邦荣神山对上青战胜极限的"点赞"。

继续顺流而下，我们来到长江源区最著名的神山——嘎朵觉悟神山脚下。800多千米的通天河谷充满着嘎朵觉悟的远古传说。嘎朵觉悟神山有顶转、中转和外转三个转山道。顶转多险道，外转需要十几天，我们适合中转山道。于是，我们又背起行囊开始徒步转山，我又一次劝上青坐着我们的后勤车到赛康寺。她又一次打破低海拔地区的人留给我的刻板印象，开始义无反顾地踏上了嘎朵觉悟神山的转山道。

嘎朵觉悟神山是长江源区山水文化的富集区，在这里神话、历史、宗教和文化，就像漫山遍野的花草树木般丰富多彩。一座山峰，一块岩石，一眼泉水，一处山洞，或者一堆乱石，都有可能是曾经岁月的神话胎记。在如此浓厚的山水文化氛围里，我们的心灵似乎触摸到了"源文化"的核心。我们的话题也触及一些高深的哲学问题，谈到《心经》中的"缘起性空"，说到嘎朵觉悟神山的祖母阿伊·俄赛与远古神话传说中的女娲，以及世界各民族的创世神话之间存在的某种神秘关系。

我们一路下来直至通天河口，唯一的遗憾是因故未能深入烟瘴挂大峡谷。2021 年 8 月，索加乡党委和莫曲村委会邀我把脉烟瘴挂峡谷生态旅游前景。我问上青是否要补上这一缺憾？她又一次飘然赴"源"，在烟瘴挂大峡谷驱车巡行，骑马深入，徒步穿越峡谷，就这样将寻源的脚步留驻在神秘的"万里长江第一峡"。

　　我们漂流在神话与历史交融的通天河，在现实与梦幻间上了岸，来到了现实世界的车水马龙。

　　回到北京的日子，上青仍然遨游在精神世界的通天河，不断地向我求证关于通天河的传说和故事，她甚至不放过神话故事中的每一个细节，对那些以理性思维讲述的神话传说，通过各种方式还原故事本真。就这样历时三年时间，花费巨大精力，上青完成了《生生之水》。我看完她的这部书稿，无限感慨地说：这不仅是深读通天河文化的非虚构纪实文学佳作，而且具有人类学文献价值。这是内地作家书写通天河文化最深刻而独特的佳作之一。

　　在行走通天河，探寻"源文化"的整个过程中，我在某种程度上充当了上青的向导和翻译。我一直有个确信不疑的信念，要想还真一个地区的文化，最佳方式是"让土地发出自己的声音"。所以我向她传达通天河文化时，尽量避免主观臆造，尽我最大能力打捞尘封已久的神话、传说和历史，让古老的通天河不加修饰地呈显在她的面前，尽量把自己观想成通天河，将"我"隐退到通天河的山水文化背后，让她能够触碰到通天河的"灵魂"，不遮蔽她的视线，避免众多的文化支脉缠绕她的思路。我相信她的《生生之水》，是关于行走江源的忠实记录，是"源文化"理念的真实再现，同时也必将是映照通天河 "历史与现实"的一面镜子。

文扎

2023 年 9 月 27 日写于嘎嘉洛草原

10 月 7 日修改于西宁

生生之水

SHENGSHENG ZHI SHUI

图书在版编目（CIP）数据

生生之水 / 杨上青著. -- 桂林：广西师范大学出

版社；西宁：青海人民出版社, 2024.7

ISBN 978-7-5598-7016-2

Ⅰ．①生… Ⅱ．①杨… Ⅲ．①散文集－中国－当代

Ⅳ．①I267

中国国家版本馆CIP数据核字（2024）第106350号

广西师范大学出版社出版发行

广西桂林市五里店路9号　邮政编码：541004

网址：http://www.bbtpress.com

出版人：黄轩庄

全国新华书店经销

天津裕同印刷有限公司印刷

天津宝坻经济开发区宝中道30号　邮政编码：301800

开本：720 mm × 960 mm　1/16

印张：32.75　插页：1　字数：300千

2024年7月第1版　2024年7月第1次印刷

印数：0 001~5 000册　定价：148.00元